변
경

7

변경

이문열 대하소설

2부 시드는 대지(大地)

7

RHK
알에이치코리아

길은 멀고

'고약한 꿈이었어…….'

물지게를 밭둑에 내려놓으며 명훈은 그날 들어 세 번째로 그렇게 중얼거렸다. 원래 꿈 같은 걸 두고두고 되씹는 그가 아니었으나 간밤의 꿈이 너무 생생했다. 그 생생함이 흔한 개꿈으로 넘겨 버릴 수도 있는 일을 무슨 불길한 전조처럼 여기게 만들었다.

시작은 전쟁이 한창이던 어느 날 아버지를 찾아간 때부터였다. 총을 멘 인민군의 안내를 받아 어둡고 긴 복도를 지난 것까지는 기억과 같았는데 그다음이 끔찍했다. 아버지가 있다고 알려 준 방문을 열자 아버지는 안 보이고 웬 피투성이 남자가 정육점의 쇠갈고리 같은 것에 등이 꽂힌 채 천장에 매달려 있었다.

"네 아버지다!"

질겁을 하며 물러서는 명훈을 방 안으로 차 넣으며 그 인민군 병사가 말했다. 그런데 이게 또 어찌 된 일인가. 방바닥이 온통 뱀으로 우글거렸다. 굼실굼실 기는 놈, 똬리를 틀고 노려보는 놈, 혀를 널름거리며 독을 뿜어 대는 놈…… 명훈은 그 뱀들이 금세 자기를 감고 들 것 같아 아무거나 눈에 띄는 걸 잡고 매달렸다. 손바닥이 미끈해 쳐다보니 자신이 잡은 것은 매달린 남자의 피 흐르는 두 다리였다. 하지만 당장 다급한 것은 뱀들을 피하는 일이라 그대로 매달린 채 되도록 바닥에서 멀어지려고 다리를 오므리는데 머리 위에서 누가 소리쳤다.

"놔라!"

명훈이 놀라 쳐다보니 죽은 듯이 고개를 떨어뜨리고 있던 남자가 새빨간 눈을 부릅떠 내려다보고 있었다. 그런데 그 목소리는 아아, 아버지였다…….

'무슨 일일까. 무슨 일이 일어나려는가.'

명훈은 그렇게 중얼거리며 아침부터 몇 번이나 더듬어 본 자신의 주위를 다시 한 번 찬찬히 살펴보았다. 먼저 살펴보아야 할 것은 그 자신이었지만 아무리 헤집어 보아도 자신에게는 무슨 불길한 일이 벌어질 꼬투리가 없었다. 봄 들고부터 석 달째, 오직 개간지와 농사일에만 몰두해 온 그였다. 어머니일까 ─. 명훈은 그러면서 인철과 함께 맞은편 비탈에서 콩을 묻고 있는 어머니 쪽을 보았다. 호밀을 베고 갈아엎은 등성이 쪽으로 그냥 씨만 넣은 작년과는 달리 금년에는 복합비료라도 한 줌씩 넣게 된 데 힘이 났

느지 어머니는 아침부터 옆도 뒤도 안 돌아보고 열심이었다. 불길한 조짐과는 거리가 먼, 오히려 희망차고 활기 있는 파종이었다.

그럼 철이가? 명훈은 다시 어머니에 앞서 괭이로 골을 파고 나가는 인철을 보았다. 그렇게 보아선지 조금은 불안한 구석이 있었다. 지난번 까닭 모를 가출에서 돌아온 녀석을 명훈은 몇 마디 나무람뿐 이렇다 할 분노를 드러냄 없이 받아들였다. 열일곱이라는 나이보다도 책과 생각 속에 사는 녀석의 정신이 어느새 함부로 재단하고 억압하기에는 벅차진 까닭이었다. 그러나 오랫동안 거의 가부(家父)에 가까운 훈육권을 행사해 온 명훈이라 마음 깊이까지 녀석의 그런 일탈을 용서하지는 못했다. 어떤 때는 무시당했다는 느낌이 은근한 역정으로 불쑥불쑥 튀어나오기도 했다.

다행히도 돌아온 뒤 녀석이 보여 준 변화는 여러 면에서 대견스럽다 할 만큼 성실하게 관리되는 일상에서 두드러졌다. 고등학교 진학이 불가능해지면서 보이던 불평과 탄식의 기색은 씻은 듯 사라지고 녀석은 다시 무언가 자신이 정한 길을 열심히 가고 있는 게 분명했다. 말로는 대입(大入) 자격 검정고시라고 했지만 문중 마을로 올라가 거두어 오는 책의 양이나 종류로 보아서는 그렇게 단순한 것만은 아닌 듯했다. 따라서 그런 인철에게 무슨 불길한 일이 급박하게 다가오고 있어 그게 명훈에게 꿈으로 예고되어야 할 것 같지는 않았다.

그사이 해가 달아올라서인지 아니면 물지게를 지고 여러 번 비탈밭을 올라서인지 두 줄기 땀이 눈 위로 흘러내렸다. 명훈은 손

등으로 땀을 훔친 뒤 담배를 꺼냈다.

"헤이고, 어째 이 집 꼬치 모종은 점점 땅속으로 기드(기어들어)가노?"

명훈이 막 담뱃불을 붙이고 있을 때 등 뒤에서 그런 소리가 났다. 진규 아버지였다. 명훈이 꿈 생각을 털고 소리 나는 쪽을 보니 그새 풀 한 짐을 벤 진규 아버지가 밭 가장자리에 난 길가에 지게를 받쳐 놓으면서 다시 말했다.

"이눔의 날이 어째 이래 가무노? 이래다가 천봉답(天奉畓) 나락은 다 먹었다."

그런 그의 표정은 말같이 걱정스러워 뵈지는 않았다. 알뜰살뜰 일해 모아 물 걱정 없는 상답(上畓)만도 열 마지기 가까운 그라 그럴 만도 했다. 명훈이 어두운 생각을 떨쳐 버리듯 대뜸 농담으로 그 말을 받았다.

"진규 아버지, 또 무슨 엄살이세요. 모내기 벌써 다 끝내셨다면서요?"

"내 모내기사 싸움싸움 해 가미 다 끝냈다마는 농사꾼이 어디 글나(그렇나)? 가뭄에 니 농사 내 농사가 어딨노?"

진규 아버지가 그렇게 받으면서 길가에 쭈그리고 앉아 담배쌈지를 꺼냈다. 그만한 형편은 넘건만 한 봉지에 몇 원 안 하는 풍년초도 아까워 조리(수납용 잎담배 엮기) 하고 남은 부스럭(부스러기) 담뱃잎을 화투장만 하게 자른 신문지와 함께 쌈지에 넣고 다니는 그였다.

명훈이 목장과 젖소와 사일로와 엔실리지 쪽으로 얘기를 키우거나 트랙터, 콤바인 따위를 들먹이면 진규 아버지의 눈길은 실쭉해졌다. 농사가 다른 직업보다 특출하게 많은 소득을 올릴 수 있다는 주장은 거의 본능적으로 믿지 않았고, 특히 그 여유를 통해 고급한 문화까지 향수할 수 있다는 데 대해서는 적의에 가까운 의심을 드러냈다. 그러나 명훈의 희망이 생계를 위한 최소한의 수입 정도로 소박해지거나, 기계 또는 가공(加工)의 요소를 뺀 재래식 농사 개념에 의지하려 들면 그는 더할 나위 없이 좋은 충고자요 경험 많은 선배가 되었다.

따라서 지난겨울을 혹독하게 보낸 뒤 서구의 이상적인 농촌 생활을 베껴 놓은 책 속의 농사와 거리를 가지게 된 그 무렵의 명훈에게는 그가 여러 가지로 유익한 지식의 원천이었다. 그날도 그랬다. 엄지손가락만큼이나 굵게 만 담배로 한동안 구름 같은 연기를 피워 대던 진규 아버지는 지게를 지고 일어나기에 앞서 한마디 툭 던졌다.

"물은 인제 고만 조야 될따. 모종에 물 주는 거사 좋지만, 땡볕에는 얼살(금기)이라. 방낮(한낮)에 물 주믄 오히려 모종이 다 타뿐(타 버린)다꼬. 남은 거는 이따가 저녁답에 해거름하거든 주라믄."

가물어 타들어 가는 모종에 물을 주는 게 좋다는 건 알아도 언제 주어야 할지는 아직 잘 모르는 명훈에게는 때맞춘 조언이 아닐 수 없었다.

그 바람에 지고 온 물만 주고 일을 끝낸 명훈은 한동안 밭이랑에 서서 망설였다. 어머니와 인철이가 하는 파종을 도울까, 새 일거리를 찾아볼까, 얼른 마음이 정해지지 않은 까닭이었다.

망설이던 명훈은 결국 새 일거리 쪽으로 마음을 정하고 물지게를 갖다 놓으러 집으로 내려왔다. 일거리는 개간지 곳곳에 가득 널려 있었다. 먼저 명훈을 조급하게 만드는 것은 다시 야산으로 돌아가고 있는 뽕나무 밭 위쪽의 오륙천 평이었다. 작년에 이어 올해도 손이 안 돌아가 그대로 묵고 있었는데, 그런 가뭄에도 잡초는 잘도 자라 멀리서 보면 그대로 야산이었다. 쟁기로 갈아엎고 메밀이라도 뿌려야지, 하면서도 다른 일에 쫓겨 자꾸 미루고 있었다. 그러나 그날도 손댈 수 없기는 마찬가지였다. 쟁기 끌 소를 맞춰 놓지 않은 까닭이었다.

그다음으로 명훈이 급하게 여기는 것은 뽕나무 밭이었다. 그루 수로는 2만이었으나 세 그루에 하나 정도가 살았을까 말까였는데 그것도 역시 손이 안 돌아가 잡초 속에 녹아나고 있었다. 그리고 또 하나는 호밀 밭 자리에서 어머니와 철이가 콩을 묻고 있는 땅을 뺀 나머지 몇천 평. 빨리 무언가 심기는 해야겠는데 마땅한 작목이 없었다. 심을 게 없어서라기보다는 지난해 가을의, 씨앗에도 못 미치는 참담한 수확의 기억이 명훈을 영 자신 없게 했다. 정히 안 되면 다시 메밀을 뿌리는 수밖에 없지만 그러려면 이쪽저쪽 합쳐 메밀 씨앗만도 두 가마니는 더 구해야 할 판이었다.

그런데 목이 마른 명훈이 찬물이나 한 그릇 마시려고 부엌으로 들어갔을 때였다. 언제 우체부가 다녀갔는지 편지 한 통이 부엌 바닥에 떨어져 있었다. 명훈은 그게 경진의 것일 리 없다고 생각하면서도 반갑게 편지를 집었다. 우선 글씨부터가 아니었다. 그러나 잘 쓰려고 애를 쓸수록 서툴러 보이는 글씨는 무척 눈에 익은 것이었다. 봉투 뒷면을 보니 영희의 이름이 적혀 있었다.

그 편지가 영희에게 온 것임을 알자 명훈은 가슴이 철렁하면서 갑작스레 간밤의 꿈이 떠올랐다. 이것이구나……. 명훈은 갑자기 암담해지는 기분으로 겉봉을 뜯었다. 비록 적잖은 돈을 가지고 떠났다 해도 집 나간 여자애들이 굴러떨어지는 불행한 결말의 예는 일찍이 뒷골목 밑바닥 삶을 깊숙히 경험해 본 명훈이 누구보다 잘 알고 있었다.

영희의 성격이 억세다고는 하지만 지난겨울 이모네 집에서 조금이나마 가출 뒤의 영희 소식을 듣지 않았더라면 명훈은 벌써부터 끔찍한 상상으로 괴로워했을 것이다. 이모에게서 정말로 미용 학원을 다니더란 말을 들었어도 언제나 조마조마하게 생각해 온 게 영희였는데, 끝내는 무슨 일이 생긴 듯싶었다. 그 억센 성격으로 봐서 웬만해서는 집에 편지를 낼 아이가 아니기 때문에 더욱 그랬다.

하지만 우려와 달리 편지의 내용은 뜻밖이다 싶을 만큼 밝고 희망에 차 있었다. 제법 편지가 늦은 사죄로 시작된 글은 가져간 돈을 헛되이 쓰지 않고 미용 기술을 배웠다는 것, 보조 시절 일곱 달을 거쳐 지금은 어엿한 미용사가 되었으며, 벌이 좋은 주인을 만나 월급도 상당하다는 것, 이대로만 가면 내년 봄쯤엔 어떻게 변두리에 작은 미장원 하나쯤은 낼 것 같고, 그리 되면 떳떳하게 집을 찾으리라는 것. 어딘가 자랑을 서두르는 듯한 게 불안한 대로 온통 좋은 소식뿐이었다. 거기다가 추신은 더욱 명훈을 흐뭇하게 만들었다.

참, 인철이 학교는 어떻게 됐어요? 아마도 지금쯤은 반건달이 되어 있겠죠. 걔 일은 정말 미안하게 생각해요. 데려다가 우선 어디 따라지 야간부에라도 편입을 시켜야겠어요. 어쩌면 가을쯤엔 그렇게 될 수 있을지도 몰라요.

사실 명훈에게는 자신의 삶 못지않게 압박을 주고 있는 인철의 학교 문제까지 영희는 걱정하고 있었다.

간밤의 악몽에서 비롯된 선입견으로 겉봉을 뜯었던 명훈은 갑자기 세상이 다 환해진 것 같은 기분으로 어머니에게 뛰어갔다. 그러나 같은 편지를 읽었는데도 어머니의 반응은 전혀 달랐다.

"미친년, 세상이 뭐라 캐도 자식 잘 알기로는 부모보다 더한 사람 없다. 내 속으로 빠진 년 내가 어예 모리겠나? 다 그년이 수작 부리는 게라."

"수작이라뇨?"

"뻔하다. 또 뭔 일 저지르고 니 등골 빼먹을 수작 부리는 거라꼬. 뭐라? 철이 학교? 지가 언제 그런 걱정하게 됐노? 철이 학교 핑계로 또 한 뭉티기 빼 갈라꼬 밑자리 까는 거겠제."

"그래도…… 그런 것 같지는 않은데……."

"이자뿌라. 그래고 인자는 그년 두 번 다시 이 근처에는 얼씬 못하게 해라. 아이고, 지가 내하고 전생에 뭔 원수를 졌다꼬 사람 허패를 그리 뒤배 놓고, 그래도 아직 한이 안 차…… 백지로(공연히) 철이 마음 산란케 하지 않을라꺼던, 그년한테서 편지 왔단 말 허뿌라도 입에 담지 마라."

어머니는 저만치 앞서 골을 타 나가고 있는 인철을 턱짓으로 가리키며 그런 단속까지 했다.

영희의 편지 때문에 어머니에게로 간 명훈은 오전 내내 거기서 콩을 심는 일을 도왔다. 작년에 콩 씨 한 말을 묻어 두 말도 채 못 거둔 한심한 기억이 있지만 어쨌든 밭을 묵힐 수는 없는 일이었다. 그래도 복합비료의 효능에 한 가닥 기대를 걸고 천 평이 넘는 땅에 콩을 묻었다.

세 식구가 점심을 먹기 위해 집으로 돌아간 것은 그날따라 일찍 학교에서 돌아온 옥경이 때문이었다. 옥경이는 그 봄부터 돌내[石川]고등공민학교에 다니고 있었다. 작년에 3년제 공립고등공민학교가 되었는데 듣기에는 곧 정규 중학교로 인가가 내려 오리라는 것이었다.

"오늘부터 또 닷새간 가정 실습이래요."

유월 중순에 한 차례 모내기 가정 실습을 했는데 한 달도 안 돼 다시 아이들을 놀리는 것은 가뭄 때문인 듯했다. 그러나 공부에는 별로 재미를 붙이지 못한 아이라 그런지 옥경이는 며칠 학교에 가지 않게 된 게 몹시 즐거운 표정이었다.

아침에 도시락을 못 싸 준 걸 몹시 마음에 걸려 하던 어머니가 옥경이를 보자 생각났다는 듯 급히 점심을 차리러 옥경과 내려가고 이어 명훈과 인철도 오후에 내처 일할 수 있게 농구와 비료, 씨앗을 밭머리에 모아 둔 뒤 밭을 내려갔다.

그 무렵 그들의 주식은 밀과 감자였다. 그러나 밀을 가루 내어 먹는 것이 아니라 통밀을 정미소의 보리 찧는 기계에 넣어 여러 차례 껍질을 갈아낸 뒤 보리쌀처럼 곱삶아 먹었다. 밀이 호밀이어서 가루를 내어 봤자 양이 많지 않을 뿐더러 맛도 보통 밀 같지 않아서 낸 궁리였다.

그 밀에 넣어 먹는 감자는 순전히 어머니의 노력 덕분이었다.

"감자는 여름 양식이라."

어머니는 그런 주장으로 초봄부터 감자 농사에 힘을 쏟았다. 작년 고구마로 재미를 본 비탈에 한 3백 평 터를 잡고, 있는 거름 없는 거름 다 가져다 퍼붓더니 씨감자 묻을 때가 되기 바쁘게 명훈에게 성화를 대 씨감자를 묻게 했다. 그리고 봄 내내 그 감자밭에만 붙어 지내듯 한 덕분에 씨알은 굵지 않아도 감자를 다섯 가마나 캘 수 있었다. 인근 밭의 평균 수확량에는 절반도 못 미치지만 명훈으로서는 놀라울 만큼 엄청난 수확량이었다.

밀 밥인 데다 식은 것이라 맛이 있을 리 없었지만 명훈은 여느 때처럼 달게 먹었다. 보릿고개를 넘기며 대여곡 보리쌀 몇 가마니 얻자고 면서기에게 주먹질까지 한 걸 생각하면 제 땅에서 난 곡식으로 지은 그 밥맛이 달지 않을 수 없었다. 어머니도 일제 때 먹었다는 밀기울과 대두박(콩깻묵) 얘기까지 꺼내며 그렇게라도 세 끼 먹을 수 있게 된 걸 대견스러워했고, 철이도 군소리 않고 밥그릇을 비웠다. 그런데 말썽은 아직도 어린 옥경이였다.

"큰오빠, 우리는 언제 쌀밥 먹게 돼? 큰오빠 말대로라면 우리는 부자잖아? 그런데 맨날 밥이 왜 이래?"

그렇게 눈치 없이 명훈을 가슴 아프게 만들거나 밥상머리에서의 철없는 투정으로 겨우 참고 있는 철의 심술을 건드려 놓곤 했다.

그날 말동이가 찾아온 것도 바로 그 옥경이 때문에 밥상머리가 약간 소란스러울 때였다. 옥경이가 밀 밥에 섞인 감자만 쏙쏙 골라 빼 먹자 그걸 안쓰럽게 여긴 어머니가 자신의 밥그릇에서 감자를 골라 옥경의 그릇에 옮겨 준 게 발단이었다.

"이 기집애야, 넌 언제 철이 들래?"

보다 못한 인철이 옥경을 못마땅한 듯 흘겨보자 옥경이 뾰로통해 숟가락을 놓았다.

"안 먹음 되잖아? 내가 뭐 언제 엄마 거 달랬어?"

"뭐야, 저게."

인철이 금세 주먹이라도 내지를 듯 눈을 부라리는 걸 어머니가 달래는데 아주 가까운 곳에서 자동차 엔진 소리가 났다.

"아이, 이게 뭔 소리고?"

먼저 그 소리를 들은 어머니가 그러자 호기심 많은 옥경이가 그때껏의 티격태격은 금세 잊고 쪼르르 달려 나갔다.

"큰오빠, 찌푸(지프)차야. 손님이 왔어. 하이칼랜데."

명훈이 나가 보니 정말로 승용차 한 대가 산소 등 발치로 닦아 놓은 농로를 따라 집 앞까지 올라와 있었다. 진안장터에 한 대 있는 시발택시 같았다. 그러나 거기서 내려 마당으로 들어서는 말쑥한 신사복 차림의 청년은 어딘가 낯익기는 해도 누구인지 얼른 알아볼 수 없었다.

"형님, 안녕하십니까? 저 모르시겠어요?"

명훈 앞으로 다가온 청년이 검은색 선글라스를 벗으며 머리를 꾸벅했다. 분명히 잘 아는 얼굴이었지만 이름이 얼른 생각나지 않았다. 그때 어머니가 뒤따라 나오다가 반가운 목소리로 알은체를 했다.

"아이고, 이게 누구로. 말동이 대련님(도련님) 아이라?"

그제야 명훈도 말동이를 알아보았다. 지난봄에 다녀간 존고모부의 막내였다. 따지면 아버지 고모의 아들이라 아저씨뻘이 되기는 하지만 성이 다르고 나이까지 두 살 아래라 명훈은 어릴 적부터 그를 편한 대로 아우처럼 대해 왔다. 그러나 워낙 오래 못 보고 지낸 터라 얼른 알아보지 못했을 뿐이었다.

"역시 아지매네. 형님, 인자 알아보겠니껴?"

"으음, 그래······."

명훈은 문득 지난봄 고모할배(존고모부)가 그를 못 찾아 애를 태우던 걸 기억해 내고 좀 엉뚱한 기분이 들었다. 피부나 행색이

고모할배의 걱정과는 달리 기름이 자르르 흘러 보였다. 그러나 궁금한 걸 묻기도 전에 어머니가 다시 끼어들었다.

"대련님이라도 주우(바지) 벗은 거 본 대련님이라 말 놔도 되지 싶다. 글치만 명훈이보고 형님, 형님 카지는 마라. 아무리 성 다른 촌수라도 5촌에 아재비뻘이다. 그냥 서로 이름 부르고 말도 놓고 지내라."

"요새 어디 항렬 촌수 따지이꺼? 부르기 쉽게 그냥 형님이라 카지요, 뭐."

"그래도 그거는 잘못하믄 망발이라."

하지만 어머니도 궁금한 건 마찬가지인 듯했다.

"그래, 새아주버임은 어디 기시노? 작년 봄에 대련님을 찾아 애가 마르디."

"지가 모시고 있니더. 백지로(공연히) 여기저기 댕기면서……."

"대련님은 어디 있었는데? 어데 가서 몇 넌씩이나 그래 흔적 자취 없었드노?"

"사업이라꼬 쪼매 해 본다꼬 바쁘게 돌아댕겼디 아부지가 그새 못 참고……."

말동이가 제법 몸을 젖혀 거드름을 피워 가며 대답했다. 그러나 그의 경력을 대강 알고 있는 명훈에게는 그 '사업'이란 말이 몹시 어색하게 들렸다.

"사업? 무슨 사업인데?"

"무역 관계 쪼매 손대 봤심더."

무역 관계라면 더욱 그에게는 어울리지 않는 일이었다. 그러나 그가 겉으로 보여 주고 있는 것은 적잖은 성공이라 명훈은 마음속의 의심을 드러내지 않으려고 애쓰며 물었다.

"무역 관계라고? 어떤 건데?"

"뭐 끼아 붙이자면 말이 글타 이거고…… 실은 일본 전자 제품 쪼매씩 갖다가 국내시장에 푸는(풀어 놓는) 거씨더. 인제사 한일 국교가 열리게 됐으이 정식 수입이 됐니더마는 재작년만 해도 거 왜 있잖니껴?"

말동이가 그렇게 말해 놓고 눈을 찡긋했다. 밀수라는 뜻은 알겠으나 역시 말동이와 맞지 않기는 무역이란 말이나 마찬가지였다. 명훈이 알기로 그는 주먹도 조무래기 주먹에 지나지 않아 동네 골목에서 말썽을 피운 정도의 경력밖에 없었다. 그런 그와 삼엄한 밀수 조직은 적어도 명훈의 머릿속에서는 잘 연결되지 않았다.

"그래? 어떻게 그쪽으로……."

"어예다 보이. 그건 글코, 형님 안 나갈라이껴?"

말동이가 어머니를 곁눈질하며 말을 바꾸었다. 눈치로 보아 무언가 긴한 얘기가 있어 찾아온 듯했다. 명훈은 모든 걸 짐작하면서도 그가 워낙 뜻밖의 사람이라 머뭇거리지 않을 수 없었다.

"가다니 어딜?"

"진안 나가시더. 내 그랠라꼬 택시를 안 보냈니더."

"갑자기 진안은 왜? 거기다가 이 꼴로?"

명훈은 왠지 진안까지 나가는 게 싫었다. 정체를 알 수 없는 불안이었다.

"그러지 말고 차는 돌려보내. 여기서 얘기하기 싫으면 돌내 장터 거리로 나가. 내 옷 갈아입고 올 테니."

명훈이 그렇게 잘라 말했는데도 말동이는 한동안 더 우기다가 마지못한 듯이 차를 보냈다. 그런 초여름 시골에서 보기 힘든 백원짜리를 한 줌 꺼내 운전사에게 척척 헤아려 주는 게 명훈의 알지 못할 불안을 많이 덜어 주었다. 어쩌면 불안을 덜어 주었다기보다는 선망으로 그 불안을 눌러 준 것인지도 몰랐다.

장터까지 5리도 안 되는 길을 걸으면서 말동이는 평생 걸어 다녀보지 않은 사람처럼 차를 보낸 것을 후회해 댔다. 최고급 집, 최고급 집 해서 데려간 영양옥(英陽屋)에서도 명훈에게 아니꼬운 기분이 들 만큼 기세가 대단했다.

"일타 카이. 내 이럴 줄 알고 진안이라도 나가자 안 카디껴? 선풍기도 한 대 없는 순 오두막집에, 내 깝깝해서 참……."

그러면서 방 안에 들어앉더니 술 주문부터가 벌써 반은 타박이었다.

"여다 시원한 맥주 쫌 내오소. 아이, 시원한 맥주가 있을 택이 있나? 전기도 안 들어오는데 냉장고가 어예 있고, 히야시할(시원하게 할) 얼음인들 어예 있겠노. 호랑불(호롱불) 밑에 또랑물 먹고 사는 사람들, 이래 불쌍타 카이. 바깥세상이 우예 돌아가는지도 모르고…… 뽐뿌(펌프)라도 콱콱 시라(퍼올려) 찬물 한 다라이(다라)

뽑고 거다 아예 맥주 한 박스 담가 노소. 그라고 안주는 뭐 있니껴? 맥주 안주는 통닭이 꼭 지격인데 촌에서 그걸 어예 바래노? 마 대강대강 채려 주소…….”

보다 못한 명훈이 한마디 빈정거려 주었다.

“야, 여섯 달 동안에 세상이 그렇게 변했어?”

“예?”

“이번 연초에 서울 갔다 왔는데, 서울은 별로 모르겠데.”

“에이고, 형님 그래 퍼뜩 보고 변한 걸 어예 다 아이껴(압니까)? 아이라요, 세상이 하로하로가 달라진다 카이.”

“그래?”

명훈이 여전히 빈정거리는 투로 그렇게 받자 그도 비로소 명훈이 기분 상했다는 걸 알아차린 눈치였다. 갑자기 허허거리며 넉살을 떨었다.

“에이, 형님한테 카는 거 아이씨더. 형님이사 동대문 시장이 쫍다 카며 놀던 사람인데…… 그냥 촌에 왔으이 내 헛폼 한번 잡아 보는 거지 뭐.”

그러다가 맥주 두 병과 마른안주가 들어오는 걸 보자, 이번에는 그걸 날라 오는 주인아주머니에게 어울리지도 않는 농담을 걸었다. 딴에는 명훈의 기분을 풀어 주기 위해서 그러는 모양이지만 명훈에게는 벌써 유쾌하기는 틀린 술자리였다.

“그래, 여기는 어떻게 왔어?”

대강 얘기나 듣고 일어나려고 명훈은 첫 잔을 받기 바쁘게 그가 갑작스레 나타난 까닭부터 물었다.

"형님, 찾아왔다 카이요."

"날? 날 보러 서울서 여기까지 왔단 말이야? 뭣 땜에?"

"사람 깝치지(다그치지) 마소. 다 얘기할 테이께는. 내 얘기를 들으믄 내가 여기 온 기 하나도 이상하지 않을 께시더."

말동이는 그렇게 얼버무려 놓고 술부터 권해 댔다. 맥주는 더운 날씨에 들일을 하다 와서인지, 특유의 쏘는 맛 때문인지 그날따라 몹시 시원했다. 그러고 보니 농사철 시작되고 제대로 마셔 보기는 그게 처음이었다. 막걸리야 이따금씩 마셨지만 그건 어디까지나 참이나 농주 수준에 지나지 않았다.

그런데 세 번째 술병을 따면서 다시 명훈의 경계심을 예민하게 건드리는 게 있었다. 말동이가 술을 마시는 양이었다. 처음에는 소라도 잡을 듯 덤벼 놓고는 석 잔도 안 비우고 술 앞에 몸을 사렸다. 그 대신 명훈에게는 숨 가쁠 정도로 권해 대는 게 자신은 취하지 않고 명훈은 취해야 되는 얘기가 있는 듯했다.

명훈은 그걸 알아차리고도 짐짓 모르는 척 잔을 비웠다. 주량에 자신이 있는 터라 어디 한번 두고 보자는 기분이 든 까닭이었다. 거푸 대여섯 잔을 비우자 명훈이 얼굴이라도 벌게졌는지 말동이가 슬슬 얘기를 꺼냈다.

"형님, 여다 살아 보이 어떻디껴?"

"뭘 말이냐? 네 말마따나 촌 생활? 좋지, 산 높고 물 맑고."

명훈은 짐짓 술기운을 과장하며 그렇게 대답했다. 말동이가 저도 술이 도는 시늉을 하며 다시 물었다.

"농사, 지을 만하디껴?"

"지을 만하지. 나 이래 봬도 밭이 2백 마지기나 되는 대지주다."

"에이, 어디 책가방 크다꼬 공부 잘하이껴? 까짓 산전(山田) 뻬끼논(벗겨 놓은) 거 많으믄 뭐하노? 땅에서 나오는 게 있어야지. 그래 양식이나 되디껴?"

"양식이 되니 이리 살아 있지. 너 안 먹고 사는 사람 봤어?"

"우리끼리 몬 할 얘기 뭐 있을리껴? 형님, 참말로 개간지 농사 지어 살 수 있디껴?"

"도회지서 억지 쓰며 사는 것보단 나아. 아직은 시작이라 좀 어렵지만 곧 좋아질 거야. 두고 봐. 내 10년 안에 우리 옛 살림 반은 되찾아 놓지."

명훈은 오기에서라기보다는 말동이의 반응이 궁금해 그렇게 우겨 보았다. 거기다가 빙긋 웃음까지 덧붙여 여유를 보이자 말동이의 얼굴에 알지 못할 혼란 같은 게 스쳤다.

"그게 아일 껜데. 내가 알아본 거로는 형님이 이리저리 몹시 어렵다 카던데……."

"누가 그래?"

"그냥 소문에……."

"어떻게 어렵대?"

"산만 벗겨 놨지 땅에서는 나는 게 없어 양식도 곤란할 게라꼬."

거꾸로 자신이 물음을 당하고 있다는 것도 모르고 거기까지 대답한 말동이가 문득 자신의 실수를 깨달은 듯 덧붙였다.

"누가 카고 안 카고 뻔한 거 아이껴? 촌에서 서로 물밑 딜따 보드시(들여다보듯이) 훤히 딜따보미 살면서. 그 소문 듣고 형님 어려울 줄 알고 왔는데."

틀림없이 누구에게서 상세하게 명훈의 근황을 듣고 온 것 같은데, 그렇게 말을 돌려 정보원(源)을 애매하게 만들어 버렸다. 그러나 그가 찾아온 목적이 더 궁금한 명훈은 뻔히 알면서도 그런 말재주에 속는 척해 주었다.

"좋아, 그럼 네 말대로 어렵다 치지. 그래서 내 농자금이라도 대 주러 온 거냐?"

명훈이 너무 빨리 핵심으로 다가가자 오히려 그가 당황하는 눈치였다. 잠깐 대답을 주저하다 내친김이라는 듯 말했다.

"그건 아이고 — 여기 일 시원찮으믄 때려치우고 내하고 사업이나 하자꼬요."

"사업? 무슨 사업을?"

"아까 안 카디껴? 무역이라꼬."

"무역? 네가 무역을 한다고? 아까는 밀수라고 한 것 같은데."

"전에는 그랬지만 인제는 아이씨더. 물건을 대 주는 물주가 따로 있다 카이요. 집에 떠억 앉아 있어도 물건이 배달돼 온단 말이래요. 나는 팔기만 하믄 되디더. 그것도 뻐젓이 가게 채리 놓고 ……."

"좋아, 그건 그렇다 치고 내 궁금한 것부터 알아보자. 할배 말로는 네가 국토건설단에 붙잡혀 가지 않으려고 숨어 다니다 없어졌다 했는데, 어떻게 된 거냐? 밀수든 무역이든 하도 난데없어서."

"그거 말이껴? 그거사 얘기하믄 길지요."

거기서 녀석은 기다리고 있었다는 듯 술술 얘기를 풀어 놓았다.

"5·16 나고 깡패뿐만이 아니라 그 비스무리한(비슷한) 것까지도 몰미리(모조리) 잡아가데요. 나도 겁이 나 뛰었지만 뛰 봐야 벼룩 아이껴? 공사판에 붙어 봐도 맘이 안 놓이고 광산으로 가 봐도 처박히 있을 수가 없어 배를 탔지요, 배랬자 쪼매는 고대구리배(어구가 시원찮은 작은 배)지만 그래도 한결 났디더. 그래서 어예어예 흘러간 게 마산인데, 거다서 줄을 잡았디더. 선창에서 싸움 몇 번 한 게 인연이 돼 도꼬다이(특공대: 밀수품 양륙반)에 낀 게라요. 첨에는 연안에 들어온 물건이나 치우는 거랬는데 차츰차츰 커 가지고 나중에는 일본에도 왔다 갔다 하게 되고…… 그래다가 지금 물주를 만냈디더. 신 사장이라꼬 재일교폰데 도꼬다이 때 일본서 물건 대 주던 사람이지만 인제는 그게 아이라요. 한일 국교가 정상화되고 올봄에는 뻐젓이 한국에 들어와 시찰까지 하고 갔다 카이요. 내 장사는 그 사람이 대 주는 물건을 파는 거뿐이씨더. 한 번에 많이 오지는 못 해도 이전같이 밀수품은 아이란 말이씨더……."

말동이의 그런 설명은 언뜻 듣기에는 별로 의심 가는 데가 없었다. 그러나 일본을 내왕했다는 게 다시 명훈의 은밀한 경계심을 일으켰다.

"네 얘긴 알겠는데 같이 장사해 보자는 건 무슨 소리냐? 물건도 많이 오지 않는다면서 그걸 둘이서 하자는 거냐?"

"좋은 구찌(ロ: 여기서는 구멍. 구석)를 새로 뚫버야지요(뚫어야지요). 내 장사도 사는 거사 걱정 없더마는 그거 가주고 어디 한이 차야제. 그런데 마침 길이 하나 난 거라요. 신 사장보다 또 한 칸 오댄데(큰손인데), 한때는 도꼬다이 배를 여섯 척이나 가지고 있었다는 사람이씨더. 이 사람이 어예 알고 날 찾아와 같이 손잡고 해 보자는 거라요. 산욘가 소닌가 하는 일본 전자 제품 회사에도 선이 닿아 있다던데 시장만 잘 뚫버 두면 나중 한일 국교 정상화 뒤에 한국 총판을 주겠다 안 카이껴?"

말동이는 한국 총판이란 말을 이상하리만큼 강조했다. 그러나 그쪽 판에 대해 전혀 아는 게 없는 명훈은 그게 왜 그리 대단한 건지 짐작이 가지 않았다. 그저 안동에서 본 꾀죄죄한 가전제품 대리점이 떠올라 심드렁하게 물어보았다.

"총판이라면 전기다리미하고 선풍기 같은 거 놓고 파는 그 대리점 말이냐?"

"참 형님 봐라. 저래이 촌사람 대접 받제. 일본 전자 회사 한국 총판, 그게 얼마나 대단한지 아니껴? 바로 돈방석이래요. 따내기 힘들어 그렇지 한번 따 놓기만 하면 물건은 없어 몬 팔고…… 그게 얼매나 대단한 겐데……."

명훈으로서는 아무래도 실감 안 나는 소리였다. 들은 거라고는 한일회담 반대 데모뿐인데, 일본 전자 회사의 한국 총판이 돈방석이 된다니 도무지 알 수가 없었다. 그러나 더욱 알 수 없는 일은 말동이가 왜 그 대단한 돈벌이를 놓고 전자 제품의 '전' 자도 모르는 자신을 찾아왔는가 하는 점이었다. 평소 그와의 관계는 굳이 호칭을 붙인다면 존고종쯤이 되는 5촌 척 정도여서, 장사의 동업 같은 걸 권할 만한 사이가 아니었다.

"어쨌든 좋다. 그걸 동업하잔 말이지? 그렇지만 장사란 건 밑천이 있어야 하잖아? 가진 거라고는 아무도 거들떠보지 않는 개간지뿐인데 뭘 대고 동업을 해? 누가 비싼 값으로 개간지 사 주겠단 사람이라도 있어?"

명훈은 혹시 그가 개간지를 노려 자신을 꼬드기러 왔을지도 모른다는 의심으로 그렇게 찔러 보았다. 그러나 대답은 또 그의 기대와는 딴판이었다.

"밑천 같은 거는 필요 없어요. 그거는 다 되게 돼 있다 카이요. 형님은 그저 몸만 가믄 되니더."

"아니, 세상에 뭐 그런 땅 짚고 헤엄치기 같은 일이 있어? 내가 전자 제품 총판에 대해 뭐 아는 게 있다고?"

"그러이 다 운때고 인연이제요. 하여튼 형님은 몸만 가믄 된단 말이씨더."

그러나 명훈의 의심은 점점 커질 뿐이었다. 이 얼치기가 이제는 사기까지 치고 다니는구나 ―. 솔직히 명훈의 마음속은 그랬다. 마음속이 그렇다 보니 표정과 말씨마저 고울 리 없었다.

"좋다. 알았어. 하지만 미리 말해 둘 게 있다."

드디어 참지 못한 명훈이 자신의 의심을 솔직히 드러냈다. 상대방을 위압하려 들 때 흔히 쓰는 굳은 얼굴과 침묵의 몇 분을 보낸 뒤의 일이었다.

"예, 뭐요?"

"바로 말해 다오. 누구 우리 개간지 사려는 사람이 있어? 그래, 통째 얼마까지 본대?"

"아이, 형님 뭔 소리를……."

"그렇잖으면 어디 패싸움 났어? 내가 가기만 하면 되는 일이라면 아무래도 그것밖에 없는 것 같은데."

말동이는 마치 말을 잘 알아듣지 못하는 사람 같았다. 한참이나 눈만 멀뚱거리며 머릿속으로 생각을 꿰맞추다가 겨우 알았다는 듯 입을 뗐다. 하지만 심하게 더듬거리는 말이었다.

"형님이…… 어째, 그래, 나를…… 이 유말동이를 하, 한심하게 보이껴?"

"그럼, 뭐야?"

"남은 일껏 생각해 가주고 왔는데……."

"생각이고 뭐고, 우리 상식으로 따져 보자. 세상에 그런 돈방석이 있는데 어째서 내 몸만 가면 되냐?"

"그게 참말로 글타니까요."

"나 아니라도 그쪽으로 날고 기는 친구들이 많을 텐데. 너도 그렇고, 그런데 왜 하필 나야?"

"하, 그 얘기껴?"

그제야 모든 걸 알겠다는 듯 말둥이가 감탄 같은 소리를 냈다. 하지만 그거라면 자신 있다는 듯 갑자기 표정이 밝아졌다.

　"그 얘기를 안 해 놓으이 오해하셨구마는. 그 김 사장 말이씨더 ― 왜, 내가 새로 만냈다는 ― 그 사람 남이 아니란 말이라요. 우리하고는 진외가 쪽으로 척이 좀 있고, 형님도 엇비식이 아는 사람이라꼬요. 여기서 얼매 안 되는 지례(知禮) 사람인데, 일정 때 징용 끌려갔다가 거기서……."

　"어쨌든 그 사람이 엇비슷하게 아는 사람이면 다 불러다 돈방석에 앉혀 준대?"

　"그게 아이라요. 그 사람 앞으로 몇 해만 더 벌믄 고향에 돌아올라 칸다꼬요. 돌아와도 그냥 돌아오는 게 아이라 국회의원 한 자리쯤 생각하는 모양이디더. 그래서 미리 젊고 똑똑은 고향 사람들 지 사람 맨들라꼬 벌인 게 여기 사업이씨더. 그래 내가 형님 얘기를 했디 한번 만나 보자는 거 아이껴? 돈방석 얘기는 형님이 하도 꿈쩍을 안 하이께는 내가 한번 풍(허풍)을 쳐 본 게씨더. 그걸 가주고 사람을 생으로……."

　그렇다면 꼭 앞뒤가 안 맞는 얘기도 아니었다. 돌내골에서도 솔아래[松下] 마을 출신의 재일교포 한 사람이 지난봄 성묘를 다녀가면서 국민학교와 고등공민학교에 각기 풍금 한 대씩을 기부하고 간 일이 있었다. 그도 오래잖아 일본 살림을 정리해 돌아올 거라 했다는데, 그 때문에 그에게도 국회의원 생각이 있다는 소문이 한동안 장터를 떠돌았다.

하지만 그렇다고 명훈의 의심이 다 풀린 것은 아니었다. 한쪽 의심이 약간 풀어짐과 함께 다른 쪽으로 의심이 일었다. 그것은 말동이의 말솜씨와 태도에서 온 것들이었다. 그는 딴 얘기는 황당하고 주책없이 쏟아 내다가도 명훈이 설명을 필요로 하면 이상하게 조리 있고 명확해졌다. 꼭 누구에게 미리 듣고 준비라도 한 사람 같았다. 그의 태도도 허둥거리는 말솜씨에 비해서는 어울리지 않게 침착했다. 명훈이 술 취한 척하며 은밀히 관찰한 바로는, 그는 끊임없이 명훈의 반응을 점검하고 있는 듯했다.

자신의 설명에도 불구하고 명훈이 선뜻 믿어 주지 않자 그가 잠깐 난처한 기색을 띠었다. 그러다가 이래도냐, 하는 식의 느낌이 들 만큼 갑자기 자신에 찬 표정이 되어 덧붙였다.

"그러고 김 사장이 형님을 찾는 데는 다른 의미도 있단 말이씨더. 아매 형님이 들으면 깜짝 놀랠 거로."

"그게 뭔데?"

명훈이 그렇게 묻자 그가 갑자기 목소리를 죽였다.

"이래믄 뭐라꼬 불러야 되노. 할 수 없제. 촌수가 그러이 동영이 형님, 아이, 형님 부친 말이씨더. 형님이 알고 싶다믄 그분 소식도 알아 줄 수 있다 카디더. 일본에는 거 뭐로, 조총련이란 게 있어 가주고 이북을 왔다 갔다 하는 사람들이 있다 카데요. 김 사장은 그 사람들하고도 거래가 있는데 마음만 먹으믄 그러매이(그런 것) 아는 것쯤 쉬운 것 같디더."

그러는 말동이의 표정은 멀쩡했지만 명훈에게는 그동안의 술기운이 일시에 싹 날아갈 만큼 충격적이었다.

"뭐야? 그 사람이 그것까지 말했어?"

"그거는 아이지만 내가 보이……."

"그렇다면 나는 안 되겠어. 돌아가. 나는 그냥 여기서 땅이나 파먹고 살 거야."

"아이, 왜요? 딴 거도 아이고 바로 친아부지 소식인데 궁금하지도 않니껴?"

"궁금하다고? 아버지라면 정말 몸서리난다. 생각만 해도 어머님 말대로 언슨시럽다(끔찍하다). 그쪽으로 얼쩡거리다가 또 무슨 경을 치려고."

그래 놓고 나니 명훈은 정말로 몸이 으스스해졌다. 지난 10여 년 동안 아버지 때문에 겪은 온갖 시련이 추상화된 공포였다. 자기가 자신 있어 한 제안이 명훈으로부터 뜻밖의 반응을 얻자 말동이는 잠시 당황하는 듯했다. 그러나 이내 딴 얘기를 꺼내 명훈의 마음을 돌려 보려 했다.

"형님, 그카지 말고 내하고 가 보시더. 농사 이거 군사정부에서야 뭐라꼬 떠들어 쌌지만 암만 해 봐도 끝은 뻔하니더. 공업화다 수출이다 캐 쌌는 소리 못 들었니껴? 하마 나라가 들어 그꾸(그렇게) 나싸끈(떠들어 대면) 고들어(시들어) 들게 마련인 게 농업이라요."

나중에 생각해 보니 그것도 제 말은 아니었다. 그러나 그날의 명훈은 본능적인 공포 이상 다른 의심은 더하지 못했다.

그저 그 덜떨어진 녀석이 어디서 몰고 온 허황된 사업 때문에 뒷날 자신이 쓸데없는 의심을 받는 거나 피해 놓고 보자는, 다급한 생각뿐이었다.

"맹규 할마시, 이리 좀 와 보소."

명훈은 말동이의 말에 대꾸 대신 마침 그 방 앞을 지나는 술집 안주인을 일부러 낸 취한 소리로 불렀다. 시골 술집의 여름에는 흔치 않은 맥주 손님을 받아 공연히 궁금한 게 많던 안주인이 별로 마다 않고 문 앞 툇마루에 와 걸터앉았다.

"두 사람 의좋게 마시다가 이 할마시는 왜?"

"제 술 한잔 받고 이 미친놈 얘기 한번 들어 보소."

명훈은 사투리 섞어 그렇게 떠들썩하게 말해 놓고 안주인에게 맥주 한 잔을 따랐다. 이 비싼 술을, 어쩌고 하면서도 안주인은 기다렸다는 듯 잔을 받아 단번에 비웠다.

"미친놈이라이? 말짱한 양반 놔뚜고 그기 뭔 소리로?"

"얘가 나더러 농사 때려치우고 저 따라 서울 가면 돈방석에 앉혀 준답니다."

"거 안 좋나? 함 가 보람."

"어허, 날이 더우니 이 할마시도 미치는 모양이네. 여기 있으면 등 따습고 배부른데 서울은 좆 빨러 갑니까?"

명훈이는 돌내골에 와서는 한 번도 해 본 적이 없는 쌍욕까지 섞어 술집 안주인의 기억을 도왔다. 하지만 그래 놓고도 영 안심이 안 되는 게 뜻 아니한 뒤탈이었다. 겉봉도 본 적이 없는, 일본서 온 아버지의 편지 한 통 때문에 어머니와 함께 며칠이나 경찰에게 닦달을 당한 때의 기억이 술기운 때문에 한층 끔찍하게 과장되어 머릿속에 떠오르며 어떤 위기의식까지 느껴졌다.

"야, 이 미친놈아, 술이야 잘 먹었다만 이제 일어나 봐. 흰수작 말고 날 저물기 전에 여길 떠나라고."

명훈은 완연히 취한 사람처럼 이번에는 말동이에게 그렇게 퍼부었다. 말동이의 얼굴이 굳어지며 더듬거렸다.

"형님, 그, 그게 뭔 소리껴? 중요한 얘기하다 말고."

"얘기고 뭐고 다 때려치워. 왜놈이 대 주든 양놈이 대 주든 그 대단한 사업 너나 잘해 봐. 애써 맘잡고 일 잘 하는 사람 괜히 쑤석거리지 말고."

그래 놓고는 갑자기 몸을 일으키며 험악하게 덧붙였다.

"말동이 너 인마, 사기를 쳐 먹으려 해도 될성부른 데 가서 쳐. 내가 누구야? 이명훈이를 뭘로 보냐고. 오늘 몸 성하게 돌아가는 거 다 외가 덕 본 줄 알고 어서 꺼져."

영문 모르는 말동이에게는 좀 심했지만 뒷날로 보아서는 그 역시 잘한 일이었다.

그날 명훈의 자기방어 본능은 그 정도에 그치지 않았다. 자신의 그와 같은 돌변에 멍해 있는 말동이를 영양옥에 홀로 남겨 두고 실제보다 몇 배나 더 취해 보이게 비척거리며 술집을 나선 명훈은 곧 두 번째의 훌륭한 증인감을 발견했다. 어디 갔다 오는지 체인이 벗겨진 자전거를 끌고 장터의 자전거포를 찾아드는 지서 차석(次席)이었다.

명훈은 별로 달갑잖아하는 차석의 소매를 이끌고 그 곁 가겟방으로 들어갔다. 그리고 미지근한 맥주를 두 병이나 따며 영양옥 안주인에게와 비슷하게 과장된 어조로 말동이 얘기를 몇 번이고 되풀이했다. 그때는 아직 그런 방향으로 말동이를 의심하지는 않았지만, 뒷날 일이 터지고 나서 보니 그 일 역시 매우 잘한 일이었다.

하지만 차석과 헤어져 아직 해가 한 뼘은 남은 초여름 오후 길을 터덜거리며 걷는 명훈의 기분은 우울했다. 내처 장터 바닥에 앉아 취하도록 퍼마실까도 생각해 보았으나 그리 되면 영원히 개간지로는 돌아가지 못하게 될 것 같은 예감이 들어 억지로 돌아가는 길이었다. 따라서 그의 우울은 말동이가 준 자극이나 술기운보다는 자신이 고향의 흙에 걸고 내려온 꿈과 열정이 어느새 그 마지막 불꽃을 깜박이고 있는 것 같은 섬뜩한 느낌 때문이었다.

명훈은 밭둑까지는 다가갔으나 호미를 다시 잡을 마음은 아니었다. 마신 술이 적지 않아 나른해진 몸을 털썩 밭둑에 내려놓으며 호주머니에서 담배를 꺼냈다. 성냥이 땀에 젖었는지 얼른 불이 켜지지 않아 몇 번이고 그어 대고 있는데 어머니가 하던 일을 놓고 곁에 와서 물었다.

"가아(그 애)가 왜 왔다 카드노? 지 푼수에 안 맞게 지딱거리는(거들먹거리는) 게 당최 마음이 쓰여서. 지가 그래, 널 따로 데리고 가 할 말이 뭐 있으꼬?"

어머니도 왠지 불안해하는 눈치였다. 역시 어떤 본능적인 경계심이 작용한 것일까, 명훈이 미처 대답하기도 전에 다시 딴소리를 덧붙이기도 했다.

"그 집안 사람들하고 우리는 쓸데없이 안 만나는 기 그저 상순데(상수인데)⋯⋯."

명훈은 어머니에게 자세한 얘기를 들려줄까 하다가 공연히 걱정만 더할 것 같아 말동이 얘기를 되도록 짧게 맺어 버렸다.

"미친놈, 무슨 되지도 않는 사업을 가지고 와서 함께 해 보자나요. 들어볼수록 씨알도 안 먹히는 소리라 술만 한잔하고 그냥 보내 버렸어요."

"잘했다. 뭐라 캐싸도 지 형편 우리가 뻔히 아는데 택시까지 터억 가시끼리(대절)해 가주고. 꼬라지도 그게 뭐로? 겉바람이 들어도 한참 든 같더라."

어머니가 안도의 한숨과 함께 그렇게 받았다. 그리고 겨우 담뱃불을 붙여 한 모금 빨아들이는 명훈 곁에 다리를 뻗는 게 마침 쉴 참이었던 듯했다.

명훈은 담배를 태우며 새삼스레 개간지를 돌아보았다. 그 몇 달 자신의 작은 왕국으로 소중함을 되찾고 있던 그 땅이 그날따라 낯설어 보였다. 한때는 자신의 목표요 도달점이라고 믿기까지 했던 그 들판이 그저 한없이 뻗어 있는 넓은 길의 일부처럼만 느껴졌다. 다른 이유 때문에 말동이와의 술자리를 뿌리치고 나왔지만, 그가 그 땅과 자신의 앞날에 대해 한 말도 명훈의 가슴속에서는 아직 유효했다. 나라가 하마 공업화다 수출이다 캐 싸믄 농사는 그 앞이 뻔한 기라요 ─. 어디서 주워들은 말인지 몰라도, 그런 말동의 목소리가 남긴 울림은 뜻밖으로 컸다.

"어머니, 우리가 여기서 끝까지 살게 될 것 같아요?"

"그게 무슨 소리고? 여다 살라꼬 와 놓고."

명훈의 갑작스러운 물음에 어머니가 또 다른 종류의 불안으로 얼굴을 흐리며 받았다.

"농사나 지으며, 이 고생으로 늙을 자신 있습니까?"

"고생은 무슨…… 올해는 계량(繼糧)도 될 게고, 앞으로 가른 살림도 훨씬 피겠제. 니 왜 그래노?"

"갑자기 다시 우리가 큰길가에 앉은 것 같아서요."

"야가 낮술 취했구나. 그눔아가 뭔 소리를 해 가주고……."

어머니는 대뜸 모든 걸 말동이 탓으로 돌리고는 더 듣기 싫다는 듯 몸을 일으켰다.

"니는 뿌리 없이 떠돌아댕기며 사는 거에 디지도(데지도) 안 했나? 인자는 박 대통령도 선거 공약으로 연좌제 푼다 캤으이 어지간하거든 여다 마음 붙이고 살자."

그러면서 밭이랑으로 들어서는 어머니의 모습에는 전에 없이 할머니 티가 났다. 그게 갑작스러운 연민으로 입을 막아 명훈도 더 말하지 않고 몸을 일으켰다. 아직은 묻어야 할 콩 씨였다.

그날의 꿈이 정말로 무슨 전조였던지 말동이가 다녀간 지 닷새 안 돼 명훈은 도경(道警) 수사과에서 파견된 대공(對共) 요원들에게 임의동행 형식으로 끌려갔다. 밤새 조사를 받으며 알게 된 바로 말동이는 명훈도 그렇게까지는 상상하지 못한 재일교포 간첩단에 일찍부터 포섭되어 딴에는 포섭이 가능하다고 여긴 명훈을 떠보려 온 듯했다. 말동이가 벌써부터 당국의 감시 아래 있어 수사가 충분하게 이루어진 바람에 명훈은 이번에는 큰 고생 없이 경찰에서 하루 만에 풀려났다. 정중한 말씨로 참고인 진술을 받았을 뿐인데, 명훈이 만약을 위해 만들어 둔 증인의 증언까지 이미 수집돼 있을 정도로 철저한 사전 수사가 있었던 덕분이었다.

하지만 뒷날 명훈은 언제나 그 개간지를 떠나기로 결정한 날을 도경에서 하룻밤을 자고 풀려나 돌내골로 돌아온 날로 기억하곤 했다. 실제로 그들 일가가 개간지를 처분하고 다시 도회의 하층민으로 편입하게 되는 것은 그로부터 1년이 훨씬 더 지난 뒤의 일인데도 명훈의 기억이 그리 된 까닭은 그때까지도 그들의 잠재의식에서 어떤 작용을 하고 있던 옛적의 공식 탓일 것이다.

경찰이 찾아 왔으니 우린 떠난다…… 그때는 이미 아무런 근거도 없고 실효도 사라진 그 떠남의 공식이 은연중에 그를 몰아댄 것임에 틀림없었다.

재회

영희는 정성 들여 온몸 구석구석까지 바누질을 했다. 그렇게 하는 것이 속 깊이 더러워진 몸을 다시 깨끗하게 만들 수 있는 단 하나의 길이라는 듯이. 이류라도 호텔은 호텔이라 욕조며 더운물이 그런대로 쓸 만했다.

사실 전쟁 뒤의 가난 속에서 소녀 시절을 보낸 영희에게는 얼마 전까지만 해도 목욕이란 게 그리 친숙한 일이 아니었다. 설이나 추석 같은 명절 전의 특별한 경우를 빼면 한 달에 한 번 정도 날을 잡고 대중목욕탕에 들어가 묵은 때를 한꺼번에 벗기는 게 고작이었다.

그런데 그 무렵 들어서는 틈만 나면 하는 목욕이 무슨 일과처럼 되고 말았다. 술에 취하거나 딴 일에 정신이 빠져 있을 때를 빼고는 끊임없이 그녀를 몰아대는 불결감 때문이었다. 나갈 만하면 외박도 나가고 그날 술자리에서 처음 만난 남자와 잠자리를 함께 하는 일까지 무덤덤해지기 시작하는 데 비해 집요한 데마저 있는 그녀의 결벽이었다.

"으응, 나야. 왜 거 얘기했잖아? 김 전무하고…… 통금에 걸렸어…… 어디 놔줘야지…… 모르는 소리하지 마. 사업이 다 그런 거 아냐……? 시끄러워, 이따 저녁에 들어가서 얘기하지…… 지금은 공장에 나가 봐야 한다니까…… 정말 이 여편네가……? 끊어!"

객실에서 남자의 전화 소리가 들려왔다. 외박하는 것을 둘러대는데 아내가 호락호락 넘어가 주지 않는 듯했다.

영희는 조소와 함께 그 남자를 언뜻언뜻 떠올렸다. 영등포 언저리에 작은 공장이 있고, 김 전무란 사람의 큰 회사에 목을 매단 납품업체고, 방금 무언가로 그 김 전무를 구워삶아야 하고…… 그게 대강 술자리에서 잡은 감이었다. 전날 낮에 비어홀 '파라다이스'에서도 꽃이라는 7번 민 양에게 천 원씩이나 따로 찔러 주며 김 전무의 기분을 맞춰 주라고 특별 부탁을 했다는 것으로 보아 어지간히 급한 청탁인 듯했다. 그러나 하룻밤의 손님으로는 그간 영희가받아 본 여남은 명 중에서는 평균치였다. 공연한 술주정으로 사람을 괴롭히지도 않았고, 변태스러운 요구를 하거나 밤새도록 추근대지도 않았지만 할 짓은 다하는 그런.

하지만 영희는 그 남자 생각에 오래 빠져 있을 틈이 없었다. 전화로 보아 곧 방을 나갈 듯한데 목욕탕에서 꾸물거리다가 그냥 가게 해서는 안 되었다. 외박 팁이야 간밤에 천 원을 미리 받아 두었지만 아침에 헤어질 때 미장원비니 목욕비니 해서 얼마간은 더 기대할 수 있기 때문이었다. 영희는 얼른 샤워기를 틀어 몸의 비누 거품을 씻어 내고 수건으로 몸의 물기를 닦았다.

영희가 팬티 위에 슈미즈만 걸치고 욕실을 나왔을 때 어느새 양복까지 차려입은 남자가 거울 앞에서 정성스레 넥타이를 매만지고 있었다.

"가시게요?"

영희가 수건으로 머리칼의 물기를 닦아 내면서 별 감정 없는 목소리로 한마디 던졌다. 남자가 애매한 미소로 영희를 돌아보았다.

"음, 늦었어. 빨리 공장에 가 봐야 돼."

아침에 눈뜨기 바쁘게 무엇에 쫓기는 사람처럼 자신의 몸을 다시 더듬던 때와는 전혀 달랐으나 그래도 모르는 척하지는 않겠다는 얼굴이었다. 영희는 자신의 존재를 상기시킨 것으로 만족하며 대꾸 없이 머리칼의 물기만 닦아 냈다. 남자가 뭔가 쭈뼛쭈뼛하더니 주머니에서 백 원짜리 몇 장을 꺼내 거울 앞의 작은 화장대 위에 얹어 놓았다.

"이거, 미장원에나 가."

남자가 약간 미안함 섞인 목소리로 그렇게 말하고 문 쪽으로 걸어 나갔다. 문 앞에서 돌아보며 한 번 미소를 짓는 게 그리 이골 난 난봉꾼 같지는 않았다.

그저 모든 게 보통이군 ―. 영희는 그런 기분으로 문을 나서는 남자의 뒤통수에 대고 한마디 인사말을 던졌다.

"안녕히 가세요."

"어젯밤 즐거웠어. 일간 한번 파라다이스로 가지."

영희의 인사말에 힘을 얻은 듯 남자가 돌아보며 공허한 웃음을 보냈다.

문이 닫히고 커튼 때문에 어두운 방 안에 홀로 남게 되자 영희는 새로 자리 잡기 시작한 버릇처럼 조금 허전해졌다. 참으로 알 수 없는 게 몸이었다. 마지못해, 어떤 때는 싫은 걸 억지로 참으면서 몸을 내맡기게 되어도 하룻밤이 지나면 그 남자는 특별한 의미가 있는 사람으로 의식 속에서 성큼 다가섰다. 그리하여 날이 밝은 뒤 그가 지전 몇 장을 흘려 놓고 나가 버릴 때는 자신도 모르게 허전함을 느끼는 것이었다. 나중에 영희는 별 바쁜 일이 없으면서도 새벽같이 호텔이나 여관방을 빠져나왔는데, 어쩌면 그것은 남자보다 먼저 그곳을 떠남으로써 그 부질없는 허전함에 젖는 것을 피하기 위해서였는지도 몰랐다.

하기는 그런 기분은 혜라나 모니카도 마찬가지인 듯했다. 언젠가 영희는 조심스레 모니카에게 자신의 기분을 들려준 적이 있었다. 그런데 이미 그렇게 몸을 내돌린 지 오래되었고, 감정도 섬세함과는 거리가 먼 모니카였지만, 그녀는 금세 알아들었다.

"나도 그래, 약간은."

그렇게 대답하는 게 건성으로 치는 맞장구는 아닌 듯했다. 곁에 있던 혜라는 한술 더 떴다.

"보살 언니가 그러는데, 이승에서 옷깃 한 번 스치는 것도 전생에서 3천 년의 인연이 얽힌 거라더라. 그렇다면 하룻밤 몸을 섞는다는 건 3만 년도 넘는 인연이 아니겠니? 잘해 줘라. 그 남자들, 오다가다 만난 것 같아도 억 겁(劫) 전생부터 우리와 인연이 깊은 사람들이라니까."

그러는 혜라의 얼굴은 작은 보살 마담처럼 도통한 사람의 그 것이었다.

조용하고 어둑한 방 안에 홀로 오래 남아 있기 싫어 영희도 나갈 채비를 서둘렀다. 그러려면 먼저 손봐야 할 게 얼굴이었다. 영희는 커튼을 젖혀 방 안을 밝게 한 뒤 거울 앞에 앉았다. 아직도 익숙해지지 않은 자신의 얼굴이 별 표정 없이 거울에 비쳤다.

영희의 눈길이 습관처럼 먼저 멎은 곳은 콧날이었다. 두 눈 사이에 이르기도 전에 죽어 있던 콧날은 제법 눈썹 사이까지 파고들며 오뚝하게 솟아 있었다. 며칠 전까지만 해도 이물감(異物感)과 함께 콧등 위쪽에 붉은 기운이 있었는데, 이제는 다른 살갗과 비슷한 색인 걸로 보아 성형수술은 성공인 듯했다. 코를 세운다고 파라핀을 주사해 오히려 코가 짓물러 버렸단 얘기가 심심찮게 나도는 때였던 만큼, 가슴을 쓸어내려도 좋을 일이었다.

눈도 이전과는 사뭇 달랐다. 원래 있던 쌍꺼풀을 더 깊게 하면서 눈두덩이의 지방을 뺀 게 위로 치찢어진 듯하던 눈꼬리를 많이 내려져 보이게 했다. 속눈썹을 붙이고 눈꼬리 부분에 마스카라와 아이섀도로 음영을 주면 거의 정상이었다. 아직도 좀 처진 듯한 두 볼의 살이 마음에 걸렸으나, 전체적으로 얼굴의 균형은 이전과 비교할 수 없을 만큼 잘 잡혀져 자신의 외모에 은근한 자부심까지 품을 수 있게 했다.

영희는 조금씩 덜어 핸드백에 넣고 다니던 폰즈로 얼굴을 닦아낸 뒤 속눈썹을 붙이고 검은 아이라이너로 눈꼬리를 아래로 처져 보이게 그렸다. 전보다 많이 얇아진 눈두덩 양쪽에 약간 아이섀도를 넣으니 스스로 보기에도 그럴듯한 도회지 미녀가 거울 속에 나타났다. 거기다 연두색 물방울무늬 블라우스와 미색 스커트를 받쳐 입자 속옷 바람으로 어두운 방 안에 혼자 있을 때와는 기분마저 달라졌다.

그래, 좋아. 이것도 직업이야. 혜라 년 말마따나 귀천이 있을 수 없다는 그 직업…… 영희는 그런 아침이면 언제나 되뇌는 말로 호텔 방문을 나섰다. 호텔 입구의 카운터를 지날 때 거기 앉아 있던 사내가 보내는 찐득한 눈길이 마음에 거슬렸으나 그것도 잠시였다. 큰길로 나서자 눈부신 여름 아침이 모든 어두운 상념을 한꺼번에 떨쳐 버리게 했다.

'모니카 그 기집애나 불러내 뚝섬에나 갈까. 거기서 수영이나 하고 바로 파라다이스로 나가지 뭐.'

영희는 그런 생각으로 공중전화를 찾다가 문득 일수집 아줌마와의 약속을 떠올리고 마음을 바꾸었다. 셋방을 얻을 때 얻어 쓴 일수 돈이 사흘이나 밀려 있었다. 돈 생겼을 때 사흘 치 내고 이틀 치쯤 선불해 놔야지. 아니면 그 여우 같은 여자가 또 이자에 딸라

변을 물리려 들 거야. 어젯밤 반갑게 그 작자를 따라나선 것도 바로 그 때문이었잖아…….

영희가 일수 아줌마 집을 들러 셋방으로 돌아갔을 때는 열 시가 조금 넘어 있었다. 본격적으로 더위가 시작되는지 햇살은 벌써 파라솔 없이 걷기 어려울 만큼 따가웠다.

방 안은 어제 나갈 때와 다름이 없었다. 문 옆에 신문지를 깔아 놓고 들여 둔 세 켤레의 구두, 그 곁 작은 알루미늄 둥근 상과 거기 얹힌 몇 가지 자질구레한 자취 도구, 벽에 주렁주렁 걸린 옷가지, 그리고 나머지와는 어울리지 않게 크고 번들거리는 며칠 전에 월부로 산 전축…… 모든 게 신통하게 혜라와 모니카의 방을 닮아 가고 있었다. 다른 게 있다면 혜라와 모니카는 둘이 쓰면서도 보증금 5천 원에 사글셋방이라는 정도였다.

간밤 특별나게 시달린 것도 없는데, 다프타(태피터) 잇을 댄 이불을 펴고 그 위에 눕자 피로가 온몸에 나른하게 퍼져 왔다. 아침을 먹지 않았으나 간밤에 얻어 마신 맥주 때문인지 식욕이 일지 않아 먹는 것은 잠깐 눈을 붙인 뒤 아침 겸 점심 해서 한술 때울 작정이었다.

영희는 잠을 청하기 위해 전축에 스위치를 넣고 판을 얹었다. 잡히는 대로 얹은 판이지만 얹고 보니 엊그제 새로 산 유행가 판이었다. 그 무렵 한창 인기 있는 남자 가수가 목쉰 소리로 역시 한창 인기 있는 곡을 불러 댔다.

눈물도 한숨도 나 홀로 씹어 삼키며

밤거리의 뒷골목을 누비고 다녀도

사랑만은 단 하나의 목숨을 걸었다.

거리의 자식이라 욕하지 마라⋯⋯

신성일과 엄앵란이 주연한 「맨발의 청춘」 주제가였다. 영희도 모니카와 함께 그 영화를 보았는데 끝판에 가서 모니카가 하도 푼수 없이 눈물을 질금거리는 바람에 공연히 영화가 신통찮게 여겨졌다. 하지만 방 안에 혼자 누워 그 노래를 듣자 그때까지 별 감동 없이 들어온 가수 최희준의 쉰 듯한 목소리가 갑자기 무척 구성지게 느껴졌다.

영희는 쓸데없이 우울해지기 싫어 전축을 껐다. 그때 마치 그 정적을 기다렸다는 듯 방 밖에서 주인집 할머니가 불렀다.

"색시, 색시 있수?"

"예, 무슨 일이세요?"

영희가 무거운 몸을 움직여 방문을 열자 할머니가 편지 한 통을 내밀었다.

"어제 색시가 나가고 왔수. 등기우편이라 내가 도장 놓고 받았지⋯⋯."

편지를 받아 든 영희는 잠시 어리둥절했다. 도무지 자신에게 편지를 보낼 사람이 없는 데다 방을 옮긴 지 한 달도 안 돼 주소 또한 아는 사람이 있을 것 같지 않았기 때문이다.

그러나 편지 겉봉을 뒤집어 '경상북도……'로 시작되는 발신인 주소의 첫머리를 보는 순간 갑작스러운 한기와 함께 잊고 있었던 일 하나를 떠올렸다.

그 집으로 옮기던 날 영희는 터무니없는 성취감에 들떠 고향 집에 편지를 썼다. 아무것도 가진 것 없이 혜라와 모니카에게 얹혀 지내다가 보증금이 만 원씩이나 되는 제 방을 얻었다는 게 스스로도 대견스러워서였다. 거기다가 자신의 영락을 추측하고 은근히 고소해할 것 같은 어머니에 대한 앙갚음의 저의까지 겹쳐 자신의 성공만을 한껏 과장한 편지를 써 보냈다.

그러나 그 편지를 부친 순간부터 영희는 후회에 사로잡혔다. 편지 속의 과장을 믿건 안 믿건, 어머니와 오빠가 자기를 찾아 나설 수 있는 주소를 밝힌 게 무엇보다 걱정이었다. 그 바람에 처음 한동안은 방을 다시 옮길까 싶을 정도로 불안하게 보냈으나 열흘이 지나고 스무 날이 지나도 아무런 일이 없자 겨우 마음을 놓게 되었다. 하지만 그동안에도 끊임없이 불안해한 것은 어머니나 오빠가 갑자기 들이닥치는 것이어서 그 편지가 그렇게 뜻밖으로 느껴진 것이었다.

편지가 집에서 온 것이란 걸 알자 영희는 이내 새삼스러운 반가움으로 겉봉을 찢었다. 편지는 인철이 보내 온 것이었다. 어머니의 궁체(宮體) 세로글씨도 아니고 자음을 유난히 크게 써 멋을 부린 오빠의 글씨도 아니란 걸 알아본 영희는 이상하기보다는 안

도부터 되었다.

누나

망설이다 이 글을 써. 지금은 밤도 다 지나 새벽이 가까운 시간이야. 얼마 전 마을의 닭 우는 소리를 들었으니 곧 창틀이 훤해 오겠지.

오늘 나는 우연히 형님의 영농일지(營農日誌) 속에서 누나의 편지를 보게 되었어. 언젠가 밭머리에서 어머니와 형님이 무슨 편지를 보며 수군대시다가 감춘 적이 있는데 그게 바로 누나의 편지였던 모양이야. 이제 읽어 보니 왜 이걸 반가워하시지들 않고 더구나 내게 감추기까지 했는지 통 이해가 안 가.

그래, 지난번 편지에 쓴 게 모두 사실이야? 정말로 누나 이젠 자리를 잡은 거야? 기다리면 내가 다시 학창으로 돌아갈 수 있게 되냐고. 진심으로, 그리고 빨리 답해 줘.

누나는 이해할 수 있을지 모르지만, 그 대답은 삶의 갈림길에 선 내게는 아주 중요한 거야. 사실 나는 얼마 전부터 다시 한 번 떠나 볼 결심을 굳혀 가고 있어. 누나 알지? 떠난다는 것, 낯선 세계에서 혼자 싸워 본다는 것, 내게도 경험이 없는 것은 아니잖아? 서양식으로 '닻을 올린다'는 것 말이야.

이곳은 내 보기엔 절망적이야. 황폐해지는 것은 장마에 녹아나는 개간지뿐만 아니라 형의 정신인 것 같아. 형은 이 봄만 해도 새로운 희망에 부풀어 열심이더니 장마가 시작되면서 매일 장터로 나가 술이야. 여기 이대로 있다간 나까지 황폐해지고 말 거야. 거기다가 아무래도 나를 인간답게 살게 해 줄 수 있는 길은 도회와 배움에 있는 것 같아. 이곳의 생활은 갈수록 더 견딜 수가 없어.

하지만 두렵고 불안한 것도 사실이야. 결심만 장했지 막상 떠나려 하면 맨주먹으로 맞서야 할 낯선 세상이 갑자기 두려워져. 거기다가 슬퍼하실 어머니를 떠올리면 일껏 다져 둔 결심이 봄눈 녹듯 허물어져 내리거든. 이제는 나이도 먹고 힘도 늘었지만 과연 내가 혼자 힘으로 생활과 배움을 한꺼번에 해결할 수 있을까를 생각하면 실은 그저 막연할 뿐이야. 이제 누나의 답장이 왜 중요한지 알겠어? 누나의 말이 사실이라면 나는 괴롭더라도 몇 달 더 참겠어. 하지만 그게 아니라면 솔직히 말해 줘. 그때는 두렵고 불안하더라도 나는 나의 길을 떠나 보겠어. 아무런 희망 없이 여기 머무르는 것은 삶을 낭비하는 것에 지나지 않아. 누나, 내 말 알아듣겠지? 답장할 주소는 옥경이 학교로 해. 그러면 옥경이가 어머니나 형 몰래 내게 전해 줄 거야. 그럼 이만. 내 마음이 급하다 보니 안부도 인사도 다 잊었어. 제발 어린놈의 말이라고 흘려듣지 말고 진지하게 답해 줘.

1964년 7월 12일
동생 인철이가

그 편지를 다 읽은 영희가 먼저 느낀 것은 '얘가 벌써……' 하는 것이었다. 떠나올 때 이미 키가 자신만 해지고 어깨도 어른처럼 벌어지는 중이었지만 머릿속에 남아 있는 철은 언제나 상고머리 아이일 뿐이었기 때문이었다. 그런데 편지는 글씨에서도 내용에서도 그런 아이 티를 조금도 엿보이지 않았다.

하지만 영희는 인철의 그런 성숙을 오래 대견해할 여유가 없었다. 인철이 묻고 있는 것이 실은 자신의 가장 아픈 부분을 건드리고 있는 까닭이었다.

만약 자신이 그전의 편지를 추인한다면 달리 길이 없는 철은 머지않아 자신의 생활 속으로 뛰어들 것이었다. 그때 철에게 자신의 실상이 알려질 것을 상상하면 절로 소름이 끼쳐 왔다. 그러나 자신이 지난 편지에서 한 말을 뒤엎기도 싫기는 마찬가지였다. 자신의 실패를 고백하는 쓰라림도 있었지만 그보다는 철의 앞날에 대한 혈육으로서의 걱정이 더 컸다. 각박한 도회에서 팔 것이라고는 설익은 노동력밖에 없는 철이 걸어가게 될 길은 뻔했다. 그녀의 경험으로 보아서는 피로와 저임의 진창이거나 범법과 악의 뒷골목이 있을 뿐이었다.

그 바람에 영희는 무얼 좀 먹어야 한다는 것도 잊고 그대로 방안에 퍼질러 앉은 채 생각에 잠겼다. 처음엔 당혹감 때문에 뒤죽박죽이었으나 그게 가라앉으면서 차츰 생각도 안정되어 갔다. 하기야 자신이 세상 모든 것에서 단절되어 홀로라는, 지난 1년의 단정이 인철의 편지로 흔들리게 된 것은 여전히 부담이었다. 그러나 인철이라는 고리가 어쩌면 타락이나 패배로 해석될 자신의 변신을 한 뜻 있는 희생으로 바꾸어 줄 수도 있다는 생각이 들자, 갑작스러운 희망과 함께 용기마저 생겼다.

'그래, 진작부터 마음먹어 온 대로 이제 이 아이를 내가 맡는 거다. 무슨 짓을 하든 얘를 대학까지 시켜 훌륭한 사람으로 만들어야지. 사실 내 삶은 이제 여자로서도, 한 인간으로서도 거진(거의) 막장에 왔다. 이제는 무엇으로도 회복되지 못할…… 좋다. 이 아이에게 걸어 보자.

이 아이로 하여금 내가 일찍이 꿈꾸었던 모든 것을 얻게 해 내 이 쓰라린 실패를 보상받도록 하자. 나는 이미 다른 나무에 꽃과 열매를 줄 수 있을 뿐인 거름에 불과하다…….'

이윽고 영희는 묘한 흥분까지 느끼며 그런 결론을 내렸다. 그때까지 그녀의 삶은 오직 자기 자신만을 향해 있었다. 따라서 의식하든 의식 못 하든 자신의 영락을 변호해 줄 무엇이 없어 언제나 괴로웠는데, 이제 새로운 길을 찾은 셈이었다.

기실 영희의 그 같은 결론은 전혀 새로운 것이 아니었다. 매음의 진창으로 굴러떨어지던 첫날, 그녀는 이미 그런 상위 목적의 설정으로 스스로를 방어한 적이 있었다. 따로 방을 얻어 나가던 날 고향 집에 편지를 쓴 것도 그 실천의 한 단계였다. 그러나 그 뒤의 뜻 같지 못한 살이가 잠시 그 실천의 진행을 보류하게 하고, 이어 습관된 의식의 마비는 망각과도 같은 효과로 그 일을 아득히 잊게 했을 뿐이었다.

영희는 뛸 듯이 골목 앞 구멍가게로 달려가 편지지와 필기구를 사 왔다. 그리고 뛰는 가슴을 억누르며 철에게 길고 긴 편지를 썼다.

자신의 영락을 슬몃슬몃 암시하면서도 그것이 오직 집안과 인철을 위해서였음을 강조하고, 경제적으로 기반을 잡아 가고 있음을 얘기하면서도 나중 철이 자신의 경력을 알게 될 때를 위한 대비를 잊지 않았다. 그러나 아직은 그를 뒷바라지하기에는 충분하지 못함을 알려 그의 상경을 몇 달 미루게 함과 아울러 섣부른 가출을 간곡히 말렸다.

쓰다 보니 자신도 모르게 감정의 과장이 일어나 "삶이 그대를 속이더라도 슬퍼하거나 노하지 마라……"로 시작하는 그 무렵 흔했던 이발소 액자 속의 시구를 인용하며 편지를 맺을 때는 눈물까지 솟았다.

모니카가 전에 없이 심각한 얼굴로 방문을 연 것은 편지 쓰기를 마친 영희가 겉봉에 주소를 쓰고 있을 때였다.

"뭘 해? 아무 소리 않고 엎드려서."

평소의 호들갑 없이 방 안으로 들어선 모니카가 영희의 얼굴에서 눈물 흔적을 보았는지 놀라서 물었다.

"무슨 일이야? 창현 씨, 그 사람한테서 연락이라도 왔어?"

"아냐."

"그럼 왜 그래? 편지를 쓰며 운 것 같은데?"

"넌, 이 계집애야. 여자가 울 일이 남자밖에 없다는 거야?"

영희가 약간 한심하다는 눈길을 보내며 퉁을 주자 덤벙대던 모니카의 목소리가 가라앉았다.

"그건 아니지만…… 하도 괴로워서."

그러면서 한숨을 훅 내쉬는 게 그쪽으로 꽤나 심각한 고민이 있다는 눈치였다. 그녀에게는 좀체 없는 일이라 궁금해진 영희가 목소리에서 가식을 빼고 물었다.

"너야말로 무슨 일이야? 아주 심각한 일이 있는 것 같은데, 왜 거 한 사장이 살림이라도 차리자든?"

"그런 게 아냐. 그것 같으면 걱정도 않게. 정말로 속상한 일이 생겼단 말이야."

"속상한 일? 그런 일 아니고 네가 속상할 일이 뭐야."

"놀리지 마. 나는 지금 고민이 크다고. 근데, 정말로 무슨 일이야? 네가 다 편지를 쓰며 울고. 보자, 이거 집에 가는 편지구나. 네 집에 무슨 일 있어? 명훈 씨가 어떻게 된 거야?"

그사이 영희가 방금 봉한 편지 봉투의 수신인 주소라도 읽었는지 모니카가 다시 호들갑 섞인 목소리로 물어 왔다. 조금 전 편지를 쓸 때의 과장된 감정이 문득 되살아난 영희가 자신도 모르게 진지해진 목소리로 대답했다.

"오빠가 아니라 인철이 때문이야."

"인철이? 네 동생 말이지? 걔가 왜?"

"걔, 너도 보았지? 서울서 국민학교 다닐 때. 착하고 공부 잘하고…… 걔가 벌써 열일곱이야. 그런데 고등학교를 못 가고 시골에 처박혀 있자니까 못 견디겠는 모양이야. 집을 나와 고학이라도 해 보겠대."

"......"

"나 결심했어. 내가 인철이를 데려다 공부시킬 거야. 대학 아니라 외국 유학이라도 제가 하겠다면 석사가 되든, 박사가 되든, 끝까지 말이야."

"......"

"무슨 짓을 해서라도 꼭 하고 말 거야. 이제 나는 무엇이 돼도 상관없어."

영희가 거기까지 말하자 그때껏 아둔한 눈을 깜박이며 듣고 있던 모니카도 알아들은 표정이었다. 제 고민을 담은 심각한 표정 대신 감동에 취한 얼굴로 변했다. 모니카의 그런 변화에 더욱 격려된 영희가 목소리를 내리깔았다.

"사실 생각해 보면 우리도 한심하지. 내놓을 것 안 내놓을 것 다 내놓고 팔 것 안 팔 것 다 팔아서 한다는 게 기껏 제 한 몸이나 돌보는 거 말이야. 제 한 몸 걸치고 찍어 바르고 먹는 게 무슨 큰일이라고……"

그러자 모니카의 반응이 나왔다.

"그래, 맞아. 누구를 위해 자기를 희생하는 것, 그거 얼마나 신나는 일이야? 접때 본 영화에도 거 왜 여주인공이 애인을 위해 몸을 팔았잖아? 얘, 넌 참 좋겠다. 넌 이제부터 인철이를 위해서…… 그거 얼마나 멋있는 일이야? 생각하니 그것까지 속상하네. 그 여편네 어쩌자고 나만 달랑 낳아 가지고…… 나도 인철이 같은 동생이 있었으면……"

영희의 흥을 한꺼번에 산산조각 내 버리는 신파 조였다. 자신에게는 좀 더 뜻깊고 숭고한 그 무엇이 있는 것으로 믿고 있는 영희에게는 모니카의 그 같은 반응이 속되고 천박하다 못해 은근히 화까지 났다.

"집어쳐, 이 기집애야. 하는 수작이라곤…… 도대체 너한텐 무슨 말을 못 하겠어."

영희가 그렇게 핀잔을 주자 제 김에 신이 나 떠들던 모니카가 핼끔 눈치를 보았다. 그리고 영희가 정말로 화가 났다는 걸 알아보자 다시 그녀다운 반응을 보였다.

"그래, 알았어. 근데, 밥 먹었어? 아직 안 먹었지? 그럼 내 요 앞 중국집에다 맛있는 거 시킬게. 기다려."

그러면서 쪼르르 문을 열고 달려 나갔다. 영희로서는 어이없다 못해 쓴웃음으로 바라볼 수밖에 없는 행동이었다.

실은 꽤나 배가 고팠던 영희라 모니카가 선 자리에서 재촉해 빼 온 우동과 탕수육은 맛이 유별났다. 모니카도 내게 무슨 고민이 있었더냐는 듯 깔깔대며 맛있게 그릇을 비웠다. 그러나 대낮에 그렇게 심각한 얼굴로 자신을 집까지 찾아온 게 워낙 없던 일이라 영희는 묻지 않을 수 없었다.

"그런데 넌 무슨 일이었어? 딴에는 큰일이라고 날 찾아온 거 같은데."

빈 접시를 문간에 내놓고 온 영희가 그렇게 묻자 모니카가 금세 심각한 얼굴로 돌아가 무얼 일러바치듯 말했다.

"깡철이 그 새끼가 나타났어. 군대 끝나고도 1년이 넘도록 안 뵈길래 이제 떨어졌나 했는데…… 그저께 밤에 말이야 백운장으로 가다 보니 뭔가가 뒤따르는 것 같데. 얼른 골목 뒤로 숨어 자세히는 못 봤어도 그 새끼 같다는 느낌이 들었는데 바로 맞았어. 내가 백운장 나간다는 것까지 다 알아 놓고 어젯밤 마침내 내 앞을 막아서더라고. 어제는 혜라 언니가 대차게 나서서 그냥 넘어갔지만, 틀렸어. 그 새끼 눈에 새파란 불이 이는 게 그냥 떨어질 새끼가 아냐. 증말 이걸 어쩜 좋아……."

"그래도 네 맘이지. 그게 지가 악 쓴다고 억지로 될 일이야?"

"아냐, 넌 몰라. 그 새끼, 그거 얼마나 악질인지, 이번에 다시 휘감겨 들면 평생 못 빠져나올 거야."

모니카는 그 말과 함께 몸까지 바르르 떨었다. 그제야 깡철이가 자신의 손가락 마디까지 모니카에게 잘라 보낸 적이 있는 사내란 게 문득 떠오르며 영희도 조금 심각한 기분이 들었다.

"그래, 어쩔 생각이야?"

"방을 옮겨야겠어. 백운장도 그만 나가고."

"그럼 어떻게 살래?"

"몰라. 어쨌든 그 새끼한테 다시 잡히긴 싫어."

"집으로 돌아가지 그래?"

"집? 내게 그딴 게 어딨어? 요새는 엄마가 어딨는지도 잘 모르는데."

"그럼 여기 있어, 나하고 같이."

"며칠은 넘기겠지만 오래는 안 될 거야. 어떻게든 그 새낀 날 찾아내고 말걸……."

모니카는 그래 놓고 다시 한숨을 푹 내쉬었다. 모니카처럼 다급하지는 않았지만 뾰족한 수가 생각 안 나기는 영희도 마찬가지였다. 영희가 말을 못 찾는 사이 모니카가 다시 말했다.

"차라리 어디 방석집에나 들어앉을까 봐. 아냐, 정말로 한 사장 꼬셔 살림이라도 차려 달랠까."

"이젠 정말로 막가는구나."

그때 모니카가 문득 무슨 생각을 했는지 엉뚱한 쪽으로 말을 돌렸다.

"그 안동이라는 데 읍이랬지? 큰 읍이야?"

"커. 아마 곧 시(市)가 될걸."

"그럼 거기도 요정 같은 거 있겠네."

"잘 모르지만, 아마 있겠지."

그렇게 대답해 놓고 나니 비로소 짚이는 게 있어 영희가 물었다.

"왜, 안동으로 가려고?"

모니카가 대답 대신 또 엉뚱한 걸 물었다.

"그 뭐야, 돌내골이랬나, 니네 고향. 명훈 씨가 있는 거기서 안동까지는 얼마나 돼?"

"한 백 리. 그런데 이 기집애 너, 도대체 무슨 생각하는 거야? 니네 고향이 뭐 어쩌고 어째?"

"실은 나 안동으로 갔으면 해서."

모니카가 그렇게 천연스레 대답해 놓고 영희를 빤히 쳐다보며 물었다.

"맞았어. 얘, 정말 나 안동으로 가는 거 어떻겠니?"

"나 참 기가 막혀서…… 이 기집애야, 왜 하필이면 안동이니? 이왕 막 굴리는 몸뚱어리 어디면 어떻다고?"

영희는 하도 어이가 없어 그렇게 쏘아 놓고 정색을 했다. 모니카가 언제나 효과 있는 무기로 쓰는 울상으로 나왔다.

"왜 막 성을 내고 그래? 어째서 나는 거길 가면 안 돼? 막 굴리는 몸뚱어리는 또 뭐야? 내가 뭘 어쨌다고……."

그러나 이번에는 울상도 그리 효과를 보지 못했다. 영희는 모니카가 안동으로 가겠다는 말을 들을 때부터 까닭 모르게 불쾌해 왔다. 그러다가 왜 그녀가 그리로 가려는지를 알게 되면서부터는 걷잡을 수 없이 화가 나기 시작했다. 비록 오빠 명훈이 별 가망 없는 땅에 파묻혀 허우적거리고는 있어도 그 삶의 건강함과 깨끗함은 영희에게 은근한 자랑이었다.

그 삶을 불편함과 답답함으로만 파악하고 떠나온 자신이 겪은 유전(流傳)에 대비하면 더욱 그러해, 그 무렵은 제법 진지하게 오빠 명훈의 삶이 그 형태 그대로 성공해 주길 빌어 오고 있었다. 그런데 도회의 허영과 타락에 속속들이 썩은 모니카가 그녀 특유의 악취를 풍기며 오빠 주위로 다가드는 모습은 상상만으로도 싫었다. 오빠의 성격으로 보아 결코 그런 모니카를 받아들일 리 없지만 영희는 어쨌든 그런 모니카의 시도부터 막고 싶었다.

"이 기집애야, 너 도대체 머리가 있는 애니, 없는 애니? 오빠와 헤어진 게 언제야? 그리고 어떻게 헤어졌어? 헤어진 지 벌써 4년이나 지난 데다 딴 놈씨한테 양다리 걸치다가 쌍판에 기스까지 나고 채인 거 아냐? 그리고 그 뒤로는 또 어떻게 몸을 내돌렸어? 너하고 붙어 다닌 그렇고 그런 새끼들, 내가 아는 것만도 열 손가락이 훨씬 넘어. 아무리 우리가 친구 사이라지만 도대체 넌 날 어떻게 보는 거야? 날 아주 성도 없고 뱉도 없는 기집애로 보는 거냐고? 하나뿐인 오빠를 너 같은 거한테 구구로(입다물고, 말없이) 맡겨 둘 것 같니? 절대로 그럴 리 없지만, 설령 오빠가 다시 널 받아들인다 해도 내가 안 돼. 내가 나서서라도 그걸 막을 거야. 옛날의 아름다운 추억으로라면 모를까, 오빠를 다시 만난다는 건 언감생심 꿈도 꾸지 말아!"

영희는 영희대로 모니카가 가장 겁내는 말투를 골라 매섭게 잘랐다. 영희가 차게 헤아리고 있는 대로 모니카의 다음 수순이 이어졌다. 정말 죄 없어 보이는 눈 가득 눈물이 고인 채 영희를 올려 보며 떨림 섞인 목소리로 말하는 것이었다.

"어쩜, 그럴 수가 있니? 난 널…… 피는 안 섞였어도 친언니처럼 생각해 왔는데. 세상에서 가장 믿고 의지해 왔는데…… 딴 사람이 뭐라 해도 너만은 날 이해해 줄 줄 알았는데……"

어쩌면 이 아이는 타고난 배우일지도 모르겠구나 ―. 영희는 모니카를 보며 문득 그런 느낌이 들었다. 이미 수없이 그녀의 눈물을 보았지만, 그리고 그 대부분은 진정이 의심스러운 눈물이었지만, 한 번 그걸 보면 번번이 저항 못 할 감동에 떨어지고 말았다. 그날도 그랬다. 몇 마디 더 듣기도 전에 영희의 목소리에서는 서슬이 걷혔다.

"어쨌든 안동은 안 돼. 꼭 숨고 싶으면 다른 곳에 가 숨어. 왜 부산이라든지 대구라든지 벌이도 괜찮고 숨기도 좋은 큰 도시도 많잖아."

당장은 그런 식으로 버텨도 차츰 모니카의 알지 못할 힘에 밀리기 시작했다. 그러다가 가엾은 기집애 오죽하면…… 하는 생각이 들면서는 결국 영희도 그녀가 원한 것의 한 발 직전까지 들어주고 말았다.

"좋아. 네 마음이 그렇다면 안동도 상관없어. 하지만 오빠는 찾아가지 않는 거야. 약속할 수 있지? 이거 어기면 난 두 번 다시 널 보지 않을 거야. 눈에 흙이 들어가도."

영희가 그렇게 나오자 모니카는 눈물도 채 마르지 않은 눈을 아이 같은 기쁨으로 빛냈다. 그리고 이내 백치 같은 웃음과 함께 덧붙이는 것이었다.

"실은 말이야. 그저 막막해서 널 찾아왔더랬어. 그런데 네 편지 겉봉의 주소를 보니 문득 안동으로 가 보고 싶지 않겠어? 이쯤에서 명훈 씨를 다시 만나 무슨 결말을 내야 한다는 생각도 불쑥 떠올랐지만, 그건 네 말대로 포기할게. 우선은 안동에 가는 것만으로도 만족해. 왠지 거긴 내가 오래전부터 알고 있는 곳 같아. 근처에 명훈 씨가 살고 있다는 것만으로도 틀림없이 내 인생에 좋은 일이 생길 거야."

모니카는 그런 여자였다. 영희는 드디어 어이없음을 넘어 기묘한 감동까지 느끼며 반박을 멈추었다. 나중 모니카가 짧고 불행한 삶을 끝낸 뒤 영희는 그날을 떠올리며, 어쩌면 자신의 감동이 실은 그때 모니카에게 떠돌던 무슨 요기(妖氣)나 귀기(鬼氣) 같은 것 때문이었는지도 모른다는 생각을 했다.

모니카와 함께 늘어지게 한숨 자고 나니 그새 다섯 시가 넘어 있었다. 서둘러 화장을 마치고 택시까지 탔는데도 파라다이스에 들어섰을 때는 출근 시간에서 삼십 분이나 늦은 여섯 시 반이었다. 그런데 날이 특별해지려고 그랬는지 그날은 시작부터 이상했다.

"12번 누나, 왜 이리 늦었어요? 빨랑 갱의실에 가 봐요. 멤버씨가 잔뜩 뿔이 돋아 있다니까."

홀 안으로 들어서자 바닥을 쓸고 있던 웨이터 임 군이 잔뜩 긴장한 얼굴로 영희에게 소곤거렸다. 영희는 무슨 일일까 싶으면서도 큰 긴장은 없이 갱의실로 들어갔다.

멤버인 김씨가 소문나게 좋은 사람이어서 성이 나 봤자 별일이야 있을까 싶었던 것이다. 그런데 그게 아니었다. 영희가 갱의실 문을 열자 갑자기 눈앞이 번쩍하는가 싶더니 이어 벼락 같은 고함 소리가 들렸다.

"이것들 풀어 주니까 아예 간덩이가 배 밖으로 나왔구나. 지금이 몇 신데 이제야 꾸역꾸역 기어 들어와!"

귀가 의심스러운 대로 틀림없이 멤버 김씨의 고함 소리였다. 본능적으로 두 손을 들어 얼굴을 감싼 영희는 그 생활에서 비롯된 단련이라기보다는 너무 엄청나고 생각 밖인 멤버씨의 포악성에 질려 몸이 굳었다. 다행히도 손찌검은 그걸로 끝이었다.

"12번, 너 똑바로 들어. 엊저녁 어찌 된 거야?"

뒤이어 들린 멤버씨의 목소리에는 엄포는 남아 있어도 폭력의 의사는 없어 보였다. 거기다가 묻는 게 아무런 책잡힐 일이 없는 것이라, 조금 자신을 되찾은 영희가 두 볼을 감싸 쥐고 있던 손바닥을 내리며 손을 맞잡았다.

"뭘 말이에요? 윤 사장하고 외박 나간 거 뭐 잘못됐나요?"

"그게 아냐. 7번 그 기집애 어디 갔어? 너희끼리 짜고 김 전무 물먹인 거지? 바로 말해. 어떻게 된 거야?"

"걔도 김 전무하고 같이 갔잖아요? 택시까지 나란히 태워 주지 않으셨어요?"

영희는 짐작 가는 게 있으면서도 공연히 알은체하다 더 귀찮게 되는 게 싫어 그렇게 시치미를 뗐다.

실은 전날 밤 7번 민 양이 김 전무란 사내에게 유난스레 몸서리를 치던 걸 영희는 잘 알고 있었다. 열한 시 반쯤이었다. 술자리가 끝나기 전에 그간 얻어 마신 맥주로 무거워 오는 아랫도리를 해결하려고 화장실에 들르니 먼저 테이블을 떠난 민 양이 거울 앞에

맥을 놓고 서 있었다. 영희는 그게 심상찮았으나 더 급한 게 있어 지나쳤는데 민 양은 영희가 나올 때까지 그대로 있다가 하소연하듯 다가들며 말했다.

"언니, 어떡해? 저치는 정말 싫어."

"어떡하긴 어떡하니, 선금까지 받아 놓고선."

영희는 평소 민 양에게 느끼는 선망을 악의로 바꾸어 퉁명스레 받았다. 한 군데도 손댈 곳 없이 타고난 얼굴에 명문 여고를 나와 지적인 세련미까지 풍기는 아가씨였다.

거기다가 영희보다 몇 달이나 일찍 그곳에 나왔으면서도 이상하게 신선미를 잃지 않아 파라다이스의 여남은 명 아가씨 중에서 가장 인기가 있었다. 영희의 퉁명스러운 대꾸에도 불구하고 민 양은 하소연을 계속했다.

"그런 치들 잘 알아. 그 나이, 그 지위, 그리고 그 술자리 매너…… 틀림없이 변태일 거야. 지전 한 줌 뿌려 주고 밤새도록 내게 무슨 짓을 할지 몰라. 돈으로 해결할 수 있는 거라면 아까 받은 거 열 배라도 물어 주고 달아나고 싶어……."

"배부른 소리 하지 마. 이왕 버린 몸 가지고 뭘 그래?"

영희는 그렇게 쏘아 주고 나왔으나 왠지 마음이 편치 않았다.

"차라리 저 창문으로 뛰어내리고 싶어. 게다가 난 벌써 일주일째 내리 외박이야……."

영희의 호의를 단념한 민 양이 혼잣말처럼 그렇게 중얼거릴 때는 가슴까지 찌릿했다. 그러나 결국 자리로 돌아온 민 양은 김 전무와 함께 택시를 탔는데, 기어이 무슨 탈이 난 듯했다.

"능청 떨지 마. 그 쌍년 윤 사장 물 먹일 작정인 거 너는 벌써 알고 있었지? 김 전무 헛좆만 꼴리게 해 윤사장 다 된 밥에 코 빠뜨리려는 거?"

멤버씨의 성난 목소리가 다시 영희를 전날 밤의 기억에서 끌어냈다.

영희는 그대로 당하고만 있을 수는 없다 싶어 그쯤에서 맞서 보기로 했다.

"제 머리 달고 제 발로 걸어다니는 짐승, 무슨 생각을 하고 어디로 어떻게 놀아날지 제가 무슨 수로 알아요? 공연히 생사람 잡지 마세요."

"뭐야? 이게. 생사람 잡는다고? 야, 이 쌍년아, 그럼 엊저녁 화장실에서 둘이 쑤군댄 건 뭐야?"

"쑤군대긴 뭘 쑤군대요? 그 기집애가 배부른 소리 하길래 통을 놓은 것뿐인데…… 그리고 그 뒤 결국 김 전문가 뭔가 하고 택시까지 함께 타지 않았어요?"

"그 쌍년이 호텔에서 튀었단 말이야. 김 전무가 샤워하는 사이에 주머니까지 털어."

주머니까지 털었다면 좀 뜻밖이었다. 민 양에 대한 동정이 씻은 듯 사라지며 영희는 조금도 멤버씨의 비위를 맞춘다는 기분 없이 욕설로 맞장구를 쳤다.

"그 개 같은 년이 기어이……."

그렇게 되자 멤버씨도 영희를 더 닦달하지 않았다. 아니 처음부터 영희를 겨냥하고 있었다기보다는 자기 밑에 있는 다른 아가씨들을 이 참에 한번 단단히 교육해 둔다는 게 그 소동의 목적이었던 듯했다. 그쯤에서 영희는 버려 두고 먼저 불려 와 있던 아가씨들을 향했다. 벌써 영희처럼 한 귀쌈(귀싸대기)씩 얻어걸리고 기가 죽어 웅크리고 있는 예닐곱 명이었다.

"니네들 잘 들어. 이왕 이 길로 나섰으면 화끈하게 나서란 말이야. 썩을 대로 썩은 것도 썹이라고 차고, 꼴에 더운밥 찬밥 가릴 거야? 줄 때는 빤스까지 벗고 화끈하게 주라고. 막말로 한강에 배 지나간 자국 남는 거 봤어? 팥죽 떠먹은 자리 표시 나더냐고?"

그렇게 한바탕 육두문자를 써 대다가 이윽고는 다시 이전의 사람 좋은 멤버씨로 돌아갔다.

"이봐, 니네들이나 나나 이왕 이 한 많은 세상에 내질러졌으니 좋은 한때는 보아야 하지 않겠어? 돈이 되면 몸이라도 파는 거 이 자본주의 세상에서 이상할 것도 없어. 하지만 맺고 끊는 건 있어야 돼. 개처럼 벌어 정승처럼 쓰랬다고, 무얼 팔든 값나갈 때 제대로 팔아 한몫 잡아야지. 그리고 니네들 정신 차려. 찍어 바르고 걸치는 데나 뿌리고 놈씨나 페찰 생각이면 그걸로 끝이야. 평생 젊을 것 같지만 니네들 제값 받는 건 잠깐이라고. 어영부영 시시덕거리다 보면 종삼(종로 3가: 사창가)에 나가 헐값으로 내놓아도 돌아보지 않는 게 니네들 몸이야……."

그렇게 훈계조로 이어 갔다. 그의 다변함으로 미뤄 영업시간이 아니었으면 언제까지 이어질지 모르는 훈계였다. 그걸 처음 듣는 신출내기들 빼고는 억지로 하품을 참을 때가 됐을 무렵 알맞게 구원이 찾아왔다.

"저어 손님 왔는데요."

멤버씨가 아직도 열을 올리고 있는데 임 군이 삐죽이 머리를 디밀고 알려 왔다. 손님이 왔다는 데는 별수가 없는지 멤버씨도 그쯤에서 얘기를 맺었다.

"모두 내 말 알아들었지? 야, 그 손님들 9번 테이블로 안내해. 그리고 모두들 옷 갈아입고 대기하도록."

그래 놓고 자신도 나비넥타이를 매만지더니 갱의실을 나갔다.

영희가 그날 첫 번째 앉은 테이블은 재수 없게도 젊은 먹물 술꾼들의 자리였다. 다양하고 신선한 화제가 재미난 면도 있었지만 통상으로 그런 술자리는 턱없이 길어지면서도 팁이 짜서 경력 있는 아가씨들은 앉기를 싫어했다. 거기다가 그 패가 주로 떠든 게 정치 문제라 화제의 다양함과 신선함마저 없었다. 영희에게는 두 시간이 넘도록 앉아 있고도 팁은 5백 원밖에 받지 못한 그 테이블이 재수 없는 자리일 뿐이었다.

그런데 정말로 뜻밖의 일이 열한 시가 다 되어 갑작스레 일어났다. 오늘은 공친 거나 다를 바 없다는 생각으로 대기실에 시무룩하게 앉아 있던 영희에게 멤버씨가 직접 찾아와 말했다.

"12번, 너 화장 좀 고치고 어서 나와. 자리 팁만 최하 천 원짜리 왕(王)기마에(선심. 기분파)상이야. 햐, 이거 아주 놓쳐 버린 줄 알았더니 다시 왔어."

　말하는 품이 적잖이 들떠 있는 게 대단한 손님이 온 것 같았다. 별로 흔찮은 일이라, 영희가 간이 화장대 앞으로 가며 슬몃 물어보았다.

　"멤버씨가 서두르는 거 보니 대단한 사람인 모양이네요. 오나시스나 중앙정보부장이라도 왔어요?"

　"잔말 말고 빨리 준비해. 하, 그런데 반반한 애들이 다 테이블에 나가 있어서 어쩌지? 안 되겠어. 3번하고 8번도 적당히 빼내 이쪽에　대기시켜야지."

　"몇 사람이나 되는데요?"

　"하나야. 하지만 아가씨는 서넛씩 앉히는 물봉이라고. 그것도 자리 팁만 최하 천 원으로다가…… 어쨌든 너 어서 12번 테이블 쪽으로 가 봐."

　멤버씨는 그 말이 끝나기 바쁘게 대기실을 나갔다. 어떤 미친놈일까 싶으면서도 한편으로는 파장에 굴러든 횡재에 기대를 가지며 영희는 잠시 정성 들여 화장을 매만졌다.

　영희가 12번 테이블로 쭈뼛쭈뼛 다가가며 보니 어둑한 조명 아래 앉은 사내는 멤버씨의 허풍과는 달리 별로 요란스럽지 않은 차림이었는데 약간 비뚤어진 넥타이로 보아 이미 딴 데서 한잔 걸치고 온 듯했다. 홀 안이 어두워서 생김을 잘 알아볼 수는 없었지만 흐릿한 조명 아래의 얼굴 실루엣만으로도 술기운이 짙게 느껴졌다.

서비스로 내온 땅콩을 안주로 맥주를 마시고 있던 사내가 보지 않고도 영희가 다가오는 걸 느낀 듯했다. 따르던 잔을 멈추고 육욕적인 것 같기도 하고 공허해 보이기도 하는 눈길을 들어 영희를 쳐다보았다. 다가가던 영희는 무심코 그 눈길을 받았다. 그런데 그 순간이었다. 진작부터 어딘가 눈에 익은 데가 있다 싶던 것에 그 눈길이 더해지자 영희는 순간적으로 온몸이 마비되는 듯한 느낌을 받았다. 바로 그 사람이었다. 박 원장, 닥터 박. 사오 년 지나는 사이에 주름이 늘고 몸이 불어 한눈에 알아보지 못했지만 틀림없이 그였다.

그러나 박 원장은 영희를 알아보지 못한 듯했다. 마음에 들었다는 뜻인지 필요 없다는 뜻인지 얼른 구별이 안 가는 고갯짓을 한 번 하고는 이내 움켜쥐고 있던 잔을 비웠다.

처음 그를 알아본 순간 영희는 그대로 돌아서서 달아나고 싶은 충동을 느꼈다. 미움도 원망도 이미 오래전의 일이 되고 말았지만 적어도 자신의 그 같은 모습은 보이고 싶지 않았다. 하지만 그가 자신을 전혀 알아보지 못한다는 걸 느끼자 영희의 마음은 뒤집히듯 변했다.

네가 감히 나를 잊어 ―. 하는 생각이 들자 도망치고 싶던 기분은 깨끗이 없어졌다. 대신 잔인한 복수의 충동이 일고 아울러 얼음 같은 침착함이 흔들리는 그녀의 몸과 마음을 지그시 눌러 주었다. 그때쯤 해서 겨우 자신이 성형수술로 얼굴 생김이 이전과 많이 달라졌으리라는 게 떠올랐으나 그마저도 박 원장에게 그리 유리하게 작용하지는 못했다.

"안녕하세요, 12번 미스 현이에요."

영희는 자신의 걸음이 한 번 휘청했던 걸 감추려는 듯이나 밝고 간드러진 가성으로 인사말을 던졌다. 박 원장이 흘끗 눈을 들어 다시 영희를 보았다. 아무리 가성을 내도 목소리가 무슨 단서가 되었는지, 아니면 가까이 온 영희의 얼굴에서 어떤 낯익음을 느꼈는지 이번에는 박 원장도 움찔, 하는 듯했다.

하지만 그것도 한순간이었다. 박 원장은 그런 데 나오는 호기 좋은 손님의 목소리로 영희에게 앉기를 권했다. 예전에 영희가 그토록 품위 있는 것으로 여겼던 그의 맑고 부드러운 목소리는 한잔 들어간 술꾼의 특징 없는 그것으로 변해 있었다. 박 원장의 변화를 더욱 많이 알 수 있게 된 것은 3번 김 양과 8번 남 양이 더 와서였다. 영희 혼자 있을 때는 이렇다 할 특징 없는 술꾼이던 박 원장이었으나 그녀들이 앉자마자 호기롭게 변해 갔다.

"자, 오늘 우리 넷이서 마음껏 취하는 거야. 하이칼래(머리)가 쑥 둘러 빠지도록 말이야."

강원도 사투리 억양까지 섞어 그렇게 떠들어 놓고 뒤이어 온 웨이터에게 엄청나게 주문을 해 댔다.

"우선 맥주 두 박스 히야시 시켜 놓고, 통닭 4인분 가져오고 쟤들한테 물어 한 사람 앞에 하나씩 안주 주문 받고……."

테이블 한 개를 더 끌어 놓아도 네 사람의 술잔과 안주 접시를 다 늘어놓기 힘들 정도의 주문이었다. 거기다가 여자들에게 5백

원짜리 두 장씩을 척척 갈라 놓으며,

"이거면 오늘 벌이는 더 안 해도 되겠지? 공연히 이 테이블 저 테이블 오락가락하지 마."

할 때는 왜 그가 술집 주인에게도 종업원에게도 반가운 손님이 되는지 알 만했다.

전에 한 번 박 원장의 자리에 앉은 적이 있는 듯한 8번 남 양의 넉살로 알게 된 그의 변화는 몇 가지 뜻밖인 것도 있었다.

치과가 가까운 시내 가운데로 나앉았으며, 밑에서 일하는 사람만도 예닐곱이 넘을 만큼 번창하고 있다는 것, 그리고 한 달에 서너 번씩은 그런 술자리 끝에 여자들과 외박을 해도 다음번에 별 탈 없이 다시 술집에 나와 호기를 부릴 수 있을 만큼 자유로운 처지라는 것 따위가 그것이었다. 가성으로 말하느라 되도록 말소리를 줄인 까닭에 대개는 그들의 수작을 듣고만 있어도, 그의 드센 처가와 까다롭고 콧대 높은 아내를 잘 알고 있는 영희로서는 그런 변화나 그 경위가 몹시 궁금했다. 그러나 한 번 그의 아내 얘기를 슬몃 물었다가 한동안이나 그가 취한 사람 같지 않은 관찰의 눈길을 보내는 바람에 진땀을 빼고는 입을 다물지 않을 수 없었다.

술자리는 택시를 비어홀 문 앞에 대기시켜 놓은 가운데 열두 시가 되어서야 끝났다. 그런데 그 막판에 갑작스러운 변화가 일어났다.

"너희 셋은 모두 나하고 가는 거야."

두 시간 가까이 박 원장은 몇 번이나 그 말을 되풀이했고 미스

남도 해롱거리며,

"어쩜, 이젠 우리 셋이 배꼽 동서가 되는구나."

하며 맞받아, 다 함께 가는 줄 알았는데 술값 계산을 하던 박 원장이 갑자기 영희를 가리키며 혀 꼬부라진 소리를 했다.

"너 미스 현이랬나? 가서 차에 타. 너희들 셋을 다 데려가고 싶었는데 오늘은 안 되겠어. 당최 눈에 밟히는 계집아이가 하나 있어서 말이야."

그러자 미스 남이 농담 반 진담 반으로 요란스러운 축하를 보냈다.

"어머 얘, 축하한다. 오늘 밤은 서울치과 원장 사모님이야."

거기다가 외박 안 나가기로 유명해 미꾸라지라는 별명이 있는 3번 김 양도 남 양에게 맞장구를 쳐 대고 멤버씨도 싱글벙글하며 거들었다.

"가 봐, 이분 따라가 후회하는 아가씨는 나 아직 못 봤어."

원래 영희에게는 잔인한 복수의 충동은 있어도 구체적인 방안에 대해서는 생각해 본 게 없었다. 그러나 멤버씨의 그 갑작스러운 제의가 무슨 암시처럼 영희에게 구체적인 복수의 방안을 떠올리게 해 주었다.

'그래, 다시 시작해 보자. 하지만 이번에는 내 차례다. 내가 누군지도 모르는 사이에 잔인하게 배신하고 떠나는 거야. 통쾌하게 복수를 하고 그때야 나를 밝히는 거야······.'

영희는 자신이 신파극의 배우라도 된 것처럼 그렇게 중얼거리며 비어홀 앞에서 시동을 건 채 기다리는 택시에 올랐다. 하지만 끝내 자신이 누군지를 숨긴 채 무얼 해 보리라던 계획은 시작부터 차질이 생겼다.

"지금부터 너는 영희야, 이영희. 알았어?"

뒤따라 차에 오른 박 원장이 운전사에게 무어라 행선지를 일러준 뒤 곧바로 영희를 돌아보며 소리쳤다. 그의 입에서 자신의 이름을 듣게 되자 영희는 저도 모르게 움찔했다. 그가 진작부터 자신을 알아보고 짐짓 능청을 떠는지도 모른다는 생각이 든 까닭이었다. 그러나 뒤이은 말은 또 그게 아니었다.

"아까 내가 당최 마음에 걸린다고 한 계집애 있지? 심장에 박힌 가시처럼 세월이 지나가도 잊히지 않고 이 가슴을 뜨끔뜨끔하게 찔러 오는 계집애. 걔 이름이 바로 영희야. 가엾은 것……."

그제야 영희는 겨우 좀 전까지의 태연스러움을 회복해 슬쩍 물어보았다.

"누군데 그러세요? 첫사랑의 연인이라도 되세요?"

비어홀에서와 마찬가지로 자신의 목소리를 숨긴 가성이었다. 오래되지는 않았지만 그 무렵 영희는 그렇게 목소리를 지어내는데 꽤나 익숙해 있었다. 성형수술로 콧대를 세우고 쌍꺼풀을 넣은 데다 인조 속눈썹을 달고 화장까지 짙게 해 스스로도 알아보기 힘들 만큼 얼굴은 달라져도 목소리는 어쩔 수 없어 그렇게 감추어 온 까닭이었다.

"첫사랑의 연인? 하, 그런 것도 있긴 했지. 하지만 그건 벌써 잊은 지 오래야. 너무 나이들이 젊고 힘이 없어서 사랑하면서도 헤어질 수밖에 없었던 게 애틋하긴 하지만 그거라면 이렇게 두고두고 마음에 걸려할 건 없지. 서로 대등한 위치에서 사랑하고 헤어진 거니까."

박 원장이 그렇게 대답할 때는 술 취한 사람 같지 않은 정연함마저 있었다. 영희는 문득 그런 그의 추억속에 남아 있는 자신의 옛 모습을 더듬어 보고 싶어졌다. 아직 용서는커녕 이해조차 해주고 싶지 않았지만 왠지 그의 가슴에 새겨진 자신의 인상만은 궁금하기 짝이 없었다.

"그럼 어떤 여잔데요?"

"의지할 데 없어 내 품으로 날아든 작은 멧새 같은 계집애였어. 때로는 터무니없이 꿋꿋하고, 때로는 내가 잘 이해할 수 없는 어떤 영광의 잔영(殘影) 같은 것을 언뜻언뜻 내비치기는 했지만 틀림없이 지치고 피곤한 영혼이었어⋯⋯."

맞아, 저 사람한테 저런 말버릇이 있었지. 때로는 너무 지나쳐 간호사 언니가 입을 비쭉대던, 그러나 내게는 언제나 감동적이었고 달콤하게만 들리던⋯⋯ 이제 영희는 완연히 궁금한 것을 몰래 훔쳐보는 기분이 되어 그의 말을 받았다.

"그렇게 말씀하시니까 통 종잡을 수 없어요. 도대체 누군데요? 어떤 여잔데 멧새 같고⋯⋯ 또 뭐라고 하셨죠? 어떤 영광의 잔영? 그러면서도 지치고 피곤한 영혼같이 복잡하게 돼요?"

"내 보호 밑에 있던 어린 계집애였거든. 한편으로는 전쟁통에

망해 거리에 나앉게 된 어떤 유서 깊은 집안의 딸이고. 다른 한편으로는 내가 전에 개업했던 곳에서 간호 보조원으로 일하면서 야간 고등학교에 나가던 고학생이었어. 가엾게도 그게 여고 2학년 때였나."

"나이가 얼마였는지 모르지만 여고 2학년이라면 어느 정도 의사 결정을 할 능력이 있잖아요? 그런데 억지로 덮치기라도 했나요?"

"거의 그런 셈이지. 맞아, 그냥 덮친 거야. 곤히 자는데, 짐승같이······."

거기서 다시 술기운이 확 치솟는지 박 원장의 목소리가 과장스러워지기 시작했다. 그냥 두면 곧바로 눈물 질펀한 참회로 들어갈 태세였다. 그러나 영희는 아직도 별로 감동스럽지 않았다. 다만 그의 눈에 비친 자신의 옛 모습이 궁금할 뿐이었다. 그의 터무니없는 감정의 과장을 차단하듯 장난기 머금은 소리로 물었다.

"예뻤어요? 근엄한 원장님이 그렇게 정신을 차리지 못하셨을 정도라면 아주 예쁜 계집애였던 모양이야. 그랬죠?"

"그건 아니었어. 그렇지, 바로······."

박 원장이 그렇게 받아 놓고 갑자기 말을 멈춘 뒤 술 취한 사람 같지 않게 살피는 눈으로 영희를 바라보았다. 나를 뜯어보고 있구나. 내 얼굴에서 뭔가 이상한 것을 느낀 모양이구나. — 영희는 속으로 그렇게 짐작했으나 애써 침착하게 그 눈길을 맞받았다. 눈싸움이라도 하듯 한참 동안이나 영희의 눈을 들여다보던 박 원장이 아무래도 자신이 없다는 듯 고개를 절레절레 흔들며 푸념처럼 말했다.

"나이도 비슷할 것 같고 얼굴도 어딘가 비슷한데…… 역시 아니야. 하긴 설마 네가……."

"무슨 말이세요?"

그 말을 다 알아들었으면서도 영희가 시치미를 떼고 물었다. 박 원장이 다시 취한 술꾼으로 돌아가 원래의 물음을 받았다.

"아무리 생각해 봐도 그 아이가 특별히 예뻤다는 기억은 없군. 오히려 좀 못생기고 어딘가 촌티 나는 데마저 있었어. 몸매도 대단한 게 없었고."

"그럼 순전히 아다라시(처녀) 따먹는 재미로다가 덮친 거예요? 이제 보니 우리 원장님도 영 나쁜 사람이잖아?"

영희가 스스로도 짓궂다는 기분을 느끼며 그렇게 반문해 보았다. 비어홀 여급에 걸맞게 지어낸 말투와 목소리로였다. 그 말에 박 원장이 무슨 날카로운 것에 허벅지라도 찔린 사람처럼 움찔했다. 곁에 앉은 영희가 함께 움찔했을 정도였다.

"그건 아니야! 그건……."

그러는데 택시가 섰다. 영희가 차창 밖을 보니 그때껏 한 번도 들어 본 적이 없는 일급 호텔이었다.

"다 왔습니다, 손님."

택시 운전사가 그렇게 끼어드는 바람에 두 사람의 대화는 잠시 중단되었다. 박 원장이 비틀거리며 내리더니 프런트에 가서 방을 잡고 앞장을 서 엘리베이터에 올랐다. 영희는 말없이 그런 그를 따랐다. 그러나 그때까지도 영희의 가슴속은 차갑게 얼어 있었다. 그래, 이제 네가 나를 어떻게 하는가 보자.

객실에 들어가서도 한동안 영희의 심경에는 변화가 없었다. 박 원장이 전화로 술과 안주를 청하고 오래잖아 처음 본 양주에 기대 밖으로 갖춰진 안주가 날라지고 다시 술판이 벌어질 때까지도 영희는 그 자리를 모진 복수극의 서막으로만 규정하고 있었다.

하지만 그런 영희의 감정이 끝내 유지되지는 못했다. 그로부터 채 1년도 안 돼 애매한 대로 복수극 비슷한 게 연출되기는 하지만 그것은 어디까지나 새롭게 전개된 인생극의 또 다른 대단원이지 그때 영희를 지배하고 있던 감정이 이끌어 낸 결말은 아니었다.

"내가 차암 죽일 놈이지. 그 순진하고 착한 것을 아무 대책 없이 버려 놨으니. 이렇게 사는 것도 출세라고, 이걸 위해 헌신짝처럼 버린 고향과 가족처럼…… 그 다감하고 풋풋한 애를. 거기다가 더 나쁜 게 뭔지 알아? 뒷마무리야. 그 애와의 일이 드센 처가에 알려져 소동이 벌어졌을 때였지. 나는 비열하게도 처가가 마련해 준 더럽고 야비한 해결책 뒤로 숨어 버린 거야. 들통 나고는 단 한 번도 그 애를 만나 주지 않았어. 일생 노력해 움켜쥔 것을 한꺼번에 날릴지도 모른다는 걱정으로 부들부들 떨면서…… 그러다가 그 소동이 가라앉고 나도 어느 정도 자유로워진 뒤에야 찾는다고 찾아봤지만 그때는 이미 종로 바닥에서 잃은 바늘 찾기였지. 그런데 말이야. 미스 현. 네가 말이야, 아무리 뜯어봐도 아닌데 자꾸 그 애를 떠올리게 한다고. 미안하지만 오늘 밤은 네가 영희야. 무슨 말인지 알아? 네가 그 애를 대신해 줘야 한다고. 내일은 나가 신문에 광고를 내든, 거리에 지라시[傳單]를 뿌리든 다시 진짜 그 앨 찾는 일은 내 몫이고……."

객실에서 다시 퍼부은 술로 완전히 취해 버린 박 원장이 무슨 참회처럼 그렇게 눈물 섞어 웅얼거릴 때 영희는 하마터면 자신을 드러낼 뻔했다. 그때 겨우 그녀를 지탱할 수 있게 해 준 것은 아직도 가슴속에서 타고 있던 눈먼 복수의 열정이었다. 하지만 모질게 이를 사리무는 순간조차도 그런 자신을 오래 지키지 못하리라는 예감은 벌써 그녀를 사로잡기 시작하고 있었다.

불만의 여름

안개가 피어오르는 강 건너편 다리목에서도 영남여객 댁의 정원수는 눈에 뚜렷이 들어왔다. 특히 무슨 성탑처럼 솟은 히말라야시더 옆의 잘 다듬은 향나무는 짙고 작은 구름처럼 안개 속에 떠 있었다. 인철은 가슴이 두근거려 거기서부터 뛰기 시작했다. 뱃다리거리에는 사람의 그림자가 없고 읍내 거리 쪽도 유령의 도시처럼 조용했지만 철에게는 별다른 느낌이 없었다. 그러다가 2층 창틀이 보이는 다리 중간에서 인철은 자신도 모르게 감격의 소리를 내질렀다. 아주 옛날 처음 그 거리에 들어섰을 때처럼 거기에 분홍 무지개가 걸려 있었기 때문이었다.

"명혜야이."

옛날과는 달리 그게 실은 분홍 무지개가 아니고 분홍 원피스를 입은 명혜라는 걸 알고 있는 인철은 두 손을 입가에 모아 그렇게 소리쳤다. 그쪽에서 인철의 부름을 알아듣고 손을 흔드는 듯했다. 금세 다리가 끝나고 맞은편 둑길이 나왔다. 숨 막힐 듯한 감격으로 둑길을 달린 철은 오래잖아 정원 뒷문에 이르렀다. 인철은 거기서 발길을 멈추고 옛날에 그랬던 것처럼 가만히 2층 창문께를 올려다보았다. 그런데 거기 있어야 할 명혜가 보이지 않았다. 인철은 가슴이 철렁해 돌진하듯 철문을 밀고 들었다. 다행히 문은 잠겨 있지 않았다.

망설임 없이 들어선 인철은 정원 가운데서 잠시 걸음을 멈추었다. 가만히 따져 보면 4년 만에 다시 발을 들여놓는 정원이었다. 그러나 정원 안은 조금도 변한 게 없었다. 멀리서 보이던 히말라야시더와 향나무, 그리고 저쪽 구석의 몇 그루 단감나무는 말할 것도 없고 기이하게도 작은 연못 속의 물고기들마저 4년 전 그대로의 크기임을 알아볼 수 있었다. 하지만 인철은 그런 것들에 오래 마음을 뺏기고 있을 여유가 없었다.

얼마 전까지도 창틀에 분홍의 무지개처럼 환하게 걸려 있다가 사라져 버린 명혜의 그림자가 갑자기 말할 수 없는 불안으로 인철을 몰아댔다. 뛰듯이 정원을 가로지른 철은 돌층계를 두어 칸씩 뛰어내려 안채로 들어섰다. 집 안에 사람이 없는 게 좀 이상했지만 인철은 상관 않고 2층 계단에 이르는 복도로 갔다. 복도의 마룻장이 옛날처럼 요란스레 삐걱거렸다.

나무 계단을 다시 두어 칸씩 쿵쾅거리며 뛰어오른 인철은 작은 다다미방을 건너 창틀이 있는 큰방 쪽으로 뛰어 들어갔다. 아, 거기에는 창틀에서 사라졌던 분홍 무지개가, 지난 3년간 그토록 애타게 그리워했던 명혜가 서 있었다. 마지막으로 본 아직 앳된 예쁜 여자애가 아니라 형언할 수 없는 아름다움으로 눈부시게 피어난 명혜는 갑작스레 뛰어든 인철을 향해 다정한 웃음을 지으며 가만히 손을 내밀었다.

인철은 지난날의 수줍음을 깨끗이 잊고 서둘러 명혜에게로 다가갔다. 그런데 이게 어찌 된 일인가. 명혜는 그대로 인철을 지나쳐 맞은편 창틀 쪽으로 갔다. 그러고 보니 다정한 웃음도 인철을 향해 보내고 있는 게 아니라 그 창틀 쪽이었다. 인철은 놀라 그녀가 다가가고 있는 창틀 쪽을 보았다. 놀랍게도 거기에 또 한 사람이 서 있었다.

하얗고 매끈한 피부에 단정한 얼굴의, 그리고 무엇보다도 철이 그토록 흠모했던 명문 고등학교의 교모와 교복을 걸친 귀공자 풍의 소년이 가만히 팔을 벌리고 서 있는 것이었다. 그리로 다가간 명혜는 스스럼없이 그 소년의 벌린 팔 속에 안겼다. 그걸 본 인철의 가슴은 무너지는 듯했다.

"안 돼. 명혜야, 내가 왔어……."

인철은 힘을 다해 그렇게 소리쳤다. 그러나 입술이 굳었는지 말은 한마디도 입 밖으로 새나오지 않았다. 인철은 다시 몸을 움직여 억지로라도 둘을 떼어 놓으려 했다. 이번에는 몸이 묶였는지 역시 움직여지지 않았다. 그래서 안간힘을 다해 허우적거리는데 갑자기 왁자한 웃음소리가 들렸다. 인철이 놀라 돌아보니 작은 다다미방 미닫이 곁에 그때까지 하나도 보이지 않던 영남여객 댁 사람들이 한꺼번에 몰려와 웃고 있었다.

아저씨, 아주머니, 종숙이 누나, 복상(박씨)…… 거기다가 명혜와 그 낯모를 소년도 웃음을 터뜨렸다. 특히 명혜의 어릴 적과 조금도 달라진 게 없는 그 맑고 짤랑거리는 듯한 웃음은 그대로 인철의 염통을 할퀴어 오는 듯했다.

"이리 와. 내게로 와. 내가 왔어!"

인철이 간신히 힘을 모아 그렇게 소리쳤다. 그 소리를 들었는지 명혜가 흘끗 철을 돌아보았다. 그러나 몸은 여전히 그 낯선 소년에게 안겨 있는 채였다. 뿐만이 아니었다. 갑자기 명혜의 얼굴에 심술궂은 미소가 떠오르더니 이내 인철이 그때껏 한 번도 들어 본 적이 없는 차가운 목소리가 쏟아져 나왔다.

"안 돼. 너와 어울리면 나까지 천해져. 격이 떨어지지. 나는 이 사람과 결혼해 고귀하게 될 거야. 저리 가. 다시는 내 앞에 나타나지 마!"

바깥에서의 이상한 기척이 인철을 잠에서 끌어내지 않았더라면 인철은 아마도 그 꿈에서 미쳐 버렸을 것이다. 누군가의 중얼거림 때문에 인철이 잠에서 깨어났을 때는 온몸이 땀으로 흥건히 젖어 있었다. 바깥에서는 다시 비가 세차게 쏟아지고 있는 것 같았다. 낙숫물 소리 사이로 루핑 페이퍼를 두드리고 지나가는 빗줄기. 마당가의 수숫잎을 때리는 빗소리에 이어 집 옆 작은 개울

물이 콸콸거리며 흐르는 소리도 들려왔다. 인철은 휑한 머리로 방 안을 둘러보았다. 어둑한 자신의 골방 안이었다. 머리맡에 흩어져 있는 책들 『삼위일체 영어』, 『수(數) 1 완성』, 『고교 세계사』, 『고교 국어』, 그러다가 문득 철의 눈에 그 갑작스럽고 가슴 아픈 꿈의 단 서가 될 책이 들어왔다.

『폭풍의 언덕』. 고아원 도서관에서 읽은 학원 소년소녀 세계 명 작의 다이제스트 판이 아니라 잘 장정된 세계 명작 전집 완역판 이었다. 번역도 일본판 중역(重譯)이 아니라 영어에서 직역된 것임 을 자랑하고 있었다. 며칠 전 언덕 마을에 갔다가 방학으로 내려 와 있는 대학생 친척 형에게서 빌려 와 꼬박 하루 밤낮에 읽어 젖 혔는데, 꿈속에서 명혜가 내뱉은 말은 바로 거기에 있는 한 구절 임에 틀림없었다.

낮잠에서 깨어나 흐릿한 머릿속이 개어 오는 대로 인철은 다 읽고 제쳐 둔 『폭풍의 언덕』을 다시 펼쳐 보았다. 기억을 더듬어 찾아보니 히스클리프가 언쇼 가(家)를 떠나던 날 밤에 있었던 일 같았다. 하녀 넬리에게 히스클리프가 없는 천국을 마다하고 워더 링 하이츠 꼭대기 위 벌판에 내던져지는 꿈을 이야기한 뒤에 캐 서린은 말했다.

"……저 방에 있는 저 고약한 사람이 히스클리프를 저렇게 천한 인간으로 만들지 않았던들 내가 에드거와 결혼하는 일 같은 것은 생각지도 않았을 거야. 그러나 지금 히스클리프와 결혼한다면 격 이 떨어지지. 그래서 내가 얼마나 그를 사랑하고 있는가 하는 것을 그에게 알릴 수가 없어. 히스클리프가 잘생겼기 때문이 아니라, 넬리, 그가 나보다도 더 나 자신이기 때문이야. 우리의 영혼이 무엇으로 되어 있든 그의 영혼과 내 영혼은 같은 거고, 린튼의 영혼은 달빛과 번개, 서리와 불같이 전혀 나와 다른 거야."

그때 방 한구석 긴 의자 등받이 뒤에서 듣고 있던 히스클리프는 캐서린이 자신과 결혼하면 격이 떨어지게 된다고 한 말까지만 듣고 의자에서 일어나 사라지는데, 그 부분을 읽고 있던 인철은 운명의 심술궂음 또는 너무 공교로운 작가의 안배 같은 것에 반발하여 그 불행한 두 연인에게 동정과 연민을 느낄 겨를조차 없었다. 그런데도 낮잠 속의 개꿈에서 캐서린의 말은 그렇게도 날카로운 발톱이 되어 인철의 무의식을 할켜 댄 것이었다.

인철은 꿈속에서보다 더 심하게 상처받은 기분으로 잠시 안절부절못하다가 무의식에 이끌리듯 다음 페이지를 읽어 나갔다. 다행히도 뒤이은 캐서린의 격렬한 사랑 고백이 까닭 모르게 욱신거리는 인철의 가슴에 진통과 안정의 효과를 가져왔다. 그리고 그 가운데 어떤 구절은 오래 인철의 기억에 남아 처절한 사랑의 토로에 원용(援用)할 수 있는 문장의 전범(典範)으로 기능하기도 했다.

"……만약 내가 이 지상만의 것이어야 한다면 이 세상에 태어난 보람이 무엇일까? 이 세상에서 내게 큰 불행은 히스클리프의 불행이었어. 그리고 처음부터 나도 각자의 불행을 보고 느꼈어. 내가 이 세상에 살면서 무엇보다도 먼저 생각한 것은 히스클리프 자신이었단 말이야. 만약 모든 것이 없어져도 그만 남는다면 나는 역시 살아갈 거야. 그러나 모든 것이 남고 그가 없어진다면 이 우주는 아주 서먹해질 거야. 나는 그 일부분으로 생각되지도 않을 거야. 린튼에 대한 내 사랑은 숲의 잎사귀와 같아. 겨울이 돼서 나무의 모습이 달라지듯이 세월이 흐르면 그것도 달라지리라는 것을 나는 잘 알고 있어. 그러나 히스클리프에 대한 애정은 땅 밑에 있는 영원한 바위와 같아. 눈에 보이는 기쁨의 근원은 아니더라도 없어서는 안 되는 거야. 넬리, 내가 바로 히스클리프야. 그는 언제까지나, 언제나 내 마음속에 있어. 나 자신이 반드시 나의 기쁨이 아닌 것처럼 그도 그저 기쁨으로서가 아니라 나 자신으로서 내 마음속에 있는 거야. 그러니 다시는 우리가 헤어진다는 말은 하지 마. 그것은 결코 있을 수 없는 일이니까.”

“휘유, 이눔의 날씨가 어옐라꼬 이래노? 3년 가뭄에는 남는 게 있어도 석 달 장마에는 남는 게 없다더니, 꼭 맞는 말이라. 곡식은 다 녹았뿌고 기심(김)뿐이이…….”

조금 전 인철을 깨운 인기척이 어머니의 것이었던지 한때 식당이었던 헛간 쪽에서 그런 어머니의 푸념 소리가 들려왔다. 비가 뜸한 걸 보고 개간지로 나갔다가 빗발이 세어지자 다시 집으로 쫓겨 온 듯했다.

인철은 그런 어머니의 목소리에 내몰린 듯 몸을 일으키고 손에 잡히는 대로 책을 집었다. 언제부터인가 책은 그를 개간지에서의 노역과 어머니의 잔소리로부터 놓여나게 해 주는 면죄부였다. 그날도 책은 그 역할을 톡톡히 했다. 인철이 막 그때껏 공부하고 있던 것 같은 자세를 꾸미고 났을 때 방문이 열리며 어머니의 안도하는 목소리가 들려왔다.

"그래, 니 생각 잘했다. 아무래도 이 뺄간(바알간) 땅에서 뭔 끝을 보기는 틀린 것 같다. 우예튼 공부라도 맘잡고 해라. 송충이는 솔잎을 먹고 사는 게라. 갈잎 먹고 살라 캐도 마음대로 되는 게 아이따……."

인철은 책에 깊이 빠져 있던 시늉을 하느라 되도록이면 천천히 고개를 들어 그런 어머니를 쳐다보았다.

어머니는 형이 제대할 때 가져온 군용 야전잠바에 보자기로 허리를 질끈 동이고 있었는데, 그 야전잠바뿐만 아니라 머리끝에서도 빗물이 뚝뚝 떨어지고 있었다.

"이 빗속에 밭에는 뭣 땜에 가셨어요."

인철이 미안함을 짜증으로 바꾸어 그렇게 내쏘았다. 인철이 열심히 공부하고 있었다는 게 대견해서인지 어머니는 그런 인철에게 화를 내지 않았다.

"그러이 어예노? 가을 양식 거리가 잡초 그늘에 푹푹 녹아 뿌는데…… 조밭이라도 어예 매 볼라꼬 갔디, 어데 발 디딜 수가 있어야제."

하지만 이틀째 돌아오지 않고 있는 형에게는 원망을 감추지 않았다. 빗물이 뚝뚝 듣는 야전잠바를 벗어 헛간 벽에 걸면서 갑자기 목소리를 높였다.

"당최 야(이 아이)는 어쩔라 카는지 모리겠다. 밭이 산이 되는지 강이 되는지 딜따(들여다)볼 생각은 안 하고 만날 술타령이이…… 날(일기) 반짝 들 때 내 말대로 기심(김)이라도 말끔하게 매 두었으믄 꼬치(고추)하고 서숙(조)은 쪼매라도 건졌을 꺼 아이라? 인제 가을 겨울은 뭘 먹고살라 카는 동……."

인철은 굳이 그 소리를 못 들은 척 눈길을 책으로 옮겼다. 활자가 눈에 들어올 리 없었지만 어머니의 푸념에 말려들어 암담한 기분에 빠지는 게 싫어서였다. 어머니는 아무래도 그냥 해 보는 소리가 아닌 것 같았다. 머리의 물기를 닦고 안방으로 들어가 젖은 옷을 갈아입는가 싶더니 이내 찢어진 종이우산 하나를 찾아들고 인철의 방문 앞에 나타났다.

"안 될따. 내가 장터 한번 올라가 봐야 될따. 도대체 언 놈이 무신 돈으로 니 형한테 만날 술을 받아 주는 동…… 오늘은 사생결단을 내고 데려와야제. 이래다가는 내가 먼저 속 터져 죽을따."

그러고는 빗속을 나서는 것이었다. 인철은 이번에도 짐짓 못 들은 척 어머니를 보냈다. 아니 실은 그런 어머니를 말릴 자신이 없었다.

인철은 그의 탐락적(貪樂的) 기질에 알맞게 구실을 찾은 게 아닌가 하는 의심이 있는 대로 형을 어느 정도 이해하고 있었다. 그 봄에서 초여름까지 형이 개간지에 쏟은 절망적인 노력을 가까이서 보아 온 인철로서는 그 무렵 형의 폭음과 방황이 무슨 예정된 귀결처럼 느껴지기까지 했다. 개간지는 형이 즐겨 그의 노트에 쓰는 추상적인 대지(大地)일 수는 있어도 구체적인 생산과 이어지는 토지(土地)는 아니었다.

헛되이 타오르는 것은 형의 꿈일 뿐, 그 땅은 영원히 황무지로 남아 있을 것 같았다. 이제 이 불운한 일가(一家)에게 무엇이 오려는가. 다만 그런 막연한 불안뿐, 형이 하고 있는 일들이 조금도 원망스럽지 않았다.

그러나 그런 형에 대한 이해 못지않게 건드릴 수 없는 게 그 땅을 향한 어머니의 집요한 애착이었다. 형의 몸과 마음이 그 땅을 떠나기 시작하면서 오히려 어머니는 더욱 무섭게 그 땅에 집착했다. 그 같은 장마에도 집 주위의 이삼백 평은 반듯한 밭 모양을 지키고 있는 것, 그래서 이것저것 반찬이 될 수 있는 푸성귀라도 아쉽지 않게 된 것은 모두 그런 어머니가 안간힘을 다한 덕분이었다.

따라서 그 같은 모자(母子)의 가운데 서게 된 인철은 어쩔 수 없는 방관자로서 무엇인지도 모를 자기의 길을 갈 뿐이었다. 어머니의 기척이 빗속으로 사라진 뒤에야 인철의 의식은 비로소 손에 들고 있던 책 속의 활자 위로 옮겨졌다. 공교롭게도 무심코 집어 든 책은 그 무렵 들어 철을 또 다른 절망 속으로 몰아넣고 있는 수학책이었다. 중학교 3학년 두 달로 끝났지만 영어나 국어, 역사는 그럭저럭 중학교 과정을 마치고 대입 검정고시 준비로 들어갈 수 있었다. 그러나 수학은 고등학교 과정 첫 단원에서 막혀 벌써 두 달째 제자리에 있었다. 고입 검정고시에서 간신히 합격선을 넘긴 기초로는 대입용 참고서의 인수분해 장조차 넘길 수가 없었기 때문이었다. 이제는 틀렸다. 나의 배움은 여기서 끝이다. 언제부터인가 인철은 수학 참고서만 들면 그런 아득한 절망감에 빠져들곤 했다. 이따금씩 조지프 콘래드나 헤르만 헤세처럼 정규 교육 과정을 거치지 못하고 훌륭하게 일가를 이룬 작가들의 예가 감동과 함께 어떤 암시로 다가오기는 해도, 아직 그것을 자신의 길로 결정하고 거기에 스스로를 던지기에는 너무 어렸다.

그날도 마찬가지였다. 자신이 들고 있던 책에서 다시 한 번 절망을 확인하게 되자 인철은 갑자기 암담해졌다. 거기다가 구성진 낙숫물 소리와 조금 전의 가슴 아픈 꿈이 거들자 인철은 이내 그대로는 견딜 수 없는 기분이 들었다. 인철은 고통을 못 이긴 환자가 진통제를 찾듯 빌려 둔 소설책 더미를 뒤졌다.

그 무렵 들어 읽은 책 가운데 받은 감동의 크기로는 『폭풍의 언덕』이 가장 컸지만, 조금 전 아픈 감동으로 잠시 빠져들었던 뒤라서 그런지 다시 펼쳐 보고 싶지는 않았다. 이미 한 추상으로, 아름다움의 이데아로 의식 깊이 가라앉은 소녀가 새삼스러운 상처로 되살아나는 게 싫었다. 하지만 나머지 책들도 진통제로서의 효용에는 결국 닿지 못했다. 아직 미숙한 철의 심미안조차 만족시키지 못해 몇 장 읽지 않고 덮어 버린 한국 이류 작가의 소설이 한 권, 멋으로 빌려 왔지만 읽을거리는 별로 찾지 못한 해묵은 《사상계》, 니노 사르반테스킨가 뭔가 하는 사람의 『보람 있는 그날까지』란 알 듯 말 듯한 번역 수필집, 다 읽기는 했어도 맛 들이지 못한 문고판 세계 명작 단편집, 앞뒤가 여러 장 뜯겨 나간 톨스토이의 『인생독본』…… 철은 이것저것 뒤적거리다가 갑자기 무슨 중요한 암시라도 받은 사람처럼 자리에서 일어났다.

바깥엔 다시 비가 내리 퍼붓고 있었다. 상처처럼 갈라진 개간지 등성이 밭 여기저기에 흙탕물이 피고름처럼 골져 흘렀다. 철은 애써 개간지 쪽을 외면하고 마을로 걸어 내려갔다. 쏟아지는 빗줄기에 금세 옷이 몸에 달라붙어 왔지만 그리 차갑게 느껴지지는 않았다.

인철이 찾아간 곳은 마을 당(堂)나무 부근 동방(洞房)이었다. 4H 회관과 동네 구판장을 겸하고 있는 그곳 마루에는 장마 때문에 일손을 놓은 마을의 농군들 몇이 낮술에 벌게져 앉아 있었다. 인철은 부엌 쪽에서 무언가를 끓이고 있는 신촌댁을 찾아가 태연스럽게 말했다.

"아주머니, 소주 한 병만 주세요."

"하이고, 이 빗속에 우비도 안 받고……."

그달 구판장을 맡고 있는 신촌댁이 그렇게 인철을 맞다가 갑자기 이상스러운 데가 있었던지 따져 물었다.

"소주 한 병이라꼬? 누가 마실 낀데?"

"손님이 와서요. 대접할 것도 없고……."

"글치만 너그 집에 아무도 없을 낀데. 쫌 전에 너그 어무이가 너그 형 찾아간다 카미 장터로 올라가던데……."

"그래서 제가 왔잖아요. 어쨌든 소주 한 병만 주세요. 제비원

45도로요."

"돈은?"

"외상 달아 놓으세요."

"인자 다음 당번한테 구판장 넘굴 날이 며칠 안 남았는데 또 외상 달란 말가? 안 그래도 너그 집에 수금 갈라 카든 참인데. 인수인계할 때 외상 다 못 받으믄 내가 꼽다시(고스란히) 무라리해야(물어넣어야) 된다꼬."

신촌댁은 그러면서 도로 부엌 앞에 주저앉았다. 그때 마루에서 술추렴을 하던 패거리 중 하나가 인철을 편들어 주었다.

"와따, 신촌댁도 어지간하네. 딴 집도 아이고 명훈네 집에서 왔는데 뭘 그래 따지이껴? 명훈이 그 사람이 어디 보통 사람가?"

"그럼 수곡 양반이 책임질라이껴? 인수인계가 낼모렌데……"

"좋니더, 내 책임 지지. 그까짓 소주 한 병 가지고……"

그러자 신촌댁도 마지못한 듯 궤짝에서 소주 한 병을 꺼냈다.

"제비원은 없고 금곡(金谷)이따. 그기 그기이께넨(그것이니까) 이거 가주고 가거라."

하지만 아무래도 미심쩍은 데가 있는지 인철의 등 뒤에 대고 한마디 덧붙이기를 잊지 않았다.

"뭔 손님인지는 몰따마는(모르겠다만) 내일 아아들 수금 보낼 끼다. 너그 엄마한테 여기 외상 모도 다 끊어 달라 캐라."

돌아가는 길엔 빗줄기가 조금 가늘어졌지만, 이미 함빡 젖은 몸이라 집에 들어설 때는 제법 으스스했다. 마침 학교에서 돌아왔는지 식탁 곁에서 수건으로 젖은 머리를 닦고 있던 옥경이 놀란 눈으로 인철을 보았다.

"오빠, 그거 뭐야?"

인철은 본능적으로 술병을 감추려다가 생각을 바꾸어 어른스러운 표정을 지었다.

"음, 한잔하려고."

"뭐? 오빠가?"

"그래, 안주나 좀 차려 줘."

그러자 옥경은 잠시 아연한 표정이었다. 하지만 워낙 인철이 태연스레 행동하자, 곧 모든 걸 받아들였다. 부엌으로 들어가 무얼 달그락거리더니 감자볶음과 열무김치에 제법 소주잔까지 갖춰 내왔다.

"혼자 있고 싶어. 너는 안방에 들어가 숙제나 해."

인철은 짐짓 이마에 주름까지 지으며 나직한 목소리로 말했다. 옥경은 무엇에 압도당했는지 아무 소리 않고 철이 시키는 대로 했다.

어렵게 술병을 딴 인철은 작은 유리잔에 가만히 소주를 따랐다. 그동안 막걸리는 몇 번 마시고 취해 봤지만 소주는 그날이 처음이었다. 거기다가 특별한 분위기나 다른 사람의 권유 없이 스스로 사다 마시는 술이라 인철은 마시기도 전에 야릇한 흥분으로 벌써 취하는 느낌이었다.

코끝을 찔러 오는 역한 소주 냄새를 피하려고 숨을 멈춘 채 인철은 첫 잔을 단숨에 비웠다. 열일곱의, 술에는 아직 어린 창자라 그런지 안주를 집는 데 벌써 속이 짜릿해 왔다. 인철은 갑자기 자신이 시작한 모험이 겁났다. 자신이 마시고 있는 게 술이 아니라 다시는 깨어날 수 없는 무슨 독약같이 느껴지며 오싹해지기까지 했다.

그 바람에 인철은 잠시 머뭇거렸지만, 그리 오래는 아니었다. 이내 취기가 잔잔히 몸속으로 퍼지면서 처음 술을 사러 나갈 때의 기분이 되살아났다.

'얼마간이라도 좋으니 잊고 싶어. 어디로든 이 불만스러운 현실에서 잠시라도 떠나 있고 싶어……'

인철은 그렇게 되뇌며 두 번째 잔을 따랐다. 투명한 잔에 고인 투명한 액체가 이상스레 슬픔의 빛깔로 느껴졌다. 아주 뒷날에도 인철은 맑은 유리잔에 가득 따라진 소주를 보면 투명한 슬픔을 보고 있는 듯 느껴지곤 했는데 아마도 그것은 첫 대면 때 머릿속에 새겨진 그 인상 때문이었을 것이다.

인철의 생각이 술 그 자체를 벗어나 자신의 문제로 돌아간 것은 세 번째 잔을 비운 뒤였다. 45도나 되는 소주를 반 병 가깝게 비우자 막걸리를 마셨을 때와는 전혀 다른 취기가 인철의 온몸을 감싸고 다시 그의 머릿속을 세차게 휘젓기 시작했다.

'산다는 게 무얼까. 열일곱 해, 내가 태어나 보낸 그 세월 어디에 삶이 한 축복이라고 말할 구석이 있는가. 느닷없이 내던져져 할퀴우고 짓이겨지며 채워야 하는 게 삶의 잔이 아닌가. 누리기 위해서 온 게 아니라 갚기 위해서 그저, 견뎌 내라고 내몰린 게 이 세상이 아닐까……'

처음에는 그렇게 제법 추상적으로 시작되었던 그의 상념은 차츰 자신에게로 옮겨져 왔다.

'분홍 무지개. 흥, 그런 게 어딨어. 그것은 아마도 내 삶이 너무도 황폐하고 괴로웠기 때문에 오히려 기를 쓰고 얽어 낸 허황된 꿈일 거야. 추억의 세 기둥? 그것도 마찬가지지. 누구에게도 흔히 있을 아이 적의 대단찮은 기억을 내 고통스러운 삶이 열심히 갈고 닦아 그토록 휘황한 그 무엇으로 만들어 낸 거겠지.

지금껏 내게 적잖이 힘이 돼 준 건 고맙지만 이젠 그만 그것들로부터 깨어나야겠어. 정작 내게 중요한 것은 이제 무언가를 하지 않으면 안 될 고비에 이른 내 삶이야. 몽상에 잠겨 언제까지고 다른 사람의 손에 맡겨 둘 수는 없는 내 운명이야……'

그쯤 되자 이미 인철이 비우고 있는 소주잔은 쓰지도 독하지도 않았다. 마치 오래전부터 즐겨 온 기호품처럼 자연스럽게 한 잔 한 잔 비워 나갔다. 다만 상념의 형태는 술의 취해 옴과 함께 점점 더 음울하면서도 격렬해져 처음 술을 시작할 때는 염두에도 없었던 결의로 그를 몰아갔다.

'지난봄에 다시 돌아온 것은 잘못이었어. 내친김에 그대로 떠났어야 하는 건데. 아니, 어쩌면 애초에 내가 밀양에서 고향 집으로 돌아온 것부터가 잘못인지 몰라. 그대로 고아원에서 버티며 싸워

나가는 게 옳았는지도 모르지. 하기야 아직도 늦지는 않았어. 쓸데없이 세월을 낭비하기는 했지만 아주 늦어 버린 건 아니야. 그래, 다시 떠나 봐야지. 여기 더 머물러 있다가는 정말로 돌이킬 수 없는 곳까지 몰리고 말 거야. 떠나는 거다. 다시 한 번 돛을 다는 거야. 누나는 안 된다고 했지만 서울로 가 보자. 가서 부대끼며 나 스스로 개척해 보는 거야. 지금보다 더 어리고 힘없을 때도 나는 떠나려 하지 않았던가. 그래, 떠난다. 다시 한 번 돛을 단다……'

그렇게 수없이 자신의 결의를 되씹는 사이에 술병이 다하고 날이 저물어 왔다. 성냥을 그어 대면 불이 확 붙는 45도 소주를 짠 나물 안주 몇 젓가락으로 한 병이나 비웠지만 아직 취했다는 느낌이 들지 않는 게 인철은 이상했다. 오히려 너무 빨리 술병이 다했다는 게 서운해 어둑한 방 안에 앉아 있는데 옥경이 삐죽이 문을 열었다.

"오빠, 정말 그거 다 마신 거야?"

못내 걱정스럽다는 표정이었다. 인철은 자신도 모르게 형 명훈이 허세를 부릴 때 잘 내는 헛웃음과 자세를 흉내 내며 옥경을 안심시켰다.

"기집애, 이걸 가지고 뭘. 너 그러지 말고 구판장에 가서 소주 한 병 더 가져와."

"뭐야? 또 더 마신다고?"

"그래, 이왕 마신 거 좀 취하고 싶어. 가서 신촌댁더러 손님이 왔다고 하고 한 병만 더 가져와."

하지만 인철이 아무리 감추려 애써도 옥경을 속이지는 못했다. 어딘가 이상했던지 한동안 기막혀하는 표정이던 옥경이 갑자기 겁먹은 얼굴로 말했다.

"오빠, 정말 왜 이래? 어른들이 마시는 소주를 막 마시고…… 엄마가 돌아오면 어쩌려고."

그러다가 결국은 인철의 고함 소리에 쫓겨 울먹이며 집을 나갔다.

옥경이 나가고 갑자기 집 안이 조용해지자 인철은 조금 진정이 되었다. 그러나 뒤이어 그를 사로잡은 것은 걷잡을 수 없는 슬픔의 정조였다. 갑자기 눈물이 쏟아지며 술로 과장된 흐느낌이 거침없이 흘러나왔다. 어쩌면 처음 술을 생각할 때부터 간절히 기대했던 게 바로 그런 별난 정화 작용이었는지도 모를 일이었다.

인철이 다시 눈을 뜬 것은 이미 방 안에 불이 밝혀진 뒤였다. 흐느낌 속에 이따금 창틀을 후리는 빗소리를 들으며 아슴아슴 잠에 빠져들던 기억도 잠깐, 철은 이내 말 못 할 부끄러움과 당황으로 주위를 둘러보았다. 희미한 호롱불 곁에 깎은 듯 앉아 있던 어머니가 갑자기 한숨과 함께 넋두리를 쏟아 냈다.

"이 집구석이 어예 될라꼬 이래노? 큰 거는 한 이태 맘잡고 뭘하는가 싶디 장터 거리에 나가 술에 저려 안 사나. 그것도 모자래 인제는 이틀 사흘 어디 가 뿌랬는지 돌내골에서는 흔적도 찾을 길 없고…… 작은 거는 머리에 소똥도 안 벗어진 게 벌써 대낮부터 술에 취해 안 자빠지나. 하이고, 이년의 팔자야. 서방 복이 없으믄 자식 복도 없다 카디, 꼭 그렇데이. 이런 자식새끼들 데리고 무신 영광 볼 끼라꼬오."

그러다가 잠시 멍해 있는 철이 걱정되는지 찬물 대접을 입가에 주며 사정하듯 이었다.

"이것 마시라. 저 여린 속에 그 독한 소주를 한 병이나 버(부어) 났으이…… 엉이, 말해 봐라. 어린기 무신 그리 말 못 할 한이 있어 그 독한 술을 그래 마셔 댔노? 함 말해 봐라. 내 잘못한 게 뭐로? 뭐시 그래 불만시럽더노? 엉이."

뒷날 철이 상당히 나이가 든 후에도 어쩌다가 그걸 떠올리면 가슴이 서늘해 오는 우울한 삽화였다.

변경의 낭인

버스가 진안역에 서자 명훈은 자신도 모르게 자리에서 일어났다. 안동에서 버스에 오를 때만 해도 전혀 계획에 없던 일이었다. 그때는 자신이 다시 빠져든 질퍽한 진창 같은 상황에서 벗어나는 일이 급해 무턱대고 버스에 올랐지만 막상 돌내골이 가까워오자 생각이 바뀌었다. 무엇보다도 버얼건 대낮에 아무것도 변한게 없는 돌내골의 암담한 현실로 다시 걸어 들어가야 한다는 게 견딜 수 없었다.

명훈은 타고 온 버스로 내처 돌내골까지 들어가기를 포기하고 진안에서 내려 삼거리 쪽으로 터덜터덜 걸었다. 거기서 돌내골 가는 막차가 올 때까지 서너 시간 보낼 만한 데를 찾아볼 셈이었다. 그러나 머릿속으로 한참을 더듬어 봐도 얼른 떠오르는 곳이 없었다. 상두 녀석이 주척거리고 나서서 소개를 시켜 주는 바람에 그 거리의 건달 몇을 알게는 되었지만 그런 시각에 이렇다 할 볼일도 없이 불러내 자신의 무료함을 달래 달라고 한 만큼 친하지는 못했다.

다해 가는 여름이지만 어느새 해가 높이 떠올라 뜨거운 햇살을 퍼부었다. 이틀이나 술에 곯아선지 명훈으로서는 길거리에서 오래 견디기 어려운 햇살이었다. 그런 명훈의 눈에 삼거리 다방이 들어왔다. 진안의 건달들과 어울려 두어 번 들른 적이 있는 다방으로, 명훈은 그 다방 안의 선풍기와 얼음 띄운 주스를 떠올리며 문을 밀고 들어갔다.

농번기에다 장날도 아니어서 파리만 날리던 마담이 명훈을 보고 알은체를 했다. 명훈은 그게 의례적인 것이려니 여겼으나 그렇지가 않았다. 뜻밖으로 명훈을 또렷이 기억하고 있던 마담은 묻지도 않은 그 거리 건달들의 동정을 하나하나 일러 주었다. 누구는 아침에 다녀갔고 누구는 어디로 하면 연락이 되며 누구는 요새 잘 안 보인다, 따위였다. 깡패 소탕이라며 요란을 떨던 때가 엊그제 같은데 세상은 도로 제자리 같았다. 벌써 진안 같은 시골 주먹들까지도 저희 구역만은 단단히 휘어잡고 지내는 눈치였다.

명훈은 거기서 한동안 죽치기로 마음을 정하고 냉커피를 한 잔 시켰다. 시골 다방의 관례대로라면 마담이나 레지 하나쯤은 곁에 와 차 한 잔을 조를 만도 했으나 어찌 된 셈인지 그 다방에서는 그런 일도 없었다. 그 덕분에 명훈은 구석진 자리에 조용히 앉아 얼음 띄운 커피를 마시며 지난 이틀 자신에게 일어난 일을 차분히 되돌아볼 수 있었다.

그 봄의 기대와는 달리 여름이 깊어질수록 명훈의 실망도 깊어져 갔다. 여름 양식이라며 지난가을 그토록 어렵게 묻은 보리는 태반이 얼어 죽고 살아남은 것도 한 뼘을 자라 주지 않아 결국은 어머니가 손으로 이삭을 따 풋바심 몇 되 해 먹은 것이 수확의 전부가 되고 말았다. 또 다른 여름 양식인 감자도 마찬가지였다. 지난해 애써 모은 거름과 면에서 싸우다시피 얻어 온 비료를 아끼지 않고 씨를 묻었으나 수확은 3백 평에서 세 가마를 채우지 못했다. 유일하게 수확다운 수확이 있다면 낟알로도 가루로도 먹기 어려운 호밀이었다. 역시 오래된 농경지와 비교할 바는 못 됐지만 어쨌든 낟알로 열 가마 넘게 거둬들여 지금은 여러 차례 도정한 그 호밀이 그들 일가의 주식이 되고 있었다.

그래도 명훈은 실망하지 않고 가을 농사에 들어갔다. 남은 거름과 비료를 모조리 퍼부어 고추를 심고 조와 수수를 뿌렸다. 그러나 장마철이 시작되면서 명훈의 대지가 상기시킨 것은 다만 지난해의 악몽뿐이었다. 작물들은 사태에 씻겨 가고 장마에 녹고 그 빈 곳을 지난해에 그 뿌리를 제대로 캐내지 못한 관목의 싹과 잡초 들이 덮었다.

지난해만 해도 명훈은 개간지의 한심한 작황을 특별한 실망이나 불안 없이 바라볼 여유가 있었다. 야산을 뒤집어엎기에 바빠

퇴비로 지력(地力)을 돋우기는커녕 비료조차 제대로 주지 못한 까닭이었다. 올해는 그냥 씨앗을 묻어 본 것에 지나지 않는다. 진정한 농사는 내년부터다 ─. 명훈은 그런 담담한 마음가짐으로 그 보잘것없는 수확을 받아들였다.

그런데 그해 농사도 여전히 전해와 다를 바 없으리라는 짐작이 들자 앞날에 대한 불안은 구체적인 근심으로 명훈을 괴롭히기 시작했다. 농자금도 태부족이고 노동력도 모자라 필요한 만큼 투입하지 못했다는 이유를 들어 보아도 아무런 위로가 되지 않았다. 농자금이건 노동력이건 세월이 지난다고 해서 크게 달라질 게 없었고 따라서 기다려 봤자 그 땅에서 무얼 얻어 낸다는 건 별로 가망 없는 일로 보였다.

그렇게 되자 다른 일들도 그 불안으로 뒤틀리기 시작했다. 가족의 생계가 그랬고, 인철과 옥경을 학교에 보낼 일이 그랬고, 그해 겨울의 만남으로 새롭게 전개된 경진과의 관계도 그랬다. 그중에서도 특히 경진의 일은 언제부터인가 슬금슬금 고뇌의 모습으로 다가왔다.

한 번도 경험한 적이 없는 순수한 감정으로 하룻밤을 지샌 뒤 그동안 어딘가 건성인 것처럼 느껴지던 명훈과 경진의 관계는 오히려 실제적인 것으로 변했다. 이제 우린 정말 사랑하는 사이가 된 거예요. 가벼운 입맞춤으로 헤어지면서 경진이 한 말도 더는 어린아이의 생떼처럼 들리지 않았고, 돌아와 편지를 내는 자신도 전처럼 억지스럽거나 공허한 기분은 아니었다.

'그래, 이게 진정한 사랑인지도 몰라. 경애나 모니카와의 일은 사랑과 비슷하지만 실은 전혀 그게 아닌 조우(遭遇), 혹은 괴롭고 지저분한 얽힘에 지나지 않았는지도 모르지.'

격정이나 뜨거운 욕망 대신 잔잔한 그리움과 따스한 정을 드러내는 말을 고르면서 명훈은 그렇게 중얼거리기까지 했다. 그리고 그 봄 한창 희망과 의욕에 차 그린 청사진에는 경진이 언제나 그 한 모퉁이를 차지하고 있었다.

그런데 그 여름 자신의 대지가 어쩌면 끝내 아무것도 기대할 수 없는 황무지에 지나지 않을는지도 모른다는 불안이 일면서 그 전망 없음은 바로 그녀와의 앞날로 번져 갔다. 자신이 새로운 사랑이라고 단정한 것이야말로 전혀 가망 없는 꿈이며, 그녀에게 걸고 있는 모든 희망도 가망 없기에 더욱 치열하게 타오르는 망상처럼 여겨지기 시작했다.

거기다가 그 얼마 전 경진의 신상에 일어난 변화가 명훈의 그 같은 심경에 더욱 압박을 주었다. 고등학교를 졸업하고 대학 입시에 실패한 뒤로 집안에서 소개한 작은 회사에 나가고 있던 그녀가 그 여름 들어 갑자기 직장을 그만두고 다시 대입 시험 준비에 들어간 일이었다. 밖에서도 제 몫을 할 수 있는 나를 만들고 싶어요 ―. 경진은 그렇게 이유를 댔지만 명훈은 그런 그녀가 갑자기 자신으로부터 아득히 멀어진 느낌을 받았다.

'역시 잘못했다. 이 아이를 받아들이는 것이 아니었다. 나를 위해서가 아니라 이 아이를 위해서…… 아니, 아직은 늦지 않았다.

네가 내 행복을 약속하는 한 마리 파랑새일지라도 진정으로 너를 사랑한다면 지금이라도 보내야 한다. 내 전망 없는 삶에 철없이 뛰어든 이 순진한 영혼을 이쯤에서 놔줘야 한다.'

명훈은 때로 그런 결의까지 다져 보았다. 하지만 그걸 실천하면 그 뒤 자신의 삶이 너무 처참해질 것 같아 움찔하며 물러나고는 했다.

명훈이 다시 장터 거리를 드나들게 된 것도 그런 그 무렵의 심경 변화와 관련이 있었다. 나날이 야산으로 돌아가는 개간지를 보는 것도 맥 빠지는 일이었고, 경진을 보내야 한다고 다짐하면서도 편지만 오면 가장 달콤하고 정감 어린 답장을 내고 있는 자신이 한심스러웠다. 그런데 장터 거리에 올라가 이 사람 저 사람과 어울려 술잔을 기울이다 보면 그 모든 괴로움을 손쉽게 잊을 수 있었다. 그 발전이 안동 나들이였다.

사흘 전도 그랬다. 그날도 빗속에 장터로 올라간 명훈은 지나가는 제재소 서기를 잡아 겨우 공갈 혐의나 피할 정도의 수작으로 술 한잔을 우려냈다. 그러나 제재소 서기가 제비원 소주 한 병을 비우기 바쁘게 일어서는 바람에 술이 모자란 명훈은 문득 안동으로 나가 보고 싶어졌다. 얼마 전 국토개척단이 해산되어 다시 그곳 뒷골목으로 돌아간 날치 때문이었다. 실은 날치가 아니라도 안동이라면 먹고 자고 마시는 일은 걱정하지 않아도 될 것 같았다.

자리를 털고 일어서는 제재소 서기에게서 빼앗듯 백 원을 빌린 명훈이 안동에 도착한 것은 그날 해 질 무렵이었다. 날치는 생각보다 훨씬 반갑게 명훈을 맞아 주었다. 따지고 보면 아무런 필연이 없는데도 끈질기게 이어지는 게 날치와의 인연이었다. 이제는 까마득하게만 기억되는 옛날의 안동에서 서울, 난데없이 돌내골, 다시 안동, 비록 단속적이기는 해도 10년 가깝게 헤어지고 만나기를 되풀이하다 보니 서로간에 설명하기 힘든 끈끈한 정을 느낄 때도 있었다.

무엇이든 지난 것은 아름답고 소중하게 만들어 주는 추억의 힘일까. 날치를 통해 다시 만나게 된 옛날의 지대장 오광이와 잇뽕 형도 생각 밖으로 명훈을 반겼다. 시대가 달라지고 나이들도 들어 이제는 누구도 옛날 같은 마구잡이 주먹이 아니었다. 다방이니 당구장이니 하는 그렇고 그런 업종들이지만 그런대로 생업들을 꾸려 가고 있었고, 더러 마뜩잖은 일에 손을 대도 그것은 어디까지나 예외적인 벌이에 지나지 않았다.

그런 그들에 비해 날치는 거의 옛날과 다름없는 뒷골목으로 되돌아가 있었다. 특수강도와 그 밖에 몇 가지 특(特) 자가 붙은 두 번의 전과에다 명동산 지구 국토개척단 단장이란 어마어마한 경력은 뒷골목으로 되돌아가는 데는 도움이 되어도 건전한 생업으로 돌아가는 데는 불리했기 때문이었다.

그러나 명훈이 찾아갔을 때의 날치는 그 뒷골목에서조차 아직 자리가 제대로 잡혀 있지 않았다. 그저 시장 거리와 몇 군데 요정에 기대 술잔이나 얻어 마시고 잔돈푼이나 얻어 쓰는 게 고작이었다. 그의 포부란 것도 기껏해야 쓸 만한 기술자 두엇에 똘똘한 사원이나 몇 구해 지금은 조무래기 쓰리꾼들이 설치는 통일역을 규모 있게 장악한다는 정도였다.

첫날은 오랜만에 만난 반가움으로 오광이와 잇뽕 형이 한 자리씩 맡아 술이든 밥이든 간에 풍성하게 먹고 마실 수 있었다. 그러나 다음 날은 날치만 명훈 곁에 남았다. 오광이도 잇뽕 형도 뭔가 예전처럼 힘 안 들고 벌이 좋은 일거리를 찾고는 있었지만 당장은 들러붙어 돌봐야 할 생업들이 있었기 때문이었다.

하지만 그다음 날도 명훈은 그대로 안동에 눌러앉아 보냈다. 먹고 마시는 것이 좀 질이 낫고 수월하다는 것뿐 거기서도 답답하고 울적하기는 마찬가지였다. 하지만 그래도 순간순간 자신이 절망을 확인해야 되는 개간지로 돌아가는 것보다는 안동에서 그렇게 죽이는 시간이 훨씬 견디기가 나았다.

그런데 전날 저녁 무렵 그때까지 날치가 정해 준 역전의 여인숙에서 뒹굴던 명훈이 오광이가 경영하고 있는 다방으로 자리를 옮겼을 때였다. 날치가 상기된 얼굴로 뛰어 들어와 말했다.

"야, 우리 어디 가서 속부터 든든히 채워 두자."

명훈은 처음 날치의 그 같은 말을 한바탕 힘든 싸움이라도 준비하자는 뜻으로 들었다. 그래서 그 싸움에 나설까 말까부터를 망설이며 슬몃 물어보았다.

"왜, 무슨 일 있어?"

"한 건 물어 놨어. 오늘 저녁엔 요석장(瑤石莊)에 가서 크게 한

상 받는 거야. 너한테 폼 나는 술 한번 못 사는 줄 알았는데 마침 물봉이 하나 걸렸어."

명훈이 싸움을 안 해도 된다는 데 안도하면서 다시 그에게 물었다.

"그게 무슨 소리야?"

"어떤 돈 많은 놈팽이가 이 안동에다가 비어홀을 차려 볼 생각이 있는 모양이야. 그래서 나보고 뒤를 좀 봐달라는군. 그것도 유흥업소라고."

날치가 한층 신나 하는 목소리로 그렇게 대답했다. 하지만 단순히 술 한잔 얻어먹는 일에 난 신바람치고는 지나친 데가 있어보였다.

"너도 생각보다 궁한 모양이구나. 천하의 날치가 술 한잔 얻어먹는 게 그렇게도 신이 나냐?"

명훈이 그렇게 의심나는 구석을 찔러 보았다. 그러자 날치가 제법 얼굴까지 상기되며 그 특유의 수다를 떨기 시작했다.

"마, 그런 게 있어. 거기 요석장 말이야, 요새 서울서 깔치 하나가 새로 왔는데 그게 아주 사람을 죽여 준다고. 얼굴은 김지미, 최은희 저리 가라고 몸은 김혜정 뺨쳐. 그런데 고게 영 내 말을 들어주지 않는단 말이야. 촌에서 온 년들 따먹는 식으로 주먹 내밀고 하는 시끼(式)에는 눈도 깜짝 않는다고. 쇠푼이 있어야 달라붙을 모양인데 너 알다시피 요새 내 형편이 어디 그러냐? 그 집으로 보면 그저 공술이나 얻어먹는 반갑잖은 손님인 주제에……

한데 오늘 밤은 달라. 그 얼간이 녀석하고 함께 가서 듬뿍 뿌리게 할 테니 전같이 보지는 않겠지. 두고 봐. 고 기집애, 내가 꼭 요걸로 만들고 말 거야."

그러고는 새끼손가락을 들어 보이며 눈까지 찡긋했다. 여자 문제라 명훈도 곧 초연할 수만은 없었다. 그러나 보지도 못한 요정의 기생에게 덩달아 열을 올릴 만큼은 아니었다. 그저 오늘밤은 오랜만에 좋은 술과 여자들에게 둘러싸여 지낼 수 있겠구나, 하는 흐뭇한 기대가 고작이었다.

구시장 순대 골목에서 든든하게 속을 채우고 소주까지 한 병 나눠 마신 명훈과 날치가 요석장으로 들어갔을 때는 이미 날이 어둑해 오고 있었다. 대문 앞에 나와 서 있던 나비넥타이에게 날치가 한껏 호기롭게 물었다.

"권 사장 왔어?"

"네, 벌써 와 계십니다. 이리 오십시오."

나비넥타이가 단정한 서울 말씨를 흉내 내어 그들을 사랑채에 있는 특실로 안내했다. 방 안으로 들어가 보니 명훈보다 서넛 위로 보이는 크고 뚱뚱한 사내가 벌써 마른안주 접시를 놓고 맥주를 마시고 있었다. 곁에는 주인 마담인 듯한 중년 여자가 어울리지 않게 짙은 화장을 하고 앉아 무언가 수작을 건네고 있었다.

"어이구, 권 형, 어서 오시오. 나 더워서 먼저 시원한 맥주 한잔 하고 있었소."

김 사장이란 중년 사내가 까닭 없이 비굴한 웃음을 띠고 일어나 날치와 명훈을 맞았다. 한눈에 그 어설픈 이력이 대강 짐작이 가는 사내였다.

'아마 안동에서 돈푼깨나 있다고 하는 집안의 외아들이거나 맏아들쯤 되겠지. 보나마나 공부는 땡이고 고등학교 때부터 얼치기 주먹들을 따라다니며 봉 노릇깨나 했을 거다. 부모는 그래도 대학을 보내려 애썼겠지만 줄만 서면 되는 대학도 못 견뎌 한두 학기 구경만 하고 내려와 버렸겠지. 그동안 두어 번 사업한답시고 부모의 재산도 꽤나 축냈을 테고. 그러다가 결혼을 하고 보니 철이 좀 들어 다시 사업이랍시고 구상한 게 서울 들락날락하며 본 비어홀이겠지. 하지만 아서라. 한 병 값이 겉보리 한 말 값인 맥주 장사를 인구 7만이 될까 말까 한 이 안동읍에서 해?'

명훈이 김 사장에 대해 헤아린 것은 대개 그 정도였다.

"인사하쇼. 이명훈이라고 내 친구요. 지금은 마음잡고 농부가 되어 흙에 묻혀 살지만 한때는 서울서도 알아주던 놈이라고요. 5·16 나고 사형당한 임화수, 이정재 알죠? 바로 그 밑에서 제법 나와바리까지 있는 중간오야붕으로 놀았지. 지금도 동대문 일대에 가면 이 간다를 아는 사람 많을 거요."

날치가 그렇게 필요 이상으로 과장해 명훈을 소개했다. 김 사장은 어디선가 주먹 설움을 많이 받은 적이 있는 사람임에 틀림없었다. 날치의 몇 마디에 그대로 꺼벅 넘어가 눈부신 듯 명훈을 쳐다보았다.

"이거 만나 뵙게 돼서 영광입니다. 여기 앉으시죠. 변변찮은 술이라도 한잔 같이합시다."

그 바람에 명훈은 별 어색한 느낌 없이 그들 사이에 앉을 수 있었다.

"봐라, 손님 다 왔데이. 안주상 들라라. 맥주도 잘 히야시 된(차게 식힌) 거 몇 병 더 들루코(들여놓고)."

유심히 그들의 수인사를 듣고 있던 마담이 문득 부엌 쪽을 향해 그렇게 소리쳤다. 산전수전 다 겪어 그 자리가 어떤 자린지 짐작은 가지만, 내 알 바 아니란 투였다. 술기운이 있는 날치가 처음부터 서둘러 댔다.

"조개(색시)도 서너 사라(접시) 얼른 퍼뜩 들여야지. 짧은 여름밤에 쓸데없이 뭉그적거리다가 어디 연들아(색시) 손목이라도 제대로 한번 잡아 보겠어?"

그러자 마담이 넉살 좋게 받았다.

"걱정 마라꼬. 오늘 매상만 좋으면 조개는 접떼기(백 개 단위)로 들라주께. 방 안이 온통 그눔의 조개 냄새에 어물전맨치로 콤콤하게 만들어 주꾸마."

그러고는 다시 안방 쪽을 향해 안주를 청할 때와 똑같은 어조로 소리쳤다.

"봐라. 뭐하노? 손님들 다 왔데이. 대강 따듬고 나오니라."

하지만 색시들은 주방보다 굼떴다. 여남은 가지 안주가 긴 교자상 가득 채워지고 맥주 세 병이 다 빌 때쯤 해서야 곱게 한복을 차려입은 색시 셋이 들어왔다. 그 색시들을 훑어보던 날치의 눈길이 씰쭉해졌다.

"어이, 강 마담, 장사 별로 생각 없는 거야? 황 양 어딨어?"

그러자 마담이 알겠다는 듯 눈짓을 하며 받았다.

"꼴에 보는 눈은 높아 가지고…… 황 양이 그렇게 좋으믄 쪼매 일찍 오지 왜. 황 양 인기 좋은 것 모르나? 벌써 첫방살이(초장)에 딴 방에서 채 갔다꼬. 글치마는 까제미(가자미)맨치로 사람 꼬라(꼬나)보지는 마래이. 오늘 김 사장님도 오셨고 하이 적당히 틈 봐 불러내 주꾸마. 당장이사 곤란하지마는…… 저 방에도 면면이 다 안면 있는 손님들인데 색시 중에도 눈까리(중요한 것)를 어예 금방 빼올 수 있겠노? 쪼매만 기다리라꼬."

그런데 그 '쪼매만'은 생각보다 오래 걸렸다. 황 양이란 색시가 다른 방 술자리에서 몸을 빼내 그 방으로 왔을 때는 이미 맥주가 한 박스 가까이 비워진 뒤였다. 그전 이틀이나 내리 마신 술에 또 그날 저녁 무렵 나눠 마신 소주가 있어 그때 이미 명훈은 상당히 취해 있었다. 게다가 워낙 날치가 처음부터 열을 올리던 여자라 장지문에 노크 소리가 들리고 이어 황 양이란 색시가 문을 열고 들어왔어도 명훈은 쳐다도 보지 않았다.

"인사드려요. 황 양이라고 합니다."

색시가 꾸며 낸 목소리로 그렇게 자기소개를 할 때까지도 명훈은 여전히 그녀 쪽을 보지 않았다. 아니, 어쩌면 그때 이미 그는 여자의 용모를 구별해야 할 필요가 없을 만큼 취해 가고 있었다는 편이 옳았다.

"너 여기 앉아."

역시 상당히 취한 날치가 그때까지 자기 곁에서 잔을 따라 준 아가씨를 밀어내고 황 양을 곁에다 끌어앉혔다. 그런데 바로 그때였다.

"어머!"

짧고 낮지만 놀라움과 기쁨을 전하기에는 충분한 외마딧소리가 황 양의 입에서 새나왔다. 그제야 명훈은 고개를 들어 황 양쪽을 살펴보았다.

'모니카다!'

명훈은 첫눈에 그녀를 알아보았다. 그러나 이내 그는 강하게 고개를 저었다. 얼굴은 많이 닮았지만 자세히 살필수록 그녀가 모니카라고 단정할 자신이 없어진 탓이었다. 군대에 있을 때 면회 온 것을 쫓아내듯 돌려보낸 게 벌써 3년 전, 그때 모니카의 왼뺨에는 옛날 자신의 발길질에 찢긴 상처가 제법 흉하게 남아 있었다. 그런데 눈앞의 황 양에게는 그 상처가 보이지 않았다.

더군다나 그때 모니카가 입었던 몸에 꼭 죄는 맘보바지의 기억에 황 양의 함치르르한 한복은 더욱 연결이 되지 않았다. 짧은 스커트 차림으로 서울의 비어홀 같은 데나 나앉았다면 또 모를까. 아무리 생각해도 안동 같은 촌구석의, 거문고와 장고까지 갖춘 구식 요정에 색시로 나앉을 모니카가 아니었다.

명훈은 취한 눈을 부릅떠 황 양을 보다가 자신을 유심히 살피는 날치의 눈길을 받자 의미 없는 웃음을 지으며 곁에 있는 색시

쪽으로 얼굴을 돌렸다.

"명훈 오빠! 명훈 씨, 맞지요?"

그때 짧은 순간이지만 굳은 듯이 앉아 있던 황 양이 다시 명훈의 기억에 있는 목소리로 그렇게 다급하게 물어 왔다. 약간 콧소리가 섞이고 어딘가 척척 감겨 붙는 듯한 바로 그 모니카의 목소리였다. 그제야 명훈도 한꺼번에 술이 확 깨는 기분이 되어 그녀를 쳐다보았다.

"너 모니카……."

명훈은 무어라 형언할 수 없는 감정으로 그렇게 말끝을 흐렸다. 놀라움, 반가움, 사라져 버린 시간의 잔해가 두르고 있는 배광(背光)과 불쾌하고 척척한 기억의 잔영이 뒤섞인 애매하고 착잡한 감정이었다.

"네, 모니카예요. 어쩜 명훈 씨가 여기에 오다니. 정말 여기서 만나게 되다니……."

모니카가 좌우 살피지도 않고 자리에서 일어나 우르르 명훈에게로 다가왔다. 명훈이 굳은 얼굴로 팔짱을 끼고 있지 않았다면 그대로 안겨 올 듯한 기세였다.

"너, 정말 모니카냐?"

곁으로 다가온 그녀에게 명훈이 다시 한 번 확인하듯 물었다. 이제는 정말로 둘밖에 없다는 듯 모든 조심성을 잊은듯 명훈에게 바짝 다가앉은 그녀가 불빛 아래로 낯을 쳐들더니 왼뺨 한 곳을 소매로 살짝 씻어 내 보였다.

"여길 보세요. 자세히 들여다보시면 뭔가 보일 거예요. 그때 그 상처, 이제 절 믿으시겠어요?"

명훈이 얼결에 보니 짙은 화장이 지워진 곳에 희미하게 옛날의 상처 흔적이 있었다. 그 뒤 몇 번의 성형수술과 짙은 화장으로 겨우 감추고 있었던. 그때 아까부터 주의 깊게 두 사람을 살펴보던 날치가 비틀어진 목소리로 끼어들었다.

"제기랄. 재수 좋은 년은 엎어져도 가지 밭에 엎어지고 연못에 처넣어도 보지로 붕어를 물고 나온다더니, 염복 터진 놈은 역시 할 수 없구나. 너희들 언제 그렇게 됐어? 이거 10년 공부 도로아미타불 아냐?"

하지만 진정으로 질투해서 하는 소리 같지는 않았다. 지난 10년의 정 때문에선지 오히려 그들의 인연을 신기해하고 즐거워하는 빛까지 있었다. 날치가 그렇게 나오자 김 사장까지도 덩달아 신을 낸 그날 밤의 술자리는 마치 명훈과 모니카의 재회를 축하하는 술자리같이 되고 말았다.

하지만 더욱 알 수 없는 것은 명훈 자신이었다. 그녀를 마지막으로 볼 때만 해도 그녀에 대한 명훈의 감정은 단순한 혐오감을 넘어 흉측하고 더러운 파충류가 몸에 달라붙는 듯한 징그러움에 가까웠다. 그런데 그 몇 년 사이 무엇이 명훈의 감정을 바꾸어 놓았는지 그날 밤은 전혀 옛날의 느낌이 상기되지 않았다.

나중의 짐작이지만 그날 밤 명훈이 모니카를 그리 격렬한 거부감 없이 받아들일 수 있었던 것은 무엇보다 그 사이 흘러간 세월의 힘이었을 것이다. 비록 동물적인 욕정으로 몇 번 얽힌 기억에 지나지 않더라도 추억이란 이름으로 재생되면 아름답고 그리워지는 수도 있지 않은가. 거기다가 결국은 그곳까지 영락해 온 그녀의 삶을 향한 연민도 명훈이 자리를 박차고 일어나지 않은 이유의 하나일 수 있었다.

"어어, 자(재) 봐라. 저게 온 지 한 달이 되도록 수절 춘향이맨치로 놀디, 알고 보니 기다리던 이 도령이 따로 있었구마는. 니 혹시 여다 저기 저 이 선생 만날라꼬 일부로 온 거 아이라(아니야)?"

곁에서 거드는 마담의 말도 명훈에게는 이상하리만치 감동적으로 들렸다. 마치 모니카가 헤어져 있는 동안 오직 그만을 위해 정숙하게 살았으며, 또 그를 애태우며 찾다가 이제 겨우 만나게 된 것 같은 감격까지 일었다.

그날 밤 술자리가 끝난 뒤 모니카는 당연한 듯 명훈을 따라나섰다. 그제야 명훈에게도 희미하게 옛날의 혐오감이 되살아났으나 그녀를 뿌리칠 만큼은 못 되었다. 그보다는 술로 과장된 스물여섯의 욕정이 더 거세었는지도 모를 일이었다. 거기다가 날치가 뚜쟁이처럼 명훈을 충동질하고 김 사장도 인심을 써서 안동에서도 가장 크고 번듯한 여관에 방을 잡아 주는 바람에 두 사람은 마치 신방을 차리는 것처럼 자연스레 한방에 들게 되었다.

오랜 굶주림을 참아 온 욕정이어서인지 두 사람의 밤은 실로 대단했다. 명훈도 스물 한둘의 서투른 총각이 아니었고 모니카도 열여덟 열아홉의 여고생이 아니었다. 둘 다 마음 놓고 성을 표현

할 수 있는 나이인 데다 모니카는 그 방면의 특출한 기교를 몸에 배게 닦은 여자였다. 그러나 날이 밝으면서 모든 것은 하나씩 제자리를 찾아갔다. 모두 불태워 버린 뒤의, 혹은 마지막 한 방울까지 다 쏟아 내 버린 뒤의 허전함이랄까, 다음 날 아침 텅 비어 버린 듯한 몸과 마음으로 눈을 뜬 명훈에게 다시 옛날의 혐오감이 되살아났다.

거기다가 모니카의 실수도 그런 명훈의 혐오감을 키웠다. 아마도 모니카는 한데 엉켜 보낸 그 밤과 신화(神話)에 나오는 어떤 기적의 샘물을 혼동한 듯했다. 그 한 밤으로 지난날의 모든 혐오스러운 기억들이 다 씻긴 것으로 여겼는지 날이 밝아서도 그녀는 어둠 속의 이부자리에서처럼 콧소리와 함께 명훈에게 척척 감겨들었다. 그러나 그런 교태의 효용성은 이미 어둠과 함께 사라진 뒤였다. 오히려 명훈에게는 그것들이 무슨 날카로운 비수처럼 옛날의 격노와 모욕감을 상기시킬 뿐이었다. 깡철이와 함께 뒤엉켜 있던 그 혐오스러운 몸뚱어리…….

그렇지만 그녀에게 그래도 다행인 것은 명훈의 혐오감이 예전과는 비할 바 없이 줄어 있다는 점이었다. 그저 눈을 감고 속으로 지그시 이를 악무는 것으로 참을 만했다. 오히려 명훈으로 하여금 서둘러 모니카와 헤어지게 한 것은 되살아난 그 혐오감이 아니라 그녀에게서 오는 들척지근한 유혹이었다.

명훈의 못마땅해하는 침묵을 저 좋을 대로만 해석한 모니카가 나른한 목소리로 말했다.

"명훈 씨, 개간 일 그리 시원찮다며. 그냥 여기서 살아요. 나, 태화동(太和洞)에 깨끗한 방 하나 얻어 뒀다. 여기 내려올 때 가져온 돈도 좀 있구요. 이럴 때 쓰려고, 만약에, 만약에 명훈 씨를 만나면 쓰려고 말이에요."

그것도 애정의 표현이라고 명훈에게는 천박하기 그지없게 느껴지는 발상을 거침없이 쏟아 내는 그녀 때문에 명훈은 울컥 구역질이 치밀었다. 말하자면 네 기둥서방 노릇이나 하란 거지, 란 말에 이어 여지없이 쌍스런 욕지기라도 퍼붓고 싶었으나 겨우 속을 억누르고 다른 쪽으로 받았다.

"뭐야? 그러면 날 만나려고 여기까지 내려왔단 말이야? 처음부터 계획적으로 안동까지 내려온 거야?"

"그건 아녜요. 그냥 서울이 싫어졌어요. 그래서 조용한 델 찾다 보니 왠지 이곳이 마음에 들길래…… 하긴 명훈 씨가 있는 곳에서 가깝다는 게 전혀 계산에 없었던 건 아니지만."

"그런데 내 개간 일 시원찮다는 건 어떻게 알았어? 너 영희 만났지? 영희 지금 어딨어?"

명훈이 문득 영희의 편지를 떠올리고 그렇게 다그쳤다.

"아녜요. 그렇진 않아요. 영희 걔 못 본 지 벌써 오래됐어요. 3년 전에 헤어지고 못 봤다고요. 그저 그냥 생각해 보니까 안 해 보던 농사라 그럴 것 같아서……."

처음 모니카는 어떻게든 영희를 만났다는 걸 잡아떼 보려고 했다. 그러나 천성이 거짓말과는 잘 어울리지 않는 여자였다. 명훈이 두어 번 다그치기도 전에 모니카의 입에서는 한 치 숨김없는 바른말이 나왔다.

"영희 걔가 말하지 말라고 그랬는데. 이럼 혼날 텐데…… 하지만 할 수 없죠 뭐. 명훈 씨가 벌써 알고 그러시니까 본 대로 일러 드릴게요. 영희 걔 처음 서울 다시 올라와서 고생 많았어요. 지난 겨울에 만났을 땐 글쎄 미용사 시다바리로 미장원 바닥을 쓸고 있더라니까요. 그 먼지가 펄펄 나는 시멘트 바닥을…… 말이 보조 미용사지 식모에 허드렛일꾼이었어요. 한데 요즘은 좀 나아졌을 거예요. 미장원 그만두고 비어홀에 나가거든요. 수입도 올 때 보니까 이젠 살 만한 모양이더라고요. 제 방 따로 얻고 조금씩 돈도 모은대요. 오래잖아 자그마한 미장원 하나 차릴 만한 돈은 모을 수 있을 거예요. 걘 원체가 악바리니까."

"뭐야? 영희가 비어홀에 나간다고?"

영희가 편지에 쓴 걸 믿고 싶었던 명훈은 모니카의 말에 놀라 물었다. 비어홀이란 업종은 명훈에게는 거의 생소한 업종이었지만 어쨌든 술집이었고, 여자가 그 술집에 나간다면 뭘 하는지 뻔히 짐작이 갔다. 역시 어머니의 짐작이 맞았다.

"망할 년, 기어이 그 꼴이 났구나. 결국 기생이 되었단 말이지."

명훈이 그렇게 혼잣말처럼 중얼거리자 모니카가 변호한답시고 나섰다.

"기생이 아니라 여급(女給)이라고요. 웨이트레스. 옛날 기생하곤 많이 달라요. 손님 테이블 옆에 서서 술 시중만 들어줄 뿐이에요. 거기 손님들도 신사고."

"닥쳐, 거기서 거기야. 술 파는 집 달라 봐야 얼마겠어? 술 마시는 놈들도 그래. 비어홀에서 맥주 마신다고 뭐가 다를 것 같아? 다 똑같아. 곁에 계집 두고 잘도 신사적으로 마시겠다."

그래 놓고 나니 영희를 향한 분노는 이내 모니카에게로 옮겨졌다. 명훈은 갑자기 몇 배나 부풀어 난 혐오감으로 그녀를 살펴보았다. 그 몇 마디 말만으로도 자신이 모르는 그녀의 지난 몇 년을 환히 떠올릴 수 있을 것 같았다. 오랜만에 재회한 여인으로 만난 지 하루도 안 돼 그녀는 어느새 가장 추악하고 더러운 창녀의 자리로 되돌아가 있었다.

그렇게 되자 명훈은 더는 그녀와 한 방에 있고 싶은 기분이 없어졌다. 몸에 붙은 징그러운 벌레를 떼어 버리듯 그녀를 떨치고 일어나 옷을 걸쳤다. 그때의 기분은 이걸로 그만, 다시는 그녀를 만나고 싶지 않다는 것이었다. 그러나 모니카는 그걸 아는지 모르는지 여전히 벗은 몸에 이불을 두른 채 무슨 투정이나 부리는 것처럼 명훈의 뒤통수에 대고 종알거렸다.

"난 명훈 씨 성내는 거 증말 알 수 없드라. 무슨 소리에나 성을 막 내고."

그러고는 출근하는 남편에게 하듯이나 느긋하게 한마디 보태는 것이었다.

"곧 또 오셔야 해요. 오래 안 오심 돌내골인가, 거길 제가 찾아갈 거예요."

"다리몽둥이 부러지려면 무슨 짓인들 못 해? 너, 돌내골 거기가 어떤 곳인 줄 알아?"

명훈은 그렇게 퉁명스레 받았으나 두 번 다시 그녀를 찾아오지 않겠다는 다짐까지는 하지 못했다.

명훈이 비로소 경진을 떠올린 것은 모니카와 헤어지고 난 다음이었다. 날치에게 들를까 하다가 바로 버스 정류장으로 향하는데 꽉꽉 막아 둔 틈새로 무언가가 억지로 비집고 나오듯 경진의 영상이 머릿속에 비쳤다. 모니카를 만나면서부터 안간힘을 다해 의식 깊숙한 곳으로 밀어 넣어 두었던 영상이었다.

처음 경진의 모습을 떠올렸을 때 명훈은 뒤이어 닥칠 지독한 고통의 예감으로 흠칫했다. 잘못된 예감이었다. 잠시 쓰라림과도 같은 허전함이 있었으나, 이내 그 허전함은 홀가분함으로 바뀌었다.

'그래. 맞았어. 이렇게 너를 보내는 거야. 내게 어울리는 여자는 역시 모니카야. 이제 다시는 네게 답장하지 않을 수 있겠어. 그러니 파랑새 아가씨, 이제 공연한 감정 낭비하지 말고 네 우아한 새장 속에서나 놀도록 해.'

명훈은 애처롭게 흔들리는 경진의 영상을 향해 특별히 위악적 (僞惡的)이란 기분 없이 그렇게 중얼거렸다.

원래 명훈은 진안에서 되도록 오래 죽치다가 돌내골 막차를 탈 생각이었다. 하지만 그러기에는 일없이 보내야 할 시간이 너무 길었다. 긴 여름날이라 두 군데 다방에서 두 시간을 죽인다 해도 서

너 시간이 더 남을 판이었다. 그래서 마음을 정하지 못하고 첫 번째 다방에서 나오는데 그사이 날씨가 거짓말같이 변해 있었다. 어느새 먹구름이 하늘을 뒤덮고 바람이 선들거리는 게 돌내골까지의 20리 길이 걸을 만해졌다.

대낮에 덜렁덜렁 빈손으로 돌아가고 싶지 않다는 기분도 많이 달라져 있었다. 이미 개간지를 버려 두고 장터를 돌아다니게 되고부터 이웃이나 일가들의 눈총은 겁나는 것이 아니었다.

명훈이 20리 길을 쉬엄쉬엄 걸어 돌내골로 돌아갔을 때는 낮 세 시에 가까울 무렵이었다. 그사이 더욱 어둡게 내려앉은 하늘을 배경으로 펼쳐진 개간지가 전에 없이 황량한 느낌으로 눈에 들어왔다. 그 발치에 엎드린 자신의 토담집도 어쩐지 사람이 살지 않는 폐가처럼 보였다.

명훈이 산소 곁을 지나 마당으로 들어설 때까지도 집 안에서는 전혀 인기척이 없었다. 하지만 집 안에는 사람이 있었다. 갈수록 말을 잃고 무슨 우울한 그림자처럼 변해 가고 있는 인철이었다. 옥경이는 아직 학교에서 돌아오지 않았고 어머니는 가까운 아카시아 숲에서 아카시아 새순을 잎째 쳐내 밭에 깔고 김장 씨앗을 묻던 중에 씨앗이 모자라 마을로 내려가고 없었다. 다만 인철이 혼자 어두컴컴한 식당의 식탁에 걸터앉아 무엇인가 골똘한 생각에 잠겨 있다가 명훈이 들어서자 화들짝 놀라며 일어났다.

그런 인철의 표정 없는 얼굴이 그날따라 더 안쓰럽게 느껴졌다. 너는 아마도 영희에게 기대를 걸고 있는 모양이지만 이젠 그것도 틀렸다. 설령 영희에게 너를 공부시킬 힘이 있다 해도 네가 그 불결함과 욕스러움을 감당해 내지 못할 것이다.

"인마, 사람 있는 집이 어찌 이리 조용해? 나는 아무도 없는 줄 알았잖아?"

명훈이 그런 웃음 섞인 핀잔으로 어두운 기분을 애써 감추었다. 어려움 속에 빠진 가족들을 버려 두고 홀로 흠뻑 즐기고 온 듯한 죄책감도 함께.

"형님 오셨어요?"

인철이 별로 변함없는 표정으로 그렇게 인사를 하더니 지나가는 소리처럼 일러 주었다.

"서울서 친구 되시는 분이 오셨던데요."

"친구? 서울서?"

명훈이 좀 어리둥절해져 그렇게 반문했다. 서울서 자기를 찾아올 만한 친구가 얼른 떠오르지 않아서였다. 그런데 인철의 대답이 뜻밖이었다.

"네, 황석현 씨라던가요. 예전에 미군 부대에 근무하며 형님과 함께 고생한 적이 있다더군요. 한 방에서 여러 달 자취를 같이 한 적도 있고, 이번 겨울에도 서울에서 만나셨고…….."

"뭐야? 그 친구 지금 어딨어?"

그제야 명훈은 흠칫하며 물었다. 정월에 서울서 만났을 때 주소를 적어 주기는 했지만 황이 돌내골까지 찾아왔다는 게 도통 실감이 나지 않았다. 철이 여전히 아무런 표정 없는 얼굴로 개간지 쪽을 가리켰다.

"낮차로 오셨는데 줄곧 저와 함께 계시다가 조금 전에 개간지를 둘러본다고 저 위로 올라가셨어요."

인철의 말대로라면 황이 왔다는 걸 믿지 않을 수가 없었다. 그러자 이번에는 갑자기 그가 이곳까지 내려온 까닭이 궁금했다. 아무래도 황은 그저 얼굴이나 보려고 서울에서 먼 길을 내려올 만큼 가까운 친구는 아니었다.

'무슨 일일까?'

명훈은 반가움보다는 궁금함이 앞서 바로 황을 찾아 나섰다.

개간지를 오르면서 명훈은 연신 사방을 둘러보았지만 황은 얼른 눈에 띄지 않았다. 개간지는 되잖은 작물들과 잡초로 우거져 있어 한가운데쯤 퍼질러 앉기라도 하면 사람을 찾아내기가 쉽지 않았다. 한참을 두리번거리는 명훈의 눈에 개간지와 야산 발치의 경계 어름에서 하얗게 피어오르는 담배 연기가 들어왔다.

황은 야산 쪽에 붙어 남은 한 그루 참나무 그늘에 앉아 개간지를 내려다보며 담배를 피우고 있었다. 멀리서 다가가는 명훈을 얼른 알아보지 못하는 게 눈길은 개간지에 주고 있어도 생각은 다른 곳에 가 있는 것 같았다. 가까이 다가가면서 보니 황은 잿빛 모직 바지에 화사한 문양의 남방셔츠를 걸치고 있었다. 검은 물 들인 군 작업복이나 소매 접은 흰 와이셔츠 차림의 그밖에 기억 못하는 명훈에게는 차림부터가 어쩐지 낯설게 느껴졌다.

"황 형, 아니, 황 형이 여기 웬일이야?"

명훈이 비탈밭을 거슬러 오르며 큰 소리로 인사를 건넸다. 황은 명훈이 다가올 때까지 빙긋이 웃으며 대답을 하지 않았다. 더 가까이서 보니 얼굴이 몹시 초췌했다.

"변경의 낭인(浪人)이 못 갈 데가 어디 있겠어? 몰려, 몰려 오다 보니 여기까지 오게 됐지."

명훈이 옆에 와 앉기를 기다려 황이 그렇게 알 듯 말 듯한 이유를 댔다.

"변경의 낭인이라고?"

이제 그 변경이 뜻하는 바는 희미해졌지만 하도 강렬한 인상으로 받아들였던 낱말이라 명훈이 무심코 그렇게 되받아 물었다.

"일이 이렇게 되고 보니 김가 그 자식의 눈이 더 밝았다고 할 수밖에 없지. 맞아. 아메리카와 소비에트란 두 제국의 변경에 있는 우리에게는 제3의 길이란 없어. 이 제국에서의 이탈은 저 제국으로의 편입을 뜻할 뿐이야. 그 어떤 제국으로부터도 자유로운 우리만의 새로운 땅이란 애초부터 환상이었는지도 모르지. 이 제국 아니면 저 제국의 양자택일만이 있었는지도……."

황이 명훈의 희미한 기억을 그렇게 일깨웠다. 몹시 귀에 익은 말이었으나 하도 오랜만에 들어선지 그 뜻이 얼른 머릿속에 들어오지 않았다. 그저 그 옛날 미군 부대에서 보일러 맨 노릇을 하던 시절 세 사람이 자주 모여 앉던 어느 보일러실만이 기억 속에 아련히 떠오를 뿐이었다. 그때는 언제나 황이 공격적이었고 김 형은 방어적이었다. 그런데 황이 이제 새삼스레 김 형의 논리에 동의를 보내다니.

"무슨 일이야? 무슨 일이 있었어?"

명훈이 황과 같은 투의 응답을 포기하고 그렇게 직접적인 답을 구했다. 황이 잠깐 망설이다가 한숨과 함께 대답했다.

"놀라지 마. 나는 지금 수배 받고 있는 중이야."

"결국 황 형 말마따나 직업 혁명가로서의 길을 선택한 거야?"

명훈은 이상하게 가슴 써늘해지는 기분을 느꼈다. 그러나 몇 달 전 말동이가 찾아왔을 때와는 달랐다. 그때는 본능적인 공포 같은 것뿐이었는데 황에게서는 어떤 애절함과 쓸쓸함이 느껴지는 게 그랬다.

"지금 생각하면 그게 더 속상해. 차라리 그 길이라도 걷다가 이렇게 쫓긴다면 덜 억울하겠어. 나는 그래도 신문사에나 기자로 틀어박혀 어정쩡한 대로 이 사회와 타협해 보려고 했는데…… 푼돈 받는 걸로는 그럭저럭 생계라도 꾸리고, 이른바 사회의 목탁이라는 그 언론에는 슬며시 내 이상을 실어 보고…… 그런데 지금 이 꼴이야. 내 딴은 양수겸장인 수쯤으로 여기고 재미 붙일 만하자 대검거령이고 나는 이렇게 쫓기는 처지야."

"그럼 옛날 일로?"

"그건 아니지만…… 실은 비슷한 얘기지. 아직 재학 중인 후배들이 찾아와 묻길래 이것저것 몇 마디 아는 대로 얘기해 준 것뿐인데 배후 조종이라니. 걔들은 벌써 다 붙들렸어."

그 말에 명훈은 다시 한 번 섬뜩함을 느꼈다. 얼른 떠오른 게 얼마 전에 해제된 계엄령과 그 계엄령을 이끌어 낸 대학생들의 데모였다.

"그럼 한일회담 반대⋯⋯."

"그것도 있겠지. 나한테 들락거리던 후배 녀석들이 대개 거기서 앞장서 뛰었으니까. 또 그런 수상쩍은 흥정은 마땅히 막아야 할 일이었고."

그때 명훈은 문득 잊고 있던 조심성을 되찾았다. 황이 어차피 숨으러 왔고 또 자신이 거부할 수 없는 사람이라면 되도록 눈에 띄지 않게 서둘러 황을 일으켰다.

"어쨌든 집 안으로 들어가. 여긴 좁은 시골 바닥이라 낯선 사람에게 호기심이 많지. 며칠이라도 마음 편히 쉬려면 남의 눈에 띄지 않는 게 좋아."

"아, 그런 게 있어? 나는 호젓해서 이곳이 나을 줄 알았는데."

황이 그러면서 엉덩이를 털고 일어났다.

황과 함께 개간지를 내려오며 생각하니 다시 다른 급한 일이 떠올랐다. 당장 황을 먹일 일이었다. 식구들끼리라면 호밀 밥에 나물국으로도 견뎌 낼 수가 있지만 황에게는 차마 그렇게 먹일 수가 없었다. 그것은 무엇보다 지난 정월 서울에서 만났을 때 부린 허세 때문이기도 했다.

따라서 함께 집 안으로 돌아가서도 개간지에서 나누던 얘기는 더 이어지지 못했다. 마침 마을에서 김장 씨앗을 더 구해 돌아온 어머니를 졸라 마을 구판장에서 막걸리 한 되를 외상으로 얻은 명훈은 그걸 상에 차려 내게 하고 자신은 평계를 대어 장터로 올라갔다. 어떻게든 황을 대접할 제대로 된 먹을거리부터 장만해야 했다.

하지만 그동안의 곤궁으로 명훈의 신용은 벌써 거덜이 나서 정상적인 거래로는 아무것도 구해 볼 도리가 없었다. 거기다가 시간마저 넉넉하지 못해 달리 수가 없어진 명훈은 손쉬운 대로 시계를 풀어 겨우 눈앞의 낭패를 면했다. 돈놀이를 하는 약국집에 시계를 잡히고 빌린 돈으로 쌀과 보리쌀 각 한 말씩에 마른고기 한 두름을 사고 나니 겨우 한시름이 놓였다. 명훈은 다시 도가에 들러 막걸리 반 통을 산 뒤 상두가 잡아 온 장터의 허드렛일꾼에게 지워 호기롭게 집으로 돌아갔다.

명훈이 다시 개간지에서의 화제로 돌아간 것은 그렇게 가져온 막걸리에 마른 새끼 가자미를 안주 삼아 황과 마주앉게 된 뒤였다. 명훈은 진작부터 궁금해하던 것을 묻는 것으로 장터 거리를 다녀 오느라 중단된 얘기를 이었다.

"그런데 말이야. 한일회담 그거 꼭 그렇게 악착스레 막아야 하는 거냐? 국교가 열리면 우리가 다시 일본에 먹히게 될 걱정이 정말 있는 거냐고. 정부 말로는 돈하고 기술만 들어오는 모양이던데. 그것도 미국 원조 몇 배나 되는 배상금이 한꺼번에 쏟아지게 되어 있다던데…… 이렇게 시골에 처박혀 있다 보니 어느 놈이 암까마귀고 어느 놈이 수까마귄지 도무지 알 수가 있어야지."

"너 정말 몰라서 묻는 거냐? 아니면 떠보려는 거냐?"

황이 그렇게 물으며 잠시 명훈을 살피다가 내 알 바 아니라는 듯 다시 이었다.

"어쨌든 우리가 반대하는 것이 반드시 회담 그 자체는 아냐. 일본도 아니고."

"그럼 뭐야?"

"그 일본에서 자금을 받아 취약한 국내의 권력 기반을 강화하려는 군사정권의 좋지 않은 의도야. 이제 탱크와 총칼은 5·16 그때처럼 위협적이지도 효과적이지도 못 해. 그들에게는 새롭고 유력한 통치 수단이 필요한데 그들은 그걸 경제력에서 구하고 있는 거야. 국민을 단기적으로 회유하는 데뿐만 아니라 장기적으로 설득하기 위해서 일본의 자금이 절대적으로 필요하게 된 거라고."

"단기적 회유는 뭐고 장기적 설득은 뭐야?"

명훈은 진심으로 몰라서 물었다. 회유나 설득이란 말이야 알지만 황의 말버릇으로 보아 그런 일상적인 의미와는 다른 뜻이 있을 것 같았다.

"정적(政敵) 매수, 어용 집단 양성, 기타 정보 공작에 필요한 자금은 바로 단기적인 회유용이라 할 수 있겠지. 잘되면 앞으로 데모 주동자들은 감옥에 가는 대신 호화판 해외 유학을 떠나게 될지도 몰라. 장기적 설득은 우리 경제 그 자체를 끌어올려 그걸로 아직까지도 심심찮게 일고 있는 정당성과 정통성의 시비에서 탈출해 보려는 거야. 요새 눈만 뜨면 듣는 새마을 노래 「잘살아 보세」 알지? 그게 실은 국민들을 위한 노래가 아니라 그들 자신의 간절한 절규라고. 역시 잘되면 군사정권 때문에 앞으로 농촌의 춘궁기나 보릿고개 같은 말은 없어질지 몰라. 모든 이데올로기는 그 「잘살아 보세」 속에 수렴되고……."

"속셈이야 어디 있든 그래서 우리가 잘살게 되면 그건 좋은 일이잖아?"

"그게 그렇지가 못하니 탈이지. 그런 좋은 결과는 아주 가능성이 희박한 대신 그들의 썩어 빠진 생각은 너무 빤히 들여다보인다고. 따라서 이데올로기를 갈음해도 될 만큼 경제가 발전하기는커녕 빚투성이 나라에 악성 쿠데타만 되풀이되는 정치가 될 게 뻔해. 아니면 다시 일본의 경제 식민지로 전락하거나."

"그렇지만 미국이 그걸 가만히 보고 있을까?"

"미국이 뭔데? 미국이 어째서 계속해 우리의 산타클로스 노릇을 할 것 같아? 옛날 김가 얘기 기억 안 나? 아직도 그런 환상을 품고 있다면 이젠 그만 깨라고. 이번 일에 미국이 보이는 관심이 뭔지 알아? 언제쯤 한국이란 귀찮은 짐을 훌훌 벗고 태평양을 건너 되돌아가게 되는가뿐이야. 그 뒤야 한국이 일본 식민지가 되건 속국이 되건 말이야……."

"설마 그러려고. 김 형 말마따나 소비에트 제국이 경계선 너머에서 눈을 번득이며 틈을 엿보고 있는데. 아직 충분하게 우호가 확인되지도 않는 옛 적국에 미국이 쉽게 자기들의 변경을 맡기려 하겠어?"

"그 같은 미국의 의도는 이미 여러 해 전부터 확인되어 왔어.

매카나기 이래의 주한 미국 대사들은 물론 주일 대사인 라이샤워의 입을 통해서까지. 경제원조를 통해서도 몇 년째 확인되고 있어. 무상 원조를 두고 보면 제2공화국 때만 해도 2억이 넘던 게 금년은 8천만 달러 남짓이야. 불과 4년 사이에 거의 3분의 1로 줄었다고. 이만하면 단순하게 한일회담을 권유하는 수준이 아니라 사실상 강제하고 있다고 봐야 해. 식자들 중에는 미국과 일본 사이에 신(新)가쓰라-태프트 밀약(密約) 같은 게 비밀리에 맺어지지 않았는가 의심하는 이들도 있다고. 거 왜 한일 합방 전에 미국이 필리핀을 차지하는 대신 우리를 일본에 넘겨준 밀약 말이야."

거기까지 듣고 나자 명훈도 봄에 어느 신문에선가 그 비슷한 얘기를 읽은 기억이 났다. 그때는 너무나 살기에 쪼들려 자신과는 무관한 먼 나라 얘기처럼 보았는데 이제 황의 이야기를 듣고 나니 비로소 실감이 들었다. 그러자 자신은 그토록 살이에 내몰려 있는 데 비해 황은 아직도 제 일처럼 그런 일들과 얽혀 있다는 게 다시 둘 사이에 아득한 거리감을 느끼게 했다. 그게 공연히 처량해져 잠시 말을 끊고 있다가 자신의 대꾸를 기다리는 황을 위해 성의도 없는 물음을 던졌다.

"듣고 보니 그런 것도 같군. 한데 앞으로는 어떻게 될 것 같아? 계엄령도 해제되고 학생, 재야(在野) 할 것 없이 다시 움직이는 것 같은데."

"곧 쉽지는 않겠지. 하지만 나는 어쩐지 결국 이 군바리들이 해내고 말 것 같은 예감이야. 이번 인혁당(人革黨) 사건도 그들의 악착스러운 결의를 보는 것 같아 영 불길하다고."

그새 거나해진 황이 갑자기 우울하고 가라앉은 목소리로 말했다. 인혁당이란 말에 명훈은 다시 가벼운 충격을 받았다. 자신도 신문과 방송에서 들었지만 애써 남의 일같이 심상하게 보아 넘기려 해 온 사건이었다. 그러나 그 역시 황의 입으로 들추어지자 왠지 자신만 역사에서 밀려나 생활의 진창에 처박혀 버린 듯한 느낌에 명훈은 다시 처량해졌다. 옛날에는 언제나 역사의 현장에 있었던 듯한 터무니없이 과장된 기억과 함께.

"그럼 황 형이 쫓기는 것도 그 인혁당이야?"

"적어도 아직까지는 아닌 것 같아. 나중에는 그쪽으로 얽히게 될지 몰라도."

"대체 혐의가 뭐야? 무슨 일을 했는데?"

"읽고 말하고 생각한 것밖엔 없어. 우리는 다만 두 제국이 우리에게 부여한 제도와 이념을 비교 분석하고 거기서 어떤 우리 자신의 길을 모색해 보려고 했을 뿐이라고. 그런데 그런 모색 자체가 엄청난 죄를 구성할 수도 있는 모양이더군. (단순한) 비교 분석의 대상으로서도 저 제국의 진실을 아는 것은 이 제국의 변경에서는 큰 범죄가 되어 있어."

거기까지 듣고 나자 명훈은 황을 만난 뒤 처음으로 으스스한 느낌이 들었다. 인혁당도 아니다…… 황이 뭔가 알려지지 않는 사건에 얽혀 있다는 게 갑자기 명훈의 의식 속에 잠들어 있는 본능적인 공포를 일깨웠다. 이미 당국에 의해 발표되고 세상에 드러난

건 두렵지 않다……. 그런 명훈의 기분을 아는지 모르는지 황이 이어 비뚤어진 웃음과 함께 말했다.

"더욱 웃기는 것은 그들이 나를 배후 조종자 내지 기본적인 이념 제공자쯤으로 알고 있다는 거야. 어쩌면 내가 월북했다가 그쪽에서 밀봉교육을 받고 남파되어 온 간첩쯤으로 각본이 짜여 있는지도 모르지. 단지 그 애들보다 한두 해 일찍 태어나 한두 해 일찍 그 대학을 졸업했다는 이유만으로."

황이 그렇게 덧붙였다. 자신이 받고 있는 혐의에 비해서는 이상하리만치 두려움의 그늘이 없는 목소리였다. 그러나 명훈은 그의 입에서 월북 밀봉교육, 간첩 하는 단어들이 튀어나오자 더욱 움츠러들었다. 어느새 명훈의 머릿속에서는 암담한 계산이 이루어지기 시작했다. 황이 독백 같은 말을 이어 갔다.

"우스운 일이지. 이래 봬도 나는 골수 우익의 아들이고 6·25에 참전해 전사까지 한 국군 장교의 아우야. 그런데 그 형과 아버지가 죽은 지 10년도 되기 전에 아우는 좌파 이데올로기 투사가 되었단 말이지."

"실제로 황 형이 그쪽과 연관이 있는 건 아니잖아. 중앙정보부라고 해서 터무니없는 억지야 부리겠어?"

명훈이 그때에야 겨우 생각을 가다듬어 그렇게 물어보았다. 어쩌면 황이 정말로 북쪽과 연관을 맺었을지 모른다는 의심에서 비롯된 탐색이었다.

"명훈이 너도 정말 그렇게 보는 거야? 내가 무죄니 당국에 자수해 떳떳하게 자신의 입장을 밝히면 될 거라고. 아니면 나를 의심해 물어보는 거야?"

황이 취한 중에도 정확히 명훈의 마음을 읽고 그렇게 물어 왔다. 그제야 명훈이 어색하게 웃으며 털어놓았다.

"알지. 그런 종류의 죄는 실제로 지었느냐의 문제가 아니라 당시의 정국에 얼마나 필요하느냐에 달렸다는걸. 그렇지만 이제는 4·19의 세례도 받았고 또 지금은 언필칭 민선 정부 아냐? 그런데 아직도 그런 일이 벌어지려고?"

"생각해 봐. 내 제대가 작년 10월이야. 군에 있던 놈이 월북해서 밀봉교육을 받고 돌아올 수는 없겠지. 그다음은 네가 찾아왔던 그 방이야. 1960년대 초의 그 이상한 열기 때문에 부실했던 공부나 채운다고 누님한테 더부살이하고 있던 그 방. 그런데 언제 월북하고 밀봉교육을 받을 시간이 있어?"

그 말을 듣자 명훈은 적어도 황이 받고 있는 혐의는 시간만 따져보아도 불가능함을 알 수 있었다. 하지만 그래도 마음은 전혀 놓이지 않았다.

"그 골방에서 책이나 읽고 지냈으면 알리바이 문제가 생기겠지. 누님이나 누님네 식구들을 빼면 황 형이 이 땅에 있었다는 걸 아무도 증명해 주지 못할는지도 몰라. 하지만 대학에 적이 있었고 만난 사람들이 있잖아? 정보부가 네게 거는 그런 혐의는 아무래도 무리 같은데."

명훈이 위로하듯 그렇게 말했으나 스스로도 그 말이 옳음을 보장할 자신은 없었다.

"하지만, 네 말마따나 지금 이 정부에는 꼭 고만한 정도의 간첩이 필요한 걸 어쩌겠나? 게다가 아직은 내가 좀 더 피해 주는 게 다른 사람들을 위해서도 좋아. 나는 고문에는 자신이 없어. 많이 겪어 보지는 못했지만 자칫하면 애매한 친구들까지 다 끌어들여 있지도 않은 큰 사건을 엮어 주게 될지도 몰라. 실은 그게 겁나 이렇게 피할 수 있을 때까지 피해 보려는 거야."

"그렇지만 언제까지……?"

"그 같은 우리 범죄의 필요성이 적어지는 정국이 될 때까지가 되겠지. 한일회담이 국회에서 비준된 뒤쯤 될까."

불을 붙이려고 일어나려는데 식당 쪽에서 그때껏 느끼지 못한 인기척을 느끼고 그쪽을 향해 소리쳤다.

"거기 누구야?"

그러자 짐짓 만들어 낸 부스럭거림과 함께 어머니의 목소리가 들렸다.

"내다. 저녁 찬거리 나물 쪼매 따듬니라꼬."

명훈이 방문을 열어 보니 정말로 식탁 위에는 이웃 밭에서 솎아 온 것인 듯한 부추와 열못단이 흩어져 있었다. 어머니는 애써 아무런 표정을 보이지 않았으나 명훈은 직감으로 어머니가 그들 둘의 얘기를 엿듣고 있었음을 알아차렸다. 황이 그렇게 갑작스레 나타난 게 무언가 그 방면으로 남달리 예민한 어머니의 후각을 자극한 것임에 틀림없었다.

어머니는 곧 다듬은 나물을 들고 부엌 쪽으로 갔다. 그러나 황도 어머니에게서 어떤 심상찮은 느낌을 받았는지 그 뒤의 얘기는 다시 일상적인 것으로 돌아갔다. 겨우 두 달쯤 견습기자로 맛본 신문사 시절의 경험담이었다.

어머니는 충분히 신중했다. 어머니가 자연스럽게 명훈을 불러낸 것은 그로부터 거의 반시간이나 지난 뒤였다.

"야야, 곧 상 채릴란다. 술상 들고 나오거라이."

그런 어머니의 목소리에는 아무런 변화가 없었으나 명훈은 왠지 그게 더 불안했다. 과연 그 불안한 예측대로였다. 명훈이 술상을 들고 부엌으로 가자 어머니가 갑자기 목소리를 죽이며 명훈의 옷깃을 끌었다.

"니 일로 쫌 온나 보자."

그리고 어머니가 명훈을 끌고 간 곳은 황이 있는 방과는 반대편인 우물 쪽이었다. 둘만 있게 되자 어머니의 목소리는 다급하고도 절실해졌다.

"야야, 니가 어쩔라꼬 저런 학생을 처억 받아들이노? 말동이 아지뱀 일로 디이지도(데지도) 안 했나? 난 또 누구라꼬. 미군 부대 친구라 캐서 태무심했다…… 안 될따. 저녁만 믹이(먹여) 보내라. 밤길로 되짚어 나가 진안에라도 자고 딴 데로 천장 만장 달라빼라 캐라. 여기는 도대체가 저런 사람이 숨을 데가 아니라 카이. 안 보고 있는 것 같아도 지서서 다 보고 있단 말이라. 우리가 누고? 누군데 그 사람들이 인제 와서 그양(그냥) 놔뚜겠노? 참말로 그 학생 섶을 지고 불에 뛰어들어도 유분수제. 여게가 어데라꼬 우리 집에 와 숨을 생각을 하노? 안 된다. 친구 아이라, 목숨을 구해 준 은인이라 캐도 여기는 못 숨과(겨) 준다. 그라고 일이 잘못되믄 우리만 당하는 기 아이라꼬. 지도(저도) 신세 베(버)린다 카이. 그양그양 쫓기 댕기다 붙들리문 지 죄만 물믄 되지만 우리하고 얽히믄 그게 바로 막판으로 몰리는 길이라꼬. 둘 다 죽을 일을 왜 하노? 그러이, 부디 어디 딴 데를 찾아보라 캐라. 내 죽고 남 죽일 일 왜 한다노, 엉이."

한번 그쪽으로의 불안이 발동되자 어머니는 조금 전의 신중함을 깨끗이 잊고 그렇게 쏟아 놓았다. 명훈은 무엇보다도 황이 듣게 되는 게 민망스러워 어떻게든 어머니를 달래 보려고 했다. 하지만 어머니는 막무가내였다. 하던 말을 하고 또 하는 넋두리 조가 되어 황을 보내기를 재촉하다가 명훈의 성난 목소리를 듣고서야 조금 진정이 되었다.

"어머니, 좀 진정하세요. 지금이 어디 6·25 땐 줄 아세요? 지금 어디 사변 났어요? 그리고 — 절 보고 찾아온 사람을 어떻게 내쫓는단 말입니까? 다 큰 자식 공연히 병신 만들지 말고 제발 그냥 가만히 계세요."

명훈이 겨우 어머니를 부엌으로 돌려보내고 방으로 돌아갔을 때 황은 가볍게 졸고 있었다. 혹시라도 그가 자신과 어머니의 실랑이를 들었을까 봐 걱정했던 명훈은 가만히 가슴을 쓸었다. 하지만 아니었다. 곧 저녁상이 들어오고 상을 물릴 때까지도 별 내색 없던 황이 다시 차려지는 술상을 보며 가만히 손을 내저었다.

"아냐, 술은 이제 그만하지. 생각해 보니 아무래도 지금 떠나야 할 것 같아."

"뭐? 갑자기 어딜?"

명훈이 놀라 물었다. 황이 빙긋이 웃으며 대답했다.

"내가 잘못 찾아왔어. 내 인적 사항에서 너와의 교우 관계는 빠져 있으리라는 것만 고려하고 네 인적 사항을 너무 계산하지 않았어. 지금은 반공 체제가 강화되는 시기야. 앞으로 이 나라는 세계 어느 곳에서도 유례없는 반공 국가로 재편될 거라고. 그런데 월북자 가족들에게서 피난처를 구하다니, 이건 도피의 초보도 모르는 얼치기나 할 짓이야."

"들었구나……."

"들은 건 다만 네 어머니의 절박한 어조뿐이야. 그보다는 이렇게 하는 게 이성적인 판단이라고 생각해 줘. 너에게 폐를 끼치는 정도가 아니라 자칫하면 나도 이곳으로 도피했다는 사실 때문에 더 치명적인 불리를 입을 수도 있어. 어쩌면 다음에 내가 검거되었을 때 가장 유의해서 감추어야 할 게 여기서 보낸 대여섯 시간일지도 몰라. 네 어머니의 어조는 바로 그걸 깨우쳐 주었다는 점에서 좋은 참고가 되었을 뿐이야."

황은 그러면서 몸을 일으켰다. 새로운 긴장 탓일까, 낮부터 적지 않은 술을 마셨는데도 취한 사람 같은 데는 조금도 없었다. 명훈은 이상하게 맥이 쭈욱 빠져 그런 황을 잡을 힘이 남아 있지 않았다. 그저 황이 말하는 그 이상에 모든 걸 맡긴다는 기분으로 머뭇거리며 따라 일어났다.

그런데 앞장서서 문을 열던 황이 갑자기 멈칫하며 제자리에 섰다. 명훈이 뒤따라가며 보니 문밖에 서 있는 것은 어머니였다.

"학생, 참말로 고맙데이. 그래고 이거 가주고 가라. 몇 푼 안 되지만 도망 댕길 때는 돈이 젤 좋은 길잽이이(이니) 보태 써라. 진안 가서 여관에라도 들게 되거등 젤로 크고 번듯한 곳에 들어야 한데이. 백지로 구석진 싸구려 여인숙에 들믄 없던 의심도 새로 하게 되는 게 세상 인심이라."

그러고는 접은 5백 원짜리 한 장을 내놓았다. 명훈으로서는 어머니가 마른 고추 첫물도 내지 못한 돌내골 어디서 구했는지 가늠조차 되지 않을 만큼 큰돈이었다. 아주 뒷날의 일이지만, 이 나라 각료의 한 사람으로 출세한 황이 명절 때마다 명훈의 어머니에게 보인 유별난 성의는 어쩌면 그때 받은 돈의 원리금 할부 상환이라고 할 수 있을지도 모르겠다.

남매

새나라택시는 예전의 시발과는 비교도 안 될 정도로 조용하고 편안하게 불광동 언덕을 넘더니 이내 목적한 곳에 영희를 내려 주었다. 시장과 새로 뻗어 가는 주택가의 경계 지점에 있는 작은 2층 건물 앞이었다. 아래층은 다방이고 2층은 미장원과 중국 음식점이 갈라 쓰고 있었는데, 나중에 한 층을 더 올릴 작정인지 굵은 철근이 2층 지붕 슬래브 위로 삐죽삐죽 솟아 있는 게 몹시 어설프게 느껴졌다.

영희가 찾아가는 곳은 바로 그 미장원이었다. 그러나 영희는 층계를 오르기 전에 먼저 사방을 주의 깊게 살폈다. 복덕방 할아버지가 알려 준 대로 전망이 있는 위치인가를 확인하기 위함이었다. 주택가에서 장을 보러 오는 사람, 시장에서 장을 봐 주택가로 돌아가는 사람 해서 우선은 사람들이 북적대는 게 미장원 자리로는 나쁘지 않게 보였다.

영희가 그 미장원 안으로 들어가니 대기용 소파에 대여섯 명의 손님이 나란히 앉아 차례를 기다리고 있었다. 세 개의 미용 의자에도 손님 셋이 차 있어 겉보기에는 아주 장사가 잘되는 집 같았다. 미용사는 합쳐 셋으로, 둘은 온전한 미용사로 보였고 하나는 미용 학원을 나온 지 얼마 안 된 보조로 짐작됐다. 셋 다 손님에게 붙어 바쁘게 머리 손질을 하는 중인데 복덕방 할아버지의 말대로라면 그중에 가장 나이 든 미용사가 주인 여자일 것이었다.

"어서 오세요. 조금 기다리셔야겠네요."

보조 미용사인 듯한 아가씨가 잠시 일손을 멈추고 영희를 맞아들여 대기용 소파 끝으로 안내했다. 영희는 아무런 내색 없이 손님처럼 그 자리에 앉았다.

'미장원을 팔 때는 일부러 자기가 아는 사람들을 동원해 손님이 많은 것처럼 북적대게 꾸미기도 한다지. 잘 살펴봐야겠어.'

영희는 속으로 그렇게 중얼거리면서 기다리는 손님들을 유심히 살펴보았다. 그렇게 봐서 그런지 그들 중 셋은 서로 아는 사이였고 주인인 듯한 미용사와도 잘 알고 지내는 듯 이따금씩 농담을 주고받곤 했다. 하지만 단골 손님이라면 그럴 수도 있는 일이어서 반드시 그녀들이 미장원 주인 측에 의해 동원된 사람이라고 단정할 근거는 없었다.

한참이나 손님들을 번갈아 살피던 영희는 이번에는 내부 설비

와 비품 쪽으로 눈길을 돌렸다. 변두리 미장원치고는 제법 잘 꾸며진 미장원이었다. 장사에서 재미를 보아 아낌없이 투자했기 때문에 그렇다고 볼 수도 있지만 역시 팔기 위해 겉치장을 한 것 같은 의심도 들었다.

하지만 시간이 갈수록 영희의 마음은 의심보다는 미더움 쪽으로 더 기울어져 갔다. 그중에서도 결정적으로 마음이 기울어지게 한 것은 그녀 뒤로 들어온 손님의 머릿수였다. 영희 차례가 되어 갈 무렵에 보니 어느새 서너 사람이 더 들어와 대기용 소파에는 여전히 네댓 명이 기다리는 형국이 되어 있었다. 아무래도 일부러 아는 사람들을 동원해 눈을 속이는 것은 아닌 듯했다.

"자, 이리 앉으세요. 아침에 머리 손질하신 것 같은데 — 퍼머넌트하려고 오셨어요?"

주인으로 짐작되는 서른 이쪽저쪽의 미용사가 영희를 비어 있는 미용 의자로 옮겨 앉게 하면서 친절하게 물었다. 그냥 파마라 하지 않고 퍼머넌트라고 정식으로 발음하는 게 이상하게 유식하고 고상한 인상을 주었다.

"저……."

영희는 잠시 망설이다가 그쯤 해서 용건을 털어놓기로 마음을 먹었다.

"실은 다른 용건이 있어 왔어요. 주인 마담이시죠? 좀 시간을 내주실 수 없겠어요?"

"이 미장원 주인은 맞는데요, 다른 용건이라뇨? 무슨 일인지 모르지만 전 지금 바쁜데."

주인 여자가 짐짓 난처하다는 표정으로 그렇게 받았다. 그게 그녀의 능청일지도 모른다는 의심이 들었으나 이미 마음먹은 일이라 영희는 더 말을 돌리지 않고 바로 용건을 밝혔다.

"이 미장원 내놓으셨다면서요? 그 때문에 상의하러 왔어요."

"사시게요, 아가씨가……?"

그제야 주인 여자가 좀 뜻밖이라는 눈길로 영희를 살피며 물었다.

"네, 값만 맞으면요."

그러자 주인 여자는 가볍게 손님들의 눈치를 보더니 목소리를 낮춰 말했다.

"요 아래 다방에 가 계세요. 곧 내려갈 테니."

미장원을 내놓았다는 사실이 손님들에게 알려지는 게 마음에 걸린다는 눈치였다.

영희가 아래층 다방으로 내려가 기다린 지 십 분도 안 돼 미용사 가운을 벗은 주인 여자가 내려왔다. 가까이 마주 앉아 살펴보니 세상일에 다소 찌들려 보이기는 해도 그리 영악해 뵈는 얼굴은 아니었다.

"나이도 없어 보이는 분이 정말 이 미장원 인수하시러 온 거예요? 아니면 누구 일을 대신 봐주시는 거예요?"

미장원 주인 여자는 아무래도 영희가 미장원을 사러 왔다는 게 믿기지 않는다는 듯 그렇게 다시 확인했다. 그런 의심에 슬며시 불쾌해진 영희가 반발하듯 받았다.

"실은 종로나 명동 쪽에 반듯하게 하나 차려 볼까 했는데 워낙 경험이 없어서요. 이렇게 변두리에서 적당하게 연습한 뒤 중심가에서 제대로 한번 시작해 보려고요."

영희가 그렇게 나오자 주인 여자는 별로 뻗대는 기색 없이 의심을 거두었다.

"그렇지만 연습용으로 쓰기는 이 미장원 너무 괜찮은데…… 나 이래 봬도 이 미장원 하나에 청춘을 다 바쳤다고요. 허허벌판 같은 이 동네에 자리 잡아 이만큼이라도 되게 하는 데 꼬박 6년이 걸렸어요."

별로 꾸민 데가 없어 보이는 그 말에 영희는 점점 더 믿음이 갔다. 그러나 흥정은 어디까지나 흥정이었다.

"글쎄, 당장은 흥청거리는데…… 하지만 아줌마, 내놓은 값이 너무 세신 거 아녜요? 30만 원이면 바로 종로통에다 미장원 하나 그럴듯하게 차릴 수 있는 큰돈이라고요."

주인 여자도 그 부분에서는 꽤나 완강했다.

"이 장사 흔히 사람 장산 줄만 알지만 실은 여기서도 중요한 건 목이에요. 옛말에도 있잖아요? 목이 좋으면 돌도 구워 판다고요. 보시다시피 여긴 동네와 시장을 같이 끼고 있어 종로, 명동이라 해도 이만한 목은 잘 없을 거예요. 꿩 잡는 게 매라고, 미장원이야 어디 있든 무슨 상관이에요? 목 좋아 벌이만 많으면 되지. 게다가 가까운 데는 미장원이 들 만한 건물이 없어 당분간은 경쟁자도 안 생길 거예요. 손님 드는 거 아까 보셨죠? 확인해 보셔도 좋지만 하루 종일 그래요."

"그럼 그 좋은 미장원을 왜 파시려고 하세요?"

영희가 그렇게 역습해 보았지만 그녀의 대답에는 조금도 부자연스러운 구석이 없었다.

"애 아빠가 이번에 영전되어 지방으로 내려가게 돼서 그래요. 경찰인데 시골 서장으로 가게 되었거든요. 말단 경찰일 때는 내가 뭘 해도 눈치 볼 게 없었는데 간부가 되니 아무래도 신경이 쓰여요. 나도 한 10년 이러고 나니 어지간히 지치고, 그렇지만 팔아 놓고 후회하지 않을지 모르겠어요. 경찰 박봉 뻔하고 애 아빠란 사람이 워낙 고지식해 놔서."

"하지만 아무래도 지금 내놓으신 금은 너무 세요. 좀 생각해 주실 수 없겠어요?"

하는 수 없이 영희가 그렇게 숙이고 들어 드디어 본격적인 흥정이 시작되었다.

거의 한 시간이나 끌던 흥정은 영희의 요청으로 지원을 나온 복덕방 할아버지의 적극적인 중재가 있고서야 겨우 결말이 났다. 결국 영희가 원하는 대로 5만 원을 깎아 그 미장원은 25만 원에 낙착을 보았다. 영희가 내민 계약금 2만 5천 원을 꼼꼼하게 확인한 뒤 속주머니 깊이 챙겨 넣으면서 미장원 주인 여자가 진심으로 부럽다는 듯 말했다.

"젊은 분이 빨리 출세를 하셨어. 아니면 친정 댁이 굉장히 부자이신가 봐요."

"뭐 꼭 그런 것도 아녜요. 어쩌다가 겨우겨우 미장원을 살 수 있게는 되었지만 실은 뒤가 걱정이에요. 뒷돈 드는 일은 없어야 할 텐데……."

영희는 겉으로는 그렇게 겸양을 해도 마음 한편으로는 뿌듯한 느낌이 없지 않았다. 그래, 이제 여기까지 왔다. 이 이영희는 그렇게 쉽게 쓰러지지 않아. 아직은 미운 오리 새끼일는지 모르지만 때가 되면 백조가 되어 하늘 높이 날 거야…….

"믿어지지 않겠지만 네가 그렇게 떠난 뒤에 얼마나 내가 괴로워했는지 아니? 나중에는 그 동네 아니, 그 병원에서 일하는 것조차 싫었다. 어디 가나 당최 네가 눈에 밟혀서 일이 손에 잡혀야지. 게다가 군인들하고 손잡고 또다시 어떻게 정계에 머릴 들이밀어 볼까 하던 장인 영감이 갑자기 죽고 드센 처제까지 처남을 따라 미국으로 가 버리자 그때 처가 힘에 눌려 너를 그렇게 보내고만 게 더욱 괴로웠다.

자유라는 거, 힘을 가진다는 거, 그거 별거 아니더라. 그렇게 기세등등하던 처가, 너 알지? 그런데 몇 달 사이에 쇠약하고 기죽은 장모와 덩달아 수그러든 아내만 남더군. 네가 있어 딴살림을 차린다고 해도 군소리 못 할 듯한…… 그 무렵부터 나는 적극적으로 널 찾기 시작했지. 경찰에 있는 친구에게까지 알아봤어. 그런데 이번에는 또 어찌 된 셈인지 너희 집안은 그쪽(경찰)에 소재조차 파악돼 있지 않데.

　그러다가 어떤 기회에 병원을 종로통으로 옮기게 됐지. 이번에는 순전히 나 자신의 결정으로. 뿐만 아니야. 내 신용으로 빚을 얻어 내 판단에 의지해 병원을 크게 확장까지 했어. 그런데 그게 기대 밖으로 잘 맞아떨어진 거야. 언제 한번 와 보면 알겠지만 옛날의 박 치과와는 달라도 아주 달라. 고용 의사 하나에 간호원 셋, 기공사가 둘이라도 늘 일손이 달릴 지경이라고. 이 기세를 타고 종합병원으로 키워 볼까 하는 생각도 해 봤지.

　어쨌든 이젠 네게 뭐든지 해 줄 수 있게 됐지. 늦었지만 네게 보상이 될 수 있다면 해 달라는 대로 해 주겠어. 한처럼 자라가던 너를 향한 후회를 이제는 어떻게든 떨쳐 버리고 싶어. 뭐든 원해 봐. 예전처럼 진학에 대한 꿈을 버리지 않았다면 학교를 시켜 줄 거고 그저 평안함과 넉넉함을 원할 뿐이라면 그쪽으로도 할 수 있는 건 다해 보겠어."

　박 원장과 다시 만난 뒤 그가 끝없는 사죄와 함께 되풀이한 제안을 간추리면 대강 그랬다. 처음 박 원장이 그런 뜻을 내비칠 때만 해도 영희에게는 '그래? 그럼 어디 견뎌 봐라' 하는 앙칼진 마음이 아직 남아 있었다. 본처와 이혼하고 결혼해 달라고 조르거나 턱없는 돈을 요구해 허둥대는 꼴을 보리라는, 아니 그 이상 어떻게든 그를 단번에 실패의 구렁텅이로 밀어 넣어 버리겠다는 과장된 복수심까지 이글거릴 때도 있었다.

　하지만 차츰 그와의 만남을 거듭하는 동안에 영희가 마음속

144

에 품고 있던 칼날은 무디어져 갔다. 그의 새삼스러운 열정이 40대 남자의 눈먼 욕정에서라기보다는 뒤늦게 자신감을 찾은 중년의 진정 어린 참회에 가깝게 느껴지고, 그녀의 몸에 새겨진 첫 경험의 기억도 그녀의 과장된 복수심을 조금씩 가라앉혀 주었다. 그리하여 이윽고 그녀가 박 원장에게 내놓은 요구는 적당히 타협되고 절제된 것이 되었다.

"첩살이는 싫어요. 그렇다고 본부인과 이혼하라고 조르지도 않겠어요. 볼 만한 미장원이나 하나 차려 주세요. 물론 돈을 벌면 원금은 돌려드릴게요. 그걸로 나를 통째로 샀다고 생각하지 마세요. 그리고 우리 관계는 자유롭게 열어 두는 게 좋겠어요. 언제든 제가 귀찮거나 싫어지면 떠나세요. 제게도 언제든 떠날 수 있는 권리를 남겨 두시고요."

영희가 그런 요구와 함께 파라다이스를 그만두겠다고 하자 박 원장의 반응은 거의 감격에 가까웠다. 그녀의 요구가 생각보다 작은 게 일으킬 수 있는 의심은 그녀의 말 속에 남아 있는 가시가 오히려 지워 준 듯했다.

영희가 하필이면 미장원을 고른 것은 그리 깊은 고려가 있어서는 아니었다. 그녀가 가장 마지막으로 가져 보았던 떳떳한 직업인데다 그 방면에 대한 지식과 정보가 다른 쪽보다는 많아 그걸 골랐을 뿐이었다.

치과에서 멀지 않은 다방이라 그런지 박 원장은 진작부터 와서

기다리고 있었다. 시계를 보니 약속 시간에 이십 분이나 늦어 있었다. 영희가 앞자리에 앉으며 담담하게 물었다.

"오래 기다리셨어요?"

그럴 때는 늦은 쪽에서 변명이나 핑계가 있어야 한다는 생각이 들지 않는 것은 아니었으나 영희에게는 왠지 그게 잘 되지 않았다. 뻔히 잘못해 놓고도 잘했다고 우겨 놓고 보는 게 박 원장을 새로 만난 뒤에 생긴 버릇 아닌 버릇이었다.

"아니, 조금 전에 왔어."

박 원장이 오히려 변명조가 되어 받았다. 어쩌면 무엇에든 쉽게 져주는 박 원장의 그런 태도가 영희의 버릇을 잘못 들이고 있는지도 모를 일이었다.

"나 오늘 계약했어요."

"그래, 어디야?"

"불광동 종점 부근이에요."

"거긴 너무 변두리 아냐? 그보다 조금은 시내 중심가로 나와도 될 텐데."

"경험도 없이 비싼 집 덜컥 인수했다가 잘 안 되면 어떡해요? 명동, 종로통은 좀 된다 싶은 미장원이면 값이 엄청나요. 게다가 여기도 곧 만만한 값은 아녜요."

"얼만데?"

"25만 원요. 인수받은 뒤에 손 좀 보려면 30만 원은 찰 거예요. 업소 건물 전세금 20만 원은 따로 있고요."

"하긴 변두리치고는 좀 세네. 장사가 잘되는 집인 모양이지. 계약했다면 — 잘 살펴보고 한 거겠지?"

"누구를 어린애로 아세요? 걱정 마세요. 두 번 세 번 미장원값 물라는 소리는 않을 테니까요."

영희가 그렇게 쏘아붙이자 박 원장이 공연히 허둥거리며 변명했다.

"아니, 그런 뜻이 아니고…… 그냥 걱정이 돼서. 요새 하도 사기꾼이 많으니까. 그래, 막대금이 언제야?"

"길게 끌어 좋을 게 없다 싶어 한 달 뒤로 잡았어요. 값을 깎는 데도 그게 도움이 됐고요."

"알았어. 그럼 보자, 말일까지는 나머지 다 맞춰 줄게."

영희는 그쯤에서 고맙단 말 한마디 정도는 넣고 싶었으나 역시 이번에도 잘 안 됐다. 박 원장도 애초부터 그런 기대는 없어 보였다. 영희가 자신의 호의를 받아 준 것만도 고맙다는 듯 흐뭇한 미소로 영희를 바라보다가 이번에는 자상한 아버지처럼 말했다.

"알았어. 그건 그렇고 우리 어디 가서 점심 해야지? 어디 갈까?"

"전 지금 먹을 생각이 없어요. 그냥 집에 들어갔으면 해요."

영희가 여지없이 잘라 말했다. 계약서를 쓰러 들어간 중국집에서 아침 겸해서 자장면을 시켜 먹은 지 이제 겨우 한 시간 남짓이었다. 그 말에 박 원장의 표정이 좀 변했다. 그러나 이번에도 성났다든가 서운해한다기보다는 무언가에 실망한 눈치일 뿐이었다.

"그냥…… 들어가겠다고?"

그제야 영희는 그 실망의 원인을 알 것 같았다. 그와의 뜨거운 몇 시간을 퍼뜩 떠올리며 잠깐 망설임이 일었으나 이내 어조를 바꾸지 않고 대답했다.

"원래 내일 만나기로 돼 있잖아요? 내일 봐요."

아마도 방금 지나온 쨍쨍한 햇볕의 기억과 미장원 매매 계약서를 쓸 때까지의 밀고 당김이 준 피로 때문이었을 것이다. 박 원장이 이번에는 좀 길게 미련을 보였다.

"한 세 시까지는 병원 비워도 되는데…… 그럼 어디 조용한 데 가서 좀 쉬지 않겠어?"

영희는 그의 간절한 표정에 다시 마음이 흔들렸으나 그대로 일어났다.

"아무래도 오늘은 그냥 집에 들어갈래요. 미안해요. 왠지 기분이 안 좋아요."

아마도 영희의 그런 대응은 본능적인 터득의 일부였을 것이다. 영희는 새로 시작된 관계에서는 모든 주도권을 자신의 손 안에 두고 싶었다. 그리고 그 이유는 뚜렷이 델 수 없지만, 무엇이든 그가 원하는 걸 쉽게 내놓지 않는 게 그 주도권을 유지하는 효과적인 방법일 것 같았다.

박 원장도 마침내 단념했다.

"그래? 알았어. 그럼 내일 봐."

그러고는 몇 가지 긴치 않은 얘기 끝에 영희를 놓아 주었다.

다방 앞에서 박 원장과 헤어지면서 영희는 잠깐 후회 비슷한 기분에 빠져들었다. 내가 너무 심했나. 그럴 거 없었는데. 실은 짧은 몇 시간이라도 그의 품 안에 있는 게 좋은데…… 그러나 영희는 이내 이를 사리물듯 돌아섰다. 그리고 뒤 한 번 돌아보지 않고 버스 정류장으로 갔다. 나도 이제는 철부지가 아니야. 설령 이게 사랑이라 할지라도 영리하게 실속 있게 사랑할 거야.

버스를 기다리다 지쳐 택시를 탄 영희가 셋방으로 돌아갔을 때는 점심때가 조금 지나 있었다. 아직은 옮기지 않은 비어홀 나갈 때 살던 셋방이었다. 대문을 열고 들어서는데 셋방 앞 손바닥만한 툇마루에 웬 고등학생 하나가 앉아서 졸고 있는 게 보였다. 교복을 입고 있어 얼른 알아보지 못했지만 가까이 다가가 보니 뜻밖에도 인철이었다.

무엇에 그렇게 지쳤는지 제법 가는 코까지 골며 잠이 든 인철을 보고 영희는 반가움보다 애처로움에 콧마루가 시큰했다. 땀에 절고 구겨진 교복으로 미루어 집을 떠난 지 벌써 여러 달 되고 또 어디선가 오래 힘든 날들을 보낸 뒤에 자신을 찾아온 것으로 짐작이 간 까닭이었다.

영희는 가만히 인철 곁으로 가 앉아 그가 스스로 깨어날 때까지 기다렸다. 헤어진 지 1년도 되지 않았는데 그 나이가 워낙 그런지 인철은 많이 변해 있었다. 키도 알아보게 컸고 코밑에는 수염까지 가뭇가뭇했다. 이마에도 한 줄기 주름이 가늘게 자리 잡기 시작한 게 헤어질 때와는 비교가 안 될 만큼 어른스러웠다.

사람의 기척을 느껴서인지 수잠에 빠져 있던 인철이 오래잖아 눈을 떴다. 그리고 영희를 보고 잠시 당황하는 기색이더니 이내 평온을 회복해 말했다.

"어, 누나. 언제 왔어?"

아마도 인철의 당황은 영희의 변한 모습 때문이었을 것이다. 두 번이나 성형수술로 뜯어고친 데다 화장까지 짙어 어지간히 가깝게 지내던 사람도 자칫 알아보지 못하고 지나치는 게 그즈음 영희의 얼굴이었다. 동생까지도 겨우 알아보고 당황을 할 만큼 변한 자신의 모습에 갑자기 쑥스러워진 영희가 웃음으로 그 어색함을 지우며 물었다.

"너야말로 언제 왔니? 온다는 연락도 없이."

"그렇게 됐어."

"도대체 어떻게 된 거야? 접때 편지에서 몇 달 더 기다리라고 하지 않았어? 너 집에서 바로 온 거야? 혹시 그때 벌써 집을 나왔다가 이제야 날 찾아온 건 아냐?"

영희는 그렇게 진작부터 품었던 의심을 드러냈다. 인철이 힘없이 웃었다.

"그건 아냐. 그저께 돌내골을 떠났어."

"그럼 그 교복은?"

"아, 이거."

인철이 그렇게 말한 뒤에 다시 한 번 힘없이 웃었다.

"막상 집을 떠나려고 하니 나같이 어중간한 나이에 마땅히 입고 나설 옷이 있어야지. 그래서 교복으로는 좀 때늦은 쑥베 바지와 흰 남방을 사 입었는데 그냥은 이상하더라고. 할 수 없이 대입 검정고시 준비하려고 통신 강의록 샀을 때 책과 함께 온 배지와 모표를 달았지 뭐."

영희의 예측보다는 좀 엉뚱한 대답이었다. 그러나 영희에게는 아직도 남은 의심이 있었다.

"그런데 집에서 보내 주어 온 거니? 도망쳐 나온 거니?"

"물론 허락을 받고 나왔지."

"딴 사람은 몰라도 어머니는 허락하지 않았을 텐데."

"그건 바로 봤어. 어머니는 누나를 믿지 않아. 무언가 나를 핑계로 집에서 더 빼내 가기 위해 누나가 그런 편지를 썼다는 식이야. 설득하는 데 애를 먹었지. 만약 누나에게 조금이라도 수상한 구석이 있으면 그날로 되돌아간다는 맹세를 어머니에게 하고서야 겨우 허락을 받아 냈어."

"오빠는?"

"형님도 무엇 때문인지 내켜 하지 않는 눈치였어. 누나가 정식으로 부르지도 않았는데 내가 떠나는 걸 걱정했어. 하지만 형님은 꼭 누나에게로가 아니더라도 내가 곧 집을 떠나리라는 것 또한 잘 알고 있었지. 그래서 나를 보내기를 머뭇거리는 형님에게도 어머니께 한 것과 똑같은 맹세를 하고 동의를 얻어 냈지. 그런데 누나, 어때? 내가 잘못 온 거야? 역시 누나가 오라고 할 때까지 돌내골에서 기다리는 게 나았어?"

"그렇진 않아. 잘 왔다. 그러잖아도 오늘 저녁쯤에는 집에 편지를 내려던 참이었어. 출발 준비를 하라는 정도로는."

그건 영희의 진심이었다. 욕심 같아서는 자신의 미장원을 가지게 된 뒤에, 그리고 방도 지금보다는 더 번듯한 곳으로 옮긴 뒤에 인철이 왔으면 더 좋았겠지만 당장이라도 낭패될 일은 없었다. 그러잖아도 영희는 미장원을 계약하는 대로 인철을 불러 올리려고 작정하고 있었다.

이미 말한 대로 저 파라다이스에서의 첫 외박 다음 날 아침 영희는 무슨 영감이라도 받은 것처럼 인철과 개간지를 면죄부로 떠올렸다. 서울에서의 삶은 돌이킬 수 없는 진창으로 굴러떨어졌지만 무의식과 다름없는 허탈감 속에서도 인철을 데려다 학교만 시켜도 자신은 매음이 주는 모멸과 오욕감에서 구원받을 수 있을 것 같았다. 그리고 더 나아가 자신의 힘으로 척박한 개간지에 절망적으로 매달리고 있는 집안을 다시 일으킬 수 있다면 그때는 고귀한 희생의 의미까지도 부여받을 수 있을 것이었다.

그런 영희의 생각은 박 원장을 다시 만나 파라다이스를 떠나게 되어서도 크게 변하지 않았다. 둘 사이에 지난 은원과 정분이 어떻게 얽혀 있든 가정을 가진 남자와 상습적으로 몸을 섞고 그의 경제력에 의지해 사는 것은 본질적으로 매음에서 크게 벗어나는 일이 못 되었기 때문이다.

인철이 전한 돌내골의 형편도 영희에게 자신의 마뜩지 못한 삶을 변명하는 구실로 삼기에 점점 유리하게 변해 가고 있는 듯 느껴졌다.

"형이 시에서 쓰곤 하는 '나의 대지' 같은 건 이미 그곳에 없어. 또한 그 시에서와 같이 '흙처럼 어질고자 하는' 형도 없어. 내 지난번 편지에 썼지? 개간지는 벌써 반이 넘게 산으로 돌아가고 상록수의 꿈은 오래전에 시들었다고. 더군다나 그사이 상태는 훨씬 더 악화됐어. 이제 형은 돌내골 장터도 아니고 아예 안동에 나가 살아. 무슨 큰 변화가 없는 한 돌내골에서의 우리 집안은 이제 날이 다 해 가고 있어. 어떤 때 홀로 집 안에 앉아 있으면 마치 가라앉고 있는 배 속에 있는 것 같아 견딜 수가 없었어. 어쩌면 내가 서둘러 도망쳐 나온 것도 내 삶을 스스로 개척하겠다는 의지에서보단 그 무너지고 가라앉는 듯한 분위기가 싫어서였는지도 몰라……."

방 안으로 들어간 인철은 애늙은이 같은 얼굴로 그렇게 우울한 돌내골의 소식을 전했다. 하지만 이미 말했듯 영희에게는 같이 우울해하기보다는 오히려 어떤 강렬한 의욕 같은 걸 느끼게 하는 소식이었다.

"전혀 모르는 건 아니지만 네가 보기에는 도대체 뭐가 문제 같아? 지금 돌내골에 가장 필요한 게 뭐야?"

"기본적으로 우리의 삶에 대한 의식이 너무 공중에 떠 있어. 농촌에 살기 위해서는 거기 알맞은 삶의 방식이 따로 있는데 우리의 몸과 마음은 그렇게 훈련되어 있지 않아. 우리는 농촌을 알고 거기에 우리를 적응시키는 게 아니라 우리의 몸과 마음에 맞게 설정한 우리만의 농촌, 따라서 있지도 않은 농촌을 그리고 있을 뿐이야. 그런데 삶은 순간순간의 잔인한 필요에 쫓겨야 하는 실제 상황이란 말이야. 결국 문제는 그 공중에 뜬 의식과 잔인한 실제 상황 사이에 가로놓인 아득한 거리야."

"얘가 들어앉아 책만 읽어 대더니 말하는 방법이 이상해졌어. 도대체 무슨 말인지 모르겠네. 뭐 이런 뜻 아냐? 우리 식구들이 몸은 일을 못 하고 마음도 너무 현실에 맞지 않게 사치스럽다는 거지? 허황된 꿈이나 꾸고."

"쉽게 말하면 그렇지. 하지만 문제는 그리 단순하지 않아."

"단순하지 않기는 뭐가 단순하지 않아. 그건 다 돈 문제라고 자본 말이야. 아, 오빠가 일 못 하면 일꾼 사서 하면 될 거 아냐? 사치란 건 오빠의 목장, 사일로, 엔실리지 뭐 그런 것들이겠지. 하지만 우리 농촌이라고 언제까지나 짐승처럼 헐벗은 채 땅이나 파는 것일 필요는 없잖아?"

"물론 농사를 그저 즐기기 위해 짓는다면 그렇게 말할 수도 있겠지. 뭘 얼마나 생산하느냐에 무관하게 돈을 퍼부을 수 있다면. 그러나 그건 이미 농사가 아냐, 도락이야. 내가 말하는 농사는 그게 아니라 중요한 생산방식으로서의 농사라고. 그리고 형이 꿈꾸듯이 무너진 우리 집안을 다시 일으키기 위해서라면 그 농사는 반드시 중요한 생산방식으로서의 농사여야 해."

"너 자꾸 문자 쓸래? 어쨌든 돈 들여 안 되는 게 어딨어? 결국 오빠가 고전하는 건 돈이 없어서라고. 하지만 두고 봐. 내가 넉넉하게 돈만 보낼 수 있으면 오빠는 거기서도 성공할 수 있어."

"투자된 돈에 비례한 수확이 없는 농사는 생산이 아니라 도락이라니까. 말하자면 그건 도시의 부양을 받는 게 되는데 그런 농사로는 절대로 우리 집안을 되살리지 못해. 우리 집안을 되살린다는 게 무슨 뜻인지 알아? 그것은 다시 우리가 이 시대에 가장 효율적인 생산수단을 장악한다는 뜻이야. 토지가 유일한, 그리고 가장 효율적인 생산수단이었던 시절에는 많은 토지를 가지는 게 그 길이었지. 그러나 이젠 아닌 것 같아. 전에 누나도 그런 소리 한 거 같은데. 그래서 도시로 나가야 한다고 우기지 않았어?"

"몰라, 몰라. 얘가 자꾸 유식을 떠니 아는 것도 헷갈리네."

영희는 어느새 자신보다 한 칸 높은 곳에서 자신을 내려보고 있는 듯한 인철의 정신에 은근한 시샘까지 느끼며 그런 핀잔으로 인철의 입을 막았다. 그것은 동시에 여자로서는 갈 데까지 가고 만 스스로를 변명하기 위해 설정한 상위 목적을 지키기 위한 것이기도 했다. 돌내골에 있을 때 자신도 같은 예감을 오빠에게 말한 적이 있었지만 지금은 까맣게 생각나지 않았다.

"하여튼 말이야, 나는 내 한 몸을 내던져서라도 우리 집을 예전처럼 일으켜 세울 거야. 당분간은 네 학교 뒷바라지가 고작이겠지만 내 목표는 그걸로 전부가 아니야. 수단 방법을 가리지 않고 돈을 벌어 오빠가 꿈을 이루도록 도울 거야."

제 김에 흥분한 영희는 상기된 얼굴로 그렇게 말해 놓고 다시 자랑스레 덧붙였다.

"나 오늘 미장원 하나 샀다. 불광동 시장 거리에 있는 건데 기막히게 장사가 잘되는 곳이야. 30만 원이면 변두리 동네치고는 비싼 편이지만 자신 있어. 1년 안으로 본전 뽑아 그만한 미장원 하나 더 늘릴 테니 두고 봐."

그때 인철은 말없이 그런 영희를 살피고 있었다. 그러나 그의 눈길에서 읽을 수 있는 것은 누나의 재빠르고도 눈부신 성공에 대한 감탄이나 갑작스럽고도 열렬한 자기희생의 각오에 대한 감격이 아니라 무언가 그 뒤편에 숨겨져 있는 어둠을 향한 깊숙한 우려와 의혹이었다.

밀랍과 깃털

잠에서 깨어난 인철은 눈을 뜨자마자 고개를 들어 머리맡 앉은뱅이책상 위에 놓인 사발시계를 쳐다보았다. 간밤 늦게까지 고입 대비 참고서와 씨름하다 잠이 든 탓인지 시침이 벌써 아홉 시어름을 가리키고 있었다.

골방 미닫이를 열고 아랫방으로 내려가니 누나는 없고 둥근 알루미늄 상에 차려진 아침 밥상만 당그랗게 철을 맞았다. 밥그릇과 국 대접에 온기가 별로 없는 걸로 미루어 누나는 그날도 이른 아침 출근길 고데(지짐 머리) 손님을 받는다고 새벽같이 미장원 문을 열러 나간 것 같았다. 그즈음 누나는 새로 연 미장원의 반짝 경기에 맛을 들여 한창 벌이에 힘을 쏟고 있었는데, 인철에게는 그게 오히려 불안할 만큼 지나친 열중으로 보였다.

"이젠 옆도 뒤도 돌아보지 않을 거야. 내겐 돈을 벌어 오직 그 것으로 내가 어이없이 잃어 버렸거나 쓰라리게 포기해야 했던 모 든 것을 보상받는 수밖에 없어. 내겐 그밖에 아무것도 남지 않았 어. 너도 이런 나를 이해하고 도와줘."

어쩔 수 없이 인철에게 절약을 요구하거나 불편과 결핍을 참아 주기를 당부할 때 누나는 간곡한 목소리로 그렇게 말했다. 그러나 인철은 왠지 그게 누나가 그에게 요청하고 있기보다는 누나 자신 을 단속하는 말처럼 들렸다.

서두른다고 서둘러 아침밥을 먹고 책가방을 챙겨 나오니 벌써 시간은 아홉 시를 훌쩍 넘어 있었다. 인철은 비탈길을 뛰듯이 내 려가 버스 정류장 쪽으로 갔다. 종로 입시학원의 열 시 강의에 닿 으려면 빠듯했다.

저만치 버스 정류장이 보이는 평지에 내려서니 대로변에 새로 들어선 금은방 시계가 정확히 아홉 시 십오 분을 가리키고 있었 다. 아홉 시 이십 분까지 버스에 오를 수 있으면 학원 강의에는 늦 지 않을 듯싶었다. 그제야 인철은 마음을 가라앉히고 걸음을 늦 추었다. 버스 정류장까지의 남은 백여 미터 거리를 그 속도로 달 려갔다가 만원 버스를 만나기라도 한다면 뒤늦게 솟는 땀으로 자 신도 거북할 뿐만 아니라 남에게도 난감한 꼴을 보일 수 있었다.

그렇게 천천히 걸으면서 생긴 몇 분의 여유가 비로소 인철에게 주위를 둘러볼 여유를 주었다. 갑자기 뜨인 듯한 눈으로 하늘을 올려보니 눈이라도 오려는지 세수하며 쳐다볼 때만 해도 그저 두껍게만 덮여 있던 잿빛 구름은 그사이 한층 더 어둡고 무겁게 가라앉아 있었다. 하지만 그 때문에 켜진 불빛 때문인지, 새로 확장돼 이제 막 아스팔트가 덮인 큰길 양편으로 하루가 다르게 들어서는 고만고만한 건물들이 새삼스러운 느낌으로 다가들고, 그 안에 들어선 이런저런 점포들이 펼쳐 놓은 상품도 유별나게 반들거렸다. 벌써부터 시골 장날처럼 그것들을 사이에 두고 벌어지는 호객과 흥정, 경우 없는 바가지와 에누리도 구석구석 느껴지는 듯했다. 새로운 변화에 적응하는 데 실패해 사대문 안에서 밀려났거나 처음부터 새롭게 뻗어 가는 변두리 동네의 활기를 겨냥해 몰려든 이주민들이 이제 막 걸음마를 시작한 산업사회가 쏟아 낸 갖가지 상품을 사이에 두고 연출하는 풍경이었다. 머지않아 그 거리에도 작은 명동, 작은 종로가 열리기를 기대하면서.

눈이 뜨여 거리 주변을 살피게 되면서 귀도 따라 열려 그때까지 무언가에 막혀 있었던 듯 들리지 않던 거리의 소음도 한꺼번에 인철의 귓속으로 쏟아져 들어왔다. 분주하게 오가는 자동차 엔진 소리를 배음으로 여기저기서 신경질을 부리는 듯한 날카로운 클랙슨 소리가 끼어들고, 거기 지지 않겠다는 듯 갖가지 사람이 내는 소리도 무슨 절규나 구조 요청처럼 고막을 찔러 왔다.

거리 모퉁이 군데군데에 잠복해 있듯 설치돼 있는 여러 종류의 음향 기기 소리도 곧 만만하지는 않았다. 그런데 그 모든 돌발적이고 단속적인 음향들 가운데 지속적이고 의미를 가진 한 종류가 잠시 혼란된 인철의 의식을 가라앉히며 잔잔하게 귓속으로 파고들었다. 큰길 양쪽으로 띄엄띄엄 들어선 전파상들이 행인들에게 자기 업소의 존재를 인상적으로 상기시키거나 새로 나온 음반 선전을 위해 길가에 내놓고 트는 전축 스피커가 내는 경음악이나 대중가요 가락이었다.

인철이 처음 그 동네에 자리 잡은 9월만 해도 그런 아침나절에는 영화 「콰이강의 다리」 주제곡이라 하여 흔히 「콰이 마치」라고 불리던 「보기 대령 행진곡」 휘파람 소리나 「노란 샤스 입은 사나이」 같이 경쾌한 노래가 흘러나왔다. 그러나 그 몇 달 사이 무슨 변화가 있었던지 근래 들어서는 「동백 아가씨」나 「밤안개」 같이 애조 띤 노래가 자주 들렸다. 그런데 그날은 마주 보고 있는 레코드 가게가 경쟁적으로 현미의 노래를 틀고 있었다. 「보고 싶은 얼굴」이나 「떠날 때는 말없이」 같은 노래 제목을 되풀이하는 게 아마도 그때로서는 가장 신곡(新曲)인 듯했다.

한창 뻗어 가는 변두리 동네가 되어서 그런지 종로로 나가는 버스는 벌써 만원이 되어 기다리고 있었다.

"효자동 종로 청량리 —."

종점까지 지나는 버스 정류장 이름을 외치던 여차장이 버스에 오른 인철을 구겨 넣듯 안으로 밀어붙이고 뒤따라 버스 문에 매달리며 버스 옆구리를 손으로 탕탕 두드렸다.

"오라이 —."

버스 안은 효자동을 지나면서 통로 편이 훤하게 트였다. 철은 가까운 데 자리가 나는 걸 보았지만 그대로 통로 손잡이에 매달려 혼자만의 사념에 빠져들었다.

쓸데없이 기죽지 않으려고 그 상경에 굳이 '7년 만의 귀환'이란 이름을 붙였지만, 지난 석 달을 돌이켜 보면 기실 인철에게는 돌내골에서 떠나 멀리도 온 새로운 여정이었다.

서울로 올라오고 며칠 안 돼 인철은 밀양으로 옮겨 가기 전에 살던 안암동 로터리 부근을 찾아가 보고 2년을 채 못 다닌 국민학교 교정도 둘러보았다. 그러나 신기하리만치 7년 전 그와의 연결 고리는 그 어디서도 찾을 수가 없었다. 그때는 안암 로터리라는 현대적인 정류소 이름뿐, 아스팔트 포장조차 안 돼 있던 변두리가(겨우 두 정류장 뒤가 버스 종점이었다.) 그사이 잘 포장된 로터리를 중심으로 제법 도심 흉내를 내며 개발되는 중이었고, 예전 세들어 살던 집터에는 2층 건물이 들어서 부근의 옛 모습을 짐작할 수 없게 바꾸어 놓았다. 동네 골목도 옛 교정도 마찬가지였다. 막연한 기대로 한나절이나 어정거렸지만 낯익은 얼굴은 아무도 만나지 못했고, 마찬가지로 그를 알아봐 주는 사람도 하나 없었다. 태어나서 세 살 때까지 살았다는 혜화동 옛집과 마찬가지로 전혀 낯선 서울의 일부가 있을 뿐이었다.

그제야 인철은 자신이 이미 흘러가 버린 시간과 그 시간이 지배하던 공간으로 되돌아온 것이 아니라 새로운 시간과 낯선 공간으로 출발한 것이며, 이제 그 첫발을 내디디게 되었음을 깨달았다. 그리고 문득 그 출발점이 되는 돌내골 고향 집과 그곳에 남아 있는 가족들을 떠올렸다. 새로 출발하는 그의 지향은 고향 집의 시공(時空)과 거기 사는 그들의 희망이나 동경으로부터 자유로울 수가 없을 것이기 때문이었다.

"아이고, 저 물러 터진 거. 니는 안죽도(아직도) 그 황홀난측(恍惚難測)한 년 말을 믿나? 그것만 있었으믄 니 고등학교 보내고도 남을 큰돈을 되도 않은 헛바람 피우는 데 밑천 할라꼬 혼자 싸 말아 서울로 들고 뛴 년이따. 그 원수 같은 게 뭔강(무언가) 지 뜻대로 안 되는 기 있으니 또 무슨 수작 부리는 게라. 너 이모 말을 그대로 믿는다 캐도 작년까지 남의 미장원 시다바리 하던 게 어째 한 해도 안 돼 뚝딱 미장원 주인이 되노? 그레고 뭐라, 니를 불러 대학이고 유학이고 끝까지 씨겔(시킬) 거라꼬? 지 오래비 도와 이 개간지를 옥토로 만들고 남은 야산 비알(비탈)에는 양놈들 목장 같은 거까지 들일 끼라꼬? 아나, 여 있다. 좋은 거는 지 다 하라 캐라. 이 속으로 낳은 내가 왜 지(제)년 컴커무리한 속을 모리겠노? 뻔하다. 그 핑계 대고 저 신농씨 같은 지 오래비 홀려 또 한 뭉텅테기 빼내 갈려고 밑자리 까는 수작이라. 허뿌(혹시라도) 그 말 믿고 딴 맘 먹지 마래이."

처음 누나의 편지가 오고 한 달쯤 지나 기다리다 못한 인철이 차라리 제 쪽에서 먼저 서울로 올라가 보았으면 하는 뜻을 넌지시 비치자 어머니가 펄쩍 뛰며 말렸다. 그러나 그때는 인철도 이미 홀로 해 나가는 대입 검정고시 준비에 어지간히 물려 가고 있던 때였다. 점점 시험이 아득하게 여겨지고 자신 없어지면서 갑자기 절박한 심경이 되어 서울 누나에게가 아니더라도 어디로든 떠나고 싶다는 유혹에 거세게 휘몰리고 있었다.

인철이 그런 마음속의 유혹을 바꿀 수 없는 결의처럼 내비치자 마침내는 어머니도 조금씩 약해지기 시작했다. 인철이 낯선 곳으로 의지가지없이 떠나는 것보다는 밉더라도 영희를 한 번 더 믿어 보는 게 낫다고 여긴 듯했다.

"인제는 거리 귀신이 니(너)까지 청해 내는 모양이다. 왜 꼭 집 나가고 부모 형제 떠나야 성공이 있다노? 도회지로 나가야만 무슨 수가 난다노? 글치만 니도 하마(벌써) 열일곱이다. 옛날로 치면 헌헌장부(軒軒丈夫)라. 뜻이 정(꼭) 그렇다면 너어 형하고 한번 의논해 봐라. 가가 좋다 카믄, 내 혼차 들어서야 하마(벌써) 혼이 뜬 니를 어예 막겠노?"

그렇게 한 발 물러났다. 하지만 형의 허락을 받는 일도 그리 쉽지는 않았다.

"안 돼. 조금만 더 기다려 봐. 검정고시를 또 하는 게 싫다면 여기서 달리 무슨 수를 찾아보자. 그렇지만 영희한테는 안 돼."

인철이 말을 꺼내기 바쁘게 형이 전에 없이 굳은 어조로 머리를 가로저었다. 인철은 당황스러움을 감추고 차분히 받았다.

"형님도 누나를 믿지 못하시는군요."

"믿지 못하는 게 아니라 좋지 않은 소리를 들었어. 몇 달 전에 영희를 잘 아는 사람을 만났는데, 거기서 들은 소식은 적어도 영희가 미장원 주인이 되었다는 편지 내용과는 생판 다른 끔찍한 어떤 것이었어. 너에게는 차마 알려 주기 거북한…… 지가 무엇 때문에 그런 거짓말을 하는지 모르겠지만, 너를 영희에게 맡길 수는 없어. 그러지 말고 여기서 좀 더 기다려 봐. 마침 해방 이듬해 큰 홍수 때 떠내려가 팔아 먹지 못한 논 서 마지기가 20년 만에 제 방 든든한 수리답(水利畓)으로 다시 개간되어 나타난 게 있어. 그 사이 물길이 다른 데로 돌아가 논을 뜬 걸 10여 년째 제 땅인 양 부쳐 먹던 놈이 있었는데, 이웃끼리 감정 나 싸우다가 한쪽이 홧김에 내게 일러바쳐 그 걸 알게 됐지. 어제 한 번 만나 봤는데 없는 논문서를 위조하거나, 구두로 문서 없이 샀다고 뻗대 재판으로 끌고 갈 배짱까지 있는 놈 같지는 않으니까 곧 그 논을 찾게 될 것 같아. 그걸 팔아 내년 학기에는 안동에 있는 고등학교라도 보내 줄게. 정히 안 되면 개간지 1정(町) 떼 내 팔든가."

"그건 제가 안 되겠어요. 그 두 땅 모두 오히려 형님께 꼭 필요한 땅 같은데요. 그러기보다 제 일은 제가 해결해 볼게요. 누나에게는 가지 않을 테니 그럼 혼자 떠나게 해 주세요. 저도 이제 열일곱, 무엇이든 할 수 있어요. 큰 도시로 나가 보면 무슨 길이 있을 거예요. 이번에는 자신 있어요."

인철이 다시 그렇게 강하게 나오자 형도 약해졌다. 한참이나 깊숙한 우려의 눈길로 인철을 바라보다가 한 번 더 내리누르듯이 말했다.

"길은 무슨 길. 네가 아직 호되게 데어 보지 못해 자꾸 집 나갈 꿈을 꾸는 모양인데, 그거 좋지 않은 버릇이다. 너야말로 이젠 그런 감상적인 기대로 가출할 나이는 지났어."

하지만 말은 그래도 적이 난감하다는 표정이었다. 그 빈틈을 인철이 파고들었다.

"그럼 누나한테 한번 가 보게라도 해 주세요. 가서 보고 조금이라도 이상한 구석이 있으면 바로 돌아올게요. 그리고 여기서 기다리다가 안동에 있는 고등학교에라도 들어가든 다시 대입 검정을 시작하든 하지요."

인철이 그렇게 매달리자 마침내 형도 마지 못한 듯 인철의 뜻을 따라 주었다.

"그렇다면 어쩔 수가 없구나. 너를 믿는다. 하지만 네 말대로 가서 보고 조금이라도 이상한 구석이 있으면 미련 없이 돌아오너라. 그때는 나와 함께 네 앞날을 풀어 보자. 여기라고 그렇게 길이 막혀있는 건 아닐 게다."

그런데 서울에 와서 보니 어머니나 형의 걱정은 그야말로 기우 같았다. 이런저런 일로 인철이 몇 번 들러 본 미장원에서 누나는 미용 가운을 입고 미용사들과 함께 일하고 있었지만, 모든 면에서 틀림없는 미장원 주인이었다. 누나를 만나 그날부터 함께 지내며 살펴본 누나의 생활도 믿기 어려울 만큼 단정하고 마뜩했다.

누나의 살림방은 미장원에서 멀지 않은 신축 주택에 달아 낸 별채로, 진작부터 인철을 염두에 두고 얻었는지 좁은 대로 부엌 딸린 두 칸 방에는 장지문을 사이한 작은 골방까지 붙어 있었다.

누나는 거기서 자취를 하는데, 목 좋은 미장원 주인 같지 않게 둘 모두 밖에서 먹게 되는 점심만 빼고는 한 끼도 빼지 않고 자신이 직접 밥을 지었다. 이따금 밤늦게 서두르는 기색으로 돌아올 때가 있었지만, 그때도 미리 해 둔 밥과 밑반찬으로 인철이 끼니를 거르게 하지는 않았다.

아직까지도 그 미장원을 차린 재원이 궁금한 대로 누나 영희의 그같이 건강하고 성실한 삶은 지난 석 달 인철이 아무런 잡념 없이 입시에 열중할 수 있는 환경이 되어 주었다. 거기서 기운을 차린 인철은 서울에서도 이름난 입시 학원의 도움을 받아 한 해 늦은 진학을 좋은 고등학교에 입학하는 것으로 만회하려 했다. 특히 용기나 다른 친구들이 오래 지망하였으나, 끝내는 포기하고만 서울 일류 고등학교의 교복을 입고 밀양으로 돌아가는 것은 상상만으로도 가슴 설렜다.

시내 교통이 막혔던 것인지 학원 앞에서 내린 인철이 건물에 걸린 벽시계를 보니 시간은 벌써 열 시를 넘기고 있었다. 인철은 거기서 뛰듯이 강의실이 모여 있는 쪽 건물로 달려가 한꺼번에 두어 계단씩 층계를 올라갔다. 종로2가에서 가장 큰 건물을 빌려 쓰고 있다는 그 학원은 1층 일부를 빼고 5층까지 모두 강의실로만 썼다. 듣기로는 그곳에서 멀지 않은 곳에 부지를 마련해 새 학원 건물을 크게 짓고 있다고 했다.

인철은 그 학원에서 단과(單科)반 수학 한 강좌와 영어 한 강좌를 듣고 있었는데, 그 시간은 바로 그 학원 교재를 쓰는 EMI 수학 고입(高入) 상급 코스였다. 처음 들을 때는 너무 욕심을 낸 것이 아닌가 싶을 만큼 어려웠는데, 두 바퀴째를 돌고 있어서 그런지 그 무렵에는 듣기가 한결 수월해진 느낌이었다. 3층 층계 입구에서 다시 한 번 수강증 확인을 거친 뒤에 강의실로 뛰어 들어가니 벌써 강의가 시작된 듯했다. 깨끗이 닦인 흑판에 누군가가 정성 들여 판서(板書)를 하고 있었다.

인철은 강의실 뒤편 비어 있는 책상에 자리를 잡고 가방에서 교재를 꺼내 펼치며 흑판 쪽을 바라보았다. 그때 판서하던 사람이 쓰기를 마치고 돌아서며 말했다.

"이거 어렵게 구한 동경(東京) 일고(一高, 제일고보) 입시 문제인데 우리 피타고라스(수학강사 별명)가 풀어 내는지 어디 한번 보자고."

잰 체하는 목소리나 삐딱하게 걸쳐 쓴 안경이 낯설지 않은 녀석이었다. 경긴가 경복인가 어디 일류 중학교를 나왔으나 그해 고교 입시에 실패해 재수를 하고 있는데, 벌써 공부는 다해 시험만 치면 경기고등학교는 봐아 놓은 토끼나 다름없다는 듯 설쳐 댔다. 그 무렵에는 한국 입시 교재는 이제 시시해서 못 보겠다는 듯 영어 원서나 외국 입시 문제를 끼고 다니며 어수룩한 강사들을 약올리고 있었다. 누군가 판서하는 뒷모습만 보고 인철이 지레짐작한 대로 강의가 시작된 것은 아니었다.

하지만 뒤이어 강의실로 들어선 그 시간 수학 강좌를 맡고 있는 강사도 그리 호락호락하지 않았다. 흑판을 가득 메운 복잡한 대수식을 한번 쓰윽 훑어보더니 대수롭잖다는 듯 빈정거렸다.

"누가 쌍팔년도(단기 4288년: 1955년) 일본 고입 문제집을 여기다 베껴 놨어?"

그리고는 슬슬 흘려 쓰듯 문제를 푼 뒤 누구에게랄 것도 없어 한 마디 툭 던졌다.

"답 틀렸으면 말해."

그리고 달리 대꾸가 없자 들고 온 유인물 교재 묶음을 펼쳐 강의를 시작했다.

그도 나름으로는 이름 있는 강사였지만, 뒤로 돌아선 채 콤파스로 그린 것보다 더 반듯한 원을 그려 낸다던가, 교재 몇 페이지 몇 번 문제가 무엇이라는 것 따위를 외워 무슨 대단한 실력처럼 자랑하는 따위 유치한 부류는 아니었다. 일류 고등학교에서도 모범 교사였다는 이력대로 군더더기 없는 강의를 했는데, 그날도 다르지 않았다. 아주 정성되게, 그러나 좀 단조롭게 팔십 분을 채우고 조용히 강의를 끝냈다. 나중에 들은 것이지만, 그 자신이 엮은 프린트물(物) 수학 문제집과 풀이는 한때 다른 학원에서도 교재로 쓰일 만큼 인기가 있었다고 한다. 그러나 뒷날 책으로 묶여 나와서는 그리 성공적이지 못했다.

십 분을 쉬고 인철이 다시 찾아간 강의실은 이미 학원가에 널리 이름이 알려진 「안현필 영어」였다. 영어 지식 그 자체보다는 그 습득 방법이나 효율적인 학습 태도 같은 것에 곰살갑다 싶을 만큼 친절하고 자세한 충고를 해 주는 것으로 유명한 강사였는데, 인철은 거기서도 고입 상급반 강의 마무리를 들었다. 나중에 『영어 실력기초』인가 『오력일체(五力一體)』인가 하는 책으로 묶여 여러 해 영어 참고서 시장을 석권한 책이었다. 철이 큰 어려움 없이 마지막 실력 점검에 해당하는 그 강좌를 소화해 낼 수 있었던 것은 돌내골에서 대입 검정고시를 준비한답시고 수박 겉핥기로 읽은 『영어 삼위일체』나 『소야(小野)영문법』 같은 책이 다소나마 힘이 되어 준 덕분이었다.

영어 강좌가 정확히 열두 시 오십 분에 끝나자 인철은 수험생들을 위한 근처 식당에서 점심을 먹고 다음 학원으로 향했다. 걸어서는 십오 분이나 걸리는 거리였지만 다음 강의 시작이 오후 두 시라 서둘지 않아도 됐다.

새로 찾아간 그 학원에서 인철은 다시 휴식 시간 포함 구십 분짜리 수학 강좌 둘을 들었다. 강의를 듣는 순서가 조금 이상하지만, 둘 다 이른바 실력 보강 강좌로 내용은 중급 고입 수학이었다. 그러나 인철에게는 그 두 강좌 모두 조금 전 다른 학원에서 들은 상급 마무리 반 못지않게 중요했다. 9월부터 두 달 동안 하루 세 강좌씩 들으면서 겨우 틀을 잡은 고입 초급반 수학의 발전 심화 단계였기 때문이다.

오후 두 시부터 들은 앞 강좌는 인철이 가장 집중해 듣고 있는 「이정흠 수학」 고입 중급반이었다. 이정흠 강사 자신은 이미 고입반에는 출강하지 않았으나, 그 강좌에 붙은 이름만으로도 철은 왠지 친근하고 믿음직하다는 느낌을 받았다. 그가 서울공대 졸업에다 명문교 교사 출신이라는 후광 외에도 중고등학교 과정에 검정고시 이력이 있는 게 그런 느낌을 준 듯했다. 뒷날 일이지만 그는 1960년대 후반 미국 유학을 다녀와 이 나라의 컴퓨터 산업 발흥 초기를 주도했다.

이어 인철이 들은 다른 한 강좌는 「정경진 수학」으로, 그는 나중에 자신의 교재를 책으로 엮어 수학 참고서 시장을 휩쓸었는데, 특히 『수1의 완성』은 대입 기초 수학의 고전이 되었다. 인철은 「이정흠 수학」과 마찬가지로 그 강좌도 10월에 90일 완성 반을 시작해 이제 두 바퀴째 돌고 있는 중이었다. 3학년 초에 시골 중학교를 그만둔 인철이 서울의 일류 중학교 진학반 교재보다 더 어렵다는 EMI 상급반 고입 수학을 그럭저럭 알아들을 수 있게 된 것도 실은 이달 들어 두 번째로 듣고 있는 그 두 중급반 강좌 덕분이라는 편이 옳았다.

뒷날 인철은 바둑이나 마찬가지로 수학도 본질적으로는 암기력에 기초하는 학문이라는 별난 견해를 가지게 되었는데, 그것은 아마도 그때 종로 학원가에서 하게 된 별난 학습 체험 때문일 것이다. 그는 수학 문제를 추론이나 연역보다는 반복 학습에 따라 해법 자체를 암기해 풀었다. 이를테면 처음 상경한 그해 9월 중순부터 이듬해 정월 중순까지 넉 달 동안 철이 들은 수학 강좌는 모두 여덟 개였고, 교재는 네 종류를 반복해 썼다. 따라서 인철은 출제 빈도가 높아 교재마다 중복되어 실리는 고난도 문제의 경우 넉 달 동안에 여덟 번이나 풀어 본 셈이 되어 그 해법이 통째 암기되는 경우가 많았다.

오후 두 시부터 다섯 시까지 세 시간 인철은 그 두 강좌에 마지막 성의를 쏟았다. 수학만 끌어올리면 어디든 해 볼 만하다는 생각에 공들여 해법을 기억하는 데 집중한 덕분이었다. 그러다가 오후 다섯 시, 두 번째 학원에서의 수강이 끝날 무렵 강의실 복도에 걸린 앰프에서 지난주에 쳤던 종합 모의고사 성적 순위가 발표되었다는 소리가 들렸다.

고교 입시를 두 달쯤 앞두고부터 종로의 큰 학원 셋이 연합해 출제한 입시 종합 모의고사가 실시되었다. 대입 고입 모두 매주 토요일에 전 과목 시험을 치고 다음 주 토요일에 결과를 발표하는데, 수험생들은 누구든지 3백 원의 참가비만 내면 응시할 수 있었다. 수험생들에게는 결코 싸지 않은 참가비였지만 고입반만 해도 한 번에 수백 명씩 몰리는 까닭은 그 성적 순위가 실제 지원할 고등학교를 결정하는 데 어느 정도 참고가 되기 때문이었다. 그 무렵에는 5백 명이 넘게 몰려드는 그 시험에서 50등 안에만 들면 서울의 5대 공립(경기, 서울, 경복, 용산, 경동)에 원서를 낼 수 있다는 말까지 돌았다.

지난주에 세 번째로 그 시험을 친 인철은 적지 아니 긴장해 순위별 명단이 붙은 게시판으로 가 보았다. 써 붙여야 할 이름이 많다 보니 큰 글씨로 쓸 수 없어 멀리서는 읽을 수 없었다. 인철은 아이들이 몰려 있는 게시판 곁으로 파고 들어가 한참이나 땀을 뺀 뒤에야 자신의 순위를 확인할 수 있었다. 47등. 참으로 아슬아슬한 곳에 자신의 이름 석 자가 끼어 있었다. 습관적인 호승심으로 서운했던 것도 잠시 인철은 곧 자신이 그럭저럭 제자리를 찾아가고 있다는 것에 감격해 콧등이 시큰해 왔다. 얘들아, 나는 곧 너희들에게로 돌아갈 것이다. 내 앞을 달리고 있는 날래고 영악한 아이들의 숲을 헤치고…….

그러자 집으로 돌아가는 인철의 발걸음은 그지없이 가볍고 유쾌한 것이 되었다. 추론이나 연역으로 도달하기보다는 반복과 암기로 습득하는 공식과 도형 속의 한나절이 마땅히 바쳐야 할 희생처럼 흔연히 승인되었고, 거기 따른 골몰과 노고도 어느새 산뜻한 피로로 마음속의 어두운 응어리들을 풀어 주는 듯했다.

역시 오랜 세월 뒤의 일이지만, 인철은 거의 해마다 입시를 앞두고 자지러지듯 반성되고 바뀌어 가는 이 나라의 교육정책이나 그 개혁의 방향과 이념에 대해 그리 흔쾌하게 동의하지 못했다. 특히 갈수록 심해지는 경쟁에 대한 적의, 학교 서열화의 거부와 평준화 지상(至上) 정책은 그것들이 돌이킬 수 없는 대세가 된 1980년대까지도 은근한 반감까지 억누르며 받아들여야 했다.

성장 과정에서 또래들 간의 경쟁이라는 게 정말로 듣기만 해도 그렇게 이맛살을 찌푸려야 할 사회적 소모이고 인간성을 황폐하게 만드는 악폐인가. 성장기 아동의 학업성취와 그것을 습득하게 만들어 주는 학교의 평준화란 것이 그토록 되풀이 목청 높여, 그리고 자신 있게 주장되어야 할 만큼 시민사회의 원리와 질서에 합치되는 그 무엇인가.

아마도 인철의 그런 의문 또는 의심은 어쩌면 그의 학력 취득 과정에서 단계별로 혹독하게 치르기는 했지만 그래도 번번이 처참한 실패는 피할 수 있었던 만회의 기억, 특히 몇 번인가 그런 학원가에서 치열한 경쟁의 한가운데를 벌거숭이로 헤어 가 본 적이 있는 체험 때문인지도 모른다. 그러다가 결국 우리 삶의 현장에서 그때나 지금이나 변함없이 피해 갈 수 없는 게 경쟁이라면, 교육 과정에서 그 경쟁을 억지스레 은폐하거나 유예하는 것이 반드시 옳은 일인가 반문하기도 하고, 때로는 그런 반문을 넘어 적극적인 반론을 펼치기도 했다. 뒷날 우리의 근대화 산업화 세대가 국제사회로 진입하는 과정에서 보여 준 눈부신 경쟁력은 어쩌면 그들의 성장기에 치렀던 그 혹독한 입시 지옥에서 길러진 것이 아닐까. 또는 개화기의 후발국 일본이 선진 서구 사회를 따라잡을 때 보여 주었던 그 눈부신 경쟁력도 그 시절 그들의 치열한 입시 경쟁이나 학교 서열화에 적응해 가면서 연마된 것일지도 모른다는.

학원에서 돌아온 인철이 그날 저녁 불광동 버스 종점에 다시 내린 것은 밤 여섯 시 반쯤이었다. 아직 퇴근 무렵이라 거기 맞는 노래 가락들이 버스에서 내린 인철의 귓속으로 푸근하게 스며들었다. 누군지 이름은 기억나지 않아도 그해 봄 돌내골에 있을 때부터 라디오로 자주 들은 가수의 목소리였다.

하루의 일이 끝나고 돌아오는

거리엔 사람의 물결…….

끝내 눈은 안 왔지만 흐린 하늘 탓인지 날은 여섯 시가 되기 전부터 어두워져 학원에서 돌아온 인철이 불광동 언덕을 오를 때는 골목의 가로등 불빛이 깊은 밤길을 걷는 것 같은 느낌을 주었다. 셋집 창문에 불빛이 없는 것으로 보아 누나는 아직 돌아오지 않은 것 같았다. 그걸 보고야 전날 밤 누나가 미리 그날 귀가가 좀 늦을 것이라고 말해 주던 게 문득 떠올랐다.

열쇠로 방문을 따고 들어가 불을 켜니 방 안에 밥상이 아침 그대로 신문지에 덮여 있었다. 누나가 늦게 들어오기로 되어 있어 저녁밥까지 미리 해 놓고 갈 땐 언제나 그런 것처럼 그날은 밥상뿐만 아니라 방 안까지 썰렁하게 느껴졌다. 인철은 연탄 아궁이 공기마개를 빼어 군불을 대신하면서 곧 달아오르는 화덕 쇠뚜껑 위에다 국과 반찬을 데웠다. 펄펄 끓인 콩나물국에 밥을 말아 먹었지만 밥이 식어서인지 그리 따뜻한 저녁상은 되지 못했다.

인철은 평소처럼 상을 한쪽으로 치워 놓기 바쁘게 자신의 골방으로 옮겨 앉아 그날의 복습에 들어갔다. 대략 열 시까지 그날 학원에서 들은 여섯 시간분의 강의를 반복 학습하는 방식이었다.

그리고 다시 세 시간쯤 다음 날 수업을 예습하는데, 수학은 복습 때와 마찬가지로 이미 두어 바퀴 돈 교재의 해법이나 추론 과정을 기억해 내 다음 날의 암기를 보다 수월하고 온전하게 만들 수 있도록 준비했다.

그러나 그날은 어찌된 셈인지 이전 같은 집중이 이루어지지 않았다. 아마도 지난주에 본 학원 모의고사 성적이 상위 10퍼센트 안에 들게 된 게 그 원인인 듯했다. 거기다가 아홉 시쯤 하여 이웃 집 함석 지붕에 싸르락거리는 눈 내리는 소리가 겨울밤이 깊어 가며 되살아나는 도시의 정적을 뚫고 인철의 청각에 닿아 오자 더는 책이 펼쳐진 호마이카(포마이카) 탁자 앞에 앉아 있을 수가 없었다. 이번에는 그 전해 겨울 돌내골 개간지에서 무슨 처절한 싸움처럼 홀로 맞서야 했던 어느 눈 오는 날의 기억 때문이었다.

인철은 그날의 그 속절없던 외로움이며 터무니없는 기다림과 헤매임에 탕진되고만 그리움을 떠올리며 무언가에 내몰리듯 집을 나섰다. 방 안에 앉아 있던 그대로 집을 나와 언덕길을 내려가던 인철은 저만치 버스 종점이 보이는 동네 바닥 큰길가에 내려서자 비로소 자신의 입성이 부실함을 깨달았다. 눈이 내리고 있다고는 하지만, 벌써 12월 하순이라 외투도 없이 거리를 헤매기에는 찬 날씨였다. 그게 인철을 가까운 포장마차로 내몰아 계획에도 없던 막걸리 사발까지 비우게 했다.

아직 몸에 푹 밴 술은 아니지만 어묵 꼬치를 안주로 대포 한 사발을 비우고 보니 그래도 제법 오랜만에 한잔 제대로 마신다는 기분이 들었다. 서울로 올라온 뒤 석 달은 말할 것도 없고, 돌내골에서도 취할 만큼 마신 술은 불만스러웠던 그 여름 어느 날 동네 구판장에서 외상으로 얻어 마신 45도 소주 한 병이 마지막이었다. 벌써 여섯 달이 지났나. 인철은 다시 가맣게 잊고 있던 옛일을 떠올리듯 그날 여름비에 젖은 개간지를 떠올리며, 새로운 감회에 젖어 막걸리 한 사발을 더 시켰다. 그런데 인철이 미처 그 사발을 다 비우기도 전에 멀지 않은 곳에서 귀에 익은 목소리가 들려왔다.

"여기서 걸어갈게요. 이 차로 바로 돌아가세요."

누나의 목소리였다. 인철이 움찔하며 돌아보니 몇 발짝 떨어지지 않은 곳에서 누나가 택시 문을 잡고 안을 들여다보며 하는 소리였다. 그러나 상대는 차 안에 남아 있지 않고 기어이 문을 열고 내리며 고집스레 말했다.

"내가 집 앞까지 태워 준다는데 왜 그래?"

"눈 때문에 안 된다고 그랬잖아요. 우리 집 앞 골목길 꽤 가팔라요."

"그럼 택시 보내고 내가 걸어서 바래다주지."

"그럴 거 없어요. 아직 통금까지 한참이나 남았는데. 그냥 걸어갈게요. 집들이 촘촘히 들어서 있고 가로등도 환한 길이에요."

"참 사람도 고집하고는. 거, 요즘 유행하는 「검은 장갑」 노래도 몰라? '헤어지기 섭섭하여……'라던가. 그럼 저기 가서 차나 한잔 더하고 헤어지지."

남자의 목소리는 저만치 떨어져서 들어도 술기운이 느껴졌지만 어딘가 진득한 정이 배어 있었다. 언제부터인가 인철은 누나의 주위에서 막연한 대로 어떤 남자의 그림자를 느껴 왔다. 그리고 어머니가 믿지 않는 누나의 성공을 설명하는 데 그가 필요할 것이라는 예감도 함께 품었다. 그런데 이제 그를 만난 듯했다.

그때까지도 포장마차의 가스등 곁에서 대포 잔을 마주하고 있던 인철은 문득 난처한 기분이 들었다. 누나에게 술을 마시고 있는 꼴을 들키는 것도 그렇지만 더욱 싫은 것은 그 남자에게 자칫 불량하게 느껴질 자신의 모습이 드러나는 일이었다. 그 바람에 인철은 그들을 알아본 순간에 몸을 일으키고 돌아서 그 포장마차 앞을 떠나려 했다. 그때 포장마차 주인 남자가 불쑥 물었다.

"왜 술도 다 안 마시고 가려고?"

그 목소리가 무슨 천둥소리 같았다. 인철이 황급히 돌아서며 물었다.

"얼마예요?"

한껏 낮춘 목소리였으나 그 역시 인철에게는 지나가는 자동차 클랙슨 소리 만큼이나 크게 들렸다. 이제는 누나가 목소리를 알아들을 것 같아 몸까지 움츠리며 황급히 술값을 치르고 그대로 포장마차를 돌아 어둠 속에 숨는데 누나와 그 중년 남자가 작별하는 소리가 들렸다.

"오늘만 날이에요? 오늘 밤으로 이만 만나고 말 거냐고요? 그만 돌아가세요. 내일 연락 주시고."

"할 수 없지, 흠. 그럼 갈게."

마침내 남자가 떼쓰다 단념한 아이같이 짧은 한숨과 함께 작별하고 아직도 시동을 켠 채 기다리고 있는 택시에 올라탔다. 인철이 가만히 고개를 내밀어 살피니 반듯한 정장 차림의 신사이기는 해도 꽤나 지긋해 보이는 나이였다. 그 또한 인철이 진작부터 품어 온 예감에서 크게 벗어나지 않았다.

택시가 떠나고 한참 뒤에 인철은 천천히 포장마차 그늘에서 벗어났다. 택시가 대로 저쪽으로 흔적 없이 사라질 만큼 그 남자를 배웅한 누나도 그때쯤 언덕길을 오르기 시작했을 것으로 보아 자신을 드러낸 것이었으나, 이번에는 예상대로 되지 않았다. 어둠 속을 벗어나자마자 오히려 제 쪽으로 다가온 영희가 길을 막고 서 있는 걸 보고 인철이 움찔했다.

"너도 어린애는 아니구나. 피해 주기를 잘했다. 택시에서 내릴 때 이미 포장마차 앞에 서 있는 너를 봤지. 정말로 술 마시고 있는 고입 재수생 동생을 그에게 들키고 싶지는 않았다. 그것도 입시가 한 달도 남지 않은 날……."

누나가 해 오던 얘기를 계속하는 것처럼 그렇게 말해 놓고 포장마차 주인에게 말했다.

"아저씨 여기 참새구이 두 꼬치하고 정종 한 대포씩 주세요. 따끈하게 데워서요."

그리고 포장마차 앞에 자리 잡고 앉으면서 인철에게 권했다.

"너도 여기 앉아라. 눈도 오고 하니까 술 한잔 생각나서 내려온 모양인데, 우리 남매 오늘 한잔하자."

"꼭 눈이 와서 그런 건 아니고……."

조금 겸연쩍어진 철이 변명조로 말끝을 흐리자 영희가 그런 인철의 움츠러듦을 풀어 주듯이 물었다.

"그럼, 무슨 일이야?"

"지난주 학원에서 모의고사 친 거 있지? 오늘 그거 성적 나왔어."

"어떻든?"

"이제 겨우 상위 10퍼센트 안에 들었어."

"그렇담 5대 공립에 원서 내도 된단 말 아냐? 야, 너 대단하다. 역시 내 동생이야."

영희가 앞서 일은 모두 잊어버린 듯, 진심으로 기뻐하며 받았다. 그러자 인철이 오히려 멋쩍어졌다.

"그건 저희 학원 선전 삼아 하는 소리고…… 하지만 마음은 조금 놓여. 저희 말대로 5대 공립까지 안 되더라도 5대 사립 정도에는 어떻게 비벼 대 볼 수 있겠지."

"그래도 대단해. 더군다나 아직 한 달이나 더 남았잖아. 9월에 와서 겨우 석 달 남짓에 그 정도라면 한 달 더해 어디까지 갈지 어떻게 알아? 정말 축하한다. 그리고 고마워. 그동안 미장원 일에 바빠 네가 학원에서 밥이 설어 쌀알에 곤두서는지 죽이 되어 끓어 넘치는지 챙겨 볼 틈도 없었는데. 그래, 그동안 어땠어? 학원 공부 할 만했어?"

그러면서 영희가 자칫 어색해질 수 있는 그 자리를 오랜만에 주고받는 남매간의 오붓한 대화로 이끌어 갔다. 인철도 자연스럽게 그런 누나에게 이끌리어 그동안 나누지 못했던 학원 거리에서의 적응 과정을 묻는 대로 대답해 주었다.

그사이 접시에 펼쳐 담은 참새구이 꼬치 두 개와 따끈하게 데운 정종을 가득 채운 맥주 컵 둘이 나왔다. 돌내골에 있을 때 인철은 몇 번인가 플래시로 겨울밤 초가지붕 서까래 위 처마 끝을 비추어 참새 둥지를 들쑤셔 본 경험이 있었다. 그런 인철에게 아무래도 참새가 아닌 성싶은 작은 새 구이가 썩 비위에 맞는 것은 아니었으나 처음 마셔 보는, 입안이 데일 만큼 뜨겁게 데운 정종은 또 새로운 맛이었다. 그새 함박눈으로 바뀌어 하얗게 가라앉은 듯한 거리 풍경도 조금씩 취해 가는 인철에게는 꽤나 인상적으로 비쳤다.

그렇게 정종 한 대포를 다 비워 갈 무렵 한동안 인철과 서울에서의 일상 이야기를 주고받던 영희가 불쑥 물었다.

"그런데 너 왜 그 사람이 누군지 묻지 않지? 벌써 알고 있었어?"

"누구?"

그 사람이 누군지 짐작 가지 않는 것은 아니었으나 인철이 짐짓 못 알아들은 척 물었다.

"닥터 박, 아니 박 원장님 말이야. 조금 전에 나하고 헤어진 사람."

그러고 보니 영희도 이미 마신 술이 좀 있었던지, 가스등 불빛이 비치는 얼굴에 알아볼 만큼 붉은 기운이 있었다. 인철이 솔직하게 대답했다.

"아, 그 사람? 고백하자면 실은 나도 궁금했어. 하지만 누나가 난감해할까 봐…… 못 본 척하기로 했지. 그래, 누구야?"

"나는 네가 너무 애늙은이처럼 구는 게 싫더라. 너 진작부터 그런 사람 짐작은 하고 있었지? 틀림없이 어머니도 무언가 의심하는 말을 했을 텐데?"

"꼭 그런 건 아니지만…… 그래, 누구야?"

"너 기억나니? 5년 전 밀양에서의 어느 겨울밤. 엄마하고 오빠하고 강가로 나갔다가 새벽에 돌아온 적이 있지. 내 긴 머리칼이 선 머슴애 상고머리처럼 잘린 날 밤……."

영희가 무언가 잠깐 망설이다가 이내 마음을 정한 듯 숨김없이 털어놓는다는 투로 말했다.

"그날 밤은 기억할 것도 같은데, 그날 밤하고 아까 그 사람하고 무슨 상관이……?"

"그때 내가 그렇게 몰리도록 상처를 준 사람. 나를 오빠에게 끌려 집으로 내려가게 만들고 내 삶을 이 나라 여자들의 통상적인 삶에서 벗어나게 만든 사람……."

시작과는 달리 거기서 왠지 민망스러워하는 투로 영희가 그렇게 에둘러 박 원장을 설명하다가 갑자기 좋은 수가 떠올랐다는 듯 비틀린 목소리로 덧붙였다.

"나의 네플류도프 씨지. 너 서양 소설 많이 읽잖아? 거 왜, 『부활』에 나오는 그 네플류도프…… 물론 네가 오늘 밤 본 것은 나중에 회개한 네플류도프 공작이지만."

영희가 알고 있는『부활』은 고등학교 국어 교과서에서 알게 된 톨스토이 원작 소설의 줄거리와 김지미 최무룡 주연의 국산 영화 「카츄샤」의 줄거리가 뒤섞인 것이었다. 그러나 자신과 박 원장의 관계를 그렇게 문학적으로 끌어댈 수 있다는 것이 스스로도 대견해 처음 박 원장 얘기를 꺼낼 때의 까닭 모를 민망함이나 주저는 많이 가셔 있었다.

인철은 그런 누나의 말을 충분히 알아들었지만 어떻게 반응해야 될지 몰라 더듬거리며 되물었다.

"회개한 네플류도프 공작? 누나의……?"

"그렇게 볼 수도 있지. 몇 해 전에 최무룡이가 멋있게 해낸 그 역할."

인철이 국산 영화 「카츄샤」만 보았더라도 박 원장 얘기를 그렇게 곤혹스럽게 더 끌고 가지는 않았을 것이다. 그러나 인철에게는 통속의 당의정이 입혀 있기는 해도 삼엄하기 그지없는 톨스토이 원작 소설의 인도주의와 국어 교과서에 실린 유진오의 조금은 난데없는『부활』 비평문밖에 기억에 없었다. 누나를 하녀의 위치에 놓을 수 있을 만한 사람이 어떤 사람일까 싶어 자신도 모르게 불쑥 물었다.

"무얼 하는데?"

"의사야, 치과 의사. 월급 의사와 기공사에 간호원 네댓까지 데리고 종로에서 크게 치과 병원을 열고 있는……."

그런 누나의 대답에 인철은 순간 흠칫했다. 화려한 제정러시아

시절의 젊은 공작이 아닐 줄은 알았지만, 그래도 이 나라의 엄청
난 고관이나 재벌의 이름 정도는 듣게 될 것으로 기대해서였는지
도 모를 일이었다. 그런데 그저 벌이가 좋은 치과 의사일 뿐이라
니. 그것도 조금 전 훔쳐본 대로라면 나이는 누나의 곱절이 되어
보이고…….

"나이가 꽤 들어 보이던데……."

인철이 다시 혼잣말처럼 그렇게 말을 받자 무엇 때문인가 기세
를 되찾은 영희가 은근히 다급해하는 듯한 어조로 변명하고 나
섰다.

"아니다, 너. 그 사람 어두운 데서 먼빛으로 보아서 그렇지 정
말로 깎은 듯 반듯한 얼굴이야. 나 그렇게 떠나보내고 한 몇 년 홀
로 속 썩이느라 팍삭 사그라지기는 했어도 아직 마흔셋이라고."

그러고는 무슨 신이 뻗쳤는지, 잠시 대꾸할 말을 찾지 못하고
있는 인철의 기분은 아랑곳없이 감상 섞인 어조로 장황하게 덧
붙였다.

"네가 그것까지는 모르는 것 같으니까 하는 얘기지만, 그때 내
가 갑자기 밀양으로 끌려 내려간 건 그 사람과 그렇고 그런 사이
라는 것이 오빠에게 들켜서야. 그때만 해도 다리몽둥이 부러지지
않은 것만도 다행이라며 집이라고 돌아갔는데, 결국 그날 밤 엄마
에게 머리를 깎이고 말았지. 너 알아? 그 추운 겨울밤 자정 무렵
에 아무도 없는 강바닥에서 머리칼이 뭉턱뭉턱 잘라 내는 가위
소리를 듣고 있는 심경. 얼어붙은 강바닥을 불어 가는 바람이나

두꺼운 함지라도 덮어쓴 듯 무겁게 짓누르는 어둠과 적막조차 뒷날에야 기억에 보탰을 만큼 정수리를 겨누는 죽음의 공포에 부들부들 떨며 벌써 어깨 위로 늘어지기 시작한 열여덟 생머리를 가위질당했지.

아마도 그날 밤을 나는 영원히 잊지 못할 거야. 나는 그때 이후로 세상에서 그보다 더 무서운 일을 당하지는 않을 것이라는 믿음을 품게 되었어. 아니, 그때 이후로 더는 겁나는 일이 없어졌다고 해야 하나. 겨우 초등학생 상고머리 길이로, 그것도 뜯어 먹다 그만둔 듯한 내 머리칼을 보면서 치를 떨었던 것은 그다음 날 아침 홀로 되어 거울을 보면서였지. 그런데 나를 그 지경에 떨어지게 한 게 박 원장이었으니 그에 대한 내 감정이 어떻겠어. 더구나 그 일이 드센 처가에 알려지자마자 그는 비겁하게도 그들 뒤에 숨어 버렸으니……."

영희가 박 원장의 나이를 밝힐 때, 하마터면 가정이 있는 사람이겠네, 라고 반문할 뻔한 걸 마지막으로 인철은 입을 다물었다. 그러나 영희는 무슨 신명이 뻗쳤는지, 인철이 묻지도 않은 말을 길게 이어갔다.

"하지만 그때는 몰랐어. 당장은 그 밤의 어머니와 나를 거기까지 끌고 간 오빠를 향한 원한과 앙심이 더 컸지. 실은 밀양에서 틀대가리(재봉틀 몸통) 잡혀 7천 환을 들고 서울로 올라올 때도 그랬다. 그때 내가 서울에서 풀어야 할 원한 가운데는 당연히 박 원장을 향한 것도 있어야 했지만, 한동안 그 모진 고생을 해가며 서울

바닥을 기면서도 그 사람을 원망할 줄은 몰랐다. 그리고 새로 만난 어떤 사람, 내 또래의 매력적인 그 남자 때문에 그 원한은 오히려 잊혀져 갔지."

거기서 철은 이미 더 듣고 싶지 않았다. 아직은 마음속에 날을 세우고 있는 성적인 결벽이 누나의 새 남자 얘기까지 참아 줄 수 있을 것 같지 않아 철은 그날 처음으로 누나의 말허리를 잘랐다.

"누나 어디서 좀 마신 거 같네. 이제 그만하고 들어가. 그런 거라면 집에 가서 얘기해."

마침 잔이 빈 영희가 새로 정종 한 잔을 청하는 걸 보고 인철이 그렇게 말렸다. 그러나 영희는 기어이 한 잔을 더 시키고 하던 얘기를 계속했다.

"지난번 돌내골에 내려갔을 때도 그랬어. 제대를 앞둔 오빠가 내 직장을 찾아와 하도 간곡하게 권하는 바람에 개간지에 합류했지만 거기서 그렇게 애타게 기다리던 사람도, 사무치게 원망하던 사람도 박 원장은 아니었어. 그런데 한여름 지나기 전에 벌써 개간지는 그 끝이 보이더군……. 아니, 시골에 산다는 것 자체가. 그래서 너도 알다시피 어머니에게서 훔치듯 오빠에게 얻은 돈으로 작년에 다시 서울로 올라오게 되었지. 박 원장을 원망하게 된 것은 그 뒤로도 한참 만이야……. 한동안 내 계획대로 되어 갈 때는 거기 몰두해 떠올리지 못했지만, 한번 일이 꼬이고 마침내는 험한 꼴까지 보게 되자, 비로소 근원을 찾아 박 원장을 떠올리게 되었어. 내 모든 불행의 근원으로다.

그런데…… 마치 그 무렵의 내 원망과 저주를 들은 듯이나 그 사람이 불쑥 나타났어. 나를 그렇게 떠나보내고 술에 절어 5년이나 나를 찾아 헤맸다던가. 종로로 옮긴 병원은 번창하고 돈도 많이 벌었지만 내가 눈에 밟혀 당최 견딜 수 없었다며 눈물로 고백하더군……. 그러고는 무엇이든 원하는 대로 다 해 주겠다고 나를 잡더라. 정말 회개한 네플류도프 같았어. 거기다가 재작년 서울 떠날 때 헤어진 애인은 아직 자취를 찾을 길 없고. 그래서 다시 박 원장을 만나고 있는 거야.”

영희는 새 잔을 다 비우고 거기까지 쉬엄쉬엄 이어 간 뒤에야 겨우 포장마차 의자에서 몸을 일으켰다. 하지만 인철의 부축을 받으며 언덕을 오르는 동안 조금 정신이 들었는지 셋집으로 돌아와 방 안에 앉자마자 인철에게 조금은 위로가 될 말을 더듬더듬 몇 마디 덧붙였다.

“하지만 너무 지저분하게 상상하지는 마라. 그 미장원 틀림없이 그가 도와준 것이지만 그러나 무슨 칙칙한 대가는 아니야. 나는 꼭 받아야 할 만큼만 받았고, 그것도 때가 오면…… 때가 오면 깨끗이 돌려주고 오직 내 노력으로 일군 내 것만 남게 할 거야……. 그 사람과의 관계도…… 세상의 공인과 축복을 받지 못할 것이라면 길게 이어 가지 않을 거야. 따라서 너는 욕스러운 빵을 먹고 있는 것도 아니고, 어른들의 불결한 관계에 더부살이를 하는 것도 아니야. 한마디로 나는 정직하고 건강하게 살고 있고, 너는 그런 나를 징검다리 삼아 네가 가고자 하는 곳에 도달하면 돼.”

그러다가 완연히 혀 꼬부라진 소리로 한마디 덧붙였다.

"참, 너 아까 5대 공립 갈 수 있게 됐다고 했지? 안 돼, 그저 그 다섯 공립 고등학교 가운데 하나에 들어가는 것으로는 성이 안 차. 너는 그중에서도 반드시 경기(京畿)고등학교에 가야 해. 밀양서 중학교 입시 때 너 벌써 경기 가 보고 싶다고 했잖아? 이제 그 경기에 가는 거야. 그래야 너와 내가 함께 구원받게 돼. 더 쥐어짜 봐. 너를 한층 더 몰아쳐 보라고⋯⋯."

그때 이미 술기운이 싹 가신 인철은 누나가 거기까지 더듬거리다가 잠든 뒤까지도 아무 말 없이 듣고만 있었다. 그러다가 잠든 누나의 이불깃을 여며 주고 제 골방으로 건너와서야 혼잣말로 띄엄띄엄 대꾸했다.

"나는 아무래도 누나의 말을 못 들은 걸로 해야 될 것 같아. 오늘 누나 말고는 어느 누구도 보지 못했고⋯⋯ 그리하여 성실하고 건강하게 살고 있는 누나에게 잠시 내 삶을 의탁하고 있을 뿐이라고 믿는 수밖에 지금의 나를 지켜 낼 길이 없겠어."

그리고 평소처럼 두 시까지 책을 보다가 잠이 들었는데, 그날 밤 야릇한 꿈을 꾸었다. 자신이 커다란 날개를 달고 푸른 바다 위를 시원스레 날고 있는데 갑자기 머리 위가 뜨거워 왔다. 너무 높이 날지 마. 태양을 조심해. 발아래 까마득한 곳에서 누나가 소리쳤다. 그런데 이 어찌된 셈인가. 벌써 날개가 녹아내리며 밀랍으로 붙여놓은 깃털들이 푸슬푸슬 떨어져 날리는 게 아닌가. 그제야 인철은 자신의 날개가 밀랍으로 이어 붙인 깃털로 만들어진 것임을 떠올리고 밑으로 내려가려는데, 이미 밀랍이 다 녹아 날개는 흩어지고 몸은 짙푸른 지중해로 곤두박질치고 있었다. 나는 끝내 크레타를 벗어나지 못하는가……. 그때 이미 철은 어떤 외국 소설의 친절한 편집자 주(註)를 통해 이카루스 신화를 잘 알고 있었다.

또 다른 해후

그것도 시험 날이라고 그런지 택시는 얼른 잡혀 주지 않았다. 인철은 아침부터 아이답지 않게 우울한 표정으로 말없이 영희를 뒤따르고 있었다. 어렵게 공전(工專)으로 진로를 바꾸고 또 이제는 어찌해 볼 수도 없게 되었건만 아무래도 인문계 쪽에 남은 미련이 큰가 보았다.

'1차 때에 너무 욕심을 부렸어……'

영희는 새삼스러운 후회로 그렇게 중얼거렸다. 진학이 한 해 늦었다는 데서 인철이 품게 된 일종의 보상 심리와 일류 고등학교에 다니는 동생을 두었다는 자랑을 갖고 싶은 영희의 허영심이 맞아떨어져 철은 1차에서 경기고등학교를 지원했다. 서울의 일류 중학교에서도 과외로 밤잠 안 자고 설쳐야 들어갈 수 있는 학교란 걸

뻔히 알면서도 모험을 한 것인데 결과는 여지없는 실패였다.

'2차도 그래, 차라리 학교가 좀 못해도 인문계로 할걸. 5대 사립(私立) 한 구석이라도 괜찮았을 텐데…… 너무 박 원장의 말만 믿고 따른 것 같아…….'

영희의 후회는 다시 다른 방향으로 이어졌다. 넉넉하지 못한 집에서 악을 쓰고 대학을 하다 보면 자연 출세 지향에 빠지고, 그리 되면 자칫 예전의 자기 같은 꼴이 나고 만다는 박 원장의 말이 이상하게도 가슴에 와 닿아 공업전문학교로 바꿀 것을 철에게 권한 까닭이었다. 그 공전만 졸업하면 백 퍼센트 취직이 보장된대. 우리 형편에 대학은 그 뒤에 가서 생각해 보는 게 어때? 너 고등학교 보내고도 힘이 남으면 차라리 돌내골 개간지에나 보태기로 하고…….

물론 영희도 인철의 문과적인 기질을 어느 정도는 짐작하고 있었다. 어려서부터 책 읽기를 좋아하고 유달리 다정다감하던 것도 그렇지만 다시 만나 가까이서 살펴보니 그런 성향은 훨씬 짙어져 있었다. 오빠 명훈처럼 드러내 놓고 시를 쓰겠다고 나서지는 않아도 인철은 벌써 무언가 자신만의 노트를 가지고 있었으며, 그의 입으로 엔지니어니 순수 과학자니 하는 희망을 말할 때도 영희가 거기서 느끼는 것은 다만 너무 문과적인 자신의 기질에 대한 의도적인 반발뿐이었다.

"누나, 거기……."

영희가 제 생각에 잠겨 잠시 한눈을 팔았던지 말없이 서 있던 인철이 팔을 번쩍 치켜들며 눈짓으로 한쪽을 가리켰다. 길 반대편에서 빈 시발택시 한 대가 오고 있었다. 퍼뜩 제정신이 든 영희가 다급한 비명처럼 소리쳤다.

"택시, 택시이 ―."

산뜻하기야 새나라택시 쪽이 나았지만 지금은 그런 걸 따질 계제가 아니었다. 택시도 영희 남매를 보았는지 갑자기 속력을 떨어뜨렸다가 멀지 않은 곳에서 방향을 바꾸어 돌아왔다.

"경일공업전문학교 아시죠? 경일공전으로 가요."

영희는 자리에 앉기 바쁘게 행선지를 댔다. 나이 들직한 운전사가 룸미러로 인철을 흘긋 보더니 혼잣말처럼 중얼거렸다.

"입학시험 치르러 가는구면. 좋은 학교지……."

"아저씨, 그 학교 잘 아세요?"

영희가 반갑게 그 말을 받았다. 그의 입을 통해 경일공전이 좋은 학교라는 걸 한 번 더 일러 줌으로써 인철에게 느끼는 미안함을 조금이라도 덜어 보고 싶어서였다. 운전사가 영희의 기대 밖으로 열을 올려 주었다.

"공전이라면 거기가 최고지. 아마 월사금이 거의 전액 면젤걸. 기숙사도 싸고…… 게다가 박정희 정권이 말마다 떠드는 게 공업화니 산업화니 하는 것이니까 취직 걱정 안 해도 되고."

"어떻게 그리 잘 아세요?"

"실은 조카 놈이 거길 다니고 있소. 혼자 사는 형수님 한시름 덜었지……."

그 뒤로도 운전사는 한참을 더 그 학교 자랑을 늘어놓았지만 인철의 얼굴은 끝내 밝아지지 않았다.

학교 앞에 이르니 시험 시간이 가까워서인지 수험생들과 학부모들로 혼잡을 이루고 있었다.

"쉬는 시간이 언제라 그랬지? 나 이쪽 교문 있는 데서 기다릴게."

수험장으로 가는 인철에게 영희가 계획에 없던 말을 했다. 원래는 학교까지만 바래다주고 미장원으로 갈 작정이었지만 왠지 인철이 안쓰러운 마음이 들어 시험이 끝날 때까지 밖에서 기다리기로 생각을 바꾼 것이었다. 인철이 무겁게 고개를 저으며 말했다.

"아냐, 그냥 가. 까짓 2차 시험 뭐 그리 대단하다고."

"아니다, 너. 그리 얕보지 마라. 이 학교가 얼마나 좋다고."

영희가 그러면서 다시 운전사의 말을 받아 인철을 격려하려다가 입을 다물었다. 어쩌면 인철이 시무룩한 게 공전으로 진학하게 되었다는 것보다는 지난 1차 시험에서의 낙방 때문인지도 모른다는 생각이 든 까닭이었다.

인철이도 영희가 자신의 기분에 신경을 쓰고 있다는 걸 그때야 알아챘는지 애써 웃음을 지어 보였다.

"그게 아니고, 내가 뭐 어린애야? 걱정 마. 이번에는 실패하지 않을 테니."

영희도 인철이 그렇게 나오자 조금 마음이 놓였다. 하기야 열시에 새 미용사가 나오기로 되어 있어 미장원에 가 있어야 할 필요도 있었다.

올 때와는 달리 가는 택시를 잡기는 쉬웠다. 영희는 인철이가 시험장 안으로 들어가는 걸 보고는 곧 뒤돌아서서 택시를 잡았다.

인철이 찾아온 뒤로 그동안 무슨 부채 의식처럼 자라 가던 영희의 기묘한 보상 심리는 구체적인 이행에 들어갔다. 영희는 매음의 첫날 밤을 보낸 아침, 무슨 계시처럼 떠올리고 다짐한 것처럼 삶을 진창에 내던진 대가로 살 수 있는 첫 번째 보람을 인철의 진학에 걸었다. 그리고 기회가 되자 오래된 계획을 실현하듯 먼저 인철을 서울로 불러올렸다. 인철이 왔을 때는 고등학교 진학이 벌써 한 학기 이상 늦었지만 돈으로 우기면 허름한 고등학교의 제 학년에 밀어 넣는 것은 어렵지 않았다. 그러나 한번 발동된 영희의 정신적인 허영은 한 해가 늦어지더라도 인철을 일류 고등학교에 넣는 쪽으로 몰고 갔다.

그런 영희의 선택은 인철의 희망과도 맞아떨어져 한동안은 잘될 듯도 보였다. 입시 학원에 들어간 인철은 영희가 오히려 그의 건강이 걱정될 만큼 입시 준비에 힘을 쏟았다. 그러나 아무래도 기초가 부실했던지 1차 경기고 입시에서는 결국 쓴맛을 보고 이제 2차 시험을 치르고 있는 중이었다.

영희가 미장원에 가 보니 열 시에 만나기로 한 미용사가 삼십 분이나 일찍 와 있었다. 지금 있는 미용사 중 장(張) 양이 내달 15일 결혼 날짜를 받아 그전에 새로 들여야 할 미용사였다.

"경력은 얼마나 됐어요?"

간단한 인사를 나눈 뒤 영희가 물었다. 한눈에 봐도 자신보다 두엇은 손위로 보였지만 주인으로서의 위엄을 지키기 위해 일부러 깐깐하게 지은 목소리였다. 성이 임씨라는 그 아가씨가 필요 이상 공손하게 대답했다.

"7년 됐어요."

"전에 어디 있었다 그랬죠?"

"일주일 전까지 충무로 '백합'에 있었어요."

그렇게 사람을 새로 쓸 때 흔히 하는 대로 이것저것 물어 가는 중이었다. 문득 영희의 눈에 그녀의 아랫배가 들어왔다. 지나칠 때는 몰랐지만 눈여겨보니 드러나게 불룩했다. 그러고 보니 그녀 자신도 그 아랫배가 신경이 쓰이는지 이상하리만치 자주 아랫배로 손이 가고 있었다.

"결혼했어요?"

영희가 불쑥 그렇게 물었다. 그녀의 얼굴에 드러나게 난감한 기색이 떠올랐다.

"예…… 아직…… 하지만 곧 할 거예요."

목소리도 왠지 기어드는 듯했다.

"몇 달째예요?"

영희는 좀 잔인하다 싶을 정도로 그녀를 빤히 올려다보며 물었다. 그녀가 살포시 낯까지 붉히며 더듬거렸다.

"여섯 달…… 드는가 봐요."

"낳을 거예요?"

"예, 그이가 고집해서……."

그녀가 여전히 주눅들어하면서도 또렷이 대답했다. 남자를 입에 올리면서 갑작스레 무슨 자신 같은 게 솟는 듯했다.

그러자 영희는 문득 희미한 시새움을 느꼈다. 그녀의 하자는 곧 치유될 성질의 것이란 데서 받은 느낌이리라. 하지만 더 중요한 것은 현실이었다. 벌써 여섯 달로 접어들었고, 출산을 할 결심이라면 미장원에서 일할 수 있는 날은 기껏해야 두어 달뿐이었다. 서로 마음이 맞지 않으면 두어 달은커녕 한 달도 안 가 내보내는 수도 있지만, 처음부터 시한부로 사람을 쓰고 싶지는 않았다.

"그럼 연락처를 주고 가 계세요. 실은 딴 곳에 부탁해 둔 것도 있고…… 저희 입장으로서야 한 사람이라도 더 만나 보고 거기서 골라잡는 게 더 낫지 않겠어요?"

이것저것 몇 가지를 더 물은 뒤에 영희는 그런 말로 그녀를 보냈다.

"왜 잡아 두지 않으셨어요? 심덕도 좋아 뵈고 경력도 그만하면 꽤 되던데……."

오전에 반짝하는 손님에게서 놓여난 장 양이 알 수 없다는 듯 영희를 보며 물었다. 영희는 그 물음을 받자 갑자기 애매해졌다.

서너 달만 확보된다면 구태여 채용을 꺼릴 필요가 없는 게 미용사였다. 처음부터 시한부로 사람을 쓰고 싶지 않다는 것도 실은 한 평계에 지나지 않는 듯 느껴졌다. 그러나 영희는 자신도 모르는 이유를 추구받는 듯한 기분이 싫어 퉁명스레 쏘아붙였다.

"얘는, 아니 걔 배도 보지 않았어?"

"배가 어때서요?"

"시집도 안 간 게 남산처럼 부풀어 가지고……."

"별로 눈에 띄지도 않던데요."

"넌 눈에 명태 껍질을 덮어썼니? 벌써 여섯 달째래, 여섯 달."

영희는 그래 놓고 나니 비로소 자신이 무엇 때문에 기분이 상했는지 알 수 있었다. 그렇게나마 삶이 자리를 잡아 갈수록 이상하리만큼 자라 가는 결벽, 특히 성적 결벽 때문이었다. 순결함과는 거리가 먼 과거가 정상적인 삶으로의 재편입을 시도하면서 영희의 의식 밑바닥에서 어떤 반작용을 하고 있는 듯했다. 그게 새로 쓰려는 미용사의 혼전 임신을 용서하지 못하게 만든 게 틀림없었다.

"그래도 아직 얼마든지 일할 수 있겠던데요, 뭘."

영희의 속마음에 아랑곳없이 장 양이 그렇게 불평 비슷이 받았다. 그제야 영희는 하루라도 빨리 일손을 놓고 나가 결혼 준비를 하려는 장 양의 입장에 생각이 미쳤다.

"해 봐야 몇 달이라고. 우리 미장원이 무슨 정거장이니? 들락날락하게. 거기다가 배는 북채만 해서. 우선 손님들 보기에도 칙칙하잖아?"

그래 놓고는 얼른 한마디 덧붙였다.

"걱정 마. 설마하니 너 시집 못 가게 할까 봐서 그래? 곧 구할 테니 며칠만 더 고생해."

그날 오후 영희가 다시 미장원을 비우고 재료상 박씨를 찾아간 것은 그런 장 양과의 약속 때문이라는 편이 옳았다. 이번에는 알음을 통해 미용사를 구해 볼 작정이었다. 그러나 학원을 갓 마친 신출내기는 많아도 장 양처럼 믿고 미장원을 맡길 만한 노련한 미용사는 구하기가 쉽지 않았다.

자신이 나온 미용 학원과 전에 있던 미장원까지 들러 보고 나니 벌써 오후 해가 기울어 있었다. 어디서도 신통한 확답을 듣지 못하고 미장원으로 돌아가려니 갑자기 피로하기 그지없었다. 그래서 혼자서는 잘 타지 않는 택시를 기다리고 섰는데 찌푸리고 있던 하늘이 기어이 진눈깨비를 뿌리기 시작했다.

처음 눈발이 비칠 때 영희가 먼저 생각한 것은 입시를 치른 인철이었다. 감상과는 무관한 실제적인 필요에서였다. 시험은 잘 치고 들어간 거야, 연탄불이라도 안 꺼뜨렸는지 몰라…….

그러나 눈발이 자욱이 거리를 덮는 걸 보며 그녀의 마음은 차츰 감상적이 되어 갔다. 어쨌거나 그녀는 갓 스물넷에 접어든 젊은 여자였다. 영희는 오지 않는 택시를 진눈깨비를 맞으며 서서 기다리는 대신 한참을 걸어 보기로 했다.

그러나 걷다 보니 차츰 눈 속을 걷는 그 자체가 좋아지기 시작했다. 생각해 보면 거친 세상으로 스스로 뛰쳐나온 뒤로 그렇게 마음 편히 가슴을 풀어 젖히고 눈 속을 헤매 보는 것도 처음인 것 같았다. 그렇게 걸으면서 영희가 자신의 감상을 아름답고 따뜻하게 어루만져 줄 사람으로 맨 먼저 떠올린 것은 당연하게도 박 원장이었다. 다시 만난 뒤의 몇 달이 자신도 모르게 머릿속에서 그런 순서를 매기게 한 듯했다.

'오늘 밤은 그 사람을 불러내 시내에서 한잔해야지. 어디 호젓하고 분위기 좋은 곳에서……'

하지만 박 원장은 이내 그 대상에서 제외되었다. 간호원들이 눈치채지 못하게 가성을 내거나 누군가 남자를 시켜야 하는 전화부터가 진눈깨비에 젖어 함초롬한 그녀의 감상과 맞아떨어지지 않았다. 이어 어느새 나이가 자신의 두 배 가까운 박 원장의 모습이 떠올라 젊은 자신과 그가 나란히 앉았을 때 다른 사람들로부터 받게 되는 수상쩍어하는 눈길을 연상시키며 흥을 완전히 깨어 놓고 말았다. 영희는 한숨을 훅 내쉬며 박 원장을 불러내기를 단념했다. 어차피 내일 밤이면 찾아올 사람……

그런데 참으로 알 수 없는 것은 영희의 기분이었다. 사실 박 원장을 빼면 영희가 현실적으로 그리워할 이성은 아무도 없었다. 이제는 색 바랜 사진처럼 얼굴의 윤곽조차 잘 떠오르지 않는 형배, 자신을 속이고 떠나간 창현, 그리고 이런저런 이유로 몸을 맞대었던 여러 남자 그 누구도 그리움의 대상은 아니었다. 그런데도 그녀의 몸과 마음은 끊임없이 누군가를 그리워하고 있었다.

'멍청한 기집애, 지가 뭐, 열여섯 소녀라도 된다는 거야 뭐야. 아서라, 말아라. 돌아가 미장원이나 잘 닫아걸고 집으로 가 잠이나

푹 자 두는 게 어때.'

그렇게 스스로를 비웃어 보았지만 한번 부푼 그 정체 모를 그리움은 영 가라앉지 않았다. 나중에 생각해 보니 어쩌면 그게 바로 그녀 앞에 새로 열릴 앞날의 불길한 전조였는지도 모를 일이었다.

그나마 영희가 자신을 다잡을 수 있게 된 것은 어떤 버스 정류장 앞이었다. 마침 버스가 와서 귀갓길의 사람들이 아우성치며 오르는 소리가 먼저 영희를 턱없는 감상에서 끌어내고 이어 하나둘 밝혀지는 가게의 불빛이 영희의 현실감을 되살려 주었다.

'내가 이거 무슨 사치스러운 감상이야. 빨리 가 봐야지. 장 양 그 기집애 요즈음 완전히 혼이 떴다니까. 그저께도 덧문 자물쇠를 잊고 미장원을 닫았잖아, 저녁 여덟 시도 되기 전에⋯⋯.'

영희는 그렇게 중얼거리며 새삼스레 주위를 둘러보았다. 그새 꽤 많이 걸어 혜화동 로터리 부근이었다.

진눈깨비가 날려서인지 빈 택시는 있을 성싶지 않았다. 영희는 할 수 없이 버스라도 타려고 시내버스 정류장 쪽으로 종종걸음을 쳤다. 그런데 영희가 막 버스 정류장의 팻말에서 노선 표시를 읽으려 할 때였다.

정류장 부근에 모여 있던 사람들 가운데 무슨 강한 빛이라도 쏘아 보내고 있는 듯한 얼굴이 있었다.

처음 영희는 무심코 그리로 눈길을 보냈다. 그러나 그가 누군지 알아본 순간 자신도 모르게 몸이 굳어졌다. 머리칼에 한 줌 흰 눈을 엊고 언제나처럼 악기 케이스를 겨드랑이에 끼고 있는 창현이었다. 몸은 전보다 더 야위어 보였으나 그 때문에 얼굴의 음영은 한층 뚜렷했다.

지난해부터 이를 갈고 잊으려고 했던 그 얼굴, 그를 추적할수록 짙게 드러나는 배신의 형적. 그래서 이제는 가슴속에서 완전히 씻어 냈다고 믿고 있던 그 얼굴.

영희는 자신도 모르게 잠시 눈을 감았다. 그처럼 비열하고 이기적인 사람과는 모든 게 끝났다. 여기서 냉정히 돌아서야 한다. 이성은 영희의 귀에 대고 그렇게 충고했다. 그러나 뜻밖에도 차가운 그 이성에 못지않게 살아 있는 따뜻한 감정이 있었다.

'못 본 새 더욱 약해졌구나. 저것 봐, 광대뼈가 불거진 게 옛날에 앓았다는 폐병이라도 도진 게 아닐까. 앞으로 다시 만나지 않는다 하더라도, 그가 어떻게 지내는지 알아보는 것쯤은 상관없지 않을까.'

영희는 그대로 못 본 척 돌아서고 싶은 마음과 배신의 경위라도 따져 보고 싶은 마음 사이에서 한동안 망설였다. 그러나 선택의 기회는 영희에게 주어지지 않았다. 영희가 다시 눈을 떴을 때 창현의 얼굴은 바로 한 발짝 앞으로 다가와 있었다.

"저어, 이영희 씨 아닙니까?"

얼굴 여러 곳에 성형수술을 받고 거기에 미장원의 짙은 화장을 덧칠했는데도 창현은 용케 영희를 알아보았다.

그가 자신을 알아보고 다가오자 영희는 금세 긴장으로 몸이 굳어졌다.

"무슨 말씀이세요?"

영희가 짐짓 메마른 소리로 대꾸했다. 하지만 그 목소리가 어떤 확신을 주었는지 창현의 얼굴이 갑자기 확 풀리며 말투도 자신 있어졌다.

"영희 맞지? 때 빼고 광냈다고 내가 모를 줄 알고……."

제 딴에는 분위기를 푸느라고 농담을 섞은 듯했지만 영희에게는 몹시 야비하게 들렸다. 그게 영희의 심사를 건드려 대꾸를 한결 더 차고 매몰스럽게 만들었다.

"무슨 소린지 모르겠는데요. 딴 데 가서 알아보세요."

영희는 그렇게 쏘아붙이고 돌아섰다. 그래, 역시 이렇게 끝나야 해……. 영희는 잠시나마 흔들렸던 자신의 마음을 다잡듯 속으로 중얼거리며 걸음을 옮겼다. 그때 창현이 성큼 다가들며 영희의 한 팔을 잡아끌었다.

"영희, 왜 이래? 너 내게 이럴 수 있어?"

말뜻은 따지고 드는 것 같았지만 목소리에는 어떤 애절함이 배어 있었다. 발을 옮기려다 한 팔이 잡히는 바람에 몸이 핑그르르 돌게 된 영희의 눈앞으로 창현의 퀭한 두 눈이 바짝 다가들었다. 지치고 힘없어 뵈는 눈길에는 알 수 없는 물기가 번져 있었다. 그게 눈물일지도 모른다는 생각이 갑자기 영희의 마음을 약하게 했다. 영희의 그 같은 심경 변화를 눈치챈 것인지, 아니면 진심에서 우러난 것인지 창현이 이번에는 목이 메이는 듯 느껴지는 목소리로 덧붙였다.

"병국이한테서 다 들었어. 지난겨울에 그 새끼 만났다며? 이 여름엔 우리 집 근처를 수소문도 하고…… 그래, 따지고 보면 오해할 만도 하지……."

창현이 그러면서 팔소매를 잡은 손길에서 힘을 스르르 빼는 게 또 한 번 마음을 약하게 만들어 영희는 뿌리치고 돌아서려던 자세를 멈추었다. 하지만 아직도 지난 1년의 원망과 앙심이 풀리기에는 태부족이었다.

"그래서요? 그렇다고 이제 와서 뭐 달라질 게 있나요? 난 이미 옛날의 그 철부지 영희가 아니에요. 창현 씨가 옛날 그 사람이 아니듯이."

걸음은 멈추었어도 목소리는 여전히 차가움을 유지한 채 영희가 받았다.

그 차가움에 창현은 다시 움찔하는 듯했다. 쏘아보듯 빤히 쳐다보는 영희의 눈길을 그 퀭하고 지친 눈으로 한참 동안 보다가 문득 머리를 수그리며 빈 오른손을 들어 이마 부분에 드리워진 머리칼을 움켜잡았다. 같이 살 때 괴로우면 늘 하던 동작이었다.

사실 창현의 그런 동작은 다분히 과장적이고 극적 효과를 노린 연기에 가까운 것이었다. 전에 함께 지낼 때도 영희는 처음 몇 번을 빼면 창현의 그 같은 몸짓에 그리 감동을 느끼지 못했다. 그런데 거의 2년 만에 다시 보는 그 몸짓이 그날따라 왜 그리 진실되게 느껴지는지. 특히 진눈깨비에 젖어 더욱 까맣게 빛나는 머리칼을 쥔 하얀 손과 언뜻언뜻 내비치는 푸른 기운 도는 이마는 말 못 할 애처로움까지 자아냈다.

거기서 이미 영희는 그를 매몰차게 떨치고 돌아설 수는 없으리라는 예감을 강하게 받았다. 그게 작은 혼란을 일으켜 말없이 그를 바라보고만 있는 사이에 창현이 이번에는 완연히 울먹임 섞인 소리로 뇌까렸다.

"맞아. 너무나 많은 세월이 흘렀지. 너와 나의 옛일은 아름다운 추억으로만 새김질해야 하는 건데, 말없이 서로의 행복이나 빌어야 되는 건데……."

다른 사람에게는 아마도 창현의 말이 신파 조의 유치한 연기거나 유행가 가사의 연결처럼 들렸을 것이다. 실제로도 창현은 전에 몇 번인가 배우 모집에 응해 연기 테스트를 받은 적까지 있었다. 하지만 그 무슨 감정의 요사(妖邪)일까. 영희에게는 그의 말이 절실하게만 들렸다. 어쩌면 우리 사이에 오해가 있었는지 몰라. 이 사람이 나를 버린 데도 무슨 사정이 있었을 거야. 또 이 사람을 찾으려는 내 성의에도 문제가 있었을지 모르고……

"창현 씨, 우리 어디 가서 잠깐 얘기나 해요."

그들 곁에 서 있다가 창현의 말을 알아듣고 흘끔흘끔 수상쩍어 하는 눈길을 보내는 사람들이 민망스러워 영희가 먼저 그렇게 제안했다. 하지만 그때까지도 영희의 원망과 앙심이 모두 풀어진 것은 아니었다. 기껏해야 앙갚음을 하더라도 사정이나 알고 하자는 정도가 아직은 솔직한 영희의 감정이었다.

영희와 창현이 마주앉은 것은 버스 정류장에서 멀지 않은 대폿집이었다. 창현은 죄지은 아이처럼 말없이 따라와 영희 맞은편에 앉았다. 그전처럼 곁에 바짝 다가앉지 않고 탁자 맞은편에 멀찌감치 앉는 게 까닭 없이 영희의 가슴을 저리게 했다.

밝은 불빛 아래서 찬찬히 뜯어보니 창현은 어둑한 버스 정류장에서 볼 때보다 훨씬 더 초췌했다. 영희가 거두어 줄 때는 하얗고 윤기나던 낯색이 까칠하고 푸르스름해져 있는데 볼에는 안 보이던 한 줄기 주름까지 길게 자리 잡아 가고 있었다. 못해진 것은 몸뿐만이 아니었다. 그렇게 유별나게 깔끔을 떨던 입성도 많이 추레해져 있었다. 겉옷은 멋 부린다고 고른 것이었으나 그리 값나가 보이지 않았고, 안에 받쳐 입은 티셔츠는 영희가 예전에 사 준 낡은 것이었다. 다방 월급날 큰맘 먹고 백화점 가서 고른 것인데, 이미 목둘레가 빤질빤질 닳아 한눈에 낡은 게 드러날 정도였다. 자신의 손길이 간 옛날 옷을 알아보자 영희는 다시 한 번 묘한 감정 변화를 경험했다.

"아주머니, 여기 소주 한 병하고 빈대떡 한 장만 구워 주세요."

앉을 때와는 달리, 손수건을 꺼내 코를 팽 소리 나게 푼 창현이 계산대 쪽에 대고 그렇게 소리쳤다. 술 한잔 마시지 않고는 배기지 못하겠어, 또는 취하지 않고는 못 할 괴로운 얘기가 있어, 하는 듯한 소리로 들렸다.

창현은 원래 술을 좋아하지도 않고 많이 마시지도 못했다. 그런데 스스로 독한 소주를 주문하는 걸 보자 영희는 문득 호기심이 일었다. 너도 지난 2년 꽤나 괴롭게 보냈나 보구나. 그래, 네 술이 얼마나 늘었나 보자. 또 내게 할 말이라는 게 어떤 건지 들어나 보자…….

그렇지만 술에 관한 한 창현은 별로 달라진 게 없었다. 영희가 잠자코 지켜보는 사이에 두어 잔 비우는가 싶더니 이내 얼굴이 빨개져 떠들어 대기 시작했다.

"너는 안 믿겠지만, 난 그때 정말로 군대에 갔다고. 이왕이면 사내답게 군대 생활을 때우자고 해병대에 지원했지. 너도 그 지원 용지 봤지? 그리고 네가 고향으로 내려간 지 이틀 뒤에 신체검사를 받았는데 거기서 딱지를 놓지 않겠어? 나같이 비리비리한 놈은 안 받아 주겠다는데 어떻게 해? 그 석 달 뒤에 육군 영장도 받았지. 역시 딱지야. 아직도 폐가 나쁘다나. 그러니 어떻게 해? 정말이야. 너를 속여 떼 내려고 군대 핑계 댄 게 정말 아니라고……."

그렇게 입을 연 창현은 영희가 배신이라고만 단정해 온 지난 2년의 행적을 묻지도 않았는데 스스로 털어놓기 시작했다. 그때 그는 틀림없이 논산행 열차를 탔고 육군에 입대한다고 갔건만 난데없이 해병대가 나오는 게 벌써 앞뒤가 잘 맞지 않았다. 그런데 실로 알 수 없는 것은 듣고 있는 영희의 감정이었다. 그게 아닌데, 하면서도 한편으로는 그의 말이 진실한 것이기를 은근히 빌었다. 그런 영희의 감정을 알아차렸는지 창현이 한동안 시시콜콜하게 그 후의 얘기를 늘어놓았다.

"처음에는 너를 다시 불러낼 생각도 했지. 나 이래 봬도 니네 집 주소는 아직도 외고 있다. 하지만 사랑만 가지고 사는 거니? 대책 없이 불러냈다간 또 전처럼 널 직장에 내보내고 거기 빌붙어 사는 생활밖에 더 있겠어? 그런데 어떤 친구 녀석이 4인조 악단 하나를 꾸미자고 하데. 유망한 신인 가수와 드럼이 있으니 나보고는 색소폰을 불어 달라는 거야. 저는 기타를 치고…… 시작은 물론 변두리 술집이지만, 히트만 치면 한몫 잡을 수 있다더군. 그래서 괴롭지만 잠시 너를 잊기로 하고 거기에 매달렸지. 한몫 잡은 뒤에 널 찾기로 하고……. 한동안 제법 잘나갔어. 우리는 청량리의 허름한 비어홀에서 시작해서 제법 명동 언저리까지 진출할 수 있었다고, '황야의 4인'이라면 아는 사람은 알 거야. 그런데 그 새끼가 배신을 때렸어. 요즈음 새로 나온 가수 한강일 알지? 지난주에도 라디오에서 걔 노래가 나왔는데, 그 새끼야. 좀 된다 싶으니까 혼자 솔로로 튄 거야. 그 뒤는 엉망이지. 가수 없는 악단, 그게 바로 앙꼬 없는 찐빵 아냐? 노래 좀 부른다는 애만 있으면 찾아다 끼워 맞춰 봤지만 그게 어디 되겠어? 결국 악단은 해체되고 나는 끈 떨어진 조롱박 신세가 되고 말았어. 입에 풀칠하기도 바쁜 떠돌이 악사로…… 그런데 너에게 연락하면 뭐하니? 물론 네가 집에 다녀간 건 지난여름에 들었어. 그땐 이미 한강일이 그 새끼가 튄 뒤고. 그렇지만 말이야. 난 한 번도 널 잊지는 않았다고. 언젠가 출세만 하면, 아니 널 다시 다방으로만 안 내보내도 되면 찾으러 갈 작정이었어……."

어디까지가 참말이고 어디까지가 거짓말인지 잘 구분할 수 없었지만 창현이 한숨 반 눈물 반 섞어 한 얘기를 간추리면 대강 그랬다. 그런데 점점 더 알 수 없어지는 것은 영희의 마음속이었다. 얘기를 듣는 동안에 영희는 어느새 그 모든 게 진실임을 간절하게 믿고 싶어졌다.

때로는 신파 조의 과장으로, 때로는 야들야들한 감상에 매달리는 호소로 자신을 변명한 창현이 이윽고 어조를 가라앉히며 영희에게 물었다.

"난 그랬어. 그랬다 치고 영희는 어땠어? 서울엔 언제 돌아왔고, 지금은 어디서 무얼 해?"

되도록 담담하게 보이려고 애쓰는 목소리였다. 그러나 영희는 물음과 함께 흘끔 자신을 바라보는 창현의 눈길에서 탐색의 의도를 강하게 느꼈다. 그게 잠시 느슨했던 영희의 경계심을 반짝 일깨웠다. 거기다가 느닷없는 복수감도 작용해 영희는 본심보다 훨씬 차갑게 대꾸했다.

"나 결혼했어."

"뭐?"

창현은 영희가 예상한 이상으로 충격을 받은 표정을 지어 보였다. 퀭한 눈에 다시 눈물이 어리고, 눈썹 사이에는 그가 심각할 때 잘 짓는 굵은 주름이 두 줄이나 파였다.

"역시…… 그랬어? 그럴 수가…… 그럴 수가 있어? 나를 두고……."

창현은 탁자 위에 팔꿈치를 세운 채 두 손으로 얼굴을 감쌌다가 다시 머리칼을 쥐어뜯기 시작했다. 이어 한숨과 흐느낌이 과장되게 뒤트는 몸짓에 더해졌다. 이번에는 영희에게도 그가 무언가 딴 의도로 자신의 비통함을 지나치게 과장하고 있다는 게 느껴졌다. 그러나 그 과장이 영희에게는 불쾌하지도 수상쩍지도 않았다. 엉뚱하게도 자신이 오히려 창현을 배신한 것 같은 기분이 들며 그를 위로하고 싶어졌다.

"그렇게 됐어. 그러니 과거는 더 따질 필요가 없어. 네 말마따나 과거는 아름다운 추억으로만 간직하기로 해."

영희가 조금씩 정감이 살아나는 목소리로 그때껏 엎드려 흐느끼는 시늉을 하고 있는 창현의 뒤통수에 대고 말했다. 그렇게 말해 놓고 나니 그녀 자신도 제법 비장한 기분이 들었다.

창현이 문득 고개를 들더니 눈물을 훔쳐 내고 헝클어진 머리칼을 매만졌다. 그리고 이번에는 터무니없이 태연함을 과장하며 나직히 물었다.

"그래, 남편은 뭐 하는 사람이야?"

만약 그날 이후 영희가 걷게 된 삶의 행로를 불행이라 규정 지을 수 있다면, 영희가 그 불행을 피할 수 있었던 기회는 그게 마지막이었다. 그때 그녀는 창현이 자신에게 그 어떤 기대도 걸 수 없는 대답을 했어야 했고, 영희 자신도 어느 정도는 그걸 느끼기까지 했다. 묻는 창현에게서 다시 무언가 번쩍하는 탐색의 눈길을 느꼈기 때문이었다.

그러나 그 어떤 변덕에서인지 영희는 오히려 자신의 행운을 과장하고 말았다.

"의사야. 치과 의사. 종로에 치과를 내고 있어."

그때였다. 창현의 표정이 묘하게 변했다. 못 미더움과 놀라움과 그게 사실일 때 자신이 따져 봐야 할 계산 따위로 복잡하게 뒤틀린 것이었다. 그러나 영희는 어찌 된 셈인지 그게 창현이 그때껏 보여 준 괴로움의 연장으로만 느껴졌다.

그날 영희와 창현은 오래잖아 그 대폿집에서 일어났다. 그리고 버스 정류장에서 별일 없이 헤어졌지만, 그때 이미 영희의 삶은 새로운 굽이로 접어들고 있었다. 창현을 만나지 않았으면 피할 수 있었을지도 모르는 그 불행의 굽이로.

귀환의 아침

2월도 다해 가는 늦겨울이건만 아직도 바람 끝이 매서운 탓인지 시청 앞 광장은 휑한 느낌을 주었다. 사람들에게 떼밀리다시피 버스에서 내린 인철은 콧속을 간질여 오는 매캐한 냄새 때문에 가볍게 재채기를 했다. 그러나 같이 내린 사람들은 별다른 반응이 없었다. 다만 근처에 직장이 있는 듯한 두 사내의 대화가 전날 거기서 무언가 심상찮은 일이 있었음을 짐작게 해 줄 뿐이었다.

"그래도 여긴 말짱하네, 어제는 무슨 일이 터져도 크게 터질 것 같더니."

한 사내가 시청 광장을 휘둘러보고는 그렇게 말했다. 다른 사내가 볼 것도 없다는 듯 받았다.

"워낙 경찰이 철저하게 막았잖아? 그래도 장준하(張俊河)하고

야당 거물들 섞인 국회의원 여러 명이 연행되었다던데. 윤보선이
는 경찰봉에 맞기까지 하고……."

윤보선까지는 인철도 잘 알고 있었다. 그러나 장준하란 이름은
어디서 들은 것 같으면서도 얼른 떠오르지 않았다. 경찰이 무얼 막
고 왜 그 사람들을 연행해 갔는지도 알 수 없기는 마찬가지였다.
그러다가 장준하가, 돌내골에 있을 때 빌려다 읽은 날짜 지난 신
문이나《사상계》란 묵은 잡지에서 자주 본 이름이란 걸 겨우 떠올
렸지만 그 이상 기억을 들추고 있을 여유가 없었다.

"신문이오. 오늘 아침《조선일보》요. 호외(號外) 있어요."

그렇게 외치며 지나가는 소년 때문이었다. 인철은 뛰듯이 그 소
년을 따라가 신문 한 부를 샀다. 소년이 내주는 신문에는 그 안에
끼어 있던 호외가 무슨 혓바닥처럼 비죽이 밀려 나와 있었다. 인
철은 길가 건물에 붙어 서서 그 호외를 살폈다.

그날 호외는 두 장이었다. 고입(高入) 2차 시험 합격자 명단이었
는데 경일공전은 뒷장에 있었다. 인철은 두근거리는 가슴으로 명
단을 살폈다. '기계과(機械科)'를 찾아 몇 줄 읽기도 전에 자신의
이름이 눈에 들어왔다. 헤아려 보니 앞으로부터 다섯 번째였다.

'됐다. 나는 합격했다.'

인철은 일순 터질 듯한 감격으로 그렇게 외칠 뻔했다. 하지만
다음 순간 갑작스러운 불안으로 다시 한 번 한자로 된 자신의 이
름을 확인했다. 틀림없었다. 그러자 이번에는 이름이 같은 다른 사
람이 아닐까 하는 의심이 들었다.

'그래, 그 학교로 가 봐야겠다. 가서 그 이름이 내가 맞는지 확인해 봐야지.'

인철은 그럴 작정으로 실제 버스 정류장까지 되돌아갔다. 그러나 버스를 기다리는 동안 마음이 진정되면서 비로소 자신의 지나친 소심에 생각이 미쳤다.

'아니야, 세상에 무슨 그런 공교로운 일이 있을라고. 쓸데없는 걱정이야. 내가 너무 자신이 없어졌어. 뭐니 뭐니 해도 나는 1차 시험 때 이 나라 제일의 고등학교에 지원했다가 근소한 점수 차이로 떨어진 사람이잖아. 그 시험을 함께 풀이하고 예상 득점을 알게 해 준 학원 강사들도 이 학교쯤은 무난히 합격할 거라 했고. 거기다가 따지고 보면 나는 남보다 한 해 늦어. 말하자면 한 해 더 공부해 그 시험을 본 셈이야. 아무리 공전(工專)으로는 이 나라에서 제일 낫다고 하지만 여기를 떨어진다면 내 꼴이 말이 아니지.'

인철은 그렇게 자신을 설득하고서야 겨우 합격을 믿을 수 있었다. 하지만 그래도 아직 실감은 전혀 나지 않았다. 그저 무엇인가 한 고비를 넘겼다는 막연한 기분으로 정류장 부근을 어슬렁거리면서 버스를 타고 내리는 사람들에게 한참이나 더 부대낀 뒤에야 그곳을 벗어났다.

갈 곳을 따로 정하지 않은 인철은 무턱대고 을지로 쪽으로 걸었다. 실은 갈 곳도 없었다. 합격 여부를 확인하는 게 그 이른 외출의 유일한 목적이었기 때문이다.

한동안 멍하니 걷던 인철이 불쑥 길가 식당으로 들어간 것은 배고픔보다는 부실한 입성 때문이었다. 급한 마음으로 집을 나서느라 아무렇게나 걸치고 나와 합격을 확인한 순간의 충격에 마비된 감각으로도 그 아침의 매서운 바람을 오래 견뎌 내기는 어려웠다. 따라서 식당 입구의 구공탄 화덕 위에서 흰 김을 내뿜으며 설설 끓고 있는 큰 양은솥은 그 내용물의 먹음직스러움이 아니라 따뜻함에 대한 기대로 철을 끌어들인 셈이었다.

"어서 오세요. 무얼 드시겠어요?"

그런 길가 식당의 안주인으로는 어울리지 않게 젊은 여자가 상글거리며 인철을 맞았다. 인철은 그제야 자신이 아침을 먹지 않았다는 것을 기억해 냈으나 식욕은 별로 일어나지 않았다. 그게 또 공연히 당황스러워져 벽에 붙은 식단표를 허둥지둥 읽어 가던 인철은 거의 얼결에 대답했다.

"특 뉴라면 주세요. 아니, 뉴라면 주세요."

그래 놓고 나니 식단표 맨 끝에 별표와 함께 넣어 둔 '특(特)'자까지 읽은 게 다시 무슨 대단한 실수나 한 것처럼 느껴져 절로 얼굴이 붉어져 왔다.

"네, 기다리세요."

주인 여자가 왠지 살갑게 느껴지는 표정으로 그렇게 대답하고 재바른 손놀림으로 조리 채비를 했다. 작은 냄비를 찾아 반나마 물을 채우더니 쓰지 않고 덮어 둔 화덕 위에 얹고 막아 두었던 공기 흡입구 마개를 빼는 순서였다. 그 낯선 조리 준비가 비로소 인철에게 자신이 한 번도 먹어 보지 못한 음식을 주문했다는 사실을 상기시켰다.

돌내골에 있을 때 인철은 라면이란 새로운 음식이 나왔다는 말을 신기한 느낌으로 들은 적이 있었다. 일본에서 먹어 봤다는 사람의 말로는 닭 뼈 기름으로 튀긴 국수인데 더운물만 부어 먹으면 훌륭한 한끼가 된다고 했다. 그러나 아직 허술한 유통망 때문이었는지 그 라면은 인철이 돌내골을 떠날 때까지도 한 상품으로는 그곳에 이르지 못했다.

인철이 라면을 실물로 본 것은 서울에 와서도 한참이나 지난 뒤였다. 항상 바쁜 누나 때문에 차츰 혼자 자취하는 꼴이 되어 가면서 드나들게 된 시장통의 큰 식품 가게에서였다. 그런데 이번에는 그 비싼 값 때문에 사 먹어 볼 엄두를 내지 못했다. 아무리 물만 붓고 끓이면 된다지만 재료만으로도 벌써 자장면값 절반이 넘는 음식은 돌내골의 곤궁에 단련될 대로 단련되어 온 철에게는 지나친 사치로 여겨질 수밖에 없었다.

그날 인철이 해장국밥보다 비싼 라면을 시킨 것은 호기심보다는 방심 탓이었다. 별로 먹을 생각 없이 식당으로 들어갔다가 젊은 안주인이 기습처럼 물어 오는 바람에 특별해 보이는 음식을 얼결에 시켰다는 편이 옳았다. 하지만 그 무렵 한창 신문 하단을 뒤덮고 있던 뉴라면 광고도 인철의 그런 주문에 틀림없이 한몫을 했다.

"•아빠의 직장에 •엄마의 손님 접대에 •우리 가정 주식과 영양식에 •야외 휴대용으로."

아침저녁 신문의 광고 면을 뒤덮은 그런 선전 문구는 춘궁기가 오기도 전에 벌써 굶주린 인구가 230만이 넘는다거나 일가(一家)가 생활고를 비관해 자살했다는 따위, 당시의 어두운 보도 기사와 대비되어 인철에게 더욱 강한 인상을 남겼을 것이다.

오래잖아 끓여져 스테인리스 냉면 그릇에 담겨 나온 라면은 인철에게는 아주 새로웠다. 노랗고 자잘한 기름방울로 덮인 국물에 곱슬곱슬한 면발이 담겨 있었는데, 그 가운데 깨어 넣은 생계란이 또 예사 아닌 영양과 품위를 보증하였다. 길가 허름한 국밥집에는 어울리지 않는다는 생각이 들 정도였다.

인철은 갑작스레 살아나는 식욕으로, 그러나 아주 공손하고 정성들여 라면을 먹기 시작했다. 그때 인철의 주관적인 느낌으로는 세상에서 가장 귀하고 맛난 음식을 먹고 있는 듯했다. 자신이 왜 그런 시각에 그런 곳에서 그 음식을 먹게 되었는지조차 잊어버릴 지경이었다.

인철을 그 야릇한 탐닉에서 끌어낸 것은 라면 그릇을 다 비워 갈 무렵 뛰어들듯 식당으로 들어온 두 명의 고등학생이었다.

"아줌마, 아줌마. 여기 라면 둘, 빨랑요!"

인철이 흘끔 그쪽을 보니 학생모를 벗어 책가방 가운데 찔러 넣은 녀석들인데 차림부터가 한눈에 불량기가 넘쳐흘렀다. 상고머리라고 말하기 어려울 정도로 길러 넘긴 머리칼에 내의처럼 꽉 끼는 교복 바지며 학생들에게는 신는 게 금지된 가죽 단화를 반짝이게 닦아 신고 있는 게 그랬다. 그러나 식당 안주인은 잘 아는 학생들인지 철에게보다 더 밝게 상글거리는 얼굴이었다.

"또 집에 들어가지 않고 둘이 밤새 얼려 다녔구나. 그래, 알았어. 조금만 기다려."

그래 놓고는 방금 인철의 라면을 끓여 낸 화덕에 다시 냄비를 얹었다. 라면이 끓기를 기다리는 동안 두 녀석이 낮은 목소리로 시시덕거리는 내용도 인철의 짐작이 틀리지 않았음을 잘 드러냈다. 지난밤 학관을 핑계로 영화를 본 뒤, 다시 공부를 핑계로 둘 다 집에 들어가지 않고, 영등포에 있는 같은 패거리의 자취방으로가 인근 공단의 여공들과 어울려 밤을 새운 듯했다. 둘 다 2학년인데, 스스럼없이 개비 담배를 나눠 피우며 주고받는 말이 또래인 인철이 듣기에도 낯 뜨거운 데가 있었다.

"야, 쌍갈래 머리 보세(보세 가공업체 여공) 고거 삼삼하더라. 찜맛 없는 우리 봉제(縫製)하고 바꿔 보면 안 될까?"

"갠 찬진이 그 새끼한테 물어봐. 아이고, 그 똥치. 너 찬진이 그 새끼 껍데기만 보고 그 기집애한테 기어올랐다가 비뇨기과에만 얼마나 꼴아박았는지 알아? 그 새끼 자취방 전세에서 사글세로 바뀐 거 다 그 때문이라고. 게다가 그 기집애 놈씨도 배불뚝이부터 공돌이까지 호화찬란하다더라."

그런 식이었는데 그 수작이 얼마나 역겨웠는지 얼마 듣지 않아 입맛이 싹 가시는 기분이었다. 그게 듣기 싫어 인철은 그때까지의 조심스러움을 버리고 먹는 것을 서둘렀다. 남은 면발을 성의 없이 건져 입안에 우겨 넣고 후루룩 국물을 마시고 있을 무렵 녀석들의 라면이 나왔다.

"역시 안 되겠어. 속에서 통 받아 주질 않아. 어제 라면을 안주로 해서 더한 것 같아."

"펴영신. 그러게 왜 그리 마셔 대? 엊저녁 해롱거리며 병나발 불 때 알아봤지. 못 처먹겠으면 내비둬, 짜샤."

그러는 상대도 먹는 게 통 시원치 않았다. 그릇을 반도 비우지 못하고 다시 담배에 불을 붙여 물었다. 라면이 가장 값싸고 흔해빠진 음식이 된 시대에 사는 사람들에게는 이상하게 들리겠지만, 그런 녀석들을 살피고 있던 인철은 문득 자신이 무슨 견디기 어려운 모욕이라도 받은 듯 화가 치밀었다.

못된 자식들. 저게 어떻게 학생이야. 인철은 터져 나오려는 욕설을 억지로 참으며 그들을 몰래 흘겨보았다. 언제든 쉽게 폭력성으로 바뀔 것 같은 불량기 때문에 자신을 억누르고는 있어도 할 수만 있다면 무언가 따끔하게 한마디 해 주고 싶었다. 하지만 그런 충동도 잠시, 인철은 문득 자신에게 일어난 묘한 변화에 스스로 아연해졌다.

중단된 학교 공부를 이어가기 위해 서울로 올라온 뒤로 인철에게 모든 고등학생은 그대로 선망의 대상이었다. 그때부터 지금까지 다섯 달 남짓 그가 만난 고등학생들이 반드시 모범생들만이었을 리는 없었으나 인철은 한 번도 그들이 하는 짓을 비판의 눈길로 보지 못했다. 눈에 거슬리는 못된 짓을 해도 그 또한 그들의 권리처럼 느껴져 부럽기만 했다.

'그런데 어떻게 저들을 이렇게 경멸하고 욕할 수 있게 되었는가. 어떻게 내가 감히……'

그렇게 자신에게 묻다가 화들짝 놀라듯 얼마 전 호외에서 자신의 합격을 확인했을 때의 감격을 되살렸다.

'나도 보름 후면 저들과 같은 고등학생이 된다. 있다면 학년의 차이일 뿐, 신분에서는 저들과 아무 차이가 없게 된다. 오히려 내가 다니게 될 학교는 저들이 달고 있는 저 따라지 교표(校票)가 나타내는 학교와는 비교도 안 될 나름의 명문(名門)이다.'

아마도 그런 의식이 은연중에 인철의 열등감을 씻어 내고 나아가 그들을 비판할 수 있게 해 준 것 같았다. 그걸 깨닫자 이상하게 뒤틀려 있던 인철의 기분은 이내 평온을 회복했다. 맞아, 저런 쓰레기 같은 인간들을 상대로 감정을 허비할 필요 없어. 인철은 어느새 참된 학생이 어떤 것인가를 보여 준다는 자부심까지 느끼며 호외만 읽고 구겨 접어 온 신문을 펼쳤다.

신문을 별로 막힘 없이 읽을 수 있다는 것은 돌내골에 있을 때부터 인철의 은근한 자랑 중에 하나였다. 당시만 해도 신문은 한자로 바꾸어 쓸 수 있는 것은 무엇이든 한자로 표기하던 때라 아무나 읽을 수 있는 것이 못 되었다. 고등학교를 나와도 한자 공부를 특별히 열심히 하지 않은 사람은 읽기가 어려웠는데 인철은 돌내골에 있을 때부터 그럭저럭 신문을 읽어 냈다. 세상에서 외따로 떨어져 있다는 기분이 날짜 지난 신문에 매달리게 해, 몇 달 옥편과 씨름하며 공부하듯 읽는 사이에 생겨난 능력이었다.

　신문 1면의 머리기사는 그 전날 월남에서 터진 쿠데타였다. 타오 대령이 지휘하는 반군(叛軍)이 사이공을 점령한 것과 키엠 주미 대사가 배후인 것 같다는 추측이 기사의 주된 내용이었다. 주먹만 한 글씨로 된 요란한 컷과 함께 실린 그날의 머리기사로는 전혀 실감이 나지 않는 뉴스였다.

　다음은 전날 시청 앞 광장에서 열리기로 예정되어 있었다는 굴욕 외교 성토 대회 관련 기사였다. '대일(對日)굴욕외교반대국민투위'라는 긴 이름의 단체가 윤보선 전 대통령과 박순천·서민호·정일형·함석헌·장준하 여섯 명을 강사로 내세워 성토 강연회를 가질 계획이었는데 경찰의 원천 봉쇄로 무산되었다는 내용이 커다란 사진과 함께 실려 있었다. 그 아래 가로 제목 기사는 경찰이 윤보선 전 대통령에게까지 곤봉을 휘둘렀다는 내용을 가십으로 다루어 놓았다.

　인철은 그제야 얼마 전 버스에서 내리면서 들은 말이 떠올랐다. 그들의 말을 금세 알아듣지 못한 것은 그 몇 달 입학 시험을 준비하느라 전처럼 신문을 챙겨 읽지 못한 탓이었다.

　"나는 어리게 보았는데 대학생인가 보네."

　상을 치우던 식당 안주인이 고개를 갸웃거리며 인철을 보다가 그렇게 말했다. 인철은 아직도 한쪽 구석에서 시시덕거리고 있는 두 녀석이 들으라는 듯 큰 소리로 말을 받았다.

　"아녜요. 이제 고등학교에 들어갈 거예요. 실은 오늘 합격자 발표를 보려고 신문 호외 구하러 나왔어요."

하지만 두 녀석은 들었는지 못 들었는지 저희끼리 계속해 시시덕거리기만 했고 주인 여자만 실속 없는 감탄을 드러냈다.

"그래? 그런데 벌써 신문을 다 읽어? 그것도 1면이잖아? 정말 대단하네."

그러다가 문득 신문에 실린 사진을 보고 내용을 짐작했는지 기사를 타박 주기 시작했다.

"어제 여기 정말 굉장했지. 전직 대통령이고 국회의원이고 모조리 쓰리꾼 잡아가듯 끌고 가더만. 학생들은 아예 개 패듯 하고…… 에이, 그런데 그게 다 신문에 났을까. 아마 안 났을 거야. 하마 사진 보니 아닌데 뭘."

"대강은 났어요. 많이들 잡혀갔군요."

인철이 그렇게 대답하자 이번에는 완연히 어른 취급하는 어조로 물었다.

"그런데 어떻게 된 거야? 한일회담 그거 정말 하면 안 되는 거야? 어제 대학생들 구호에는 제2의 이완용이, 제2의 을사조약이란 말까지 들리던데."

거기서 인철은 잠시 난감해졌다. 한일회담에 대해서 자신 있게 말할 수 있는 게 그리 많지 않았기 때문이었다. 거기다가 이미 말한 대로 그 무렵은 신문을 제대로 챙겨 읽지 못해 그간의 전개에는 더욱 어두웠다. 그저 오랫동안 주입받은 반일(反日) 정서를 바탕으로 애매하게 얼버무렸다.

"공연히 그렇게들 기를 써 가며 반대하겠어요? 다 까닭이 있겠지요."

그래 놓고 나니 이번에는 그게 정치적인 발언 같아 본능적으로 몸이 움츠러졌다. 자신이 한 말은 결국 데모를 지지하는 것이나 다름없었기 때문이었다.

"아주머니, 그런데 여기 얼마죠?"

갑자기 알 수 없는 불안에 빠진 철은 무언가를 더 물으려는 주인 여자의 입을 막듯 그렇게 덧붙이고 자리에서 일어났다.

그런데 인철에게 알 수 없는 일은 그 식당을 나오면서부터 생긴 심경의 변화였다. 그 두 불량 학생이 준 자극일까, 아니면 따뜻하고 배불러진 몸의 감각들이 요사를 떤 것일까. 들어갈 때와는 거리부터 달라 보였다. 언제나 낯설어 서먹하고 때로는 적의마저 느끼게 하던 서울 거리가 갑자기 다정히 웃으며 다가오는 듯했다. 사람들도 자신이 식당 안에 있을 때 모두 모여 합의라도 한 것처럼 환하게 웃는 얼굴이었다. 갑자기 돋은 듯 높이 솟은 해로 날씨마저 한결 맑고 따뜻해져 있었다.

인철은 문득 자신이 오랫동안 멀리 낯설고 험한 곳을 헤매다 돌아온 듯한 느낌이 들었다. 어떤 거역 못 할 운명에 떼밀리어 떠나기는 했지만 이 거리는 원래 나의 거리였고 마침내 나는 되돌아왔다. 홀로 외롭게 지내는 동안 내가 그렇게도 그리워했던 것은 바로 이 거리였다…….

한번 감정의 과장이 일어나자 그것은 환각속 대상의 반응과 상승작용을 일으켜 걷잡을 수 없이 부풀어 올랐다. 안녕들 하십니까, 제가 왔습니다. 오래전에 외롭고 고단하게 떠났던 제가 이렇게 돌아왔습니다. 머릿속으로 철은 만나는 사람마다 머리 숙여 인사했고 그들도 다정한 속삭임으로 받아들였다. 그렇구나. 네가 돌아왔구나. 반갑다.

그런 때아닌 환각은 특히 또래들을 만났을 때 심했다. 마침 학년 말 방학 중이라 거리에는 교복을 입은 또래들이 많이 눈에 띄었는데 그때마다 인철은 거의 감격에 차서 속으로 외쳤다. 애들아, 내가 왔다. 이제 돌아왔어. 그러면 그들도 한결같이 호의에 찬 미소로 답했다. 그래, 반갑다. 잘해 보자.

그러다가 한번은 정말로 길을 막아서고 소리칠 뻔했다. 남색 투피스 교복에 역시 같은 색깔의 베레모를 교모로 쓴 어떤 예쁜 여고생과 마주쳤을 때였다. 저만의 생각에 취해 다가서던 인철을 퍼뜩 깨어나게 한 것은 그녀가 멈칫하며 쏘아 보낸 차가운 경계의 눈초리였다.

하지만 그렇다고 그게 인철에게서 귀환 혹은 복귀의 감격을 송두리째 들어내 버린 것은 아니었다. 그 작은 낭패가 있은 뒤에도 그 아침은 여전히 귀환의 감격으로 빛났다.

이탈은 공식화되지 않은 추방과 마찬가지로 의식(儀式)이 없다. 그러나 귀환 또는 복귀는 반드시 나름의 의식을 가진다. 그것도 대개는 축제의 형식으로. 지금 인철에게 필요한 것은 바로 그런 귀환의 의식이었다. 그런데 그를 받아들일 쪽은 전혀 의식의 채비가 없었다. 그게 잠시 인철을 낭패스럽게 만들기는 했지만 그렇다고 귀환의 감격을 지워 버릴 정도는 아니었다. 인철은 곧 스스로 의식의 주관자가 되어 축제에 들어갔다.

'무엇을 할까. 무엇으로 돌아온 첫날의 잔치를 대신할까.'

그런 인철이 먼저 떠올린 것은 술이었다. 술과 도취는 잔치라는 말에서 빼놓을 수 없는 요소였고 인철도 그 무렵에는 제법 거기에 맛을 들이고 있었다. 하지만 술을 마시기에는 너무 이른 아침이었다. 그때 무슨 암시처럼 인철의 눈길을 끈 게 길가 담벼락에 붙은 극장 포스터였다.

철은 책 읽기 못지않게 영화도 좋아했다. 그러나 제대로 된 영화는 밀양에서의 좋았던 한때를 빼고는 거의 볼 기회가 없었다. 나머지 힘들었던 시절에는 비싼 입장료를 물 여유가 없었고, 돌내골에서는 사방 50리 안에 극장이 없어 여유가 있어도 큰맘 먹지 않고는 영화를 보기 어려웠다.

하기는 돌내골에 있을 때도 이따금 찾아오는 이동 영화사가 있기는 했다. 그들은 "문화와 예술을 사랑하는 석천(石川)면민 여러분……"으로 시작되는 특유한 발성법과 어구의 마이크 선전으로 낮 동안 골짜기 구석구석을 들쑤셔 놓은 뒤, 강변 공터에 키 높이 광목천으로 울타리를 치고 스크린을 설치해 밤에만 쓸 수 있는 야외 극장을 얽었다. 그리고 대개 한물간 국산 영화 몇 편을 고물 영사기로 며칠씩 돌리고 떠났는데, 거기서 상영되는 영화의 질은 조악하기 그지없었다. 달이 밝은 날은 달빛 때문에 화면이 흐렸고 바람이 부는 날은 스크린이 펄럭여 화면을 이상하게 비틀어 놓기 십상이었다. 거기다가 성능 나쁜 발동기가 거들어 꺼졌다 켜졌다 하며 화면을 버려 놓고, 그 소음은 음향효과뿐만 아니라 대사까지도 알아들을 수 없게 했다.

서울로 올라온 뒤에는 고등학교 입시 준비가 인철을 가로막았다. 거리에 널린 게 극장이고 누나에게 받는 용돈도 넉넉했으나, 이번에는 이미 또래들보다 한 해 늦게 된 진학이 영화를 즐길 마음의 여유를 허락하지 않았다. 우선 합격부터, 란 기분으로 좀 반듯한 벽면이면 어김없이 붙어 있게 마련인 극장 포스터의 유혹을 모질게 외면해 온 다섯 달이었다.

인철은 포스터에서 선전하는 여러 영화 중에서 「로마 제국 멸망사」를 골랐다. 고전(古典) 지향적인 영화 제목이나 국내 유일의 70밀리 대형 화면이란 것도 그랬지만, 그걸 상영하는 대한극장이 자신이 있는 곳에서 가장 가깝다는 것 또한 그 영화를 고른 무시 못 할 이유 중에 하나가 되었다.

소피아 로렌 같은 세계 최고 스타들이 출연한 대작인 데다 조조(早朝) 할인이 있어도 시간대가 그래서 그런지 극장 안은 한산했다. 그러나 인철은 어김없이 축제를 기다리는 기분으로 상영을 기다렸고, 역시 축제에 끼어든 기분으로 영화에 빠져 들어갔다. 지방 소읍의 극장에서 불완전한 '총천연색 씨네마스코우프'를 본 게 최상의 영화 감상이었던 그에게 70밀리 대형 화면과 최신 음향 기기의 장중한 배경음악은 처음부터 압도적이었다. 당시로서는 화제가 되었을 만큼 아낌없이 쏟아부은 물량과 인원 동원도 귀환의 축제로 충분할 만큼 화려했다.

스토리 군데군데에 그가 알고 있는 로마사(史)와 다른 부분이 있는 것이 좀 미심쩍고 사랑을 대하는 소피아 로렌의 태도가 아직은 소년다운 그의 결벽을 건드리는 데가 있기는 했으나, 인철은 세 시간 가까운 상영 시간을 축제에 흠뻑 취한 기분으로 보냈다. 한 위대한 제국이 내부로부터 붕괴되어 가는 과정도 강렬한 인상으로 머릿속에 새겨졌고, 그 소용돌이 속에 끼인 인간들의 비극적인 행태도 감동적으로 이해되었다. "위대한 문명의 몰락은 외부로부터의 침입이 아니라 내부의 붕괴로부터 시작된다"란 자막 속의 구절을 인철은 뒷날까지도 무슨 대단한 경구(警句)처럼 즐겨 인용했다.

영화가 끝나 극장 문을 나서니 밖은 햇볕 밝은 늦겨울 한낮이었다. 인철은 오래 굶주렸다가 갑자기 포식한 사람과도 같은 가벼운 현기증까지 느꼈다. 그러나 머릿속에는 아직도 남은 문화적 공복감이 있어 점심도 먹지 않고 또 다른 극장을 찾아가게 했다. 역시 그곳에서 멀지 않은 명보극장으로, 이번에는 「청일(淸日) 전쟁과 여걸 민비(閔妃)」란 한국 영화였다.

신상옥이 감독을 하고 최은희가 주연을 맡은 그 영화 역시 당시로는 호화 배역과 엄청난 제작비로 사람들의 주목을 받은 영화였다. 인철도 들은 말이 있어 은근히 기대를 품고 찾아간 것인데…… 그러나 이번에는 실패였다. 방금 「로마 제국 멸망사」를 보고 나온 탓도 있겠지만, 모든 게 초라하고 엉성하기 짝이 없게 느껴졌다. 민비에게 부여된 성격은 애매했고 요란한 소문과는 달리 세트나 배경도 보기 민망할 만큼 조잡했다. 뒷날 인철은 같은 소재로 시극(時劇)을 한 편 쓰게 되는데 그 또한 그날의 기억과 무관하지 않을 것이다. 어떤 부정적이어서 더 강렬했던 자극이 기억 속에 잠재했다가 몇십 년 뒤 계기를 만나자 그렇게 드러난 것은 아닌지.

적이 실망한 인철이 두 번째 잔치 마당에서 빠져나오니 어느새 해가 서편으로 뉘엿했다. 원래 인철은 그쯤 해서 누나가 기다리고 있을 자취방으로 돌아갈 작정이었다. 그러나 채워지지 않은 묘한 공복감이 인철을 또다른 극장으로 이끌었다. 마침 전날 누나에게서 받은 열흘 치 용돈이 있어 돈도 넉넉했다.

그제야 늦은 점심 삼아 국밥 한 그릇으로 속을 채운 인철은 그날의 세 번째 극장으로 갔다. 「틴에이저 스토리」란 영화를 상영하고 있는 피카디리 극장이었다. 어디선가 미국 고등학생들의 얘기란 말을 들어 나름으로는 그 영화로 그날의 귀환 의식을 마무리한다는 뜻도 있었다.

배우들이 모두 10대여서 그런지 거의가 낯설고 배경이 너무 현대적이어서 별로 실감이 나지 않았지만 영화는 그런대로 재미있었다. 환상적인 영상 처리나 이미 귀에 익은 주제곡도 적잖이 감동을 보탰다. 그렇지만 공허한 감동이었다. 무엇이든 잘만 하면 되고 삶의 목적은 오직 저 나름의 누림일 뿐이라는 미국적인 인생관이 인철에게는 왠지 못마땅했고 거기 따른 가치 분배가 경망스럽게만 보였다. 같은 또래의 꿈과 고민, 좌절과 성취를 보기는커녕 현대적으로 번안된 황당하고도 억지스러운 동화를 읽은 느낌뿐이었다. 뮤지컬이란 익숙하지 못한 양식도 인철의 감동에서 실감을 죽이는 데 한몫을 단단히 했을 것이다.

그런데 문제는 그다음에 있는 감정의 반전이었다. 그런 감동의 공허함이 자신의 무지나 몰이해에서 비롯된 게 아닌가 하는 의심이 문득 일더니 곧 그 의심은 단정으로 변해 여전히 남아 있는 자신과 세상의 거리를 아프게 상기시켰다. 극장을 나와 이미 저문 겨울 거리로 들어서며 철은 씁쓸하게 중얼거렸다.

'어쩌면 이 땅의 또래들도 이미 저렇게 변했는지 모른다. 저게 바로 내가 다시 만날 또래들의 삶이고 꿈일 수도 있다. 그렇다면 나는 그들로부터 얼마나 멀리 떨어져 있는가. 이 돌아옴이 무슨 의미를 가지는가.'

그러자 아침나절 그토록 가슴 벅찼던 귀환의 감격은 새로운 형태의 소외감으로 바뀌었다. 돌아왔지만 너무 늦게 돌아왔거나 전혀 낯선 곳으로 돌아와 또다시 홀로 버텨 가야 할 세월만 자신을 기다리는 듯했다.

버스를 타고 자취방으로 돌아오는 동안에도 인철은 줄곧 「틴에이저 스토리」에서 비롯된 어두운 상념에 젖어 있었다. 그러다가 그게 단순한 가정을 넘어 구체적인 불안으로 바뀌면서 불현듯 술 생각이 났다. 그의 성숙하지 못한 정신은 어느새 조금씩 술에 의존하는 법을 터득하고 있었다.

자취방이 있는 골목 어귀의 구멍가게에서 인철은 남은 돈을 털어 소주 한 병을 샀다. 그리고 자취방 부근의 공터에 앉아 안주도 없이 병째 마셨다. 집 안으로 들어가 마실까도 생각해 보았으나 먼저 와 있을 누나가 말릴 것 같아 그랬다. 그만큼 술에 대한 갈망은 절실했다.

갑작스레 들이부은 술기운에 잊은 것도 잠시, 인철이 겨울밤의 추위를 견디지 못해 쫓기듯 자취방으로 돌아갔을 때는 밤이 제법 깊어 있었다. 짐작대로 누나 영희는 벌써 돌아와 있었다. 평소에 쓰지 않던 큰 상에 무언가를 잔뜩 차려 상보로 덮어 놓은 채 벽에 기대 졸고 있다가 철이 방문을 열자 놀라 깨어났다.

"너 어떻게 된 거야? 어디 갔다 이제 왔어?"

그렇게 묻는 영희의 목소리에는 가시가 돋아 있었다. 하지만 정말로 성난 것 같지는 않았다.

"으응, 시내 나갔다가 영화 한 편 보고."

인철은 되도록 술 마신 티를 내지 않으려고 애쓰며 대답했다. 그러나 방 안의 따뜻한 공기 때문에 되살아난 술기운 탓인지 문을 열고 들어서다 저도 모르게 비틀, 했다. 영희가 흠칫하며 일어나 인철을 부축하려다가 정말 성난 소리로 물었다.

"너 술 먹었구나? 그렇지?"

"그래, 조금⋯⋯."

아무래도 속일 수 없을 것 같아 철이 솔직히 대답했다. 영희가 한층 목소리를 높였다.

"뭐야? 쪼끄만 게. 얘가 정말 큰일 내겠어⋯⋯."

그러다가 무슨 생각이 들었는지 낯색이 확 변하며 다급하게 덧붙였다.

"너 그럼 혹시? 혹시⋯⋯ 이 신문에 난 거 이거⋯⋯."

영희가 내민 것은 인철이 아침에 산 것과 같은 신문 호외였다. 그걸 보고 인철은 누나가 무엇 때문에 그러는지 금세 알아차렸다.

"시험에 떨어진 건 아냐. 그 신문에 난 그대로야. 난 틀림없이 그 학교에 합격했어. 다만⋯⋯."

"다만 뭐야? 무슨 일이 있었어?"

영희가 이제는 성난 것보다 궁금증을 앞세워 물었다.

"막상 시험에 붙고 보니 갑자기 모든 게 허망해져서."

"뭐, 허망하다고? 듣자 듣자 하니까 머리에 소똥도 안 벗겨진 게 못 하는 소리가 없어. 너 정말⋯⋯."

그러던 영희가 갑자기 말투를 바꾸었다.

"그래, 하긴 너도 어린애가 아니니까 여러 가지로 착잡하겠지. 실은 나도 반가운 건 잠시고 왠지 자꾸 아득해지더라. 그래서 술 몇 병 준비해 뒀다. 우선 저녁부터 먹고⋯⋯ 오늘 밤 우리 남매 제대로 술 한잔하자."

영희가 상보를 걷어 내자 정말로 상다리 곁에 맥주가 다섯 병이나 준비되어 있었다.

"오늘 미장원에서 신문 보고 네 합격을 알았어. 그냥 있을 수 없어 일찍 문 닫고 들어왔지. 시장까지 봐 내 딴은 차린다고 차렸는데 네가 오지 않으니…… 어쨌든 됐다. 우선 먹고 하자. 나도 아직 저녁 안 먹었다."

그러면서 수저를 쥐어 주는 영희는 돌내골에 있을 때와는 아예 사람이 달라진 것 같았다. 남을 깊이 헤아려 줄 줄 아는 것, 그리고 참고 스스로를 다독이는 것이 예전에 인철이 알던 누나 영희와는 거리가 멀었다.

"그랬어? 난 누나가 여느 때처럼 늦을 줄 알고…… 어쨌든 고마워."

인철은 반갑게 그런 누나의 변화를 받아들였으나 속으로는 왠지 불길하게 느껴졌다.

'누나가 갑자기 약해졌다. 누나의 힘은 이런 여성적인 섬세함이나 다감함 같은 데 있지 않은데. 무슨 일일까. 이 며칠 새 무슨 일이 일어난 것일까?'

하지만 한동안은 다정하기 짝이 없는 오누이의 밥상이었다. 누나는 이것저것 권하며 인철이 밥 한 그릇을 다 비우게 한 뒤에야 맥주병을 땄다.

"나도 한잔하고 싶어져 다섯 병을 샀어. 게다가 넌 이미 밖에서 한잔 걸치고 왔으니 내가 몇 잔 거들어도 되겠지? 자, 우선 합격을 축하해."

영희는 그렇게 축하주로 시작했다. 그러나 몇 잔 돌기도 전에 다시 인철의 불길한 예감을 건들었다.

"너 아까 허망하다고 그랬지? 무엇 때문이야? 왜 그랬어?"

"아니, 그냥 그저……"

인철은 그렇게 머뭇거리다가 술 힘을 빌려 속을 털어놓았다.

"실은 아침에 처음 합격을 알았을 때만도 감격 같은 게 있었어. 마침내 와야 할 곳으로 돌아왔다는 감격 같은 거…… 그런데 영화 몇 편을 보고 돌아오면서 문득 생각하니 그게 아니었어. 돌아오기는 돌아왔는데 너무 늦은 느낌 또는 돌아오기는 돌아왔는데 생판 낯선 곳으로 돌아왔다는 느낌……"

영희가 누나답게 나무라는 투로 받았다.

"인철이 너는 말이야, 다 좋은데 꼭 하나 걱정스러운 게 있어. 쓸데없이 생각이 많고 말을 어렵게 하는 버릇. 그거 좋지 않아. 고등학생이면 고등학생답게, 아이면 아이답게 생각하고 말하는 법을 배워. 네가 정말로 돌아가야 할 곳은 학교가 아니라 네 나이와 거기에 맞는 생각이야."

그래 놓고 또 그녀답지 않은 나약함을 드러냈다.

"하긴 나도 오늘은 이상해. 처음 네 합격을 확인했을 때는 온통 기쁜 마음뿐이었어. 너를 위해서라기보다도 날 위해서……. 이제 니까 말하지만 나는 네 합격을 내가 서울로 올라와 이제껏 고생한 보람으로 삼으려 했거든. 그런데 널 기다리면서 곰곰 생각해 보니 문득 착잡해지는 거야. 너를 끌어내 여기까지는 왔지만 결국 내가 네 인생에 무얼 해 줄 수 있지, 하는 기분이 들고 갑자기 너를 이리로 끌어낸 게 두려워지는 거야. 이 기분 이해하겠어?"

하지만 최근 그녀가 겪고 있는 갈등을 알 길 없는 인철은 그저 막연하게 그런 변화가 불길하기만 했다. 그 바람에 대답을 머뭇거리고 있는데 다시 영희가 영문 모를 긴 한숨과 함께 혼잣말처럼 중얼거렸다.

"그이를 다시 만나 내가 약해졌나……."

영희를 다시 만나고 얼마 되지 않아서부터 인철은 그녀 뒤에 숨어 있는 어떤 남자를 느끼고 있었다. 힘있고 너그럽지만 마뜩한 관계는 아닌 어떤 남자를. 그리고 입시 무렵 해서는 그게 박 원장이라는 것도 알았다. 처음으로 일류 고등학교 지원을 마음먹게 한 학원 모의고사 순위 확인이 있었던 날 저녁의 갑작스럽고 어색한 만남 이후 서로 민망스러워 드러내 놓고 입에 올리는 법은 없었지만 영희도 굳이 박 원장의 존재를 숨기려고 하지 않았다. 때로는 인철마저 불쾌한 공범 의식을 느껴야 할 만큼 박 원장을 드러내기도 했다. 그런데 지금 영희가 말한 그이는 아무래도 박 원장 같지가 않았다. 인철은 취한 중에도 긴장해 물었다.

"그이라니? 누구 말이야?"

영희는 거기서 한동안 대답을 망설였다. 인철의 짐작으로는 털어놓고 싶은 기분과 한사코 숨기고 싶은 기분이 팽팽히 맞서 있는 듯했다. 그러다가 마침내 마음을 정한 듯 강하게 머리까지 저으며 말했다.

"아냐, 넌 몰라도 돼. 그런 사람 있어."

그러고는 무슨 생각이 들었던지 갑자기 활짝 웃는 얼굴이 되어 잔을 높이 쳐들었다.

"자, 그러지 말고 우리 힘내. 이왕 시작한 길 씩씩하게 가 보자고. 다시 한 번 네 합격을 축하한다."

하지만 인철은 그 순간 또다시 자신의 귀환이 결코 감격할 만한 것이 아님을 확인하는 느낌이 들었다. 어쩌면 나는 애초부터 잘못 돌아온 것인지도 모른다…….

귀농

그날 아침 명훈이 돌내골로 돌아가야겠다고 마음먹게 된 것은 실로 우연찮은 계기에서였다. 모니카에 대한 감정의 변화가 바로 그 발단이 되었다.

전날 여기저기서 얻어 걸친 술로 거북해진 속을 쓸며 모니카의 셋방에 앉아 있는데, 모니카가 전에 없이 밥상을 차려 들고 들어왔다. 가까운 국밥집에서 해장국이나 시켜 오는 게 그럴 때 통상으로 받게 되는 식사 대접이라 세 발 달린 둥그런 알루미늄 밥상을 들고 방 안으로 들어오는 그녀가 명훈의 눈에는 이상하게 낯설었다. 그러나 그보다 더 이상한 것은 그녀를 보고 있는 그 자신의 느낌이었다. 예전에는 잠자리를 같이한 다음 날 아침 그녀를 보면 견딜 수 없는 혐오감이나 더러운 진창에 한 발 더 빠져든 듯한 낭패감을 느낄 때가 많았다. 작년에 다시 만난 뒤로는 그런 감정이 많이 무디어지기는 했지만, 그것도 애매한 연민이거나 습관적인 용인 정도가 고작이었다. 그런데 그날은 달랐다.

"오늘 아침은 제가 솜씨껏 끓여 보았어요. 맛없더라도 한번 들어보세요."

그러면서 상을 내려놓고 다소곳이 앉은 그녀가 명훈은 단순한 놀라움을 넘어 감탄스럽기까지 했다. 도대체 그녀도 밥을 짓고 반찬을 장만할 수 있으리라고는 상상조차 못 해 본 명훈이라 더 그랬는지도 모를 일이었다. 언제나 그녀를 소비의 대상인 한 완제품일 뿐만 아니라 그녀 또한 완제품의 소비 주체밖에 될 수 없다고 생각해 온 명훈에게는 날재료로 음식을 만든다는 가공 행위가 그녀와는 무관하게 느껴질 수밖에 없었다.

반찬이랬자 콩나물국과 덩그러니 찌개 냄비 하나에 아직 숨도 제대로 안 죽은 푸성귀 겉절이가 전부였지만, 모두가 입맛에 잘 맞아 주는 것도 적잖이 명훈을 감동시켰다. 언제나 성적(性的)인 측면으로만 보아 온 그녀에게도 그와 같이 또 다른 기능이 있다는 것은 명훈에게 감동을 넘어 놀라움에 가까운 충격이었다.

거기다가 상을 물릴 때쯤 해서 그녀가 떠 온 구수한 숭늉은 그녀에게서 한 번도 느껴 보지 못한 아름다움까지 더해 주었다. 생전 그녀에게는 어울릴 것 같지 않던 가정적인 여성의 아름다움이었다. 흰 타월로 머릿수건을 해 쓰고 한복 치마 허리는 나일론 스카프로 잘끈 동인 게 제법 문중 새댁네가 보여 주는 산뜻함과 풋

풋함마저 풍기는 것이었다.

'너도 온전히 망가져 버린 애는 아니었구나. 다른 것은 다 망가져버리고 오직 성적인 기능만 기괴하게 부풀어져 남은 애만은 아니었구나.'

뜨겁고 얼큰한 콩나물국에 어느 정도 가라앉은 속으로 담배를 빨아들이며 명훈은 문득 그런 생각을 했다.

그때 머릿수건을 벗은 모니카가 눈을 반짝이며 물어왔다.

"명훈 씨, 둘이서 아주 이렇게 살면 참 좋겠다. 그치?"

"괜찮겠지."

명훈은 별생각 없이 그렇게 대꾸했다. 하지만 그런 명훈의 얼굴에서 무엇을 읽었는지 모니카가 전에 없이 욕심을 부렸다. 오랜 습관대로 잠자리를 같이한 날 아침에는 명훈의 눈치를 보기에 바빠 죽으라면 죽는 시늉까지 하던 그녀가 그날따라 대담하게 응석을 부리고 나온 것이었다.

"좋으면 좋고 아니면 아니지, 괜찮겠지가 뭐야? 분명히 말해 봐. 둘이서 이렇게 살면 좋을 것 같지 않아?"

그전에 만약 그렇게 말꼬리를 잡고 늘어졌으면 명훈은 짜증부터 내고 보았을 것이다. 그러나 그날은 왠지 그녀의 투정 같은 말이 사랑스럽게만 보였다.

"그래, 좋을 것도 같군."

명훈이 군이 본심을 감추는 기색 없이 그렇게 대꾸했다. 그 말에 모니카의 표정이 확 드러나게 변했다. 꽃이 활짝 피었다는 표현이 그대로 들어맞을 만큼 얼굴이 환해져 명훈을 잠시 바라보다가 이번에는 갑자기 진지해진 얼굴로 가만히 말했다.

"명훈 씨, 그럼 우리 이렇게 살아."

그제야 명훈은 퍼뜩 정신이 들었다. 그러나 아직도 그녀의 말을 그리 심각하게 받아들이지는 않았다.

"뭘 먹고, 어떻게 살아?"

반은 농담 섞어 그렇게 물었다. 그녀가 무언가 생각에 잠겼을 때 하는 버릇처럼 눈을 깜박깜박하다가 문득 명훈 앞으로 다가들며 무슨 대단한 걸 털어놓듯이 말했다.

"아까 시장 보러 가면서부터 주욱 생각해 봤는데, 명훈 씨만 좋다면 길이 있을 것도 같아. 조그만 가게 같은 거라도 해 보지 뭐."

"뭐야?"

명훈은 갑자기 찬물을 뒤집어쓴 사람처럼이나 놀랐다가 얼른 마음을 가라앉히고 물었다. 그런 그의 마음은 어느새 그녀의 의견을 묻는다기보단 어디 너 하는 수작 들어나 보자는 것으로 바뀌어 있었다.

"나 이래도 모아 둔 패물 좀 있다. 그러고도 모자라면 엄마한테 우려내지 뭐. 얼마 전에 전화해 봤는데 엄마도 이젠 괜찮대드라. 전 같은 요정은 못 되지만 어쨌든 영업을 새로 시작했다는 거야. 나 시집보낸 셈 잡고 좀 내놓으라면 얼마간은 내놓을 수 있을걸. 아무렴, 하나뿐인 딸인데……."

"그래서는?"

"뭐든지 해 보지 뭐. 화장품 가게를 하든지 옷 가게를 하든지……."

"네가 장사를 한다고? 그러면 나는?"

"명훈 씨는 가만있어. 그냥 둘이서 이렇게 살 만큼 쬐금씩 벌면 되잖아?"

"백수건달로 놀고 먹으란 말이지? 야, 이명훈, 이제 팔자 한번 늘어지게 됐구나."

만약 그녀가 조금만 더 조심해서 눈치를 살폈어도 명훈의 그 같은 대꾸가 화를 억누르며 하는 대꾸란 걸 알아차렸을 것이다. 하지만 그녀는 원래가 그렇듯 생각이 깊지 못했다. 무엇에 취했는지 제 바람에 들떠 명훈의 그런 기분은 아랑곳 않고 재빠르게 말을 바꿨다.

"아냐, 여기 중앙통쯤에 깨끗한 카페 하나 열지 뭐. 장사는 내가 하고 명훈 씨는 뒤나 봐주면 돼. 여기 친구들 많잖아? 김 사장(잇뽕)도 있고 날치 씨도 있고……."

"야!"

드디어 더 참을 수 없게 된 명훈이 그렇게 고함부터 질러 모니카의 말허리를 잘랐다. 모니카가 백치 같은 표정으로 명훈을 말가니 건너보다가 이내 다급할 때의 버릇대로 울상을 지었다. 아니 조금 전까지 반짝이던 눈에 정말로 물기가 말갛게 어리는 것이었다.

하지만 그걸로 명훈의 뒤틀린 심사를 가라앉히기에는 역부족이었다.

"사람이 외롭다 보니 몇 번 찾아온 걸 가지고 이게 어딜…… 야,

너 정말로 사람 이렇게 막볼래?"

명훈이 목소리를 높여 소리쳤다. 그래 놓고 나니 갑자기 잊고 있었던 옛날의 혐오감이 한꺼번에 되살아났다.

"이 순 걸레 같은 년이…… 뭐, 나더러 네 기둥서방이나 하라고? 계집년 물장사 시키고 뒤나 봐주라고?"

나중에 생각해도 명훈은 그때 자신이 왜 그렇게 화가 났는지 이해가 잘 되지 않았다. 벌떡 일어나 밥상을 걷어차고 모니카의 귀싸대기를 올려붙이고, 혹은 …… 그러다가 제 분을 못 이겨 그대로 방을 뛰쳐나오고 말았다.

거리로 나와서도 명훈은 한동안 갈피를 못 잡고 이리저리 생각 없이 서성거렸다. 그러던 명훈이 겨우 마음을 가라앉힌 것은 낙동강 강둑에서 한동안 바람을 쐰 뒤였다. 하지만 그때도 한동안은 자신에게 무슨 일이 일어났는가를 되새겨 보는 데에 더 열중했다. 모니카의 말들을 차근차근 되씹고, 어질러진 방 안에 폭삭 고꾸라져 섧게 섧게 울던 그녀의 모습을 떠올리다가 먼저 명훈이 빠져든 것은 뒤틀린 자책이었다.

'내가 못난 탓이지. 그 애에게 그럴 게 뭐 있어…….'

슬몃 그런 생각이 들자 명훈은 조그맣게 웅크리고 앉아 울고 있을 모니카가 갑자기 가엾어져 그냥 있을 수가 없었다. 역시 그전에는 별로 경험해 본 적이 없는 깊이 모를 연민이었다.

명훈이 돌아가니 모니카는 방 안에 없었다. 어질러진 것을 깨

곳이 치워 놓은 걸로 보아 무슨 분별 없는 상태로 나간 것 같지는 않지만 명훈은 그녀와 만난 뒤 처음으로 그녀가 영영 가 버린 게 아닌가 하고 걱정이 되었다. 제 딴은 나를 위한답시고 짜내고 짜낸 생각이었는데 — 싶은 생각이 들자 거리를 샅샅이 뒤져서라도 모니카를 찾아내고 싶었다.

하지만 명훈은 그녀를 찾아 나서는 대신 빈방에 벌렁 누웠다. 그때쯤부터 그녀를 향한 자책 못지않게 그의 가슴을 긁어 오기 시작하는 또 다른 종류의 자기반성 때문이었다. 그녀가 가엾지만 그 뜻은 받아 줄 수 없지, 라는 생각이 내가 어쩌다 이리 되었나, 하는 물음으로 바뀌어 간 것이었다.

그 겨울은 안동과 모니카가 있어 수월하게 지나간 셈이었다. 그 전해 겨울은 얼마나 길고 쓸쓸했던가. 기껏해야 며칠 서울을 다녀온 걸 빼면 돌내골 장터에서 쓴 탁배기 잔이나 기울이며 나이 어린 시골 건달들의 실속 없는 추켜세움에 넘어간 척 허허거리고 보낸 몇 달이었다. 정에 굶주린 쓸쓸하고도 울적한 수컷으로. 그런데 그해는 안동 거리와 모니카가 많은 것을 달래 주었다. 뒷골목의 진득한 의리랄까. 잇뽕 형도 날치도 명훈이 술로 목마르게는 두지 않았고 허기지고 뒤틀린 성은 모니카가 맡아 주었다.

'그것도 안주(安住)였을까······.'

명훈은 태반을 안동에서 보낸 그 겨울을 떠올리다가 쓸쓸하게 중얼거렸다.

하지만 그런 반성의 기분도 잠시였다. 내게 다른 어떤 선택이 있었단 말인가. 나의 대지, 내가 새로운 열정으로 몸과 마음을 스스로 내던졌던 그 땅은 여전히 붉게 남아 있다.

한 알을 뿌려 두 알도 거두지 못하는 나의 황무한 대지. 이제는 다만 벗어 버리고 싶은 짐. 그럴듯한 거짓말과 함께 도시의 복덕방에 내놔 봐도 몇 달째 아무도 거들떠보지 않는 초라한 상품, 그나마 그 값은 큰 도회에 제대로 된 집 한 칸도 마련할 수 없고……그런 내가 할 수 있는 일이 달리 무엇이란 말인가. 실없는 놈도 있지. 농촌 지도자로 작년에 돌내골에 왔던 김도훈, 그 녀석. 녀석이 지난 정월 찾아와 거창한 청사진을 내밀 때만 해도 나는 한 번 더 그 터무니없는 꿈에 속을 뻔했지.

'남쪽에서 이주민을 받아들여 땅을 일군다. 그쪽 사람들은 토지에 대해 기아 심리 같은 걸 느끼고 있지. 지대(地代)는 수확의 3분의 1로 5년간만 장기 계약을 해 주면 달려오겠다는 다섯 가구가 있다. 모두가 그 지역에서는 바지런하기로 소문난 사람들이고, 가을까지의 농비(農費)도 넉넉하다.

그들에게 5천 평씩 떼어 주고 남은 몇천 평만 자경하면 지금처럼 골탕 먹지도 않고 땅은 절로 옥토가 돼 갈 것이다. 지대로 생계도 유지할 수 있을 테고……'

녀석은 그렇게 떠벌렸다. 하지만 남쪽의 그들은 오지 않았다.

음력 설만 쇠면 온다더니 설을 쇤 지 한 달이 넘는 지난주까지도 아무런 소식이 없었다. 이제 내가 할 수 있는 일이 무어란 말인가. 나의 대지처럼 황무해지지 않고 달리 무슨 길이 있단 말인가……. 명훈은 곧 그런 자기변명과 함께 그저 아득한 절망과 무력감으로 빠져들었다. 며칠 돌내골 장터에서 술에 절어 지내다가 휘청휘청 걸어 나온 게 방천이었고 거기에서 버스에 올라 이른 곳이 안동이었다. 그리고 이제는 시들한 안동 뒷골목과 모니카의 셋방을 오락가락하다가 그 아침의 일을 당했다. 하지만 한 차례 거친 감정을 추스르고 난 다음이라서인지 모니카의 제안이 다시 한 유혹으로 되살아나기 시작했다.

'그래, 정말로 너와 함께 거리에 나앉아 술장사나 해 볼까.'

이윽고 명훈은 될 대로 되라는 기분과 함께 그런 중얼거림까지 내뱉게 되었다. 그런데 이어 그의 상상력이 그 뒤의 삶에 미쳤을 때였다. 모니카를 한평생의 여자로 삼아 건달 기둥서방으로 늙어가는 자신의 모습이 떠오르는 순간, 명훈은 소스라쳐 일어났다.

"아니야, 그건 아니야!"

명훈은 자신도 정체를 알 수 없는 강렬한 거부감으로 그렇게 소리치고 부르르 몸을 떨었다. 그리고 그 거부감은 모니카에 대한 새삼스러운 혐오감과 함께 방금 자신이 느낀 감정의 변화까지를 혐오스럽게 만들었다. 참으로 급격한 전환이었다.

'안 돼. 그럴 수는 없어. 오히려 드디어 떠날 때가 왔어. 이제 다시는 너를 만나러 오지 않겠다. 가자. 우선은 돌내골로 돌아가자. 거기서 다시 한 번 부딪쳐 보든지 깨어지든지 하자.'

명훈은 순간적으로 그렇게 마음을 굳히고 결연히 모니카의 방을 나왔다.

밖은 생각보다 훨씬 늦은 아침이었다. 밝게 떠오른 해가 이상하리만치 따갑고 눈부셨다.

날짜를 헤아려 보니 벌써 3월도 후반으로 접어들고 있었다. 계절이 다시 한 번 명훈에게 버려 놓고 온 땅을 가슴 찌잉하게 떠올리도록 했다. 돌내골의 이웃 농부들은 농사 준비에 바쁠 것이었다. 그런 연상들이 돌아간다는 결의를 한층 굳게 해 주어 명훈은 거침없이 발길을 합동 정류소 쪽으로 돌렸다.

그러나 합동 정류소가 저만치 보이는 곳에서 명훈은 갑자기 방향을 바꾸었다. 생각이 달라진 게 아니라 주머니 사정 때문이었다. 탈탈 털어 봤자 몇십 원으로는 돌내골로 돌아갈 차비도 안 되었다. 어머니가 어떻게든 꾸려 가리라고 미련은 부려도 막상 집으로 돌아가려 하자 그곳 살림이 걱정되지 않을 수 없었다. 그 바람에 눈치 보아 몇백 원이라도 꾸려고 멀지 않은 잇뽕 형의 사무실을 찾아보기로 한 것이다.

"세상이 달라졌어. 이젠 뭘 하더라도 떳떳한 신분이 있어야 돼."

5·16 나고 한 두어 해 피해 다니느라 고생을 해 본 뒤로 한동안 움츠리고 지내던 잇뽕 형은 그런 지론과 함께 그 무렵 두 개의 사업체를 열었다.

하나는 무슨 건설 주식회산가 하는 정체가 아리송한 회사였고, 다른 하나는 이름 없는 경제 전문지의 지국(支局)이었는데, 지금 명훈이 찾아가고 있는 곳은 바로 그 지국이었다. 거기 가면 잇뽕 형뿐만 아니라 날치도 만날 가능성이 있었다.

어울리지 않게 큰 간판을 내건 지국 출입문을 열고 들어서니 잇뽕 형은 다행히도 자리에 있었다. 신사복 정장 차림으로 큼직한 지국장 책상에 앉아 담배를 피우는 모습이 제법 그럴듯했다.

"야, 너 아직 안동에 있었구나. 마침 잘 왔다. 너하고 의논할 게 있어서 말이야……."

들어서는 명훈을 보고 그가 전에 없이 거드름까지 내비치는 말투로 맞았다.

"이제 내려가려고요. 그런데 무슨 일입니까?"

명훈이 그 곁 빈 의자에 엉덩이를 걸치며 그렇게 물었다. 아쉬운 소리를 하러 온 참이라 아니꼽게 여길 틈조차 없었다. 잇뽕 형이 가슴을 젖히며 꽤나 심각한 표정으로 말했다.

"너 기자 어때? 기자 한번 안 해 보겠어?"

너무 뜻밖이라 명훈도 그 물음에 조금은 놀랐다. 기자라 기자……. 멋있어 보이기는 하지만 자기 같은 사람과는 무관하게 여겨 온 직업이라 명훈은 얼른 대답이 나오지 않았다.

"네……?"

"왜? 싫어?"

"그건 아니지만……."

"그럼 자신 없다는 거야? 너 글줄깨나 쓸 줄 알잖아? 대학물도 먹은 적이 있고."

"그게 아니라, 너무 갑작스러워서…… 무슨 신문인데요?"

"우리 신문이야. 이번에 지국 기자 자리를 하나 더 따냈어. 아무래도 하나 가지고는 이 지역 전체 카바가 안 돼서."

그제야 명훈은 그러면 그렇지, 하는 기분이었다. 처음 그가 기자라고 말할 때 명훈이 머릿속에서 떠올린 것은 언젠가 본 적이 있는 중앙지의 편집국이었다.

"왜? 우리 신문사 정도로는 안 되겠다는거야? 너 우리 신문 함부로 얕보지 마라. 그래도 이 나라 3대 경제지 가운데 하나다."

명훈의 표정에서 무얼 읽었는지 잇뽕 형이 실쭉해진 눈꼬리로 말했다. 온 나라에 세 개밖에 없는 허름한 경제 신문을 3대 경제지라고 말할 수도 있구나, 싶으니 쓴웃음이 나왔지만 그것까지 들킬 수는 없었다. 그 바람에 오히려 명훈은 정색이 되었다.

"아니, 그건 아니고……."

"그럼 지국 기자라서? 하기야 지국 기자는 물론 무보수지. 그렇지만 이 바닥에서는 본사 기자나 마찬가지야. 그리고 월급도 그래. 너 서울 본사 기자들은 어디 월급 가지고 사는 줄 아니? 다 저 할 탓이야. 애 새끼들이 비리비리해서 그렇지 여기서도 제대로만 하면 이만한 돈벌이도 없을걸. 되지도 않는 개간지에 매달려 있기보단 백번 나을 거라고."

그러나 명훈은 그때 다른 곳을 보고 있었다. 사무실 한구석 책상에 수북이 쌓인 신문 뭉치에서 사흘 치씩 뽑아 8등분해 접은 뒤 주소를 적은 띠를 두르고 우표를 붙이는 김 양이었다. 인구 7

만에 가까운 읍에 들어오는 게 2백 부도 안 돼 배달원도 두지 못하고 김 양이 사흘 만에 한 번씩 뭉쳐 우편으로 부치고 있었다. 바깥은 봄이지만 북편으로 응달진 사무실이라 그런지 김 양이 아직 남아 있는 연탄 난로에 이따금씩 풀 묻은 손을 쬐는 게 이상하게 애처로워 보였다. 그사이에도 무보수 기자의 전망을 한껏 과장해 떠벌리던 잇뽕 형이 문득 거래 조의 목소리가 되어 물었다.

"돈을 받고 팔 수도 있는 자리지만 네가 해 보겠다면 그냥 주지. 한 달에 나한테 만 원만 넣어. 본사 지방 부장한테도 얼마간은 올려 보내야 하고 지국 사무실 유지비에도 좀 보태야 하니까. 어때? 한번 안 해 볼래?"

그 물음에 얼른 눈길을 잇뽕 형에게로 돌린 명훈은 비로소 그의 제안에 대해 구체적으로 생각해 보기 시작했다. 그도 기자들의 벌이가 괜찮다는 말은 들었지만 이름 없는 경제지의 무보수 기자로는 한 달에 만 원씩이나 지국장에게 상납하고도 남을 돈이 있을 것 같지 않았다. 한 이태 농촌 생활에 찌들려 온 탓이라 그 만 원이 더 크게 느껴졌는지도 모를 일이었다. 고향이나 다름없는 곳에서 약점 많은 업자나 공무원을 등쳐 돈을 우려내는 과정 자체도 영 자신 없고 싫었다. 거기다가 그날 아침은 모처럼 돌내골로, 흙으로 돌아갈 결심을 하고 거길 찾아오지 않았던가.

하기야 적지 않은 유혹도 있었다. 잇뽕 형이 터무니없는 소리를 한 게 아니라면, 그 길도 하나의 대안이 될 것 같았다. 어차피 안 되는 농사, 다 때려 엎고 여기서 다시 시작해 봐? 무보수 기자든 뭐든.

그렇지만 그 쉽지 않은 결정을 그 자리에서 당장 할 필요는 없었다. 그때쯤 해서 갑자기 뛰어든 날치 때문이었다. 걷어차듯 문을 열고 사무실로 들어온 날치는 눈이 회동그래져 쳐다보고 있는 김 양에게 느닷없이 소리쳤다.

"야, 너 이 앞 대합실 다방에 좀 다녀와!"

"거긴 왜요?"

김 양이 겁먹어 기어드는 목소리로 물었다. 날치가 잇뽕 형과 명훈을 힐끔 돌아보며 차갑게 내뱉었다.

"너 사팔뜨기 알지? 그 새끼 거기 있을 거야. 내가 찾는다고 하고 빨리 이리로 오라 그래."

그러고는 연탄 상자에 기대어져 있는 연탄집게를 들어 난로 뚜껑을 열고 불붙은 연탄구멍에다 쑤셔 박았다.

"야, 너 또 왜 그래? 무슨 일이야?"

옛날보다 많이 너그러워진 잇뽕 형이 날치에게 물었다. 날치가 손가락 자른 가죽 장갑을 긴 오른손 주먹으로 왼 손바닥을 소리나게 치며 씩씩거렸다.

"이 새끼들 안 되겠어요. 오늘이 장날이라고 쇠전거리로 보내 났는데, 아 거기 가 보니 한 놈도 없잖아요? 그래서 찾아봤더니 이건 뭐 사원 따로 기술자 따로 개판이라니까요. 벌써 국밥집에 들어앉은 놈이 없나 낮술을 걸쳐 해롱대질 않나. 더구나 기술자란 쌔끼는 난데없이 대합실 다방에 처억 들어앉아 대낮부터 레지 년

하고 노닥거리질 않나……."

명훈은 애써 모르는 척하고 있지만 날치는 그 무렵 다시 소매 치기에 손을 대고 있었다. 예전처럼 자신이 직접 나서는 게 아니라 똘마니를 몇 얻어 일을 시키고 솜씨 좋은 기술자를 데려다 뒤를 봐주는 식이었다.

소매치기같이 험한 일에 손을 안 대도 견딜 만해진 잇뽕조차 겉으로는 말리는 척하면서 은근히 손을 빌려 주고 있었다. 날치가 지국 사무실을 그의 본부처럼 쓸 수 있는 것도 그 한 예였다. 그날도 그랬다.

"거 봐, 일 벌이면 귀찮아진다고 했잖아?"

잇뽕 형은 그렇게 핀잔을 주었지만 눈길은 날치 못지않게 험해져 있었다. 조금 전까지 명훈과 하던 얘기를 제쳐 놓고 그렇게 반응하는 게 그 일과 결코 얕지 않은 이해관계가 걸려 있음을 잘 드러내주는 듯했다.

"쌔끼들, 번개 씹하는 꼴을 한번 봐야지. 보자 보자 하니까 군기가 싹 빠져 가지고……."

날치는 그러면서 연탄집게를 한번 쑤석이고 나서야 비로소 명훈에게 알은체했다.

"언제 왔어?"

"방금."

명훈은 그래 놓고 잠시 망설였다. 돈 얘기를 해야겠는데 아무래도 얘기가 어울리지 않았다. 하지만 눈치 빠른 게 날치였다. 그 총

중에도 명훈이 무언가 할 말이 있음을 알아채고 물었다.

"뭐야? 내게 용건이 있어서 온 것 같은데."

"아니, 그저 좀……."

명훈은 그래도 말이 잘 나오지 않아 어물거렸다. 그때 심부름을 갔던 김 양이 돌아왔다.

"곧 온대요."

김 양의 그 한마디가 날치의 주의를 금세 그쪽으로 끌어당겼다.

"그 새끼가 그랬어? 이게 정말……."

"너도 인마, 다 됐구나."

잇뽕 형이 빈정거림이라기보다는 나무람으로 들리는 소리를 보냈다. 날치가 더욱 팔팔 뛰었다.

"안 되겠어. 내가 직접 가서 끌고 와야지. 그래도 가오(체면)는 세워 주려고 놔뒀더니…… 이 새끼가 도대체 얼마나 얻어맞고 뒈지려고 이래."

날치는 그렇게 내뱉으며 금방이라도 사무실을 뛰쳐나갈 기세였다. 그때 사무실 문이 열리며 명훈도 한두 번 본 적이 있는 사팔뜨기가 들어왔다. 별명과는 달리 얼른 보아서는 이상을 알아보기 힘든 눈에 멀쩡한 얼굴이었다.

"형, 날 찾았수?"

겸연쩍어하면서도 대단한 일은 없을 것이라는 듯한 얼굴로 사팔뜨기가 물었다. 그러나 날치는 대답 대신 김 양에게 짤막하게 한마디했다.

"너 좀 나가 있어."

그 말에 사무실의 분위기를 아는 김 양이 질린 얼굴로 나갔다. 사팔뜨기도 그제야 심상찮은 느낌이 든 듯했다. 조금 떨리는 목소리에 비굴한 웃음까지 띠며 다시 물었다.

"형님, 무슨 일로 부르셨어요?"

그러나 날치는 아무 대꾸도 없이 난로 곁으로 다가갔다. 그가 불붙은 연탄에 꽂힌 연탄집게를 슬며시 잡는 걸 보고서야 명훈은 갑자기 긴장했다.

"야, 이 새꺄!"

날치가 끝이 벌겋게 단 연탄집게를 잡아 빼며 느닷없이 소리쳤다. 사팔뜨기는 움찔하면서도 아직도 못 믿겠다는 듯한 눈길로 멀뚱히 날치를 쳐다보았다. 그런 사팔뜨기의 두 눈을 겨냥해 날치가 서슴없이 연탄집게를 내질렀다.

명훈은 자신도 모르게 놀라 소리를 내지를 뻔했다. 그러나 사팔뜨기가 본능적으로 머리를 숙여 피하는 바람에 연탄집게는 그대로 그의 등 뒤 베니어판 벽에 꽂혔다. 날치가 흰 연기 나는 베니어판에서 연탄집게를 재빨리 빼내는 걸 보고서야 명훈은 비로소 처음 그걸 내지른 속도가 피할 여유도 없을 만큼 빠른 것은 아니었음을 떠올렸다.

하지만 날치의 계산된 행동이란 걸 알아차렸어도 그다음에 이어진 광경은 끔찍했다.

"어이쿠, 형님……."

그런 소리와 함께 놀라서 풀썩 주저앉는 듯한 사팔뜨기의 몸 위로 날치의 연탄집게가 사정없이 떨어졌다. 아직 끝이 벌겋게 달아 있을 때는 혼방 양복천이 흰 연기와 함께 눌어붙었고, 붉은색이 전혀 없어진 뒤에도 거기에 사팔뜨기의 드러난 살이 닿으면 허옇게 줄이 섰다. 거기다가 불에 달아도 힘을 주어 후려치면 연탄집게는 그대로 쇠몽둥이인 셈이라 순식간에 사팔뜨기의 몸 곳곳에 피가 번져 나왔다. 사팔뜨기의 눈에 굳은 듯 앉아 있는 잇뿔이나 명훈이 모두 날치를 도우려 앉아 있는 사람으로 보였는지 저항은 커녕 달아날 생각조차 않았다. 몇 번 사무실 바닥을 뒹굴다가 매질이 좀 뜸해지자 볼품없이 꿇어앉았다.

"형님, 잘못했습니다……."

그걸로 보아 평소의 인상과는 달리 뒷골목에서 잔뼈가 굵은 녀석인 듯했다. 그러나 명훈에게는 왠지 그가 매 아래서 뒹굴 때보다 그렇게 꿇어앉은 게 더 참혹스러워 보였다.

"새꺄! 너 그 따위로 해서 애들 데리고 영업이 되겠어?"

날치가 지어낸 차가운 목소리로 훈계를 시작했다. 그제야 명훈에게 그 광경이 옛날 어디선가 본 것 같다는 느낌이 들었다. 점점 목소리가 부드러워지다가 마지막에는 눈물까지 찔끔거리며 한 식구, 형제, 어쩌고 하겠지. 그러면 녀석도 같이 훌쩍거리고……. 아련한 기억을 되살려 그런 전개를 예측하던 명훈은 문득 부르르 몸을 떨었다.

그날 명훈이 한층 더 서둘러 돌내골로 내려가게 된 것은 바로 그 일 때문이었다. 짐작대로 사팔뜨기가 형편없이 구겨진 사람처럼 시멘트 바닥에 무릎을 꿇은 채 잘못을 빌고, 날치가 삼류 뒷골목 영화에서나 본 듯한 관대하고 인정 많은 보스 흉내를 내는 걸 보면서 명훈은 자신도 모르게 몸서리를 쳤다. 애써 떨쳐 버리고 나왔다고 생각하고 있다 보면 어느새 그 언저리로 되돌아가 서성이게 되는, 어둠과 범법의 세계가 다시 눈앞으로 다가오고 있음을 실감한 탓이었다.

"형님, 역시 저는 돌아가 땅이나 파야겠습니다. 저 같은 게 무슨 기자는……."

명훈은 자신의 그 같은 감정을 잇뽕에게 그렇게 돌려서 표현했다. 말없는 동조자로서 날치의 잔혹한 폭행에 무게를 더해 주고 있던 잇뽕이 꿈에서 깨어난 사람처럼 얼떨떨한 얼굴로 받았다.

"엉, 그게 무슨 소리야? 가 봐야 뼈얼건 개간지라면서? 그리고 기자 일도 그렇지. 네가 기자를 못 해 먹겠다면 어떤 놈이 기자를 해 먹어?"

"것도 전문직입니다. 그쪽을 배운 사람들이 해야지요. 절 도와주시려면 돌아갈 차비나 좀 마련해 주십쇼. 가을이면 이자 쳐서 돌려드리겠습니다."

명훈은 마음속보다 훨씬 더 침착해 뵈려 애쓰며 말하기 힘든 부탁을 꺼냈다. 그러나 잇뽕은 여전히 제 생각에만 빠져 있었다. 정작 명훈에게 중요한 대답은 않고 기자 문제만 놓고 열을 올려 댔다.

"저게 아직도 고생을 덜해서, 얀마 배우기는 뭘 배워? 기자 그거 말빨 좀 돌고 뱃심이나 있으면 다 할 수 있는 거야. 요새 한창 끗발 날리는 《대동일보》, 그 새끼 그거 고등학교나 제대로 나온 줄 알아? 더구나 호적에는 벌건 줄이 두 번씩이나 그어진 새끼야. 그래도 지난달에 대단찮은 기사 한 줄로 군(郡) 산업과장 날렸잖아? 그리고 사는 것도 한번 가 봐. 그 새끼 음흉 떠느라고 그렇지, 재력은 자가용을 굴리고도 남을 놈이야. 기사도 그래. 넌 그게 뭐 대단한 줄 알지만 알고 보면 기사도 다 돈이라고. 본사 지방부장에게 돈질만 잘하면 기사야 때깔 좋게 나오지. 뼈다귀만 대강 추려 보내도 본사의 책상물림들이 간 맞추고 초 쳐 그럴듯하게 뽑아내는 게 기사란 말이야. 이 안동에만도 기자라고 설치고 다니는 놈들이 스물이 넘지만, 그 새끼들 중에 띄어쓰기라도 제대로 할 줄 아는 새끼 다 합쳐서 다섯 손가락 넘으면 나와 보라그래. 그런 새끼들에게 대면 너야말로 기자라도 일류지. 학벌 높겠다, 글솜씨 있겠다, 게다가 네가 말발이 약해? 주먹이 남만 못해?"

"그런 기자라면 더 생각 없습니다. 형님도 절 아시잖아요? 주먹으로 밥 먹고 살 작정이라면 제가 왜 돌내골로 내려왔겠어요?"

"그럼 우리는 왜 다시 찾아왔어?"

"그거야 겨울 농한기고? 그냥 옛정으로……."

"야, 너 나까지 속일 생각 마라. 입으로는 뭐라 해도 난 널 알아. 네가 껌 통 들고 통일역 왔다 갔다 할 때부터 지켜본 놈이라고. 하마 넌 틀렸어. 너도 어쩔 수 없이 우리와 같은 인생이야. 이 바닥에서 벗어부치고 나서면 우리보다 훨씬 폼 나게 해 먹겠지만, 딴 데 가서는 말짱 헛거라고. 생각해 봐. 너는 여길 뜬다고 떴지만 그 뒤에 좋은 꼴 본 게 뭐 있어? 몸만 천해지고 고생만 공으로 떨어졌지. 앞도 뒤도 없는 고등학교 교복 한 1년 입고, 따라지 대학에 등록금 한두 번 냈다고 크게 달라진 게 있을 것 같아? 더구나 날치 얘기 들으니 그때도 태반은 종로 뒷골목에서 지냈다며? 아서라, 말아라. 너나 나나 감옥에 처박혀 썩지 않으면 다행인 줄 여겨야 하는 응달 버섯 인생이야."

제 딴은 명훈을 충동질해 곁에 붙들어 두려고 하는 소리였지만 그게 오히려 명훈을 반발하게 했다. 그런 그의 말에 그 무렵 들어 한결 진하게 느껴지는 명훈의 예감을 정통으로 찔러 오는 데가 있어 더욱 그런지도 몰랐다.

"그러니까 어떻게든 피해 보려는 겁니다. 하기야 형님이 말하는 식의 기자라면 나도 어떻게 그럭저럭 해낼 수는 있겠지요. 하지만 그 끝이 뭡니까? 결국은 공갈이나 협박죄로 전과만 늘리며 세월을 죽이는 길밖에 없잖습니까? 그보다는 차라리 바로 치고 뺏는 게 정직하겠습니다. 아니면 날치같이 소매치기……."

명훈은 자신도 모르게 격해서 그렇게 받다가 비로소 날치를 의식하고 그쪽으로 고개를 돌렸다. 그사이 날치와 사팔뜨기의 화해 의식은 어느 정도 마무리가 지어진 모양이었다. 명훈이 그리로 눈길을 보내는 걸 무슨 재촉으로 알았던지 날치가 서둘러 말을 맺고 사팔뜨기를 내보냈다.

"그럼, 나가 봐. 애들 잘 다루고. 그리고 이따가 저녁에 보자. 내 한잔 사지."

다행히도 날치는 명훈과 잇뽕의 대화를 잘 듣지 못한 듯했다. 사팔뜨기가 쥐어짜인 듯 후줄근한 모습으로 잇뽕의 사무실을 나가기가 바쁘게 두 사람 쪽으로 다가들며 혼잣말처럼 중얼거렸다.

"뼝신 새끼, 깡다구도 없는 게 겉 폼만 파악 잡고……."

그런 그의 얼굴에는 힘든 일이지만 잘 해치웠다는 그런 표정이 떠올라 있었다. 그러나 명훈과 잇뽕 두 사람 모두 아무런 대꾸가 없자 문득 그들 둘 사이에 있었던 대화 내용이 궁금해진 모양이었다.

"한데 무슨 일들이야? 인상까지 북북 그어 가며…… 아까 얼핏 듣자니, 기자, 어쩌고 하는 것 같던데."

다 자란 뒤에 몇 년 한 서울 생활로 억지스레 끼워 맞춘 서울 말씨가 그날따라 명훈의 귀에 거슬렸다. 잇뽕은 잇뽕대로 날치가 자기들의 대화를 잘 듣지 못한 걸 다행으로 여기는 눈치였다. 날치 제가 하겠다고 나설 것을 꺼려서인지 신문기자건(件)은 그쯤에서 그쳤다.

"아까 돈 얘기 했지? 얼마나 필요해?"

"많으면 많을수록 좋습니다. 대신 가을 되면 많이는 못 드려도 달에 3부 이자는 쳐서 갚아 드리도록 하죠."

돈 얘기가 나오자 명훈은 어쩔 수 없이 약해졌다. 돌내골로 돌아가겠다고 결심하자 무엇보다 절실해지는 게 그 문제였다. 잘하

면 다시 한 번 시작해 볼 수 있는 농자금도 빌릴 수 있을지 모른다
는 생각이 들자 자신도 모르게 사정 조가 되었다.

"그 농사지어서 말이지? 어쨌든 나도 많이는 여유가 없다."

잇뽕이 그러면서 지갑을 뒤지더니 5백 원권 한 장과 백 원권 여
섯 장을 탈탈 털었다.

"이거라도 도움이 되면 가져가라. 갚는 거 신경 쓰지 말고."

기대한 만큼의 액수는 아니었지만 그 인정만은 가슴이 뭉클
할 지경이었다.

"왜 들어가려고? 어제까지 암말 없더니."

그렇게 끼어든 날치도 주머니를 털어 2천 원을 채워 주었다. 집
으로 돌아갈 때 어머니와 옥경에게 체면치레로는 내놓아도 될 만
한 액수였다.

지국 사무실을 나서면서 명훈은 떠나기 전에 한 번 더 모니카
를 찾아볼까 하다가 그만두었다. 그날 아침 그녀에게 느꼈던 몇
가지 전과 다른 감정이 섬뜩한 경계심으로 더 이상 그녀와 가까
이 지내는 걸 막은 까닭이었다. 너는 내가 더할 나위 없이 영락해
있을 때만 안게 되는 악연의 여자일 뿐이다…….

돌내골로, 현실의 삶으로 돌아갈 마음을 굳혀서인지 세상을
향한 명훈의 눈과 귀도 다시 열리는 듯했다. 생각하면 그 겨울은
길고 스산한 잠 같은 세월이었다. 그를 둘러싸고 있는 현실은 굳
이 외면한 채 배고프면 먹고 졸리면 잤으며, 모니카가 있으면 그녀

와 몸으로 어울리고 날치를 만나면 그가 얻어 주는 뒷골목의 잔술에 취했다 깼다 하며 시간을 죽였다. 따라서 그 겨우내 그의 눈과 귀는 닫혀 있던 것이나 다름없었다. 당장의 필요나 직접 피부에 닿아 있는 것이 아니면 아무리 놀라운 정치적 사건이라도, 그 어떤 심각한 사회 상황도 그의 의식을 건드리지 못했다. 그런데 돌내골로 가는 버스에 오르면서 비로소 세상의 모양과 소리가 조금씩 의식을 건드려오는 것이었다.

"우리 둘째, 참말로 괜찮을까? 하마 두 달이 다 돼 가는데 안즉 편지 한 줄 없으이……."

"둘째가 왜? 어디 갔는데?"

"글마 그거 비둘기부대로 설(음력 설) 전에 월남 갔잖나?"

"아 참, 그랬제. 뭐 안 개얂겠나. 전투부대도 아이고 하이."

느닷없는 조바심으로 버스에 앉은 명훈의 청각에 먼저 걸려든 것은 바로 뒷좌석에 앉은 중년의 대화였다. 비둘기부대, 월남……어디서 틀림없이 듣긴 들은 말인데 느낌은 생판 처음 듣는 소리 같아 명훈은 절로 그들의 대화에 귀를 기울였다.

"그런데 그가 아인 갑드라. 뭐라 카드노, 베트콩이라등강. 그기 생각보다 많고 무섭다 카데."

"미국이 혼자 안 돼 우리한테 손을 벌린 걸 보믄 베트콩이 허깨비는 아이겠제. 글치만 이번에 국군 간 거는 공병 부대 아이가? 후방에서 복구 사업이나 거든다 카든데 그거사 어떨라꼬."

"그래도 군대는 군대 아이가? 내가 베트콩이라 캐도 가들이(비둘기부대) 밉상스러불따. 뿌사진 다리 다시 놓고 길이나 딲는 기라 카지만 그게 어디 베트콩 저그 위해 하는 일가? 미군하고 월남군 쓰라꼬 하는 일이이 결국은 미국하고 월남 편드는 긴데 글마들이 어예 가마이 있겠노?"

"그래도 후방이라 카이……."

"그기 우리하고 다른 갑드라. 거다는 전방, 후방이 따로 없다 카드라꼬. 뭐라 카드라? 그래 월남에는 베트콩이 없는 곳도 없고 있는 곳도 없다는 거라. 그기 무슨 소리겠노?"

그제야 명훈도 몽롱한 기억을 더듬어 무의미하게 귓전에 흘려 버린 말들을 다시 머릿속에 되살려 보았다. 그래, 월남에 공병 부대를 파견하기로 했지. 아니 몇 달 전인가 환송식을 중계하는 아나운서의 목소리를 들은 것도 같다. 그래, 술에 얼큰히 취해 이발소에서 졸면서. 자유 수호를 돕기 위해, 공산주의와의 싸움을 지원하기 위해. 그런데 어째서 우리가 맨 먼저 나서게 되었지? 도움을 받아도 시원찮은 나라가 되레 남을 돕겠다고……. 명훈의 의식이 그쯤을 더듬을 무렵 둘째 아들을 월남에 보낸 듯한 중년이 때맞추어 상대에게 물어 주었다.

"그란데 왜 하필이믄 우리가 중뿔나게 나서 그 나라를 도와야 하노? 우리가 뭔 힘이 있다꼬? 언제부터 월남이라꼬?"

그러나 먹물깨나 든 걸로 보이는 상대가 약간 냉소적이 되어 대답했다.

"미국 부탁 아이가? 작년에 박정희가 미국 갔을 때부터 미국

258

이 공들여 쌌는 거 못 봤나? 5·16 때는 박정희 인정도 안 할라 카디, 언제 대통령 됐다고 그 법석이로? 뻔한 일이라. 아이다, 아이다 카지마는 전투부대 파견도 몇 날 안 가렸을(가렸을, 남았을) 께다."

"뭐시라? 아이, 아무리 미국 부탁이라 카지마는 전투부대까지? 참말로 이거 우리가 미국 종놈 됐뿐 거 아이가? 다른 일도 아이고 사람 목숨이 오락가락하는 일인데 그래 미국 놈들이 가라 칸다꼬 죽을 구덩이에 젊은 아아들을 몰아여(몰아넣어)?"

"그거사 박정희 정권에 등신이들만 앉아 있는 게 아이라 카믄 택없이 그래지는 않겠제. 들이 죽는 놈 죽디라도 미국 부탁 들어줄 만한 까당(까닭)이 있는 모양이더라꼬."

"우리 아아들이 가서 죽어 자빠지는데 까당은 무슨 까당……."

"그게 아인 모양이라. 한일회담도 글치마는 아무 득 될 거 없는데 정부가 왜 계엄령까지 내라가미 억지를 쓰겠노? 다 돈이라. 월남에 군대만 보내 주믄 미국이 한 보따리 준다꼬 칸 게라. 아무리 백성들이라 카지만 총칼로 말 안 들으믄 돈으로 달래는 수밖에 없는데, 이 정부에 무신 돈이 있노? 그래서 일본 돈 끌어들일라꼬 무리를 해 가미 성사시킨 게 한일회담이고, 인제는 또 월남 파병이라. 학생 아아들 얘기 들이 지금 경부고속도로니 경인고속도로니 하는 게 다 그 돈 믿고 벌이는 일이라 카던데."

"뭐시라? 그럼 젊은 아아들 목숨을 딸라 몇 푼에 넘과주는(넘겨주는) 택(셈) 아이라?"

"꼭 그래 말할 거사 없지마는 우예튼 거도 돈 문제가 걸래 있는 거 같드라꼬."

먹물 든 쪽이 그쯤에서 꼬리를 뺐다. 그러나 그때 이미 명훈의 의식은 다시 자기 안으로 갇혀 들고 있었다. 월남이란 말을 듣자 당장의 사안에 대한 흥미보다도 몇 년 전 군대에 있을 때 겪은 자신의 일이 갑작스레 강렬한 기억으로 떠오른 까닭이었다.

제대를 1년 앞둔 때였던가, 여러 갈래로 나누어져 있던 당수 도장이 태권도협회로 통합된 지 얼마 안 돼서였는데 군에서 태권도 교관 선발이 있었다. 태국과 월남에 파견할 교관 요원 선발이었다. 명훈은 당연히 그 대회에 참가했고 우수한 성적으로 선발되었다. 그러나 결국은 헛수고였다. 아버지 때문에 신원 조회에서 불가(不可) 판정이 나면서 멋모르고 부풀어 오르던 명훈의 기대는 여지없이 허물어져 버렸다. 군대에서 제대한 지 두 해, 잠깐 잊고 지냈던 상처만 아프게 후비고 만 꼴이었다.

'그런데 그 월남에 우리 국군의 대부대가 간다. 내가 아직 제대 하지 않고 있었다면 나도 가게 됐을까……'

모처럼 바깥을 향해 열렸던 명훈의 귀는 겨우 그 같은 자폐적인 물음 속에 다시 닫히고 말았다.

돌내골 사람들이 낮차라고 부르는 버스를 간신히 잡아타고 명훈이 돌내골로 접어든 것은 열두 시 조금 넘어서였다. 안동에서 느끼던 것보다 봄은 훨씬 짙어져 있었다. 열흘 전만 해도 연한 푸른 기운만 돌던 산과 들이 새로 돋은 나뭇잎과 들풀로 제법 푸르

스름해져 있었고, 어떤 논은 이른 모판을 위해 벌써 물이 끌어들여져 있었다.

차창 밖으로 그런 풍경들을 보던 명훈은 멀리 개간지가 보일 무렵 해서부터 줄곧 그쪽을 바라보았다. 그런데 벌써 멀찌감치서 보기에도 개간지에는 이상이 있었다. 주위의 야산들과 달리 개간지가 유난히 빠알갛게 벗겨져 있는 게 그랬다.

처음 그 빠알간 흙색은 불모(不毛)의 연상과 더불어 명훈을 습관 같은 우울 속에 빠뜨렸지만 다가갈수록 그게 아니었다. 작년 가을에 이미 태반이 잡초로 덮였던 땅이라 오히려 퍼렇게 되어 있어야 할 텐데 무엇으로 민 듯 흙만 드러나 있었다. 하지만 그때까지도 명훈은 그게 사람이 갈아엎어서라고는 상상조차 못 했다.

명훈이 그 같은 개간지의 변화가 무엇 때문인지를 제대로 알게 된 것은 개간지 아래 국도에 내려선 뒤였다. 먼빛이지만 밭의 이랑들을 알아보게 되면서 비로소 그게 사람이 갈아엎어서란 걸 깨닫게 된 것이었다. 그러나 누가 왜 그 넓은 땅을 갈아엎었는지는 여전히 알 수 없는 일로 남아 있어 명훈의 걸음은 절로 빨라졌다.

"하이고, 야야, 니 어디 갔드노? 어예 그래 소리 소문도 없이……안동 있지 싶기는 해도 어데 있는지 알아야 찾아 나서나 보지……."

집 부근에서 서너 명의 여자들과 전에 없던 거름 더미를 손보고 있다가 명훈이 올라오는 걸 보고 종종걸음을 쳐 내려온 어머니가 다짜고짜 그런 나무람으로 나왔다. 그러나 표정은 원망이나 성냄보다는 반가움 쪽이 앞서 보였다.

옥경이와 함께 끼니도 못 이어 늘어져 있을 걸로 걱정해 온 명훈에게는 어머니의 그런 원기 있고 밝은 얼굴이 전혀 뜻밖이었다. 하지만 그보다 더 궁금한 게 개간지를 중심으로 벌어지고 있는 일의 진상이었다.

"네, 좀 볼일이 있어서…… 그런데 어머니, 저 사람들은 뭐예요?"

"뭐긴 뭐라? 그 사람들이 안 왔나? 창녕 사람들 말이다. 왜 거 농촌 지도원이 보낸다 카든……."

명훈은 그 말이 얼른 믿어지지 않았다. 명색 농사를 짓겠다는 사람들이 3월이 되어도 오지 않더니…….

"니 없어지고 바로 그 이튿날 왔드라. 다섯 집인데 참하고 여문 사람들이라. 개간지 함 봐라. 분통같이 안 해 놨나?"

어머니가 명훈의 물음을 기다리지 않고 다시 그렇게 덧붙였다. 생각할수록 생광스럽다는 말투였다. 그제야 실제적인 문제에 생각이 미치게 된 명훈이 물었다.

"살이들은 어때요? 정말로 가을까지 먹을 것들은 있어 뵙디까?"

"우리한테 대믄 열 부자라. 다섯 집 살림이 큰 도라꾸(트럭)로 하나가 꽉 찼는데 집집이 쌀가마이가 다 있드라 카이. 돈도 가을 날 때까지 비비댈 만큼은 있는 눈치들이고…… 우리나 그 사람들 한테 양식 안 빌려 먹어야 될 낀데……."

"그런 사람들이 왜?"

"그 농촌 지도원 말이 똑 맞더라. 땅에 기갈이 난 사람들이라. 산전(山田) 한 뺌(뼘)이라도 얼마나 유관스럽게(내 것처럼, 귀하게) 여기는지, 얘기 들어 보이 거기서는 모도(모두) 겨우 밭 몇백 평 소작에 날일로 살았는 갑더라. 우리 땅 묵은 것 보고 돈을 썩쿠었다고 (썩었다고) 혀를 차고 난리드라 카이."

어머니가 말한 그들의 부(富)란 것은 명훈네의 적빈(赤貧) 때문에 실제 이상으로 과장된 것임에 분명했다. 아이들이 어린 데다 일할 줄 아는 젊고 건강한 부부가 그동안의 비축을 몇 달 양식으로 바꾸어 올망졸망한 보따리와 함께 땅을 찾아 이주해 온 것뿐이었지만 당장의 끼니에 어려움을 겪고 있는 어머니에게는 그게 대단하게 보이지 않을 수 없었을 것이다. 하지만 그 정도의 여유라 할지라도 명훈에게는 그들이 와 준 게 여간 다행스러운 일이 아니었다.

"남자들은 어디 갔습니까?"

"한 댓새 개간지에 덤벼들어 갈아엎고 썰고 하디(하더니) 밭을 꼭 체로 친 듯 해 놓고는 나무하러 댕긴다. 딴 농사 준비는 안사람들한테 미루코…… 이 거름 데미도 그 사람들이 한 댓새 만에 만든 기다. 쪼매 있으믄 온상도 맹글 모양이더라."

"나무하러요?"

"그래, 한번 장에 나가 보디 여기서는 나무만 해다 팔아도 돈 벌겠다 안 카나? 하루에 장작을 여섯 짐씩 한다. 집집이 벌씨로 한 다나[坪]씩을 짜개 놨을 꺼로."

아직도 노동력과 재화 사이가 제대로 연결이 안 되는 명훈에게는 얼른 이해가 되지 않는 일이었다. 봄철에 나무를 한다. 그것도 한참 물이 오른 나무를 패어 말려 장작을 만든다. 장터에서 장작 한 짐이 꽤 값나간다는 건 알고 있지만, 그게 돈벌이로도 될 수 있다는 게 명훈에게는 영 실감이 나지 않았다. 명훈의 못 미더워하는 표정을 알아본 어머니가 묻지 않은 것까지 앞질러 말했다.

"여자들은 또 어떻고. 빨래는 밤에만 하는 사람들이라, 정 할 일이 없으면 망태기 들고 동네 개똥이라도 줘 모아야 되는 억척들이라 카이."

그러나 정작 명훈이 자신의 땅에 새로운 희망과 믿음을 가지게 된 것은 그날 저녁 남자들을 만나 본 뒤였다. 대개 이런저런 연줄로 얽힌 그들 다섯 가구의 우두머리 격인 사십 줄의 신(申)씨가 말했다.

"우리한테 함 맡겨 놔 보이소. 땅 이거요, 좋고 나쁜 게 따로 없심더. 하모요. 거루는 데 나쁜 땅이 어딨십니꺼? 인자 여름 되믄 밤잠 줄여도 풀이든 뭐든 마구 비(베어) 여을 끼라예. 3년이믄 딱 상입니더(많습니다, 충분합니다). 옥토가 따로 없는 기라예. 그때 우리를 모르는 척이나 하지 마이소."

그들의 풍속화

여관에 들기 바쁘게 창현은 서둘렀다. 자신의 존재를 확인시킬 길은 오직 그뿐이라는 듯 훌훌 옷을 벗어 던지더니 뜯어내듯 급하게 영희의 옷을 벗겼다. 영희도 덩달아 급해져 창현의 일이 쉽도록 몸을 움직여 주었다. 뒤이은 창현의 애무는 시작할 때의 서두름과는 달리 세밀하고도 헌신적이었다. 손가락 혀끝 입술 이……. 창현은 그럴 때 쓰이는 모든 신체 부위를 다 써서 정성스레 영희의 몸을 달구었다.

물론 창현의 그 같은 애무는 거의가 싸구려 잡지의 성교육 특집이 즐겨 다루는 상투적인 방식이었다. 영희가 전에 손님으로 받아 본 남자들 중에도 이따금씩 실험 삼아 혹은 그 방면에 대한 자신의 능숙함을 과시하기 위해 그런 식의 애무를 시도하는 치들이 있었다. 그러나 영희는 그때 오히려 진저리를 쳤던 기억뿐이었다. 박 원장도 때로 그런 식의 애무를 시도했지만 그것도 영희의 성감을 특별히 높여 주지는 못했다.

하지만 창현의 손길에 의해 이루어지면 모든 것이 사뭇 달라졌다. 주변에서 중심으로, 라든가 약한 자극에서 강한 자극으로, 따위의 상투성에 거부감을 느끼는 것도 잠시 영희는 이내 영혼까지 살라 버릴 듯한 불길에 휩싸여 신음 소리와 함께 몸을 꼬게 되고 마는 것이었다.

그런 영희에 비해 창현은 정성을 들이기는 해도 자신이 쉽게 몰입되지는 못하는 듯했다. 대개의 경우 영희의 절정에 비해 창현의 그것은 터무니없이 늦게 왔다. 그 바람에 창현은 자주 영희에게 정상이 아닌 자세를 요구했는데, 어떤 때는 미군 부대에서 흘러나온 도색잡지를 가져와 사진을 펼쳐 보이며 그 속의 여자가 한 대로 해 달라고 조르기도 했다.

많이 삭고 닳아 버리기는 했지만 그때만 해도 영희에게는 분방한 성에 대한 경계와 수줍음이 희미하게 남아 있어 창현의 그 같은 요구는 처음에는 대개의 경우 망측스러움으로 먼저 다가왔다. 비록 짧은 기간 매음의 일선까지 겪은 몸이라고는 하지만 마음까지 온전히 망가져 버리기에는 스물넷의 나이가 아직은 어렸다는 편이 옳았다. 짐승처럼 엉덩이를 추켜세우고 남자를 받는다거나 창문에 햇살이 환하게 스며드는 대낮에 두 발목을 잡고 삶을 그대로 드러내는 자세는 망측스러움을 넘어 고역에 가까웠다.

그러나 온몸이 땀으로 번들거리며 절정을 향해 안간힘을 쓰고 있는 창현을 곁눈질해 보면 그 정도 고역쯤은 쉽게 견딜 수 있었다. 아니, 그 이상 고통과도 흡사한 안타까움으로 그런 창현을 돕고 싶어져 어떤 때는 창현의 요구 이상으로 자극적인 자세를 취해 주기도 했다. 그걸로 창현을 절정으로 밀어 올릴 수만 있다면 사람들이 북적이는 대낮 명동 골목의 아스팔트 위에라도 알몸으로 벌렁 누울 수 있을 것 같다는 게 그 순간 영희가 빠지게 되는 솔직한 감정이었다.

그러다 보면 성적인 욕구의 묘한 상승작용이 일어나 창현이 간신히 절정에 이르렀을 때 영희가 다시 새롭게 달아 있을 때가 많았다. 이번에는 영희가 스스로 창현의 남성을 자극하게 되는데, 그럴 때 창현은 더욱 헌신적이었다. 그는 두말 않고 영희의 요구를 받아들여 다시 앞서의 악전고투와도 같은 전 과정을 정성껏 되풀이하는 것이었다. 따라서 그들 밀회의 첫머리 두어 시간은 땀과 정액의 질척임 속에 사람 같지 않은 신음을 토해 내며 네 방구석을 기는 것으로 채워지기 일쑤였다.

그날도 그랬다. 창현을 만난 때가 한 시였는데 다시 정신을 차려 보니 벌써 세 시가 훨씬 지나 있었다. 죽은 듯이 지쳐 늘어져 있는 창현 곁에 누워 영희는 문득 박 원장의 말을 떠올렸다.

"양키들은 이걸 케미스트리라 표현하지. 화학이라던가. 놈들은 남녀를 결합시키는 것이 사랑이니 뭐니 하는 요란뻑적지근한 감정이 아니라 육체의 화학으로 본 거야. 물질적인 놈들다운 발상이야. 실은 우리가 잘 모르는 육체의 화학이 있어 남녀가 서로를 끌어당기는 건지도 모르지. 사랑한다는 것은 그 화학이 적절하게 맞아떨어졌다는 뜻이고. 그런데 우리 화학도 이만하면 괜찮게 맞아떨어졌다고 할 수 있지 않을까?"

어느 날인가, 둘 모두 제법 만족스러운 방사를 치른 날 박 원장이 빙글거리며 그렇게 말했다. 그때는 아직 창현을 다시 만나기 전이라 그랬는지 영희도 별 거부감 없이 그 말에 동의할 수 있었다.

'아냐, 어쩌면 나와 정말로 화학이 맞는 사람은 이 사람일 거야. 그렇지 않고서는 우리가 다시 이렇게 될 수 없어. 이이의 말이 정말로 모두 옳을지 몰라. 우리는 애초부터 헤어질 수 없는 사람들이란 말. 배신하고 싶어도 배신할 수가 없는 운명이라는 거……'

그때 창현이 얕은 잠에서 깨어난 사람처럼 나른한 목소리로 말했다.

"나도 나지만 유도 대단한 사람이야. 유와 한바탕 일을 치르면 그대로 그로기 상태가 되어 버린다니까. 쫙쫙 빨아들이는 여자가 있다더니 유가 바로 그런 모양이야. 온몸의 피란 피는 다 빨려 버린 기분이라고. 솔직히 말해 내가 유를 잊지 못한 게 바로 이 때문인지도 몰라."

"피이, 새빨간 거짓말. 나 같은 건 깨끗이 잊고 딴 기집애들과 허리 부러지는 줄 모르고 놀아 놓고선."

영희는 그렇게 핀잔을 주었지만 내심으로는 그리 나쁜 기분이 아니었다. 창현이 언제나처럼 정색이 되어 말했다.

"아니라니까. 정말 남의 진심 되게 몰라주네. 말이 났으니까 하는 얘긴데, 나는 유가 되레 의심스럽더라. 아니, 한 1년 소식 없다고 날 두고 다른 남자에게 가? 우리가 누구야? 식만 안 올렸다뿐이지 부부나 다름없는 사이였잖아? 솔직히 처음 유가 시집갔단 말을 했을 땐 당장 그 사람을 찾아가 따지고 싶은 심경이었다고. 우리 관계를 떳떳이 밝히고 유를 되찾아오고 싶었어."

"어쭈, 어디 한번 그래 보시지 그래?"

"못 할 거 같아?"

"그런데 왜 안 그랬어?"

"알고 보니 그치나 나나 비슷한 처지라 따지고 자시고 할 필요가 없으니까 그렇지."

"유와 그 사람의 처지가 비슷하다니, 뭐가 그래?"

"그 사람이 유와 식을 올렸어? 하다 못해 세컨드로라도 집에 들였어? 일주일에 한두 번씩 바깥에서 만나기는 서로 같고…… 그런데 내가 그 사람 찾아가서 따질 게 뭐 있어? 이건 결국 경쟁일 뿐이라고. 그 사람의 돈과 내 사랑, 어느 편이 이기느냐에 따라 유의 자리가 결정되는……."

듣기에 따라서는 유치하고도 기분 나쁜 소리일 수 있었으나 역시 영희에게는 그리 마음에 걸리는 말이 아니었다. 오히려 창현과 다시 만나면서 조금씩 자라 가던 박 원장을 향한 죄책감을 덜어 주는 면죄부처럼 받아들여질 뿐이었다.

"그렇담 나 모든 것 뿌리치고 나와 버릴까?"

"그게 무슨 소리야?"

"유, 그렇게 몰라? 내 사랑은 유뿐이라는걸. 까짓 돈이 다 뭐야? 난 유만 있으면 돼. 나와서 우리 예전처럼 살까? 같이 벌어 있으면 있는 대로 없으면 없는 대로 오손도손 살지 뭐."

영희가 저도 모르게 창현을 흉내 내 당신이나 너 대신 유란 영어 이인칭 대명사를 따라 쓰며 콧소리로 거기까지 이어 갔을 때였다. 갑자기 창현의 목소리가 날카로워졌다.

"그건 안 돼! 그럼 유는 뭐야? 유는 몸으로 자선사업이나 하는 사람이야? 바칠 거 다 바치고 왜 빈손으로 떨려나? 왜 그 자식 좋은 일만 시키느냐고?"

다분히 영희의 오랜 의심을 자극할 만한 소리였다. 영희는 절로 가슴이 서늘해져 되물었다.

"그럼, 그 사람에게 한 살림 우려낸 뒤 우리 함께 모여 살자, 이 말이야?"

"어떻게 사람의 말을 그렇게 알아들어?"

창현은 그쯤에서 자신의 실수를 수습할 줄 알았다. 날카로움이 깨끗이 씻긴 목소리로 그렇게 받더니 이어 울적하기 그지없는 표정으로 바뀌며 말했다.

"유는 아직도 날 잘 몰라? 버는 것보단 들어가는 게 많은 떠돌이 악사, 빈털터리 배우 지망생인 날 말이야. 이미 나와 몇 달이나 살아 보지 않았어? 어때? 그때 그 비참한 생활로 돌아갈 수 있어? 둘이 번다지만 그때는 안 그랬어? 이제라고 나아진 게 뭐야? 난 여전히 이 모양이고, 유라고 지금 뛰쳐나와 나아질 게 뭐 있어? 막말로 미장원 안주인에서 다방 레지로 다시 나앉을 수 있어? 그렇다고 이제 와서 또 비어홀에 나갈 거야? 유는 어떤지 몰라도 난 그럴 수 없어. 하지만 절대로 유더러 누구에게서 한 살림 우려내란 말이 아니야!"

"그럼 어쩌잔 말이야?"

"그래서 내가 이렇게 괴로워하고 있잖아?"

그러면서 창현은 정말로 괴로운 사람처럼 머리를 감싸 쥐었다. 머리칼을 쥐어뜯으며 신음하기 직전의 자세였다. 아직도 창현의 논리는 알쏭달쏭했지만 영희는 그가 그 이상 괴로워하는 걸 볼 수 없어 미련 없이 후퇴했다.

"알았어. 너무 괴로워하지 마. 곧 무슨 수가 날 거야. 하늘이라고 우리 사랑에 시련만을 마련했기야 했겠어?"

영희는 영화 속 슬픈 사랑에 빠진 여주인공처럼 그렇게 창현을 위로했다. 그제야 창현도 큰 위로를 받았다는 것처럼 두 손으로 감싸 안은 머리를 풀었다.

"맞아. 이 김창현이, 한 번은 출세할 날 있을 거야. 쥐구멍에도 볕 들 날이 있다고. 나라고 해서 이 모양 이 꼴로 청춘이 가기야 하겠어?"

그러고는 금방이라도 긴한 볼일이 생각난 사람처럼 옷을 주워 걸쳤다. 다섯 시 볼일을 잊고 있던 영희도 창현의 서두름에 새삼 다급해져 몸을 일으켰다.

창현은 영희가 화장을 고치고 옷매무새를 가다듬는 것보다 더 길고 꼼꼼하게 몸맵시를 냈다. 윗도리 속주머니에서 빗까지 꺼내 머리 손질을 하던 창현이 갑자기 풀썩 웃으며 말했다.

"이거 창피해서 어떻게 나가지?"

"뭐가?"

"금방 숨이라도 넘어갈 듯 소리소리 질러 댔으니 말이야. 아무래도 다음에는 여관을 갈아야겠어."

그 말에 영희도 얼굴이 화끈해 왔다.

"어디 이런 장사 하루이틀 하나 뭐. 여관 하다 보면 이런 손님도 있고 저런 손님도 있는 거지. 별걱정 다 하고 있네."

영희는 창현이 자기를 놀리려고 그러는 줄 알고 그렇게 핀잔처럼 받았지만 창현에게는 다른 뜻이 있었던 것 같았다. 빗을 다시 윗도리 속주머니에 챙겨 넣은 창현이 심각한 얘기를 꺼낼 때의 표정으로 물어 왔다.

"유, 돈 좀 여유 있는 거 없어?"

영희는 경계심의 날을 세운 눈길로 창현을 살펴보았다. 다시 만난 뒤로 이상하게 돈 문제는 도통 꺼낸 적이 없는 그였다. 어쩌다 여유가 있어 몇천 원 내밀어 보아도 펄쩍 뛰며 손사래를 쳤고 가끔씩은 둘이 만나 쓰는 경비도 제법 부담해 보려고 나서기도 했다. 어쩌면 그가 돈 때문에 다시 자신에게 열을 올리게 되었을지도 모른다고 의심해 온 영희에게는 적이 마음 놓이는 변화였다. 그런데 그날은 창현이 먼저 돈 얘기를 꺼내자 영희는 일순 기어이,

하는 암담한 느낌에 빠졌다. 그런 영희의 눈치를 읽었는지 창현이
재빨리 까닭을 설명했다.

"방을 하나 얻었으면 해서 말이야. 하루이틀 만나고 말 사이도
아닌데, 우리 경비가 너무 나가는 거 아냐? 오늘도 봐. 점심 사 먹
고 차 마시고, 거기다가 여관비 보태면 천 원이 훨씬 더 들었잖아?
우리 방만 있으면 하나도 필요 없는 돈인데."

둘을 위해 쓸 거라면 좀 달랐다. 핑계를 대고 뜯어 가는 돈이
아니라는 데 안도하며 받았다.

"그건 그래. 하지만……"

"남동생 때문에? 그렇다고 합치자는 건 아냐. 따로 얻어 둘만
쓰면 되잖아? 보증금은 날아가는 것도 아니고 까짓 월세야 웬만
한 방이라도 천 원이면 둘러쓸 텐데. 덕분에 나도 이 친구 저 친구
집 떠도는 신세 면하고……"

그만한 돈은 영희에게 있었다. 그러나 그것은 머지않아 자신이
일해 번 것만으로 열 새 미장원의 밑천이었다. 뒤진 수학을 짧은
기간에 만회하기 위해 한꺼번에 몇 강좌를 중복해 들어야 하는 바
람에 늘어난 학원비로 만만치 않아진 인철의 뒤를 대고도 한 달
에 돈 만 원씩은 모아 벌써 원금만 5만 원이 넘었다. 그날의 다섯
시 볼일도 실은 자신의 돈을 늘려 주는 일수 아줌마를 미장원에
서 만나는 것이었다. 그런데 창현을 만난 뒤로는 모이는 게 전과
같지 않아 은근히 안달이 나는 중이었다.

"으응, 돈은 좀 있어도 그거 모두 어디 들어가 있는데. 목돈 좀

만들어 보려고 말이야."

영희는 일단 그렇게 거절의 뜻을 나타냈다. 아직도 경계심이 덜 풀려서라기보다는 둘의 관계가 뭔가 새로운 단계로 접어들고 있다는 느낌 때문에 선뜻 받아들일 수가 없어서였다. 전과 달리 창현은 선선히 물러났다.

"아, 그래. 하긴 집세가 공짜가 아닐 바에야 두 집 세 집 벌이는 게 오히려 더 어지러울지도 모르지. 알았어. 내 일은 내가 해결할게. 어쩌면 곧 괜찮은 업소에 일 나가게 될지도 몰라. 이젠 그전의 신출내기 악사가 아니라고."

창현과 헤어진 영희는 택시 운전사를 재촉해 가며 미장원으로 돌아갔지만 시간은 이미 다섯 시가 넘은 뒤였다. 다행히도 일수 아줌마는 아직 와 있지 않았다. 새로 둔 시다바리 심 양이 걱정스러운 얼굴로 말했다.

"아까 어떤 아저씨가 주인 언니를 찾아왔던데요."

"누구라데?"

"몰라요. 건 밝히지 않고 언니가 간 곳만 꼬치꼬치 캐묻던데요. 나이는 마흔도 넘어 보였지만 멋지게 생긴 아저씨였어요. 저쪽 골목 입구에 자가용까지 세워 놓고 있던데……."

그제야 영희는 박 원장이 왔다 간 걸 알았다. 좀 뜻밖이었다. 한 번도 치과 진료 시간 중에 미장원을 직접 찾아온 적이 없는데 무슨 일일까 ─. 영희가 그렇게 생각을 굴리고 있을 때 입이 무거운 미용사 곽 양이 한마디 거들었다.

"목소리가 전에 이따금씩 전화 오던 그분 같았어요."

말이 몹시 조심스러운 게 곽 양은 진작부터 박 원장과 영희의 관계에 대해 마뜩잖은 짐작을 해 온 듯했다. 영희는 곽 양의 그런 의뭉스러움에 은근히 속이 뒤틀렸다. 무슨 일이 있어도 너희들은 모르게 할 거야. 우리 관계를 알게 되는 날이 바로 너희들이 일자리를 잃는 날이지 ―. 속으로 그렇게 싸늘하게 내뱉은 영희가 시치미를 떼며 받았다.

"아, 박 사장님. 거래가 좀 있어서. 그래, 다른 말은 없었어?"

"돌아오시는 대로 전화 주시래요. 어딘가 화난 듯한 표정이시던데요."

"자기가 나한테 화낼 일이 뭐 있어? 오냐, 오냐, 해 주었더니 정말 별 영감쟁이 다 봤네."

영희는 대수롭지 않게 받았으나 속은 적잖이 켕겨 왔다. 그 바람에 얼른 전화할 엄두를 못 내고 있는데 마침 일수 아줌마가 들어왔다. 말이 아줌마지 나이는 예순이 넘어 보이는 여자였다.

"자, 이달 치 2천 5백 원."

그녀는 그러면서 돈부터 내밀었다. 영희는 그동안 모은 5만 원을 그 일수 아줌마에게 맡겨 늘리는 중이었는데 그날이 바로 이자를 받는 날이었다.

영희는 반갑게 그 돈을 받았다. 이자를 받을 때마다 영희는 참으로 묘한 기분이 들었다. 공돈이 생겼을 때의 들뜬 기분도 아니고 힘든 노동 뒤에 받는 임금의 뿌듯함도 아니었다. 까닭을 설명하기 어려운 달콤함으로서 좋게 보면 소유 그 자체에 포함된 자본의 확대 재생산 효과에 눈뜬 것이라 할 수도 있지만, 나쁘게 보면 불로소득의 재미에 맛 들이게 된 것이라고 할 수도 있을 것이다.

영희가 전화 따위는 까맣게 잊고 이자를 헤아려 보는 사이에 힐끔힐끔 눈치를 보던 일수 아줌마가 말했다.

"한데 색시, 내달부터는 이자 좀 깎아 줘야겠어. 이제 5부는 나도 힘들어. 딸라변 이자가 1할이 넘으니 내가 색시 돈 가져가 반이자는 공으로 먹는 줄 알지만 그게 아니라고. 말이 1할이지 그거 제대로 거둬들이자면 얼마나 힘든지 알아? 게다가 원금 떼먹고 튀는 년들까지 있다고. 물주에게 5부 이자 주고 나면 신발값도 안 남을 지경이야. 4부로 내려 주면 그래도 해 볼 만할까……"

그제야 영희는 잠깐 동안의 방심에서 벗어나 마음을 도사렸다. 지독한 할망구, 네가 돈을 다 떼여? 오죽하면 시장 사람들이 찰거머리, 양잿물이라 그럴까. 그리고 뭐, 딸라변 이자가 1할밖에 안 된다고? 내가 보니 일수로 돌리면 2할도 넘겠더라. 그렇게 악착같이 받아 처먹고도 원금 댄 내게 주는 5부가 아까워 1부를 깎자고. 어림도 없지.

"아줌마, 정말 그렇게 힘드세요? 그럼 이따가라도 원금 가져다 주세요. 3부 고리(5리)라면 믿을 만한 데 인심 써 가며 월변 놓을 수 있어요. 겨우 4부 받자고 일수 아줌마와 거래한다고 손가락질 받을 짓 내가 왜 해요?"

영희가 그렇게 차게 받았다. 실제로 한 달에 3부 5리는 당시 어디서도 쉽게 받을 수 있는 이율이었다. 영희의 짐작대로 일수 아줌마도 원금을 내놓고 싶은 뜻은 전혀 없어 보였다.

"나하고 거래하는 게 어때서? 그년들 터진 입이라고 함부로 씨월거리는 말 같잖은 소리 듣지도 마. 하지만 이자는 색시 맘이 정 그렇다면 하는 수 없지 뭐. 이 늙은 게 더 바쁘게 꿈지럭거려 보는 수밖에. 난 그저 고무신 닳는 값이라도 색시한테서 좀 덜어 보려고……."

일수 아줌마는 그렇게 능쳐 놓고 화제를 바꾸었다.

"참, 저달 이달은 어떻게 된 거야? 돈 불리는 속도가 전만 못 하네. 아직도 만 원 더 못 뭉쳤어?"

내가 왜 재산이 천만 원대가 넘는다는 할망구 신발값을 물어, 하는 기분으로 그녀의 말을 흘려듣고 있던 영희는 기습과도 같은 그 물음에 얼른 둘러댔다.

"동생 고등학교 보내고부터는 어째 뜻 같잖네요. 입학금이다, 공납금이다, 뜻밖으로 학교에 들어가는 게 많아서."

하지만 아니었다. 인철의 입학금은 박 원장이 따로 주었고 그 밖에 드는 돈도 학관이다 어디다 다니면서 입시 준비를 할 때보다 많지는 않았다. 오히려 돈 모으는 게 전 같지 못한 원인이 있다면 그건 바로 창현이라는 편이 옳았다.

일주일에 한두 번 창현과의 밀회에 직접으로 드는 돈도 적지는 않았다. 대개 낮 시간이라 하룻밤 숙박비를 다 물지는 않았지만 어쨌든 고급 여관비에 괜찮은 한정식 식당의 식대라도 얹히면 2천 원을 넘어설 때도 있었다. 그러나 영희의 금전 출납부에 그토록 주름이 남겨진 것은 그 밀회의 비용 때문만은 아니었다.

그보다는 시간이었다. 따로 박 원장과의 밀회가 일주일에 한나절이 있고 보면 미장원은 그만큼 손이 비게 된다. 미용사 하나에 햇내기 보조 하나로 버티자면 손님이 몰리는 시간대에는 영희도 미용사 몫을 해야 했는데 거기서 문제가 생긴 것이었다. 제시간에 머리를 만져 주지 못해 몇 명인가 단골을 잃어버린 뒤에 영희는 미용사 하나를 채용하지 않을 수 없었다. 경력이 짧고 시간제 근무라 보조와 비슷한 수준의 월급이라지만 영희의 미장원으로 보면 그만큼 가외의 부담이 더해진 셈이었다.

다시 불붙게 된 치정 때문에 아등바등하는 마음이 없어진 것도 미장원의 수지에 영향을 미쳤다. 재료비 한 푼을 줄이려고 악착을 떨거나 식대를 절약하려고 미장원 구석에서 밥을 짓게 하던 알뜰함도 눈에 띄게 줄어들었다. 재료는 앉아서 재료상이 대 주는 대로 받고 점심 저녁은 음식점 배달이 늘어났다.

거기다가 아직 확증은 못 잡았지만 미장원을 비운 동안의 계산에도 조금씩 차이가 느껴졌다. 지난 반년이 넘는 통계와 나름의 가늠이 있는데도 영희가 미장원을 비운 날의 수입은 요즘 들어 늘 그것들에 턱없이 못 미쳤다. 아무래도 미용사들의 셈에 무슨 장난질이 있는 것 같았다.

그러나 영희는 그 모든 일이 창현 때문이라는 점을 굳이 인정하고 싶지 않았다. 조금 전 일수 아줌마에게처럼 밖으로는 인철을 앞세우고 내심으로는 미용사들에게로 그 탓을 돌렸다. 시간제 미용사가 제 몫을 벌지 못해서라든가 보조 미용사가 게을러터져서라든가 구로오도(고참) 곽 양이 그 둘과 짜고 셈을 속이고 있는 게 아닌가 의심할 뿐이었다.

"곽 양, 오늘 오후 어떻게 됐어?"

일곱 시쯤 돼 바쁜 고비를 넘기자마자 영희가 계산부터 따지게 된 것도 그런 심리에 바탕한 것이었다.

"퍼머넌트 셋에 고데가 일곱, 커트 셋요. 고데 중에 둘은 반고데고요."

곽 양이 손으로는 미용 기구들을 정리하면서 천천히 대답했다. 오후 내내 받은 손님을 기억하는 일이 어찌 저리 수월할까 싶으며 다시 부쩍 의심이 들었다. 이것들이 나 오기 전에 이미 말을 맞춰 놓은 거 아냐.

"퍼머넌트는 무슨…… 빠마면 빠마지. 그래 나 와서 빠마 하나 있었고 고데가 셋, 카트 둘이었으니 그럼 오후 내내 빠마 둘에 고데 다섯, 카트 하나뿐이었단 말이야? 그것도 둘은 반고데고?"

"요즘이 그래요. 전 같잖아요."

영희가 계산을 의심하고 있다는 걸 알면서도 곽 양은 전혀 모르는 척 그렇게 순순히 받았다. 그렇게 나오면 더는 그쪽으로의 추궁이 불가능했다.

"어떻게 된 거야? 왜 자꾸 단골이 떨어져? 월급 받고 하는 일이라고 남의 일처럼 여기면 못써. 미장원이 잘돼야 월급이고 뭐고 나오는 거야. 나만 좋은 게 아니라 서로 함께 사는 길이라고."

뭔가 속고 있는 기분이면서도 그런 일반론으로 미용사들을 닦달하는 수밖에 없었다.

"저희들도 한다고 하고 있어요. 저쪽에 새 미장원이 생기고부터는 더욱……."

곽 양이 그렇게 사죄의 느낌이 섞인 변명을 했다. 시다바리 심 양도 몸 둘 바를 모르겠다는 듯 느닷없이 빗자루를 찾아 들고 미장원 바닥을 쓸었다. 퇴근 시간이 된 김 양도 공연히 죄스러워하는 표정이 되어 가운을 벗지 못하고 있었다. 그렇게 되면 그나마의 닦달도 끝이었다. 흉물스러운 것들. 영희는 공연히 치미는 울화를 누르며 자리를 수습했다.

"다 늦은 저녁에 비질은 웬 비질이야? 심 양은 빗자루 놓고 밥이나 올려놓아. 저녁마다 차려다 주는 밥상 받을 생각 말고. 점심 우동, 저녁 국밥 하다 보니 너는 편했는지 몰라도 지난달 식대가 배로 나갔어. 손님은 줄어드는 판에 어디 미장원 말아먹을 일 있어? 김 양은 시간 됐으니 이만 퇴근하고."

그러는데 갑자기 전화벨이 울렸다. 받아 보니 박 원장이었다.

"오늘 어딜 갔더랬어? 오후 내내 없는 것 같던데?"

왠지 무겁고 어둡게 들리는 목소리였다. 무언가를 의심하고 있구나, 싶자 가슴이 철렁했으나 영희는 마음을 다잡아 먹었다.

"재료 가게를 좀 돌아 보았어요. 요새 우리 미장원에 재료 대는 이씨, 아무래도 수상쩍어요. 첨엔 안 그랬는데 아주 바가지라고요. 1할은 더 없는 것 같아. 가능하면 도매상하고 직거래도 터보고…… 그런데 그게 맘대로 안 되네요. 가재는 게 편이라더니 모두 짜고 그러는지 말이 이리저리 왔다 갔다 해요. 배달은 원래 그렇다는 둥, 재료가 천차만별이라 자칫하면 싼 게 비지떡이 되어 손님 다 잃어버리는 수가 있다는 둥, 이씨하고 비슷한 소리만 하며 속내를 털어놓지 않는 거예요. 내 참."

낮에 전화가 왔더란 말을 들은 뒤로 준비는 하고 있었지만 그렇게 거짓말이 술술 나와 주는 데 영희는 스스로도 놀랐다. 저쪽에서 말을 끊고 들지만 않는다면 몇 시간이고 그런 수다로 이어갈 수 있을 것 같았다.

"그래서 신설동 쪽에서 보였나?"

미장원 일이라면 귀 기울여 듣고 자상하게 물어 주던 박 원장이었으나 그날은 그런 삭막한 반문으로 영희의 말을 끊었다. 지나가다가 나를 보았구나, 그래서 전화를 걸다가 찾아오기까지 한 것이로구나, 그런데 어디까지 보았을까 ─. 그런 생각을 할 때만 해도 영희의 가슴은 다시 철렁했다. 하지만 영희는 이내 평온을 되찾았다. 어쨌든 그 여관 뒷문으로 들어갈 때 나는 충분히 사방을 돌아보았고, 그때는 분명히 아무도 없었어. 창현과 따로따로 나올 때도 마찬가지였고, 보았다면 길거리에서였을 거야. 그것도 차를 타고 지나치면서.

"아, 절 보셨어요? 신설동, 그래요. 그쪽도 돌아봤어요. 그런데 왜 절 부르지 않으셨어요?”

“차를 돌려 가니까 이미 안 보이더군. 하긴 나도 바쁘게 돌아가야 할 일이 있었고. 그렇지만 네 시에 전화를 해도 그때껏 돌아와 있지 않으니 좀 이상한데. 그 동네는 인철의 자취방이 있지도 않고 학교도 있는 곳이 아니라……”

의심을 겉으로 드러낼 때는 정말로 의심하고 있지 않을 때이거나 이미 확증을 잡은 때라는 말이 있다. 박 원장은 어느 쪽일까, 영희는 섬뜩해하며 뒷 경우를 추측해 보았으나 아무래도 불가능한 일 같았다. 그래서 눈부신 순발력 같은 대담함으로 오히려 박 원장의 의심을 맞받아쳤다.

“그래서 제가 그 동네에 젊은 멋쟁이 애인이라도 숨겨 둔 줄 알고 걱정이 되셨어요? 예까지 다 찾아오시고.”

영희는 그때서야 곽 양이 시치미를 떼면서도 귀 기울여 통화 내용을 듣고 있음을 느꼈으나 더 급한 것은 박 원장의 의심을 적극적으로 풀어 주는 일이었다. 곽 양을 한 번 흘겨 주고는 다시 역습처럼 이었다.

“공연히 그러시지 말고 우리 만나요. 오늘 저녁 시간 좀 내실 수 없어요? 나도 보고 싶고 의논 드릴 일도 있고……”

“벌써 와 있어. 큰길 건너 새로 생긴 비어홀이야. 아마존이라고. 본 적 없어? 불광다방 2층.”

박 원장은 그렇게 영희를 불러내는 것으로 전화를 끝냈으나 목소리는 왠지 어둡고 무거운 그대로였다.

"이것도 사업이라고 해 나가자면 마음에도 없는 웃음으로 돈쟁이들을 구슬려 놔야 할 때가 있어. 내 나갔다 올 테니 아홉 시 넘거든 그냥 문 닫고 퇴근들 해."

영희는 짐짓 대수롭지 않다는 표정으로 누구에게랄 것도 없이 한마디 던져 놓고 미장원을 나왔다. 곽 양의 입가에 스치는 희미한 미소 같은 것이 알 거 다 안다는 뜻 같아 속이 울컥 치밀었으나 내색하지는 않았다.

아마존에 가니 박 원장은 벌써 세 병째 맥주를 비우고 있었다. 그게 다시 영희의 가슴을 철렁하게 했다. 무엇인가가 심사를 건드려도 단단히 건드렸구나. 하지만 한편으로는 다행이라는 느낌도 있었다. 창현과 뜨거운 한낮을 보낸 뒤라 섹스에는 포만감 이상의 느끼함까지 느끼고 있는 영희였다. 박 원장이 바라는 게 또 그것이면 어쩌나 싶었는데 시작을 보니 벌써 그것은 아닌 듯했다.

"잘됐어요. 나도 오늘은 왠지 마시고 싶었는데 정말 속상해 죽겠어요. 저 한잔해도 괜찮죠?"

영희는 자신이 의심받고 있다는 걸 일부러 감추고 약간의 호들갑까지 섞어 그렇게 말하고는 박 원장의 술잔 쪽으로 손을 내밀었다. 박 원장이 점잖게 영희의 손을 밀치며 비어 있는 새 잔에 술을 따라 주었다. 그러나 어딘가 어두워 뵈던 표정은 조금 밝아지는 듯했다.

"무슨 일이야? 갑자기 술을 다 찾고."

그런 박 원장의 반응에 자신을 얻은 영희는 호들갑의 강도를
한층 높였다.

"약이 올라 미장원이고 뭐고 확 때려치우고 싶어요. 조기 보세
요. 조쪽 네온사인까지 단 미장원 간판. 저게 생기고부터 우리 미
장원은 파장이에요. 고 여우 같은 주인 여자가 뭘 어떻게 꾸며 놓
고 어떻게 손님들을 홀리는지 벌써 단골 절반이 날아갔다고요. 거
기다가 재료비는 왜 그렇게 오르고 운영 경비는 또 왜 이리 느는
지. 잘못하면 적자 나 거리에 나앉겠어요. 그런 꼴 보느니 일찌감
치 헐값에라도 손 털고 물러나는 게 나을지 모르겠어요."

그래 놓고 다시 이제는 순발력을 넘어 스스로에게도 간교하게
느껴질 만큼 새로운 방향으로 전환했다.

"아냐. 그럴 순 없어. 내가 왜 물러나? 이 이영희가 누군데, 그런
잔꾀에 당해? 저, 미안하지만 한 번만 더 밀어 주세요. 넉넉잡아
10만 원이면 돼요. 까짓 것, 명동의 조로아 김 미용실 뺨치게 꾸며
버리지 뭐. 박카스다, 구론산이다, 손님 들어오는 대로 퍼다 먹이
고. 파마값도 내릴 거야. 커트는 아예 공짜로 해 줘 버리고. 그렇게
몇 달만 하면 지가 배겨? 본전은 저 집 간판 내린 다음에 뽑지 뭐.
아니, 본전 못 뽑아도 좋아. 그 여우 같은 여자 폭삭 망하는 거 볼
수 있으면 그게 벌써 본전이지."

이어 입으로는 애꿎은 경쟁 업소에 갖은 험구를 다하고 있었으
나 그때 영희가 속으로 굳히고 있는 계획은 오히려 이 기회에 창
현에게 방 얻어 줄 돈을 박 원장에게서 우려내리라는 것이었다.

영희의 말투가 워낙 표독스러워서였는지 박 원장은 쉽게 그 분위기에 휩쓸려 왔다.

"사업이란 거 그렇게 감정으로 하는 거 아니야. 냉정하게 득실을 따져 가며 참을 때는 참고 기다려야 할 때는 기다리는 거라고. 또 무엇이든 돈으로 우겨 이겨 보려는 것도 잘못이고. 생각해 봐. 25만 원에 산 미장원에 10만 원 들여 실내장식하고 물품 공세로 나가겠다는 거 누가 보아도 무리 아냐? 마음을 가라앉히고 잘 살펴보라고. 손님이 준 데는 다른 원인도 있을 거야. 그거나 고치고 기다려 보는 거야. 무턱대고 흥분할 일이 아니야."

그렇게 타이르다가 영희가 눈물까지 내비치며 약 올라하는 시늉을 하자 끝내는 영희의 수단에 말려들고 말았다.

"정 그렇다면 10만 원은 아무래도 무리고…… 내 한 5만 원 더 구해 주지. 그걸로 실내장식이나 그럴듯하게 바꿔 봐. 하긴 아까가 보니 여자들이 모이는 곳치고는 좀 우중충한 느낌이 들더라. 하지만 그 이상 무리해서는 안 돼. 돈이 문제가 아니라 자세가 그래서는 못쓴다고. 언제까지 철부지 계집애 같은 감정싸움으로 장사 할 거야?"

그 말에 영희는 지금까지의 절제된 자기 연출도 잊고 하마터면 환성을 지를 뻔했다. 완벽하게 박원장을 속여 넘겼을 뿐만 아니라 그의 정적(情敵) 격인 창현의 방세까지도 내게 했다는 데서 맛보게 된 일종의 악마적인 기쁨에서였다. 느끼해서 피하고 싶었던 그와의 섹스까지도 그때의 기분대로라면 정성을 다해 봉사할 수 있을 것 같았다.

하지만 영희도 끝내는 그런 기쁨만으로 박 원장과 헤어질 수는 없었다. 영희의 일을 해결해 준 뒤에 박 원장이 우울하게 털어놓은 말 때문이었다.

"오늘 무엇이 나를 취하고 싶게 만든 줄 알아? 낮 동안 나를 은근히 괴롭혔던 너에 대한 의심? 아니야. 실은 조금 전 네가 전화해한 말 한마디야. 젊은 애인, 젊은⋯⋯. 그 말을 듣자 왜 그렇게 소스라쳐지던지. 내가 어느새 젊음을 두려워할 나이에 이르렀다는게 왜 그렇게 비참하던지. 영희야, 앞으로의 일 우리 약속 하나 하자. 네가 나를 떠나게 되거든 그때는 꼭 내게 그 까닭을 일러 다오. 특히 젊음이 그리워서라면 결코 너를 원망하지 않겠다. 부질없이성내거나 너를 미워하게 되는 일도 없을 게다. 축복하며 보내 줄것을 약속하마. 대신 꼭 내게 먼저 일러 다오. 내가 늙음의 비참에느닷없이 기습당하지 않게 해 다오."

끝 부분의 그답지 않게 고급한 수사법 때문에 뜻이 애매한 대로 무언가 영희의 가슴 깊은 곳을 찔러 오는 데가 있는 말이었다. 거기다가 은근히 외박으로 유혹해 보아도 굳이 집으로 돌아가는 박 원장의 휘청이는 뒷모습 또한 전에 없이 어두운 그림자로 그녀의 가슴에 남았다.

영희가 미장원으로 되돌아온 것은 열 시가 조금 넘어서였다. 문을 닫고 있던 곽 양이 뜻밖이라는 듯 손을 멈추고 영희를 바라보았다. 문득 나갈 때 곽 양이 지었던 희미한 미소를 떠올린 영희가 뒤틀린 소리로 쏘아 주었다.

"왜, 늙은 영감 호려 외박하지 않고 이렇게 돌아온 게 이상하니?"

그러나 곽 양은 영희의 목소리에 섞인 불쾌한 술기운을 알아보기라도 했는지 꼬투리를 잡힐 만한 대꾸 없이 공손한 인사만 하고 돌아갔다.

빈 미장원에 홀로 남게 되자 영희는 갑자기 으스스한 기분이 되어 그 무렵 자신에게 일어나고 있는 변화를 돌아보았다. 차가운 이성 같은 게 되살아나며 창현과의 불 같은 정사도 박 원장을 속여 넘겼을 때의 악마적인 기쁨도 모두가 허망하고 부질없는 놀이 같이만 떠올랐다. 대신 술자리 끝에 하던 박 원장의 당부와 비틀거리며 택시에 오르던 뒷모습은 그때보다 훨씬 더 심각한 의미로 마비되어 가는 그녀의 의식을 파고들었다.

그렇지만 오래 깨어 있지는 못할 이성이었다. 영희가 그런 저런 생각에 잠겨 조용한 미장원에 홀로 앉아 있은 지 한 십 분이나 됐을까. 갑자기 요란하게 전화벨이 울렸다.

"날 좀 데려가 줘. 나 또 쫓겨났어. 지배인 그 씨발놈이 나한테 통보도 안 하고 딴 사람을 불러 놨어. 세상에 둘이 한 무대에서 같은 악기로 놀아 보라나. 비교해 보고 실력이 나은 놈만 쓰겠다는 수작인가 본데. 차라리 나가 달라는 소리보다 더한 거 아냐? 나 지금 비참해. 유에게는 기를 쓰고 숨겼지만 실은 지금 당장 갈

데조차 없어. 울고 싶어……."

술에 취한 듯한 창현은 말만이 아니라 정말로 수화기에 대고 흐느끼고 있었다. 그 소리를 듣는 순간 영희는 강한 전류에라도 닿은 것처럼 자리에서 펄쩍 일어났다. 말 그대로 가슴이 찢어지는 듯했다.

"유, 거기가 어디야? 꼼짝하지 말고 거기 그대로 있어. 내 곧 택시로 달려갈게. 그리고. 내일 당장 방 알아봐. 돈 걱정 말고 조용한 데로 얻으라고. 그럼 나 이제 그리로 간다."

그리고 문도 제대로 걸어 잠그지 못한 채 창현에게로 달려 나가는 영희에게 조금 전에 반짝했던 그 장한 이성은 오히려 한순간의 착란이나 다름없었다.

어머니와 딸

　밝은 눈부신 봄날의 토요일 오후였다. 흐드러지게 핀 교정의 목
련이며 벚꽃이 하교하는 인철의 마음을 잠시 설레게 하였으나 일
단 자취방으로 돌아오자 그런 계절의 자극은 아무런 흔적 없이
지워지고 말았다. 토요일과 일요일에 걸쳐 읽기로 하고 학교 도서
관에서 빌려 온 책 한 권 때문이었다.

　그 무렵 인철의 독서 습관은 중대한 변화를 겪고 있었다. 새로
시작된 학교 생활로 고양된 것인지, 이제 그의 책 읽기는 언어의
별난 효용 중에서도 그 마지막 단계를 향하고 있었다. 곧 일시적
인 쾌락 기능이나 값싼 교양적 욕구를 벗어나 보다 본질적이고 진
지한 관념의 세계로 접어드는 중이었다.

　그 출발은 『사랑과 영원의 대화』라는 그 무렵의 베스트셀러였

다. 나중에 지적으로 조금 시건방져진 뒤에는 "감상의 당의(糖衣) 를 처바르고 거리로 팔려 나온 싸구려 철학"이라 폄하한 적도 있 지만 그때의 인철에게 그 책이 준 충격은 컸다. 무엇보다 이야기가 없으면서도 빠져들어 읽을 수 있다는 것, 그리고 다 읽고 난 뒤에 도 무언가를 계속 생각하게 만든다는 것은 그런 책에 익숙하지 않 은 열일곱의 소년에게는 놀라움이 아닐 수 없었다.

그다음이 키에르케고르의 『죽음에 이르는 병』. 앞의 책에 언급 되어 있기도 하고 제목만으로는 자주 들은 것이기도 해 어렵게 구 해 읽었지만 솔직히 그 책은 인철의 기대에 미치지 못했다. 읽기 까다로우면서도 다 읽고 나서는 그 뜻이 알듯말듯 애매한 까닭이 었다. ……지상적인 것에 절망하는 자는 영원적인 것에 절망적이 다. 차이는 지상적 절망이 '약함의 절망'이라면 이 절망은 '자기의 약함에 대한 절망'. 지상적인 것에 절망하는 자신의 약함에 대한 절망. 영원한 자아를 인식하나 헤어나오지 못함…… 그런 구절들 은 조금은 조숙하다 해도 이제 겨우 열일곱의 고등학생에게는 아 무래도 무리였다. 하지만 한 번 발동된 그 방면의 호기심은 쉬이 가라앉지 않아 인철은 이제 그 두 번째의 시도로서 니체의 『차라 투스트라는 이렇게 말했다』를 빌려 왔다.

집 앞 골목이야 서민들의 골목답게 언제나 웅성거렸지만 자취 방 안은 평소처럼 어둡고 조용했다. 누나는 어차피 밤이 늦어야 돌아올 것이었다. 인철은 점심을 차려 먹는 것도 잊고 눈이 방 안 의 어둠에 익기를 기다려 가방에서 책부터 꺼냈다. 알지 못할 설렘으로 교복조차 벗지 않은 채였다.

책의 시작도 좋았다. 등장인물이 있고 대화체를 빌려 말하고 있는 게 소설을 많이 읽은 인철에게 아주 친근하게 느껴졌다. 서장의 문장도 키에르케고르처럼 심약하고 정밀하면서도 함축적이 아니어서 쉽게 넘어갔다. 거기다가 니체적인 강렬한 어휘 구사는 벌써부터 예사 아닌 조짐으로 번득이고 있었다. 인간은 초극되어야 할 그 무엇이로다……

그렇지만 인철이 차라투스트라의 교설에 심취하게 되는 것은 그로부터 몇 달은 더 지난 뒤의 일이었다. 우선 그날의 독서 환경부터가 그 책을 길게 읽을 수 있도록 만들어 주지 않았다. 인철이 겨우 서장을 읽고 났을 무렵이었다. 때아니게 여자의 하이힐 소리가 마당을 울리더니 방문이 열렸다.

"너 왔구나. 뭐 해, 캄캄한 방에 혼자 들어앉아?"

밝은 바깥에서는 어두운 방 안이 잘 보이지 않는지 누나가 가늘게 눈을 뜨고 들여다보며 물었다. 작업복 차림인 것으로 보아 무언가 급한 일로 미장원에서 한달음에 달려온 듯했다. 자주 있는 일이 아니어서 벽에 기대 책을 읽고 있던 인철이 저도 모르게 벌떡 몸을 일으켰다.

"응, 책 좀 보느라고. 그런데 웬일이야? 미장원에 무슨 일 있어?"

"미장원이고 뭐고 이것 좀 읽어 봐. 어머니가 올라오신대. 오늘 저녁 차로."

그러면서 누나가 내민 것은 휘갈겨 쓴 전보 용지였다. "토 오후

여섯 시 모 상경. 마중 바람. 명훈." 조금 전까지 열중해 있던 차라 투스트라가 아니더라도 인철에게는 좀 뜻밖이었다.

"내 배로 낳은 물건 내가 모리고 누가 아노? 그년 건청(시건방) 이사 떨어 쌌는다마는 내사 하나도 안 믿는다. 지가 성공을 하이 어예 하노? 백지로 우리한테 캐 보는 소리라. 내 하마 알아봤듯이 우쩨믄 어리숙한 지 오래비한테서 또 한 뭉테기 후비(후벼, 파내어) 낼까 시퍼…… 그래이 니도 너무 바래지 마라. 니가 하도 여기서 지내는 걸 못 견뎌하고, 이 에미도 니가 놈팽이로 나이 먹어 가는 걸 못 봐 보내기는 한다마는 그년 그거 믿을 거 하나도 없다. 학교 고 뭐고 쪼매만 이상하거든 보따리 싸 가지고 다부(도로) 내리오 라꼬. 까짓 거 바람 쐬러 갔던 요량하고."

작년 돌내골을 떠나올 때 어머니가 인철을 잡고 마지막으로 한 말은 그랬다. 지난겨울 입시 뒤에 인철이 며칠 집으로 돌아갔을 때 도 마찬가지였다. 인철이 박 원장의 존재를 내비치지도 않았지만 어머니는 단박에 누나가 그 미장원을 가지게 된 마뜩잖은 이면을 거의 본 것처럼 알아맞혔다.

"뭐? 크단한 미장원이 지 꺼 맞더라꼬? 참말로 글타믄 그년이 뭔 일을 내도 큰일을 냈다. 생각해 봐라. 지가 집 나간 지 1년 만 에 몇십만 원 하는 미장원을 채렸다믄 도대체 한 달에 몇만 원씩 벌었단 말이고? 돈을 기려 냈나(그려 내었나), 은행에서 퍼 담아 왔 나? 니가 모리는 뭔 내막이 있을 께다. 예전에 맨쿠로(처럼) 남의 돈을 들고 튀었게나, 머신가(무언가) 지(자기) 망신, 집안 우세(웃음

거리가 됨)시킬 짓을 했게나……. 글체 ― 니 혹시 영감쟁이 하나 왔다 갔다 하는 거 못 봤나? 돈 많은 영감쟁이 훌쳐 그 미장원 빼 낸 것 같지는 않드나 이 말이라."

인철은 스스로가 민망스러워서라도 그런 어머니의 의심을 딱 잡아뗄 수밖에 없었다. 대신 흔치는 않아도 어느 구석엔가는 있 게 마련인 기연(奇緣) 같은 걸 은근히 암시했으나 어머니는 눈썹 하나 까딱 않았다.

"택도 없다. 지금이 어느 때라고. 그리고 지년을 내가 어데 모리 나. 두고 봐라. 곧 지 망신 우리 집안 우세가 바가지 바가지로 터 질 게따."

그런데 그 어머니가 느닷없이 찾아온다니 뜻밖이 아닐 수 없 었다. 누나에게도 어머니의 상경은 여러 가지로 좋지 않은 예감 을 떠올리게 하는 돌발사였을 것이다. 그러나 그녀는 이미 대응책 을 단계별로 세운 듯 별로 허둥대는 기색 없이 어머니를 맞을 채 비에 들어갔다.

먼저 누나는 세수부터 해서 아침에 출근할 때 짙게 했던 화장 을 지웠다. 그런 다음 늘 달고 다니던 인조 속눈썹은커녕 마스카 라도 칠하지 않고 나머지 화장도 되도록 연하게 했다. 외출복도 명동에서 맞추었다고 자랑하던 화려한 무늬나 디자인 옷은 피하 고 수수한 미색 투피스를 골랐다. 그러고 나니 평소 어딘가 남아 있는 듯하던 여급 티가 싹 가셔 그 나이의 여느 아가씨들과 별로 다를 바가 없었다.

"너 아직 점심 전이지? 나가자. 내 점심 사 줄게. 할 얘기도 있고, 만날 사람도 있고……."

외출 차림을 끝낸 누나가 전에 없이 많은 5백 원짜리를 핸드백에 챙기며 인철에게 말했다.

영희가 인철을 데려간 곳은 그 동네에서 멀리 떨어진 어떤 경양식집이었다. 그날 인철은 처음으로 포크와 나이프를 써서 돈가스란 것을 먹어 보았다. 영희는 이미 그런 문화에 익숙한 사람처럼 맵시 있게 식사를 마치고 커피까지 시켰다. 인철에게는 커피도 역시 그때가 처음이었다. 커피를 마시며 영희가 평소에는 드문 차분함으로 입을 열었다.

"너 접때 집에 갔을 때 박 원장님 얘기 안 했지? 그런데도 엄마는 대뜸 그런 쪽으로 의심하더라며? 사실 나는 엄마의 그런 눈썰미가 미치도록 싫다. 아니, 엄마가 그걸 사실대로 알면 내가 너무 비참해질 것 같아. 나는 오래전부터 엄마를 일생을 걸고 싸워야 할 원수처럼 여겨 왔어. 세상 모든 사람에게는 져도 엄마에게는 지고 싶지 않아. 엄마의 저주를 실현시켜 엄마를 즐겁게 해 주기보다는 내가 갈래갈래 찢겨 파멸하는 쪽을 택할 거야."

"무슨 소리야? 부모 자식 간에. 누나도 이젠 그 생각 좀 버려. 어린애도 아니면서."

하도 오래 보아 온 그들 모녀간의 불화라 인철은 짜증부터 났다. 그러나 영희는 진지하기만 했다.

"아냐. 넌 이해 못 해. 어쨌든 그래서 얘기하는 건데 ……이따가 어머니가 올라오면 어머니의 추측을 보기 좋게 깨 줄 한 사람을 내세우려고 해. 세상에 나무랄 데 없는 신랑감을 보여 주고 난 왕자를 만난 신데렐라가 되는 거야."

"그런 사람이 어딨어?"

"곧 올 거야. 아까 네게 소개해 줄 사람이 있다고 했지? 실은 그 사람이야."

"그게 누군데?"

거기서 인철은 조금 긴장했다. 누나에게 박 원장 말고 남자가 생긴 것 같다는 느낌이 든 지는 제법 오래되었지만 차마 묻지 못했는데 이제 그 사람을 보게 될 것 같았다.

"김창현 씨라고, 우여곡절 끝에 다시 만나게 된 내 옛 애인이야. 곧 네 매형이 될 사람이고."

이름을 듣고 보니 기억에 있었다. 누나가 돌내골에 있을 때 일기 삼아 휘갈기던 공책에서 더러 보았던 그 그리움과 원망의 이름, 그를 다시 만난 것 같았다. 불길하지만 궁금한 사람.

"지금 뭘 하는데?"

"아직은 이름 없는 악사야. 그러나 뒤를 잘 봐주면 스타로 자라날 재능이 있는 사람이야."

"악기로?"

"악기뿐만 아냐. 충무로에서 몇 번 카메라 테스트도 받아 봤는데 감독 말로는 가능성이 있대. 얼굴이 신성일이는 저리 가라야. 거기다가 귀족적이고 신비한 우수에 싸여 있다나. 가수로도 뜬 적이 있지. 너 한강일이라고 들어 봤어? 더러 라디오에서도 그 노래가 나온다던데, 그 사람하고 4인조로 뛴 적도 있다고. 목소리는 아직 별로지만 다듬으면 역시 가능성이 있대. 가수는 성악가하고는 다르거든. 최희준의 쉬어 터진 그 목소리가 어디 좋아서 인기 있는 거니? 다 개성이라고, 개성."

그러는 영희의 얼굴은 환하게 상기되어 있었다. 인철에게는 전혀 낯선 세계의 얘기라 그 전망이 전혀 가늠되지 않았지만 어쨌든 누나가 그렇게 말하니 조금은 기대가 갔다. 그러나 문득 떠오르는 얼굴 하나가 그런 인철에게 까닭 모를 죄의식을 불러일으켰다. 박 원장이었다. 만난 것은 몇 번 되지 않지만 누나에게도 자신에게도 칙칙한 거래의 인상은 전혀 주지 않고 매사를 정성껏 친절히 돌보아 주던 그를 떠올리자 인철은 싫어도 묻지 않을 수 없었다.

"그럼 박 원장님과는 어떻게 되는 거야?"

"그건 네가 걱정하지 않아도 돼. 아무렴 내가 계속해서 이런 식으로 살아야 되겠니? 다 얘기된 게 있어. 어른들끼리는 어른들끼리의 방식이 있다고. 너는 그런 데 너무 예민할 거 없어."

"그 사람, 김창현 씨도 박 원장을 알아?"

"알지."

거기서 인철은 조금 혼란이 일어났다. 이런저런 잡다한 책을 많이 읽고, 세상일에 어느 정도 부대꼈다 해도 그는 아직 만 열일곱을 채우지 못한 소년이었다.

"그럼 박 원장이 있다는 걸 알고도 누나하고 결혼하겠다는 거야?"

"우리끼리의 방식이 있다니까. 어른들의 세계야. 다시 말하지만 너는 신경 쓸 거 없고."

영희도 조금은 당혹스러운지 그렇게 인철의 입을 막아 놓고 다시 당면한 문제로 돌아갔다.

"어쨌든 창현 씨를 박 원장으로 만들려고 해. 돈 많은 집 자식으로 나와 약혼한 사이가 되는 거야. 가을에 결혼하기로 되어 있고, 미장원도 그 집에서 차려 주었고. 그럼 드물기는 해도 전혀 있을 수 없는 일은 아니잖아? 적어도 어머니에게 자신의 저주가 그대로 실현된 걸 들키고 싶지 않아. 그래서 어머니가 의기양양해하는 꼴을 보느니 차라리 내가 혀를 깨물고 죽지."

"또 그 소리. 어머니를 꼭 그렇게 말해야 해? 불쌍하게 보고 이해해 줄 수는 없어?"

"너도 보아 왔잖아? 어머니가 어디 불쌍하고 이해받아야 할 사람이니? 자기를 거역하면 내가 코앞에서 칼을 물고 엎어져도 눈도 깜짝 않을 텐데……."

"그렇다면 누나가 역까지 마중 나갈 건 뭐 있어? 더군다나 그 사람까지 동원해. 나 혼자 나가 어머니 만나 보고 적당한 핑계 대 되돌려보내는 게 낫지."

"아냐. 어머니는 반드시 내가 행복해하는 걸 봐야 해. 그게 엄마의 가슴을 갈가리 찢어 놓는 길이야. 표시가 나지 않으면서도 가장 호된 복수라고. 게다가 남은 그걸 효도라고 보아 줄 테니 양수겸장이지. 오죽 좋아?"

그러는 영희의 눈에서는 일순 불길 같은 번쩍임이 나타났다 사라졌다. 인철은 까닭 없이 암담한 기분이 되어 대답을 하지 않았다. 참으로 이해 안 되는 어머니와 딸이었다.

창현은 두 사람이 커피를 다 마셔 갈 때쯤 해서 나타났다.

"어머, 창현 씨 여기."

누나가 다시 활짝 퍼진 얼굴로 입구 쪽을 향해 손을 흔드는 걸보고 인철이 돌아보니 한눈에 반짝인다는 기분이 들 정도로 잘생기고 호리호리한 청년 하나가 마주 손을 들어 보이며 다가오고 있었다. 누나가 제 안경으로 좋게만 보지 않은 것은 다행으로 여겨졌으나 바로 그 잘생겼다는 게 오히려 인철에게 불안과 의구를 일으켰다. 저런 남자가 어디 여자가 없어 누나 같은 여자를…… 하는 기분이었다.

"나 좀 늦었지? 유가 하도 성화를 대 몸치장 좀 하느라고. 여유있고 고상하게 보이는 거 그거 쉽지 않데."

"어디 보자. 이거 영 불합격인데. 와이셔츠도 넥타이도 벌써 아니잖아?"

영희가 어린아이 다루듯 창현의 옷깃이며 넥타이를 손으로 쓸다가 불만스레 말했다. 인철에게도 갈색 양복에 받쳐 입은 노란 와이셔츠와 빨간 넥타이가 고상하거나 점잖아 보이지는 않았다. 그러나 창현은 영 알 수 없다는 눈길이었다.

"이 와이셔츠와 넥타이가 어때서. 이래뵈도 이거 내게 있는 것 중 가장 새 건데."

"밤무대라면 몰라도, 색깔이 벌써 틀렸네. 그리고 머리는 그게 뭐야? 아버지가 찍구(포마드) 공장 사장이야? 점잖은 자리에 나갈 때는 너무 그렇게 찍어 바르지 말라고 했잖아?"

영희는 그렇게 타박을 놓다가 문득 인철을 의식한 듯 목소리를 부드럽게 했다.

"얘가 바로 인철이야. 우리 집의 희망. 그리고 우리들의 희망."

"이럴 땐 앨 뭐라고 불러야 하나? 어쨌든 나 창현이라고 해. 앞으로 우리 잘 지내 보자."

창현이 그러면서 손을 내밀었다. 이상하게 차고 눅눅한 손이었다. 인철은 왠지 그가 마음에 들지 않았으나 마지못해 미소를 지어보였다.

"인철이라고 합니다. 잘 부탁드립니다."

"쬐그만 게 어른처럼 인사하네. 앞으로는 이이를 형님이라고 불러."

영희가 반 농담 삼아 끼어들어 자리를 조금 부드럽게 했다. 마주앉고 보니 창현은 먼빛으로 볼 때와는 사뭇 다른 인상이었다. 눈에 띌 만큼 흰 살결과 짙은 눈썹은 그대로였으나 이목구비의 세세한 내역이나 그들 사이의 조화는 첫인상이 준 기대에 훨씬 못 미쳤다. 눈은 약간 짝짝인 듯한 데가 있고, 코도 오뚝하기는 했지만 매부리 기운이 있어 밝지 못한 느낌을 주었다. 갸름하게 빠진 얼굴도 각져 삐져나온 턱뼈가 흠이 되었으며, 그나마도 얼굴의 각 부위가 서로간 조화가 이루어지지 않아 전체적으로는 어둡고도 맹한 인상을 지어내고 있었다.

잠시 영희의 코맹맹이 소리와 창현의 꾸민 듯 나긋나긋한 목소리가 어머니를 맞을 각본을 짰다. 창현은 사뭇 효자 노릇 한번 제대로 해 보겠다는 결의에 찬 사위 같은 어조였다. 그러면서도 이따금 인철의 눈치를 흘깃거리는 게 자신의 역할을 어느 정도는 알고 있는 듯했다.

"그럼 역으로 가기 전에 백화점엘 들렀다 가. 우선 그 와이셔츠하고 넥타이부터 갈아야겠어. 그대로 갔다가는 그 귀신 같은 할망구가 한눈에 유가 딴따란 줄 알아볼 거야. 그럼 아예 눈앞에도 못 서게 할걸."

의논을 마친 영희는 그런 말로 창현을 끌고 가까운 백화점으로 갔다. 그리고 흰 와이셔츠와 적갈색 넥타이를 사서 그 자리에서 갈게 하더니 예정에 없던 구두까지 갈아 신겼다.

어머니가 탄 기차는 그 시절로 봐서는 신통하리만치 정각에 도착했다. 여섯 시가 되기 바쁘게 출찰구로 쏟아져 나오는 사람들 사이에서 먼저 어머니를 발견한 인철이 그쪽을 손가락으로 가리키며 소리쳤다.

"누나, 저기."

영희도 쉽게 어머니를 찾아냈다. 자신이 가리키는 쪽을 보다 일순 누나의 얼굴이 굳어지는 걸 보고 인철은 누나가 어머니를 찾아냈음을 직감했다. 지난 2년이 어떤 요술을 부린 것인지 영희는 용케도 자신의 내심을 피부 깊숙이 감출 줄 알았다. 이내 오랜만에 그리던 어머니를 만난 다정한 딸의 얼굴이 되어 어머니가 나올 출찰구 쪽으로 다가갔다. 그러나 어머니에 대한 누나의 감정을 잘 알고 있는 인철로서는 그게 오히려 불안했다.

돌내골에서 어떤 일이 있었는지 어머니는 겨울보다 훨씬 건강하고 활기차게 보였다. 썩 좋은 천 같지는 않았지만 한복도 새로 지어 입은 듯했고 올망졸망한 보따리를 든 여느 시골 어머니들과는 달리 손에 든 것 역시 좀 낡긴 해도 여행 가방으로서의 품위는 유지하고 있는 인조가죽 가방이었다. 눈길에도 낯선 도시에 내리는 시골 아낙네의 두리번거림은 전혀 없고 오랜만에 제 도시를 찾아오는 도회 여인네의 오만한 확인이 있을 뿐이었다.

"엄마!"

그즈음 들어 더욱 예민해진 소년의 수치심 때문에 인철이 머뭇거리는 사이 누나가 먼저 그렇게 소리치며 달려 나가 어머니를 싸안 듯 두 손을 잡았다.

"고생 많으셨죠?"

그러면서 가방을 받는 누나의 눈에 어리는 물기가 아무래도 지어낸 호들갑 같지만은 않아 인철은 조금 마음이 놓였다. 누나를 대하는 어머니의 태도도 뜻밖이다 싶을 만큼 부드러웠다.

"미친년, 다 큰 게 남의 눈치도 살필 줄 모리고……."

지나치게 다가드는 영희에게 그렇게 핀잔은 주어도 가방을 넘기는 품이 조금도 어색하거나 거북해하지는 않아 보였다. 어쩌면 교복을 입고 나와 선 인철의 모습이 딸에 대한 못마땅한 기분을 덜어주었는지도 모를 일이었다.

광장에는 창현이 진작부터 새나라택시를 잡아 놓고 기다리고 있었다. 누나의 연출로 밤무대 악사 티를 깨끗이 씻어 내고 미래의 장모를 첫 대면하려는 얌전한 신랑감으로서였다.

"우선…… 타시죠."

무엇엔가 기가 눌린 창현이 준비한 대사를 모두 잊고 그렇게 우물거리면서 차 문을 열자 어머니는 아무런 대답 없이 택시에 올랐다. 창현이 누구인지 전혀 짐작 가지 않는 바는 아니지만 내 알 바 없다는 그런 태도였다. 그런 어머니를 보는 누나의 눈길이 벌써 실쭉해졌다. 그렇지만 예전과는 달리 그 자리에서 바로 격한 감정을 드러내지는 않았다.

"엄마, 이게 몇 년 만이세요? 서울 참 많이 발전했죠?"

차가 서울역 광장을 빠져나오기 바쁘게 영희가 여기저기 번쩍이기 시작하는 네온사인을 가리키며 말했다. 어머니가 심드렁하게 받았다.

"한 오륙 년 되는 갑다만 내사 보이 그기 그기다. 광고등 많이 달아 놨따꼬 발전한 기가?"

인철이 보기에 어머니는 그때 무언가 다른 생각에 잠겨 있었던 듯했다. 아마도 예상 못 한 창현의 출현에 나름의 짐작과 가늠을 되풀이하고 있었을 것이다. 그러나 듣기에 따라 그 대답은 퉁명스러울 뿐만 아니라 어떤 적의까지 느낄 수 있었건만 누나는 이번에도 아무렇지 않게 넘겼다.

"하기야, 엄마에게 서울은 일제 때 아버지와 함께 거닐던 그 서울이 최고겠지 뭐. 화신 앞, 혼마찌[本町]."

그래 놓고는 아무래도 조바심이 난다는 듯 창현을 끌어들였다.

"그런데, 저 사람 어때요? 참한 신랑감으로 보이지 않아요?"

영희가 그러면서 앞자리에 앉은 창현의 뒷머리를 손가락질하자 어머니는 성의 없이 흘끗 눈길을 주고는 남의 일처럼 받았다.

"그 사람이 누군 동 모를따만 한 번 보고 어예 아노? 내가 관상쟁이가?"

"그래도 생긴 게 있잖아요? 돌내골에서 저런 청년 보셨어요?"

"사람이 어디 껍데기만 가지고 사나? 속은 안 찬 기 겉만 밴드르하면 그기 바로 빛 좋은 개살구지."

모녀의 대화가 거기까지 진전되자 인철은 습관적으로 긴장했다. 돌내골에서 같으면 벌써 터져도 크게 터질 수준이었다. 그러나 누나는 이번에도 속 좋게 받아넘겼다.

"하여튼 이 할마시 심술 하나는 알아줘야 한다니까. 하지만 창현 씨는 아니에요. 속까지 꽉꽉 찼다고요."

그래 놓고는 재빠르게 화제를 돌내골 쪽으로 돌렸다.

"요즘 돌내골은 어때요? 인철이 얘기 들으니까 개간지에 어려움이 많다던데."

어쩌면 영희는 그때 돌내골에서 어머니의 아파하는 곳을 찾아내기 위해서였을지도 모른다. 그러나 창현을 의식해서인지 평소의 막말투는 아니었다. 평소대로라면 어려움이 많다, 가 아니라 싸 말 때가 되었다, 쯤이었을 것이다.

"어렵기는 뭐가 어려워? 개간지 잘만 돌아간다. 함 가 봐라. 어디 문전옥답이 그만한 데 있는강."

어머니의 어조가 갑자기 높아졌다. 실은 어머니도 애초부터 딸을 보러 온 어머니가 아니라 양보할 수 없는 싸움의 전사(戰士)로 돌내골을 출발했는지도 모를 일이었다.

"그것 참 다행이네요. 무슨 좋은 일 있었어요?"

"좋은 일이라 칼 거까지는 없고오, 소작을 다섯 집 됐다. 인제 우리는 집 앞 채전이나 쪼매씩 가꽈 나물이나 보태믄 살기는 걱정 안 해도 된다. 몇 해 안 돼 땅이 모도 옥토가 되믄 새 부자 하나 나는 게고."

어머니는 아주 자신에 차 그렇게 대답했다. 인철도 지난겨울에 내려갔을 때 그 소작인들 얘기를 들은 것도 같아 반가움으로 맞장구를 쳤다.

"아, 농촌 지도원 아저씨가 보낸다던 그 남쪽 사람들……."

"맞다. 그 사람들이 안 왔나? 참 희한한 사람들이라. 남자고 여자고 어째 그래 일만 아는지. 내 올 때 보이 개간지가 똑 분통 같이 훤하더라."

그러는 어머니의 말투에는 조금도 허세의 기운이 내비쳐지지 않았다. 그러나 영희는 별로 믿는 눈치가 아니었다. 오히려 앙갚음의 기회를 놓치지 않겠다는 듯 개간지의 상처를 하나하나 건드리기 시작했다.

"거참 이상한 일이네. 씨앗조차 건지지 못하는 박토에 소작료 물고 농사짓겠다는 사람들이 다 있으니."

"소작료가 아이라. 저그들 한 집에 3천 평씩 띠 가고 나머지는 우리 몫으로 해서 농사를 지 주겠다는 게따. 남은 땅 수확은 오이(모두) 우리 께 되는 게제."

"그럼 소작료가 아니고 품앗이네. 우리한테 돌아오는 것도 가을 돼 거둬 봐야 아는 거고. 하지만 뻔하지 뭐. 품앗이로 지어 주는 농사가 오죽하겠어? 거기다가 그 빨간 박토에……."

"벌써 거름 데미가 산만 하다. 온상도 시(세) 채나 지었고. 가지하고 도마도는 하마 열매가 달랠라 칸다."

"아이고, 거기다 온상 재배까지. 온상 재배는 도시 상댄데 그 깊은 산골에서 대구까진들 어떻게 실어 내? 그건 그렇고, 그 사람들 돌내골까지 땅 얻어 부치러 왔으면 그리 넉넉한 사람들은 아닐 텐데 수확 나올 때까지 뭘 먹고 일한데요? 오빠가 그 양식 휘어 댈 힘이 있어요?"

영희도 돌내골에 있을 때 들은 게 있어 그 새로운 시작에 약점이 될 만한 것은 다 들추어 냈다. 그때쯤은 어머니도 딸의 의도를 알아차린 듯했다.

"니보고 그 사람들 양식 대라 안 칼 테이께는 쓸데없는 걱정 말고 가마 있그라. 그 사람들, 그래도 우리한테 대면 열 부자라. 가을까지는커녕 내년 봄까지라도 우리보고 양식 대라 칼 사람들 아이라꼬. 우리가 도로 양식 빌리러 가지 않으믄 된다.”

그렇게 받는 어머니의 목소리에 드러나게 역성이 끼었다. 그러나 딸은 그래도 멈출 줄 몰랐다.

“엄마가 매일 기도를 하시더니 하늘에서 천사가 한 떼 내려왔는가 봐. 그래도 바알간 땅에 엄마하고 오빠하고 맥 놓고 앉았다는 소식보다야 훨씬 낫지 뭐유. 그 사람들 제발 오빠 마지막 기운이나 빼놓지 말아야 할 텐데.”

“그게 걱정해 주는 거라? 악담이라? 나중에 시집이라도 가믄 거기가 명색 친정이 되는데, 어째 수작이 그 모양으로? 그저 빈정빈정…… 니가 여다서 열 성공을 했다 해도 그래는 기 아이라(다). 꼴에 건청거리기는(시건방 떨기는).”

마침내 어머니가 먼저 거침없이 감정을 드러냈다. 차 안이고 운전사가 있고 창현이 있어 그 정도로 그쳤지, 아니면 더 험한 말이 나왔을 것이다. 영희도 그제야 아차, 싶던지 좋은 말로 눙치는데 차가 멈췄다.

창현이 미리 갈 곳을 일러 주어서인지 차가 선 곳은 무교동 입구의 으리으리한 불고깃집 앞이었다.

전부터 자주 드나들던 곳인지 미리 연락을 해 둔 게 있어서인지 현관까지 뛰어나온 남자 종업원이 영희를 안내해 안쪽 널찍한 방으로 안내했다.

"여기 쇠고기 제일 좋은 놈으로다 우선 뒤 근 내와. 시중들 아가씨도 부르고 맥주도 한 병 내오고. 냉면은 이따가 따로 시킬 테니 그리 알아."

그날의 물주 역을 맡은 창현이 제 또래의 남자 종업원에게 반말로 그렇게 호기를 부렸다. 거기까지 와서도 창현을 없는 사람처럼 대해 오던 어머니가 아무래도 그냥은 안 되겠던지 영희를 보고 못마땅한 표정으로 말했다.

"보자. 우리 먹을 음식 같은데 저 사람이 왜 저래 나서노? 저녁이사 먹어야 하지마는 이름도 없는 음식은 못 먹을따(겠다). 어예된 거로?"

"참, 엄마도. 살 만하니까 사는 거니 그냥 잠숫기나 하세요. 주머닛돈이나 쌈짓돈이나 그게 그거지 뭐."

영희가 다시 눈길이 실쭉해지며 받았다. 그래도 어머니는 움츠러드는 기색이 없었다.

"주메잇돈이 쌈짓돈이라꼬? 야가 지금 뭔 소리를 하노?"

그때 창현이 쭈뼛거리며 끼어들었다. 이제 자신이 나서야 할 때를 알았다는, 제법 결연한 표정까지 떠올린 얼굴이었다.

"인사가 늦었습니다, 어머님. 절 받으십시오."

창현이 그러면서 방바닥에 엎드리려 하자 어머니가 새침한 얼굴로 몸을 약간 틀며 말했다.

"어머니라니, 자넨 아무에게나 어머니라고 하나? 사람만 보면 엎드려 절하고?"

"그게 아니고, 장모님, 아니…….."

당황한 창현이 엉거주춤한 자세로 얼굴을 붉힌 채 우물거리며 영희를 보았다. 영희가 비로소 뒤틀린 감정을 숨김없이 드러내며 차게 말했다.

"우리 어머니 원래가 그런 분이셔. 유도 들은 적 있을걸. 원체 내가 눈 밖에 난 딸이니까. 안 받으시겠다면 절 그만둬."

그제야 어머니도 좀 안됐던지 비로소 창현에게 알은체를 했다.

"그래, 절은 그만두고 거기 앉게. 보아하니 우리 영희하고 어떤 (무슨 특별한) 사이 같은데 이왕 여기까지 나왔으니 몇 마디 물어봐야겠네."

어머니 어디에 저런 위엄이 숨어 있었나 싶게 잔잔하면서도 힘 있는 목소리였다. 창현이 엉거주춤한 자세에서 그대로 무릎을 꿇었다. 벌 받는 아이 같은 자세였다. 어머니가 가볍게 이맛살을 찌푸리며 핀잔 주듯 말했다.

"사내가 그렇게 아무 데서나 무릎 꿇는 법이 아니야. 처가에는 무존장(無尊丈: 어른이 없다)이라는 말도 있지 않나."

"맞아, 창현 씨. 편케 앉아."

영희가 여전히 날 선 소리로 그렇게 권해서야 창현이 비로소 책상다리를 했다.

"옛말에 신언서판(身言書判)이란 게 있네. 사람을 보는 법이지. 신이란 것은 행신(行身), 곧 행실을 보는 것이고 언이란 그 수작을 살피는 거라. 내 오늘 하루로 어떻게 자네 행실을 알고 수작을 살피겠나만 그건 차차로 살피기로 하고 우선 서판부터 알아보세."

"서판이라뇨?"

창현이 말간 눈을 굴리며 그렇게 반문했다. 영희도 무슨 뜻인지 잘 모르는지 긴장한 눈길로 어머니의 입만 바라보았다.

"서란 배움을 말하네. 배움이야 여러 가지겠지만 요새로는 학벌이 되겠지. 자네 공부는 어디까지 했나?"

"대학을 졸업했습니다. 고려대학교 철학과."

그 부분에 대해서는 미리 준비가 있었던지 창현이 얼른 그렇게 주워섬겼다. 그러나 인철이 보기에도 영 아니었다. 차라리 등록금만 내면 되는 따라지 삼류 대학을 대고 체육과니 기계과니 하는 과를 대었으면 그런대로 넘어갈 수도 있을 성싶었다. 어머니의 표정에 일순 한심하다는 표정이 스쳤다. 그러나 너무 터무니없는 것이라 차라리 그대로 넘어가기로 한 듯 별 뜻 없어 뵈는 고갯짓으로 지나갔다.

"학벌은 좋군. 그러면 집안을 좀 보세. 판이란 걸 요새 사람들은 흔히 판단력이니 뭐니 하지만 내가 듣기로는 집안 내력이나 출신을 말하는 거라네. 본관은 어딘가?"

"경주 김씨입니다."

"유, 언제 성이 그리 됐어? 내겐 김해 김씨라 했잖아?"

영희가 무심코 불쑥 그렇게 끼어들었다. 창현이 다시 당황해하며 불만스럽게 받았다.

"유가 잘 알아 두라길래 집에 다시 물어봤더니…… 그러던데.

얼마 전에 대동본(大同譜)가 뭔가를 하는데 거기서 우리 진짜 족보를 찾았다는 거야. 큰아버지가 일러 주신 거라니까 틀림없이 경주 김씨 맞다고."

"나 참, 무슨 성이 그리 왔다 갔다 해?"

가벼운 언쟁처럼 그렇게 주고받는 두 사람을 물끄러미 보던 어머니가 말리듯 나직이 말했다.

"어지러운 세상에 그럴 수도 있지. 그리고 자네는 자기 성을 두고 무슨 김씨 무슨 김씨 하는 게 아이고……."

그러는 어머니의 어조나 표정은 평온하기 그지없었다. 옛 사대부가의 마님 같은 어머니의 어투에 은근히 감동하고 있던 인철에게는 그 갑작스러운 평온의 회복이 얼른 이해가 되지 않았다. 그러나 영희는 이내 그 의미를 알아차렸다.

"요새 세상에 양반 상놈이 어딨어요? 엄만 별걸 다 묻고……."

"맞다. 그 시절에 가장 귀하게 치는 걸 가진 게 그 시절의 양반이지. 요새는 돈이 제일이니 돈 많은 기 양반 아이겠나."

어머니는 순순히 양보했다. 영희가 힘을 얻어 진작부터 하고 싶던 말을 끼워 넣었다.

"그래요. 저 사람네 집 굉장해요. 실은 제 미장원도 저 사람 집에서 차려 준 거예요. 저 사람이 하도 주변머리가 없으니까 저라도 벌어 보라고요."

어머니는 이번에도 아무런 말이 없었다. 되도록 딸의 말을 믿는 것처럼 보이고 싶어는 해도 어딘가 억지스러운 데가 있었다. 영희도 그걸 느꼈는지 인철에게는 뻔한 거짓말인 창현네 집 자랑을 무엇에 쫓기는 사람처럼 다급하게 늘어놓았다.

그사이 음식이 날라져 왔다. 네 사람이 다 먹어 낼 수 있을까 싶을 정도로 재워 온 불고기 접시도 그렇지만 밑반찬은 더 요란했다. 김치만도 포기김치·파김치·깍두기·동치미에 게장·창란젓·명란젓이며 갖가지 무침이 상을 채우고, 야채만도 상추·배추·양배추·미나리·쑥갓 해서 예닐곱 가지가 되었다. 인철에게는 역시 난생처음 받아 보는 호사스러운 상이었다.

음식이 나오면서 영희가 다시 활기를 되찾았다. 이제야말로 창현의 실패를 만회할 절호의 기회라는 듯 이번에는 그곳의 비싼 음식값으로 어머니를 기죽이려 했다.

"엄마, 이것 좀 드셔 보세요. 여기가 이래 봬도 서울서 제일 큰 불고깃집이에요. 여기 불고기 1인분이 얼만 줄 알아요? 몇 점 되지도 않는 게 3백 원 가까이 한다고요, 3백 원."

그렇게 보아서 그런지 어머니도 오랜만에 받아 보는 그 엄청난 상에 조금은 주눅이 든 성싶었다.

"미쳤구나. 3백 원이믄 볼쌀 한 말 값이따. 온 식구가 닷새 먹을 양식이라."

애써 태연하게 받아넘겨도 인철에게는 그런 어머니의 목소리가 왠지 힘없게 들렸다. 누나가 더욱 기세를 올렸다.

"이따가 냉면은 어떻고요. 고기 실컷 먹은 뒤끝이라 그렇지, 몇 젓가락 되지도 않는 게 백 원씩 한다니까요."

"이러이 세상이 시끄럽지. 이기 자유당 말기하고 다를 기 뭐 있노? 뭐시 혁명정부고 뭐시 재건이고?"

"세상이 달라진 거라고요. 앞으로 도회지와 시골은 하늘과 땅만큼이나 차이가 날걸요. 당장도 보세요. 맥주 이거 돌내골에서는 얼마나 귀한 술이었어요? 그 어려운 개간 허가받을 때 군 산업계장한테 세 병 내놓는 것도 큰 대접으로 아셨죠? 그런데 여기서는 매일 저녁 맥주로 취하는 사람들만도 술집마다 꽉꽉 찼어요. 그것도 술값 몇 배의 팁까지 보태 물어 가며. 이게 요즘 세상이에요. 엄마나 오빠는 상상도 못 할……."

그럴 때 영희는 단순히 실패의 만회 정도가 아니라 완연히 우월한 입장에서 어머니를 훈계하는 것처럼도 보였다. 하지만 어머니도 그리 만만치는 않았다. 곧 빈틈을 찾아내어 딸과의 보이지 않는 전투에서 현저하게 깨진 균형을 회복해 갔다.

"게장이 이게 뭐로? 띄울(삭힐) 줄은 모르고 양임(양념)만 처발랐다. 비리비리해 대국(大國) 년도 못 먹을따."

그렇게 시작한 음식 타박은 영희의 입을 막고도 남았다.

"상것들 음식 암만 비싸이 뭐하노? 설탕하고 미원을 처발랐다, 처발랐어. 이게 설탕 범벅이고 미원티백이(투성이)지 지 맛이 어딨노? 고기 톰배기(생선 토막)만 베리(버려) 놨다."

"채 썰어 논 꼬라지 함 봐라. 굵기가 뚝 손가락만 하다. 하이고, 이것도 음식이라꼬."

"더덕에 더 자도 모르는 것들이 해글 쌌는(해 대는) 것 하고는.

이게 꾸운 것가, 무친 것가? 더덕 아깝다."

"보쌈이라는 게 상시룸하기는(상스럽기는). 배추가 퍼덕퍼덕 살아 밭으로 간다, 밭으로 가."

그러다가 갑자기 시중드는 아가씨를 불렀다.

"고기는 우리가 꾸울 테이 가서 접시에 생계란 몇 개 깨 온나."

뭔가 기세에 눌린 아가씨가 반문도 못 하고 작은 접시에 날계란을 두 개 깨서 가져왔다. 그러자 어머니는 뜨거운 불고기를 후후 불어 가며 먹고 있는 인철 앞으로 내밀며 말했다.

"그래 상시럽게 불어 대지 말고 고기를 여다 찍어 먹어라."

어머니는 대수롭지 않은 투로 말했으나 그날 연출로는 하이라이트였다. 인철이 시킨 대로 해 보니 고기는 날계란 때문에 알맞게 식고 날계란은 불고기의 뜨거움에 반숙이 되어 아주 먹기에 좋았다. 따라해 본 영희도 창현도 신기해했다.

"왜정 때도 하던 걸 요새는 왜 몬 하노? 멀어도 안죽 많이 멀었다. 집만 뻔드르르하게 꾸며 놓고 반찬 가짓수만 많이 벌여 놓으믄 그기 고급가?"

그새 완연히 기세를 회복한 어머니가 그래 놓고 다시 위엄 서린 그리움으로 이었다.

"일정 때 화신(和信) 뒤에 천수각(天樹閣)이라꼬 알 만한 사람은 다 아는 요릿집이 있었디라. 그 집 신선로가 유명했는데 너그 아부지하고 더러 가 봤제. 첫 번째는 큰오래비 뱄을 땐데 방학에 온 너 아부지가 내 입맛 없다꼬 데리고 갔니라. 그때 한 상에 12원했

던강. 쌀 한 가마이가 10원 못 미칠 때라…… 해방 뒤에도 더러
가 봤는데 장안 제일 소리를 들을라 카믄 그만 솜씨는 되야제."

인철이 보기에 그들 모녀간의 첫날 접전에서 누나는 완패라고
까지는 못 해도 드러나게 열세에 몰린 것만은 틀림없었다. 영희도
그걸 느꼈는지 다음 날의 일정에서는 별 도움 안 되는 창현을 아
예 빼내 몸을 가볍게 했다.

하지만 이튿날도 영희는 자신의 무리수 때문에 여전히 열세로
시작하지 않을 수 없었다. 시작은 아침상이었다. 인철은 새벽부터
영희가 지나치게 부산을 떨어 불안하게 여겼는데 상을 차려 들이
는 걸 보니 역시 기우가 아니었다. 주인집 큰상까지 빌려 차려 낸
아침상은 그대로 웬만한 잔칫상이었다. 어머니가 어제와는 달리
가만가만 타일렀다.

"원래가 아침상은 이렇게 거창하게 보는 게 아이다. 일즙삼채
(一汁三菜)란 말도 있니라. 상것들 배가 채독같이 퍼먹고 꿍꿍 땅
이나 팔라 카믄 모리까, 아침부터 고기 뜯질하나 뭐하노? 통닭은
원래 밥상에 없는 게 아이고, 저기 온마리 조기를 내룄튼 동(내리
던지) 이짝 고등어를 내룄튼 동 하나는 내라라(내려라). 잡채도 아
침상에는 안 어울렸고 미역국도 쇠고기가 든 거는 아침상에 무겁
다. 니 먹은 마음이 뭔 동 몰따마는 이거는 도대체가 상이 너무
과타(과하다)."

새벽부터 시장이다 고깃간이다 바쁘게 돌아치며 신을 내던 영

희는 그 말에 다시 얼굴이 실쭉해졌다. 그러나 그대로 주저앉을 그녀가 아니었다. 곧 기세를 회복해 외출 준비를 서둘렀다. 어머니가 별로 내키지 않는 기색으로 물었다.

"어딜 갈라꼬?"

"오전에는 창경원 벚꽃 구경이나 해요. 오후에는 남대문시장 좀 들르고."

"창경원 벚꽃 구경은 하마 여러 번 했다. 그래고 남대문시장에는 또 왜?"

"창경원 가 봤댔자 해방 전 아니면 아버지 계실 적이겠지 뭐. 지금은 그때하고 달라도 많이 달라요. 아직 인철이도 데려가 보지 못했으니 이번 기회에 한번 봐 두세요. 남대문시장에는 엄마 옷이라도 한 벌 끊으려고요. 옷이 왜 그래요? 구식 가라(칼라)에 솜씨도 순 시골 바느질로."

그 말에 인철은 그날 영희가 공략하려는 방향이 어딘지를 짐작했다. 누나는 놀기 좋아하고 사치하는 경향이 있는 외가(外家) 일반의 기질을 겨냥하고 있음에 분명했다.

"이 옷도 돌내골에서는 하이칼래따. 너 큰오래비가 안동에서 젤 좋은 감으로 끊어 온 긴데 어때서."

어머니는 여전히 내켜하지 않는 표정으로 그렇게 받았으나 굳이 그런 딸과의 외출을 마다하지는 않았다.

본의 아니게 그들 모녀간이 벌이는 그 기묘한 싸움의 관전자가 된 인철은 이제 적지 않은 흥미까지 느끼며 그 전개를 지켜보았다.

창경원에서의 양상은 그 전날 밤과 비슷했다. 누나가 택시를 대절해 창경원 문 앞까지 어머니를 모셔 가고, 새로 만들어진 놀이 설비에 인철과 어머니를 억지로 밀어 넣어 모자간의 웃음을 끌어내거나, 비싼 경내 사진사를 대절한 듯 데리고 다니며 세 사람의 다정한 포즈를 몇 번이나 필름에 담을 때만 해도 모든 게 누나의 뜻대로 이끌려 가는 듯싶었다.

그렇지만 그곳에도 영희가 마음먹고 뿌려 대는 돈으로는 어찌해볼 수 없는 구석이 많았다. 주로 국가기관의 관리 능력이나 공중도덕과 관계된 부분이었다.

"이건 사꾸라(벚꽃)도 아이따. 옛날 창경원 밤 사꾸라 놀이가 어옜는데…… 그때보다 세월이 더 갔으믄 그만큼 나무도 꽃도 풍성시러버야 할 낀데, 이거는 뭐가 나무를 지대로 가꿌는지(가꾸는지) 다부 죽이는지."

"우리는 안직 멀었다. 아이고 이 냄새야. 저 씨레기하미…… 껍데기만 대고(무턱대고) 싸 바르믄 뭐하노? 안이 뭐가 제대로 돼 있는 기 있어야제. 사람만 박삭(북적)거리고."

따지고 보면 그런 부분은 영희가 책임져야 할 부분이 아니었다. 그런데도 누나는 어머니의 타박만 나오면 그게 모두 자신의 중요한 작전 차질쯤으로 여겨 기죽어하거나 조바심 쳐 새로운 무리를 했다. 그게 누나의 속 깊은 집념에서 비롯된 것이든 단순화될 대로 단순화된 원한의 변형이든 인철의 눈에는 지나치다 못해 기이하게까지 비쳤다.

하지만 오후가 되어 전장이 남대문시장으로 옮겨지자 사정은 달라졌다.

"그럼, 얼매나 야단스러운지 구경이나 하지 뭐."

어머니는 그러면서 끌려가듯 비단 골목으로 들어섰으나 몇 발 안 가 표정부터가 달라졌다. 대낮에도 가게마다 걸어 놓은 백열등 아래 현란하게 펼쳐져 있는 비단 필과 여기저기 옷걸이에 입혀 달아 놓은 기성복들을 살펴보는 눈길도 무엇에든 심드렁해하던 이전의 그 눈길이 아니었다. 갑자기 무언가에 취한 사람처럼 그것들을 바라보다가 스스로 진열대로 다가가 이것저것 만져 보며 예사 아닌 호기심을 드러내는 것이었다.

"이기 바로 요새 한창 유행한다는 그 빤쩍이(반짝이) 비단인강. 참말로 소문날 만하데이. 어예 이런 게 다 나왔노."

"이거 옛날 뉴똥 아이라(아니냐)? 얄궂어라. 요새도 뉴똥이 이리 곱게 나오는 갑네."

"일제 빤쩍이도 있다 카든데, 그것도 여다서 파는강."

영희가 호기를 놓치지 않고 그런 어머니를 자신의 단골 비단 가게로 이끌었다. 어머니도 이번에는 끌려간달 것도 없이 그런 영희를 따라갔다. 인철은 뭔가에 홀린 듯한 어머니를 뒤따르면서 일제 때도 화신백화점에서 옷을 사다 입었다는 외가의 그 뿌리 깊은 사치를 새삼 떠올렸다.

인철이 보기에 그곳의 접전에서는 일단 누나의 완승 같았다. 누나의 단골 가게에 이르자 어머니는 거의 아무런 저항 없이 끊어 주는 대로 옷감을 받았다. 무슨 낌새를 보았는지 주인이 두 벌 세 벌 권하고 어머니는 또 눈치 없이 마다 않는 바람에 오히려 누나에게 난처해하는 기색이 떠오르기까지 했다. 그날 어머니가 그 가게에서 끊은 옷감은 반짝이 비단이라고 하는 당시 최고급의 비단 옷 두 벌에다 허드레 양단이 한 벌, 인조 속치맛감이 두 벌이었다.

"저기 기성복도 있는데 엄마한테 맞는 게 있거든 아예 한 벌 입고 가는 게 어때요? 서울 딸네 집에 왔다 가면서 입던 옷 그대로 돌아가 되겠어요?"

틀림없이 예산을 초과한 듯한데도 한껏 기분이 벌어진 영희가 시장을 나오다가 다시 그렇게 인심을 썼다. 어머니는 그때도 반 허락 이상으로 솔깃해하다가 가게 앞까지 가서야 겨우 사양했다.

"니가 성인(成人)한 딸네도 아이고 너무 요란스럽게 얻어 입고 돌아가는 것도 우섭제. 이것만 해도 됐다."

영희는 그때까지도 묘한 승리감에 취해 밝게 웃고만 있었다. 그러나 인철의 짐작으로는 그때가 아마 무엇에 홀린 듯하던 어머니의 정신이 제자리로 되돌아오는 순간이었다. 그전까지만 해도 인철이 맡아 들고 오던 옷감 보퉁이를 소중한 듯 몇 번이고 곁눈질로 확인하던 어머니였으나 그 뒤로는 별로 거들떠보지 않게 된 때문이었다. 결국 누나가 엄청난 물량을 투입해 확보한 그 오후의 우세도 그리 미더운 것은 못 되었던 셈이다.

어머니의 그 같은 깨어남은 저녁 식사 뒤에 더욱 뚜렷해졌다.

어머니의 거듭된 주의로 아침에 남긴 것들을 데워 대강 저녁을 때우고 난 지 오래잖아서였다.

"엄마, 이거 한 벌이라도 동네에 맡길까요? 이 동네에도 솜씨 좋은 한복 아줌마가 있다던데. 특별히 부탁하면 내일까지 입게 해 줄 수도 있을 거예요."

아직도 상황의 변화를 눈치채지 못한 영희가 그렇게 묻자 어머니는 사람이 달라지기라도 한 것처럼 무뚝뚝하게 대답했다.

"놔또라. 그리 급할 거 하나도 없다. 내 손으로 해 입을 수 있는데 멀라꼬 비싼 시공(手工) 물고 남의 손 빌리겠노?"

그러고는 난데없이 이모네 집으로 가겠다며 인철을 앞세웠다. 그제야 뭔가 불안해진 영희가 무턱대고 말렸으나 어머니는 고개만 무겁게 저었다.

"내일이면 돌내골에 내려가 봐야 되고 하이 가들 집에도 함 가 봐야겠다. 그것도 명색 핏줄인데 하룻밤은 거다서 보내야제."

어머니가 내세운 핑계는 그랬으나 실은 인철을 영희에게서 잠시 빼내기 위해서였음이 곧 드러났다. 이모네 집으로 가는 버스 정류장에 이르렀을 때였다. 어머니가 버스는 타지 않고 인철을 가까운 빵집으로 데려갔다.

"니 바로 말해라. 어제 고놈아, 지 본(本)이 경준지 김핸지도 모리는 그 돌상놈 몇 번 봤노?"

어머니는 이제 정말 심각한 의논을 시작하는 표정으로 그렇게 물어 왔다.

"어제 첨 봤어요."

"지 말로사 대학 나왔다고 했지만 많이 배운 거하고는 거리가 멀고…… 그래, 저어 집이 부자란 말은 참말가? 참말로 그 미장원 그 집에서 채려 준 기가?"

"누나가 그러던데요."

"니 내한테까지 거짓말할래? 내가 모릴 줄 알고. 내 오래 살지는 않았지만 고로 매이(그런 종류) 종자를 잘 안다꼬. 바로 기생오라비라고 하는 인종지말(人種之末)들이라. 틀림없이 너 누우 등쳐 먹고 사는 날건달이란 말따."

"전 모르겠어요. 아무것도 본 게 없어……."

그러자 어머니가 기습적으로 물었다.

"내 전에 말했지만 ― 너 누우(누나) 영감 있제? 나(나이) 들고 돈 많은 영감 말이따. 바로 말해라. 있나? 없나?"

너무도 엄청난 물음을 그것도 단도직입적으로 묻는 바람에 인철은 거의 생각할 틈이 없었다. 아니, 그동안 수없이 되풀이되고 엄중한 누나의 다짐이 아니었더라면 아는 대로 모두 털어놓고 말았을 것이다.

"그런 거 없어요."

인철이 안간힘을 쓰듯 그렇게 부인해 놓고 다시 힘을 모아 퉁을 놓듯 보탰다.

"아무려면……."

그러나 인철의 가슴은 자신도 모르게 공범 의식으로 무거워졌다. 어머니는 단순한 의심의 차원을 넘어 확신의 단계에 접어든 표정이었다. 어둡고 창백한 얼굴에 번쩍이는 눈길은 형광등 아래라 그런지 어떤 귀기(鬼氣)까지 느껴지게 했다.

"아까 남대문시장에 갔을 때 내가 잠시 정신이 나갔드랬다. 하도 오랜만에 비단 집에 와 보이 어리챈(어쩔어쩔해진) 거라. 참말로 무섭제. 어맴(시어머니) 살아 기실 제 말이다. 그렇기 날 사랑하시면서도 늘 경계하시든 말이 있었드라. 니(너)는 망하는 집 딸 데리고 오지 말라꼬. 망해 가는 집 딸은 며느리로 맞지 말라는 뜻이제. 망하는 집, 우리 친정 사치하는 풍속을 두고 걱정하신 게라. 나도 너어 아부지 그리 되고는 사치하고 담 쌓은 줄 알았는데 그게 아이드라꼬. 15년 만에 다시 와 보이 매한가지라. 그런데 언제 정신이 들었는 동 아나? 그년이 시장 끄트머리서 기성복 한 불(벌) 더 해 입자 칼 때라. 아무리 돈이 흔한 곳이라 캐도 한자리에서 비단을 만 3천 원어치씩이나 척척 끊을 수 있는 게 쉬운 일가? 거기다가 다시 3천 원이 넘는 기성복까지 한 불 더 사자이 퍼뜩 이상하드라꼬. 야가 쓰는 돈은 지가 힘들여 번 것도 아이고, 어렵게 여겨야 할 시집 돈도 아이다 싶으이 뭐가 훤히 비는 게 있드라. 좋게 생각해 지년(제년) 말을 믿어 볼라꼬도 해 봤제. 고 액꽹이(볼품 없는 고양이) 같은 놈아가 준 거라꼬 말이다. 글치만 안 되드라. 기름독에 빠진 생쥐같이 채리고 나오기야 했더라만 하마 보이 천골(賤骨)에 걸상(乞相)이라. 갈 데 없는 기생오라비드라꼬. 그래믄 뻔하잖나? 젊은 기집년이 뺄간 맨몸으로 집 나가 2년도 안 돼 뻐젓

한 미장원까지 채리고 흔전만전 쓸 수 있게 되는 길이 그 길 말고 어디 있겠노?"

어머니의 추론은 꽤나 정연했다. 인철이 그 정연함에 눌려 제대로 대꾸를 못 하고 있는 사이에 어머니가 단정적인 목소리로 이어갔다.

"그래고 보이 다시 비는 게 있더라꼬. 그년 속 말이라. 그년이 고놈아를 끌어댄 거는 바로 그 마뜩잖은 뒤를 감추자는 수작이라. 지 몸은 시궁창을 구르고 세상 온갖 잡것들에게 짓밟혀도 이 에미한테는 지지 않을라 카는 게 그년이라꼬. 어쨌든 이 에미만 이기믄 세상 성공 혼자 한 거로 뒤비(거꾸로) 아는 기 그년이라. 그래서 그놈아를 끌어댔지만 내가 어디 지년을 모르나? 지년 때문에 속 끓이고 산 게 한두 해라? 오히려 그 때문에 지년 추저운(추잡한) 뒤만 들켄(들킨) 줄도 모리고……."

그래 놓고 어머니는 다시 기습처럼 닦달했다.

"바로 말해라. 그년 나이 든 영감 있제? 그 미장원 첩산이(첩[妾]의 낮춤말)질 해서 후려낸 거제?"

그날 인철은 맹세코 누나의 상처를 감추어 주려고 제딴에는 있는 힘을 다했다. 그러나 위협과 애소를 되풀이하는 어머니의 집요한 추궁 앞에서는 오래 견뎌 낼 수가 없었다. 삼십 분쯤 닦달을 당하다가 마침내는 짧은 한숨과 함께 박 원장에 대해 알고 있는 걸 모두 털어놓고 말았다.

"저런, 저런, 못된 년. 삼시능장(三時稜杖)으로도 못 다스릴 년.

쳐죽여 마땅한 년…… 남의 첩산이질도 모자래 샛서방까지 두다이. 하이고, 전생에 내가 무신 죄가 많아 이런 악물(惡物)을 낳았시꼬? 아이믄 조상 행악(行惡)이 하늘에 뻗체(뻗쳐) 이런 천벌을 받는강. 이 일을 어째노? 이걸 어예노?"

어머니는 한동안 그런 사설 조의 푸념을 늘어놓았다. 한순간에 10년은 더 늙어 버린 듯한 얼굴이었다. 그러다가 빵집 주인과 손님으로 들어와 앉아 있던 몇몇 여학생의 이상하게 쳐다보는 눈길에도 아랑곳 않고 인철을 쓸어안았다.

"그래고오…… 니는 우야노? 나는 니가 고등학교 교복을 처억 걸치고 집에 들어서이 만시름이 놓이다. 땡볕에 조밭을 매고 앉아 있어도 어깨춤이 절로 나다…… 그 교복값이 이리 욕시러블 줄이야. 사나(사나이) 출발이 이리 욕스러버서야……."

솔직히 말해 인철은 그때 이미 그 욕스러움에는 어지간히 면역이 되어 있었다. 그러나 어머니의 넋두리를 듣고 나니 새삼 서글퍼 눈물이 솟았다. 인철이 나중 그토록 쉽게 학교를 집어치우고 누나 곁을 떠날 수 있었던 데는 그때 되살아난 수치심도 의식 깊은 곳에서 한몫을 했을 것이다.

하지만 먼저 감정을 수습한 것도 어머니였다. 세상이 송두리째 뒤집히는 것을 몇 번씩이나 본 쉰 줄의 여인네답게, 그리고 전쟁과 생이별을 겪고도 어린 사 남매와 함께 불 같은 1950년대를 헤쳐 온 홀어미답게 어머니는 아주 실리적인 유예(猶豫)를 주된 대응으로 선택했다. 어느 순간 평온을 회복한 어머니가 저고리 고름으로 인철의 눈물을 씻어 주며 차분하게 말했다.

"니까지 울 거는 없다. 사나가 울믄 하늘이 무너진다 칸다. 욕을 참는 것도 사나대장부라. 한신이는 깡패들 가랑이 사이를 기지나가고 빨래하는 여자의 밥을 빌어먹었다 안 카나. 니는 모리는 척 그대로 학교나 댕기그라. 내가 달리 구처를 내 보마. 실은 이모를 찾아볼라 카는 것도 그 때문이라. 들으이 이번에 백 서방이 몰리도 오지게 몰리 징역 안 간 것만도 다행이라 카드라마는 워낙 높게 있던 사람이이 아직은 힘이 좀 있을 거 같아서. 너 형이 하는 말 들으이 백 서방이 걸린 뇌물쥔(뇌물 수수죄)가 뭔가는 다 저끼리 투닥거리다가 옭아맨 억지고, 그 군대 동기들은 아직도 장관 국회의원 수두룩하단다. 그래고…… 그년 일, 실은 나도 크게 놀래지는 않는다. 진작부터 끼끔(께름)하던 차에 이번에 개간지 일이 좀 풀리이 인제라도 어예 해 볼까 해서 와 본 겐데(건데)…… 그년 일은 하마 우리 손을 떠났다. 첩산이질이사 어째 말려 볼 수도 있을지 몰따마는 그 기생오라비는 안 된다. 저어 악연이 다 차야 떨어질 것들이라. 그러이 나는 모리는 척하고 그양 내리갈란다. 왕배야 덕배야 떠들어 봤자 되는 것 아무것도 없고 피차간 욕만 남는다."

어머니는 그렇게 인철을 달래 자취방으로 돌려보내고 혼자서만 이모네 집으로 갔다. 그리고 이튿날은 예정대로 돌내골로 내려갔는데, 그러나 자신의 말처럼 "모리는 척 그양" 내려간 것 같지는 않았다. 이튿날 오후 늦게 인철이 학교에서 돌아와 보니 누나는 함부로 펼쳐져 방 안 여기저기 던져진 비단 꾸러미 가운데 혼자 앉아 술에 취해 울고 있었다.

"그 악귀 같은 할마시가 그냥 가 버렸어. 내 가슴을 이리 갈가리 찢어 놓고. 아무려면 그래도 모녀간인데 어찌 이럴 수가 있어? 내가 옷고름을 잡으니까 그 옷고름을 뜯어 놓고 돌아서는데 정말 소름이 끼치더구나. 다 안다는 거야. 다…… 너지? 모든 걸 일러 바친 건 너지?"

사랑하는 사람들

멀리서 들리는 사람들의 웃음소리에 명훈은 괭이질을 멈추고 그쪽을 보았다. 창녕 사람들이 모두 일손을 놓고 한곳을 가리키며 웃고 있었다. 큰 신씨가 밭을 갈고 있는 쪽이었다. 가만히 살펴보니 명훈도 절로 웃음이 나왔다. 쟁기를 끄는 소가 새끼 딸린 암소라 아직 젖을 안 뗀 송아지가 어미를 따라가며 울고 있는데 쟁기에 매달린 큰 신씨 뒤를 여섯 살 난 그 집 막내가 또 따라가며 울고 있었다. 작은 신씨가 보다 못해 소리쳤다.

"아이고 마, 행임. 우는 알라 좀 달개(달래)고 하소. 우째 사람하고 소하고 영판(꼭) 같소?"

그래도 큰 신씨는 쟁기질을 멈추지 않고 평소 성격대로 느릿하게 대답했다.

"개얀타(괜찮다.). 마 나또뻐라(놔둬라). 이 나불(기회)에 저놈아 목청이나 쫌 터지구로. 지도 울어 안 되는 기 있다는 걸 알아야 제."

"그라다 알라 갱기(경기) 들믄 우짤라 카요? 퍼뜩 지 해 달라 카는 대로 해 주삐소, 고마. 알라 성질 다 조지는 것도 모리고."

작은 신씨가 짐짓 그렇게 큰 신씨를 나무라 놓고 이번에는 아이 쪽을 향해 소리쳤다.

"영길(英吉)아이, 일로 온나. 아제가 이따 꽁달알(꿩달걀: 꿩알) 조(주워) 주꾸마."

그러나 아이는 막무가내였다. 송아지하고 나란히 쟁기 뒤를 따라가며 밭이랑에서 겅충거리는 송아지와 번갈아 손발까지 내저으며 왜울음을 계속했다. 하씨 내외와 박씨, 김씨가 다시 한 번 와자하게 소리 내어 웃었다. 틀림없이 재미있는 정경이기는 했지만 명훈에게 더 재미난 것은 그들이 주고받는 말투였다. 보다 못해 그리로 간 작은 신씨가 영길이의 손에 동전을 쥐어 주며 달래 놓고 문득 큰 신씨에게 물었다.

"행임, 요거 오늘 다 조지겠슴미꺼?"

"옹야, 마 이기야 해 나블(해 질 때)까지 다 안 조지겠나."

그날 안으로 그 밭뙈기를 다 갈아엎을 수 있느냐는 물음에 될 것 같다는 대답인 모양인데 그들의 어법(語法)이 좀 전의 아이 일보다 훨씬 더 우스웠다. 명훈이 웃고 있는 까닭을 알 리 없는 작은 신씨가 다시 하씨, 박씨 쪽을 향해 소리쳤다.

"그라믄 마, 우리도 바짝 뽑아 올리 꼬랑(밭도랑)까지 팍 조지 뺍시다. 내일은 모종까지 조질 수 있겠꼬롬."

바짝 힘주어 일해 밭이랑 만드는 일을 마침으로써 다음 날 모종까지 끝낼 수 있도록 해 두자는 뜻인데, 그들에게 '조지다'란 말은 거의 만능의 대동사(代動詞)였다. '망치다'라는 원래의 뜻에다 나무를 자르는 것도, 밭을 가는 것도, 고랑을 일구는 것도, 모종을 내는 것도, 심지어는 여자와 자는 것도 그 한마디면 모두 표현할 수 있었다.

처음 명훈에게는 크고 작은 신씨를 비롯한 그들 다섯 가구가 여러 가지로 이해 안 되는 구석이 많았다. 그 첫 번째는 그런 집단 이주의 동기가 석연치 않다는 점이었다. 세상은 옛날과 달리 두어 집이 어쩌다 어울려 살던 곳을 함께 뜨는 수는 있어도 다섯 집에 스무 명 가까운 사람이 무리를 지어 이주해 오는 것은 흔한 일이 아니었다. 게다가 큰 신씨와 작은 신씨가 사촌간이라는 것 외에 그들 다섯 집이 함께 몰려다녀야 할 이유도 그들의 설명만으로는 뚜렷하지가 않았다.

그다음은 땅을 대하는 그들의 태도였다. 돌내골 일대의 사정으로 보면 남의 개간지를 빌려 농사를 지으려는 사람은 좀 별난 축에 속했다. 그때만 해도 상당히 이농(離農)이 진행된 뒤라 제 땅이라고는 송곳 박을 곳조차 없는 사람이라도 농사일에 특별히 신용을 잃지 않았다면 개간지 말고도 빌려 쓸 좋은 땅은 얼마든지 있었다. 그런데 신씨네는 처음부터 개간지를 목적하고 왔을 뿐만 아니라 돌내골에 와 사정을 어느 정도 알고 난 뒤에도 딴 땅에는 전혀 눈 돌리지 않았다.

지주인 명훈에게 요구하는 것도 이상하리만치 적었다. 전에도 간혹 개간지를 부쳐 보겠다고 오는 사람이 있었지만 그들은 그야말로 적빈(赤貧)인 경우가 많았다. 따라서 수확 때까지 농비(農費)와 양식을 대 달라던가 하는 따위, 역시 아무것도 없는 명훈으로서는 감당하기 어려운 요구를 하는 수가 많았는데 신씨네 사람들은 그런 요구가 전혀 없었다. 오히려 소작료는 노동력으로 갚고 있는 셈이라 선불이나 마찬가지였다.

앞의 의문과 한끝에 이어진 것일 수도 있지만 또 그들은 남의 땅을 얻어 부치며 떠도는 사람들치고는 너무도 살이들이 단단했다. 신접살림인 하씨 내외도 시계와 라디오 정도는 갖추고 살았고, 나머지 집들 중에는 돌내골에서 웬만큼 산다는 집에도 없는 재봉틀이나 리어카까지 가져온 집도 있었다.

"저 사람들 혹시 백문디(겉으로 증세가 드러나지 않는 나병 환자)들 아이가? 아이믄 어예 저만치 사는 사람들이 땅 축에도 못 드는 개간지를 부치겠다꼬 저래 떼사리를 지(지어) 찾아왔시꼬? 그거 함 알아봐라. 전에 보이 남쪽에는 날이 따새 그런지 풍병이 흔하다더라. 그래서 그 사람들끼리 따로 모예 사는데 저들끼리는 없는 게 없이 해 놓고 살더라꼬. 그중에 한 패가 소록도라 카든강 어딘강 문디(문둥이) 수용소에 끌래가기 싫어 일로 달라 빼온 거 아일라(아닐까)?"

어머니는 그들에 대한 의심을 그렇게 털어놓았다. 그러나 명훈은 의심의 방향을 달리했다. 군에 있을 때 같은 내무반에 신앙촌에서 온 사병이 하나 있어 그에게서 그곳 생활에 대해 좀 들은 게 있는데, 신씨네를 비롯한 다섯 가구의 사람들에게도 무언가 그 비슷한 분위기가 풍겼다.

명훈이 그들에게서 어떤 종교 집단 특유의 분위기를 느낀 것은 먼저 그들이 일하는 방식 때문이었다. 그들은 무슨 일이든 언제나 함께 모여 일했는데 짐작으로는 분배도 공동으로 하는 듯했다. 이를테면 비닐하우스를 짓는 것도 네 동(棟) 내 동 구분이 있어 일만 서로 품앗이를 해 주는 게 아니라 거기서 생산되는 모종 자체를 공동으로 소유하는 것 같았고, 땔나무를 하러 가도 둘은 나무를 베고 하나는 톱질하고 둘은 쪼개는 식으로 해서 나중에 장작을 똑같이 가르는 것이었다.

그들의 공동 작업, 공동 생산, 공동 분배의 체제는 개간지에 손을 대면서 더욱 뚜렷이 드러났다. 명훈에게는 한 집에 3천 평씩이라 말했지만, 실제 일하는 데는 땅과 땅 사이에 아무런 경계가 없었다. 역시 다섯 가구가 함께 일해 그 수확을 적당한 방식으로 나눌 작정인 듯했다. 당시로서는 특이한 생산 및 분배 방식이었다. 그걸 느낀 어머니는 이번에는 다른 쪽으로 걱정하기 시작했다.

"저 사람들 저거 사상적으로 좀 어딴(이상한) 사람들 아이라? 너그 진외가에 노령(露領)아재라꼬 있었더라. 왜정 시작되기 전에 노서아 유학을 갔다 왔다 카든데 구식 빨갱이라. 놋 단추가 줄줄이 박힌 노서아 대학생 옷을 입고 어맴(시어머니)을 찾아와서 권했다는 말이 저 사람들 하는 시끼(식)하고 비식하다 카이. 우리 땅 가주고 주인 농막 할 것 없이 함께 일해 함께 노나 먹는 꿈 같은 마실을 만들어 보자 카드라는 게라. 무슨 집산촌(集産村)이라등강.

그때 너그 아부지 어리고 어맴은 청상으로 한창 시고단하실 때라 까딱하믄 그카는 친정 사촌동생 말에 넘어가실 뿐했다 안 카나. 그래다가 그 땅이 어맴 땅이 아이라 너그 아부지 땅이라는 게 깨우채져(깨우쳐져) 너 아부지 크믄 보자 카고 근근이 달래 보냈다 카시더라꼬. 나중에 알고 보이 그거는 빨갱이도 아이고 그 훨씬 전에 노서아에 유행했던 무슨 운동이라 카든데 내 보기에는 그기 그기라. 그때까지 댕기 드리고 서당 다니든 너그 아부지 머리 깎은 것도 노령아재고, 너그 아부지 그눔의 사상도 따지고 보믄 뿌리가 그 노령아재한테 있는 게라. 그런데 인제 와서 저 사람들이 난데없이 그걸 어디서 들었시꼬? 보이 억시기 많이 배운 사람들 같지도 않던데……."

그러나 명훈에게는 자신의 짐작이 맞음을 어느 정도 확신할 수 있는 근거가 하나 더 있었다. 농사일로 그들의 우두머리 격인 큰 신씨네 집을 찾아갔다가 우연히 감지하게 된 그들 모임의 분위기가 바로 그것이었다. 명훈은 몇 번인가 그들 다섯 가구가 식구대로 큰 신씨네 집에 모여 있는 걸 보았는데 겉으로는 고향 사람들끼리 모여 회포라도 푸는 것 같았지만 방 안에 들어가서 받은 느낌은 그게 아니었다.

명훈의 인기척에 무언가를 급하게 치우는 소리, 모여 있던 사람들의 어색한 침묵과 뒤이어 서두르는 작별 인사, 내일의 일거리를 돌아가는 이들에게 큰 소리로 상기시켜 그들의 모임이 농사일을 위한 것에 지나지 않음을 강조하던 큰 신씨 — 게다가 자신 없는 기억이긴 하지만 한번은 대문께에서 묘한 웅얼거림 같은 것도 들은 적이 있었다. 떠들썩한 찬송가나 기도도 아니고 독경이나 염불과도 달랐지만 억눌린 광기나 열정만은 희미하게 전해 오는 소리였다. 그러고 보니 다른 집들은 모두가 동네의 단칸방을 얻어 들면서도 큰 신씨네만은 명훈네의 외딴 재궁막을 온채로 다 쓰게 해 줘야 한다고 입을 모아 말하던 것부터가 이상했다.

명훈은 설령 그들이 사이비종교 집단이라 할지라도 그 부분에 대해 간섭할 마음은 전혀 없었다. 오히려 공연히 말썽이 되어 그들이 머물기 어렵게 될까 봐 어머니에게도 자신의 짐작을 숨기고 사상 쪽으로의 의심만 풀어 주었을 뿐이었다.

"경남 쪽에는 그런 품앗이가 있답니다. 그러니 행여라도 그 사람들이 기분 상해할 그런 의심은 마십쇼. 오히려 저렇게 일하는 게 우리에게는 더 유리할 수도 있잖겠어요? 네 일 내 일 안 가리는 사람들이라면 우리 농사일도 마찬가지로 잘해 줄 테니까요. 그리고 솔직히 말씀드리면 저 사람들은 우리의 마지막 희망입니다. 작년, 재작년 같아서는 저도 손들었어요. 씨앗도 안 나오는 박토, 2만 평이 아니라 백만 평인들 뭐 해요? 금년, 내년 저 사람들 말하는 대로 수확이 안 나와도 좋습니다. 저 사람들 하나같이 땅 귀한 곳에서 일로 잔뼈가 굵은 사람들이에요. 일하는 거 보니 넉넉잡아 3년만 지나면 이 개간지는 옥토가 될 겁니다. 그동안 우리는 힘껏 버티기만 하면 돼요. 공짜로라도 땅을 빌려 주고 싶은 사람들이란 말입니다. 저 사람들이 떠나면 우리도 끝장이란 걸 아십쇼."

명훈이 어머니에게 덧붙인 경고는 그의 진심이기도 했다. 지난 2년의 힘든 싸움에 지쳐 가던 그는 이제 꺼지기 전의 마지막 열정으로 개간지에 매달리고 있었다. 만약 때맞춰 그들이 나타나 주지 않았더라면 그때쯤 명훈은 다시 안동의 싸구려 여인숙으로 돌아가 모니카와 앞뒤 없는 욕정으로 엉켜 있었을 것이다.

그들도 지금까지는 명훈의 기대에 조금도 어긋남이 없었다. 그들의 부지런함은 벌써 동네에서도 얘깃거리가 되어 있었다. 3월 중순 넘어 들어와 거름 준비가 있을 리 없었지만, 지난 달포, 그곳 사람들은 거들떠보지도 않는 헌 이엉이며 깊은 산에서 부식토와 함께 긁어 온 낙엽에다 국민학교에서 퍼낸 똥물을 퍼부어 산더미 같은 거름을 장만했다. 그러고도 틈만 나면 아이 어른 할 것 없이 동네의 개똥이란 개똥은 다 주워 모았는데, 그걸 싸게 산 방앗간의 왕겨와 아궁이 바닥이 패도록 긁어낸 재에 섞어 따로 만든 거름이 또 작은 산더미를 이루어 가고 있었다.

그들의 앞선 농사 기술도 동네 사람들에게는 얘깃거리가 되었다. 돌내골에서는 별로 시도된 적이 없는 비닐 온상을 두 채나 지어 다른 사람들은 아직 씨도 뿌리지 않았는데 그 온상 안에서는 고추와 토마토, 오이, 양배추, 가지 모종이 한 뼘씩이나 자라고 있었다. 특히 토마토와 양배추는 돌내골에서는 아직 한 번도 대규모로 재배되어 본 적이 없는 작목이었다.

그날 그 사람들이 하고 있는 일은 고추 모종을 내기 위한 3천 평에 밭둑을 만들고 골을 타는 일이었다.

"농사라 카는 거 다 때라예. 생물(수확한 그대로의 야채)을 장마당에 실어 내는 거 밭에 모종 나가고 60일 더 걸리믄 마 파이라꼬. 넘(남이) 다 내놓은 뒤에 가로 늦가 삐죽이 내밀어 우짠단 말입니꺼? 누가 그걸 사 갈 끼라꼬? 풋꼬치도 마찬가지라예. 7월 중순에는 밭 거다야제(거두어야지) 더 삐치믄(시간 끌면) 말캉 헛깁니더. 어데 시장이 우리 꼬치만 기다린다 캅디꺼? 늦서리 겁내 가꼬는(가지고는) 아무것도 몬 해예. 모종 새로 하는 수가 있다 캐도 5월 초순 넘겨서는 안 된다꼬예."

돌내골은 늦서리가 5월 중순까지 내리는 수가 있어 그걸 걱정하는 명훈에게 작은 신씨가 그렇게 잘라 말했다. 그렇다면 하는 수 없었다. 그들이 농사지어 주기로 한 명훈네의 3천 평 중에서 천 평도 그들과 함께 모종을 내기로 되었다. 나머지 2천 평도 그들을 따라 오이와 가지를 천 평씩 해 볼 작정이었다.

그렇지만 지금 명훈이 하고 있는 일은 내일 고추 모종을 내는 일과는 상관이 없었다. 명훈에게는 그들에게 농사를 맡긴 3천 평 외에도 혼자 가꾸어야 할 땅이 또 천 평이 넘었다. 그것도 어머니가 매달려 살다시피 하는 집 앞 채전과 감자밭 약간은 빼고서였다. 명훈은 거기에 가꾸기에 손쉬운 콩과 메밀을 나누어 갈기로 하고 콩 씨를 넣을 땅을 먼저 손보고 있는 중이었다. 메밀 파종은 아직 여유가 있었다.

명훈은 괭이를 들어 며칠 전 어거지로 갈아엎어둔 땅을 골랐다. 북향 비탈인 데다 12월이 다 돼서야 묘목을 옮긴 탓인지 첫해 뽕나무를 심었다가 모두 얼려 죽인 곳이었다. 거기다가 지난 한 해를 거의 묵혔다시피 한 땅이라 갈아 엎었다고는 해도 그대로 콩 씨를 묻기에는 너무 거칠었다. 잡초 뿌리가 얽혀 보습 날 자국이 선명하게 덩이진 채 뒤집혀 있는 큰 흙덩이는 부수고, 쟁기질이 고르잖아 흙이 몰려 있는 곳은 고무래로 골랐다. 그동안 적잖이 땀을 흘린 데다가 햇살도 양력이지만 벌써 5월이라고 제법 따가워져 차츰 목이 말라 왔다.

'이젠 시원한 물 한 주전자 가져다 줄 사람이 없구나……'

일손을 멈춘 명훈이 저만치 놓인 신씨네의 물 주전자와 물두멍이 있는 집까지의 거리를 가늠하며 속으로 쓸쓸하게 중얼거렸다. 문득 철이 녀석이 떠올랐다. 곁에 있을 때는 이래저래 꽤나 힘이 되었는데……. 그런 생각이 들자 자신도 모르게 눈길이 채전에서 김을 매고 있는 어머니 쪽으로 쏠렸다. 서울을 다녀온 뒤로 드러나게 말수가 줄어든 어머니였다.

"그 미친갱이가 무신 짓으로 돈을 벌어 저래 껍죽대는지 모리겠다. 그것도 인간이라꼬 철이를 보내기는 했다마는 당최 그놈의 속내를 알 수가 있어야제. 또 뭔 수작을 부릴라꼬."

작년, 인철을 보낼 때만 해도 어머니는 영희를 전혀 믿지 않았다. 인철이 하도 돌내골에서의 나날을 괴로워하니까 바람이나 쐬게 해 준다는 식이었다. 그런데 인철이 영희의 보살핌을 받으며 그대로 서울에 눌러앉아 입시 준비를 하게 되자, 그때부터 어머니는 무엇 때문인지 초조해하기 시작했다.

"거참, 이상타. 그 꼬라지 그 속 가주고 뭐가 될 일이 없는데…… 철이 편지에는 미장원 하더라 카지마는 그거는 아이라. 가마이 빠마나 하고 들어앉았을 년이 아이라꼬. 미장원 그거는 그저 의병(擬兵: 옛날 전술에서의 거짓 군사)으로 세워 논 걸 께라. 아무 미장원에나 데리고 가서 지꺼라 카이 철이 그 어리숙한 게 그리 믿고 써 보냈을 께라꼬. 그런데…… 그래도 아아를 거둣코 학관까지 보내는 거 보이 뭐가 있기는 있는 모양인데, 그게 뭘꼬? 도대체 그년이 뭔 짓을 했시꼬?"

그러다가 지난겨울 공전을 가게 된 인철이 다녀가고부터는 그 초조함이 차츰 불안으로 바뀌는 눈치였다. 어찌 보면 딸 둔 어머니의 당연한 불안일 수도 있었으나 명훈이 보기에는 꼭 그런 것 같지만은 않았다. 무언가 차갑고 무자비한 경쟁심이나 악의 같은 것이 그 초조와 불안 사이에서 느껴지는 까닭이었다.

"틀림없이 미용사 둘 데리고 그년이 직접 미장원을 하더란 말이제? 그 손으로 월급 갈라 주는 것도 보고. 미장원도 잘된다미? 니 학교 그래 씨겠코도 따로 돈을 모으는 눈치라꼬? 명동에다 참말로 크고 좋은 미장원을 채릴 께라꼬?"

인철이 떠나던 날 어머니는 엄한 심문이라도 하듯 인철에게 그렇게 캐묻다가 이제는 불안을 넘어 고뇌에 찬 눈길로 명훈을 돌아보며 말했다.

"안 될따. 이번에 니가 올라가 보든 동 내가 야 따라 올라가든 동 해서 알아봐야 될따. 이게 뭔 귀신 조화로? 뭐가 이런 도깨비장난 같은 일이 있노? 글치만 세상에 이런 평지돌출(平地突出)은 없다. 그 숭악한 년이 뭔 동 큰일 저지른 게라. 일찍일찍 알아보고 구처를 내야 된다. 아이믄 여태까지 그년 말이 다 맞단 말가? 살길은 여기가 아니라 서울에 있단 말가? 글터라도 마찬가지따. 글타믄 우리도 여다 이래 엎드려 있지 말고 싸 말아 올라가야제. 도시, 도시, 캐 쌌는 데로 따라야 할 께라꼬."

실은 명훈도 그때쯤은 영희의 일이 적잖이 궁금했다. 모니카를 통해 영희가 비어홀에 나가는 것까지는 알고 있었지만 그 뒤가 도무지 가늠이 안 섰다. 술집 여급이란 게 벌이가 좋아 마음만 먹는다면 어린 동생 고등학교쯤은 어떻게 뒤를 봐줄 수 있다는 건 명훈도 잘 알고 있었다. 그런데 1년도 안 돼 미장원 주인이라니 무슨 특별한 일이 없고서는 앞뒤가 연결이 잘 안 됐다.

하지만 그 무렵은 한창 집안이 어려울 때였다. 끼니를 잇기 힘들 정도로 살이가 엉망이 된 데다 명훈의 신용도 다 돼 당장 서울로 돌아가는 인철의 차비를 구하는 데도 장터를 몇 바퀴나 돌아야 했다. 어머나 명훈의 서울 나들이는 생각조차 어려웠다.

그런데 창녕 사람들이 와서 개간지가 기운을 되찾고 사라호 태풍 때 씻겨 가는 바람에 잊고 있던 다락논 한 뙈기가 또 어디서 나와 여름 양식 걱정을 겨우 덜게 되자 어머니는 다시 그 일을 들고 나왔다. 명훈은 자신도 적잖이 궁금한 데다 어머니의 묘한 복합 심리를 아는 터라 굳이 말리지는 않았다.

어머니는 예상보다 빨리 사흘 만에 되돌아왔다. 불패(不敗)의 결의를 다진 전사처럼 떠날 때와 달리 어머니는 몹시 지치고 풀죽은 기색이었다.

"어떤 억척을 떨었는지는 못 알아봤다마는 미장원은 지 꺼 맞는 갑드라. 인철이도 학교 잘 댕기고."

나들이옷을 벗고 허드레옷으로 갈아입으면서 어머니는 겨우 그 두 마디로 서울 소식을 대신했다. 그리고 문중 마을이라도 다녀온 사람처럼 무덤덤한 얼굴로 호미를 찾아 쥐더니 채전으로 나갔다. 어머니가 서울 소식으로 더 보탠 것은 그날 저녁상을 받으면서 푸념처럼 내뱉은 한마디뿐이었다.

"잘하면 지 본관이 경주인지 김해인지도 모리는 사위 보게 생겼더라."

명훈도 서울 일에 대해서는 궁금한 게 많았으나 그러는 어머니의 어디엔가 건드리면 안 되는 상처 같은 것이 느껴져 묻기를 미루고 있었다.

"에헤이, 일도 어시(별로) 마이 몬 조겼는데 벌씨로 점심 무을 때

됐는가 베. 열두 시 반 낮차 아이가?"

아래쪽에서 작은 신씨의 높은 목소리가 들렸다. 명훈도 조금 전부터 버스 엔진 소리를 들었으나 기다리는 사람이 있는 것도 아니어서 못 들은 척 괭이질만 계속했다. 작은 신씨가 이번에는 놀람 섞어 소리쳤다.

"저기 누고? 웬 하이칼래 아가씨가 일로 오네."

그제야 명훈은 신작로 쪽으로 눈길을 돌렸다. 조금 전 버스에서 내렸는지 옅은 청회색 옷을 걸친 아가씨 하나가 주위를 두리번거리며 개간지 쪽으로 올라오고 있었다. 명훈은 퍼뜩 영희와 모니카를 떠올렸으나 어느 쪽도 아닌 듯했다. 실은 둘 다 거기까지 올리가 없는 사람들이었다. 영희에게는 어머니가 다녀왔고 개간지를 보고 싶어 안달인 모니카도 마지막으로 헤어질 때의 상황으로 보아서는 찾아올 엄두를 못 낼 것이었다.

'누굴까?'

명훈은 까닭 모르게 설레는 가슴으로 그새 산소 앞 솔 무더기께로 접어든 아가씨를 세밀히 살펴보았다. 아무리 보아도 눈에 익은 데가 없었다. 그때 다시 신씨가 명훈을 향해 소리쳤다.

"우리사 평생 가 봤자 저런 하이칼래 아가씨 찾아올 일 없고오, 내 보이 이(李) 주사 찾아온 것 같구마는. 뭐하능교? 퍼뜩 안 내려가 보고."

"나도 일없어요오."

명훈은 그렇게 덤덤히 대답하다가 속으로 어, 했다. 가까이 오는 걸 보니 눈에 익은 모습이었다.

많이 변하기는 해도 경진 같았다. 정말로 그랬다. 빈약한 듯 느껴지는 몸피가 좀 나고 투피스 정장에 하이힐로 키가 전보다 훨씬 커 보여서 그렇지 틀림없이 경진이었다.

경진을 알아본 순간 명훈의 가슴속은 복잡하게 얼크러졌다. 오오, 네가 와 주었구나, 라는 환성과 저 철없는 아이를 어떻게 하나, 라는 탄식으로 뭉뚱그려질 수 있는 감동의 동시적이고 순간적인 전개였다. 그러나 우선 정리된 것은 뒤의 민망함과 연민 쪽이었다. 저 철없는 아이를 어떻게 하나……

경진은 진작부터 명훈을 알아본 듯했다. 갈아엎어 둔 흙에 하이힐 뒤축이 푹푹 빠져 애를 먹으면서도 어느새 얼굴을 알아볼 수 있는 거리까지 다가와 있었다. 그런 경진의 눈에는 명훈밖에 보이지 않는 듯했다. 그때쯤은 공연히 키득거리는 신씨네뿐만 아니라 집 곁 채전의 어머니도 일손을 놓고 경진을 살피고 있었다.

명훈은 그제야 괭이를 놓고 경진에게로 걸음을 옮겨 놓았다. 그때 경진이 성가시다는 듯 하이힐을 벗어 들고 맨발로 달려오듯 하며 소리쳤다.

"그냥 계세요, 거기 그냥."

그 표정이 하도 심각해 명훈은 자신도 모르게 엉거주춤 걸음을 멈추었다. 오래잖아 숨을 쌔근거리며 명훈 곁에 다가선 경진이 무슨 조각품이나 감상하듯이 명훈의 몸을 한 바퀴 휘익 둘러보더니 상기된 얼굴로 말했다.

"일하시는 모습이 참 보기 좋았어요. 흙과 잘 어울려요."

명훈은 솔직히 그런 경진을 어떻게 대해야 할지 알 수가 없었다. 잠깐 의식이 마비된 것처럼 망연히 바라보고만 있는데 이번에는 다시 개간지를 한 바퀴 천천히 둘러본 경진이 살풋 웃으며 물었다.

"이게 그 붉은 대지예요? 성장의 단비가 비껴가고 결실의 햇볕도 이르지 못하는 땅……."

"그래…… 맞아."

그제야 명훈이 겨우 그렇게 대답했다. 마음속의 결정이 있어 그런지 절로 무거워지는 목소리였다. 그러나 경진은 그런 어조에 별로 개의치 않았다.

"아닌데요, 뭘. 아주 푸른 대지네. 아니, 풍요의 대지?"

그러면서 다시 명훈을 올려보다 비로소 정색을 했다.

"제가 온 게 별로 반갑지 않으시군요."

명훈의 어두운 표정을 보고서야 비로소 알았다는 투였다. 명훈도 굳이 자신의 감정을 감추고 싶은 기분이 아니었다.

"뜻밖이야."

"그야 그렇겠죠. 벌써 내 편지 답장 잘라먹은 지도 반년이 훨씬 넘었으니까."

"갑자기 웬일이야?"

"갑자기가 아니에요. 입시 발표 나고부터 줄곧 별러 오던 일이에요. 오히려 이리저리 늦어졌죠."

"참, 입시는 어떻게 됐어?"

"빨리도 물어 주네요. 떨어졌죠 뭐. 입시 막바지에 사람의 마음을 그리 흔들리게 해 놨으니 될 게 뭐예요? 편지를 하니 답장이 있나…… 거기다가 원서까지 턱걸이로 냈으니. 이제 대학은 물 건너갔어요."

그러는 경진의 모습은 1년 전보다 훨씬 성숙해 보였다. 전에는 제 나이에 어울리지 않을 만큼 앳되게 보였는데 이제는 오히려 스물둘로 보이지 않을 만큼 어른스러워진 것이었다. 아직 본격적인 화장은 아니었지만 미장원에서 손보기 시작한 머리와 몸에 맞게 지은 정장이 그런 변화를 주도한 것 같았다.

"내려가지. 구두는 신고."

명훈이 하던 얘기를 끊고 경진에게 그렇게 권했다. 아직까지 밭머리를 뜨지 않고 흘깃거리는 신씨네들도 마음에 걸렸지만, 치마를 털고 일어나 유심하게 살피는 어머니의 눈길이 특히 부담이 되었다. 명훈의 눈길을 따라 그런 그들을 둘러보고서야 경진도 비로소 주위를 의식하고 처녀다운 수줍음과 조심성을 드러냈다.

경진이 발을 털고 다시 하이힐 신기를 기다려 밭 두렁길로 천천히 내려가니 어머니는 벌써 집에 들어가 기다리고 있었다. 치마가 깨끗한 게 그새 갈아입은 듯했다.

"누고? 웬 색시고?"

"어머니는 모르셔도 됩니다. 그저 좀 아는 애예요. 철모르고 여길 놀러 온 모양인데 점심 먹여 돌려보내고 올게요."

명훈은 그렇게 잘라 말하고 어머니에게 인사도 시키지 않은 채 경진을 데리고 나왔다. 그러나 어머니는 무엇이 짚였는지 문께까지 따라 나오며 끈끈한 관심을 드러냈다.

"볼쌀뿐이고 찬거리도 없으이 점심 채릴 일이 기막해(혀) 보냈는다마는 점심 멕인 뒤에는 다부 데리고 온나. 왜 그런 동 지내(지나쳐) 안 빈다(안 보인다). 인연이사 어예 될 동 몰따마는 자세이(히) 보기나 함 보자."

경진은 명훈이 자신을 어머니에게 인사를 시키지 않은 것에 몹시 성을 냈다. 짐작으로는 그들 모자가 주고받는 말을 밖에서 들은 것 같기도 했다.

"전 어머니께 소개시킬 필요가 없는 사람이란 말이죠?"

산소 곁 솔머리에 이르기도 전에 이제는 성이 나 발갛게 상기된 얼굴로 명훈을 쳐다보며 따지는데, 그 눈길에는 파란 불길이 이는 듯했다. 먹은 마음이 따로 있는 명훈으로서는 약간 어이없는 일이기도 했다.

"그게 좋아."

"알았어요. 그럼 지금은 어디로 가는 거죠?"

"장터 거리에. 여기서는 우동 한 그릇이라도 사 먹으려면 거기밖에 없어. 그리고 점심을 먹은 뒤에는 두 시 낮차를 타는 거야. 네가 타고 온 버스 그게 종점까지 갔다가 두 시에 다시 나오지. 그걸 타면 안동에는 세 시 반쯤 도착하는 데 네 시에 바로 서울로 가는 급행이 있어. 아마 밤 열한 시쯤에는 청량리역에 너를 내려 줄 거고, 그리 되면 너는 통금 전에 집에 돌아갈 수 있어."

"아주 스케줄이 꽉꽉 잡혔군요. 내가 뭐 조종대로 움직이는 자동인형인 줄 아세요?"

경진이 그렇게 쏘아붙여 놓고는 마침 지나게 된 산소 발치의 잔디에 폭삭 주저앉았다. 점점 성이 나 못 견디겠다는 동작이었으나 명훈은 그래도 모르는 척했다. 도래솔이 둘러쳐지기는 했어도 사방의 눈길로부터 완전히 가려지지는 못했고, 집과의 거리도 크게 소리치면 들릴 만한 곳인데도 경진은 조금도 거리낌없이 목소리를 높였다.

"도대체 왜 그러세요?"

"뭐가?"

"왜 사람을 그리 막 가지고 놀아요?"

물론 명훈은 경진의 말뜻을 알아들었다. 지난겨울 서울에서 다시 만나 하룻밤을 같이 새운 뒤로 몇 달 명훈이 신선한 열정으로 경진에게 몰두했던 것은 사실이었다. 그 밤 경진이 보여 준 그 순수한 믿음과 사랑은 명훈을 오랜만에 감동시켜 마치 첫사랑에 빠진 소년처럼 만들었다. 농사일에 쫓기면서도 일주일이 멀다 하고 오는 경진의 편지에 꼬박꼬박 두툼한 답장을 내고 이따금씩은 시 비슷한 걸 끼적여 넣기도 했다.

하지만 그런 사랑은 명훈에게는 아무래도 사치고 무리였다. 그 봄 반짝 개간지에 다시 희망이 감돌 때만 해도 그런 사랑의 바탕이 되는 감정이 유지될 수 있었으나, 여름이 되어 다시 개간지가 그 감출 수 없는 불모(不毛)와 피폐를 드러내면서 명훈의 가슴속은 헝클어지고 메말라 갔다. 어머니와 동생들이 끼니를 놓고 있는데 다섯 살이나 어린 경진과의 달콤한 감정의 유희가 어찌 가능하겠는가. 어렵게 되살아났던 열정은 식고 답장은 거르게 되었다.

그러다가 명훈이 결정적으로 답장을 끊게 된 것은 모니카를 다시 만나고 나서였다. 그 또한 애써 마음속에서 경진을 지워 버려야 하는 허전함도 원인이 되었을 테지만 어쨌든 모니카와 앞뒤 없는 육욕으로 얽혀 들게 되면서 어리고 순수한 경진에게 편지질을 계속할 수는 없는 노릇이었다. 적어도 그때의 명훈에게는 그것이 단순한 속임이나 모욕 정도가 아니라 용서받을 수 없는 끔찍한 죄악처럼 여겨졌다.

하기야 경진에게도 그녀 자신은 모르고 있겠지만 위로는 있었다. 명훈이 그녀를 깨끗이 단념한 것은 틀림없이 비참하고 고통스러운 일상과 성적인 무절제함으로 봐도 좋은 모니카와의 재회였지만, 그 밑에 숨은 가장 힘 있는 동기는 오랜만에 순수성을 회복한 명훈의 사랑이었다. 의식적으로 그녀의 편지를 외면하기 시작한 뒤로도 이따금 명훈은 경진에 대한 모든 어른스러운 고려를 다 제쳐 버리고 사랑 그것만으로 다가가고 싶을 때가 있었다. 그러나 명훈은 그때마다 거의 초인간적인 인내로 그런 유혹과 싸우면서 보이지도 않는 경진에게 괴롭게 중얼거렸다.

'이번에는 정말로 멀리 달아나거라. 다시는 나를 만나지 않는 곳으로 사라져 버려라. 내가 네 모든 불행의 원인이 되는 일이 없

도록. 너의 불행을 곁에서 지켜봐야 하는 형벌이 내게 떨어지는 일이 없도록…….'

그런데 지금 경진이 따지려고 하는 것은 바로 그 점이었다.

"나는 너를 가지고 논 적이 없다."

명훈은 따라 앉지 않고 선 채로 그렇게 시치미를 뗐다. 경진의 목소리가 한층 높아졌다.

"사람을 이렇게 비참하게, 불행하게 만들어 놓고서도요? 애초부터 가지지 못했던 것보다 가졌다 잃는 게 더 괴롭다는 거 모르세요?"

그대로 두면 눈물이라도 쏟아 낼 것 같은 얼굴이었다. 명훈도 이상하게 가슴이 아파 왔다. 그러나 오래 단련해 온 대로 어른스러운 고려가 다시 그의 이성을 일깨웠다. 어차피 들려주려 한 말이니까 지금 바로 해 줘도 괜찮겠지. 그래, 공연히 기대를 주지 말고 바로 얘기해 주자 ─. 명훈은 그렇게 마음을 정하고 경진 곁에 나란히 앉았다.

"그럼 말해 주지. 전에도 말했지만 너는 내가 누군지 너무 몰라. 나는 영화에 나오는 서부 개척자도 아니고 소설에 나오는 상록수도 아니야. 달콤한 시인 따위는 더더욱 아니고. 지금 어머니와 어린 여동생은 곱삶은 호밀과 야채 몇 잎으로 끼니를 잇고 있어. 너보다 나이 많은 여동생이 하나 있는데 그 애는 서울에서 비어홀 여급 노릇을 하고 있지. 그리고 따로 남동생이 하나 더 있는데, 그애는 여기서 2년이나 놈팡이로 썩다가 이제는 누나의 웃음을 팔아 번 돈에 의지해 공전(工專)을 다니고 있고. 거기다가 더욱 나쁜 것은 이 땅에 아무런 전망이 없다는 거야. 지금 마지막 희망을 걸고 매달려 보고는 있지만, 실은 절망적이기 때문에 더 필사적으로 매달리는 것에 지나지 않아……."

그러자 경진은 비틀어진 미소로 빈정거렸다.

"거기다가 명훈 씨도 혹시 살인자거나 용서 받지 못할 죄를 지은 사람은 아니세요? 아니면 죽을 날짜를 받아 놓은 시한부 인생이거나. 그래서 내 행복을 빌며 일부러 냉담하게 돌려보내는 거 아네요?"

"영화를 너무 많이 봤군. 하기는……."

갑자기 묘한 위악의 충동에 빠진 명훈은 원래 거기서 모니카의 얘기까지 곁들일 생각이었다. 그런데 뜻밖의 변화가 모든 것을 뒤바꿔 놓았다. 경진이 갑자기 발딱 일어서며 표독스럽게 쏘아붙였다.

"그만둬요, 이명훈 씨. 그리고 앞으로는 아무리 철없고 못난 계집애에게라도 바른말을 해 주는 법을 배우세요. 왜 제가 싫어졌다고 정직하게 말하지 못하세요? 맹한 얼굴에 대학은 두 번씩이나 떨어지고, 게다가 귀찮게 되잖은 편지질이나 하는 계집애라 정나미가 떨어졌다고……."

그러고는 홱 돌아서더니 산소 길을 비척이며 내려갔다. 처음 명훈이 그런 그녀를 따라 내려가기 시작한 것은 그 걸음걸이가 너무도 불안정해서였다. 심하게 취한 사람처럼 비척이는 게 곧 쓰러

질 것만 같았다. 거기다가 명훈이 그때까지 전혀 의식하지 못했던 그녀 나름의 상처 ― 거듭된 대학 낙방 ― 와 갑작스러운 충격을 이겨 내기에는 어려 보이는 나이가 턱없이 과장되어 명훈을 걱정스럽게 했다.

"얘, 어이……."

어쨌든 경진을 그대로 보낼 수는 없다는 생각에 명훈이 따라가며 불러 세웠으나 그녀는 비척이면서도 걸음을 더욱 빨리했다. 명훈은 하는 수 없이 달리듯해 그녀를 가로막았다. 그런데 그녀와 마주 선 순간 명훈은 잠시 정신마저 아득할 정도로 세찬 감동을 받았다.

뒤에서는 몰랐으나 경진은 울고 있었다. 세상에 어떻게 그런 울음이 있을까. 소리도 없고 몸의 떨림도 없이 눈물만 쏟는데 마치 맑고 그침 없는 샘물이 두 눈에서 소리없이 흘러내리는 것 같았다. 처음 경진을 알아보았을 때부터 다져 온 결의와는 달리 명훈은 갑자기 가슴이 찢어지는 듯한 아픔을 느끼며 그런 그녀를 가만히 끌어안았다. 그때가 버얼건 대낮이란 것도, 가까운 둔덕 밭에서 내려다볼 동네 사람들이 있을지 모른다는 것도, 그런 명훈에게는 전혀 의식되지 않았다.

그 흥건하게 눈물 젖은 얼굴이 모든 걸 바꾸어 놓았어…… 나중에 명훈은 어떤 자리에선가 인철을 상대로 멋쩍게 술회했다. 결국은 형수가 된 경진도 그 일에 대해 시동생에게 회상한 게 있는데 명훈에 비하면 훨씬 덜 문학적이었다. 천 리 길을, 그것도 온갖 구실을 다 만들어 어렵게 찾아간 사람을 집 안에도 들이지 않고 그런 소리만 하니 전 형님 마음이 완전히 변한 줄만 알았죠, 뭐.

어쨌거나 그것이 사람의 삶이다. 우연히 눈길을 끈 인상적인 장면 하나, 알고 보면 그리 심각할 것도 없는 오인과 그로 인한 감정의 과장 같은 것이 얼마나 자주 우리 삶의 중대한 고비들을 결정짓는가.

명훈이 겨우 눈물 자국을 지운 경진을 데리고 다시 집으로 돌아가자 어머니가 놀라면서도 반가워하는 얼굴로 나와 맞았다.

"어예 바로 돌아왔노?"

"아무래도 집에 찾아온 손님이라 장터 거리의 국밥이나 멀건 우동으로는 안 될 것 같아서. 어차피 알 건 다 알아야 할 사람 같고…… 점심은 있는 대로 차려 주세요."

명훈이 별 표정 없이 그렇게 말하자 어머니는 일순 낭패한 기색을 지어 보였다. 그러나 이내 그녀 특유의 융통성으로 밝게 웃으면서 말했다.

"글타꼬 꽁보리밥에 된장이야 어예 내놓겠노? 마침 밀가리가 좀 있으이 국시 말아 주꾸마. 그거는 원래가 손님 대접하는 음식도 되이(되니까)."

경진은 감정의 회복이 빠를 뿐만 아니라 생각보다 당찬 데가 있었다. 바로 얼마 전에 그렇게 쉽게 쉽게 울었던 아이 같지 않은 차분함으로 제자리를 만들어 앉을 줄 알았다. 방 안에 핸드백을 들여 놓기 바쁘게 돌아서며 어머니에게 말을 붙였다.

"제가 뭐 도와드릴 거 없어요? 밀가루 반죽은 저도 할 줄 아는데."

보기에 따라서는 지나친 무난스러움일 수도 있지만 어찌 된 셈인지 어머니는 경진을 좋게만 보았다. 때로는 까탈스럽다 할 만큼 따지는 말 예절마저 어디로 갔는지 처음 보는 경진에게 말을 놓아 가며 살가움을 나타냈다.

"놔또라. 고마. 고븐(고운) 옷 다 베(버)린다. 방에서 명훈이하고 얘기나 하고 놀그라."

어떻게 보면 결코 어울리지 않는 명훈과 경진을 끝내는 서로에게서 헤어날 길 없는 운명 속으로 끌어들인 데는 어머니의 그 같은 호의도 한몫을 했다. 어머니는 국수를 끓여 내온 뒤에도 그대로 상머리에 눌러앉아 경진에게 예사 아닌 호감을 표시했다.

"먹는 상(相)이 귀해 사는 일에는 어려움이 없을따."

"도회지서 아무따나 컸다미 어예 저래 천연시러울꼬? 나이도 많찮다미(며)……."

그렇게 칭찬도 아닌 칭찬을 거듭하다가 슬며시 묻는 것이었다.

"성씨는 어예 되고 문중은 어디 있노?"

성이야 순흥 안씨인 줄 알지마는 여러 대를 서울에 눌러산 토박이인 경진에게 문중다운 문중이 있을 리 없었다. 평소 하던 대로라면 당연히 그걸 따져 볼 만한데도 어머니는 관대하기만 했다.

"순흥 안씨라믄 광김연리(廣金延李: 광산 김씨와 연안 이씨)는 안 되도 대성(大姓)이제. 그래고 서울이라꼬 문중 없는 집이 어딨겠노? 어딘 동 문중이사 있겠지마는 요새 아이들이 잘 몰라 그렇겠제. 내가 물은 게 잘못인지도 모리겠다."

그러다가 명훈이 생각하지도 못한 일정까지 제안하는 것이었다.

"방 안에 들어앉아 있으이 뭐하노? 개간지 구경은 대강 씨겠고 (시켰고) 하이 두들이나 데리고 올라가그라. 대단찮다 캐도 문중이라는 게 있는데 보예(보여) 조야 안 되겠나? 우리 옛날 집도 보예 주고."

그때는 이미 경진이 자신의 일생에서 떼 낼 수 없는 여인이 될지도 모른다는 예감에 조금씩 흔들리고 있던 명훈이었다. 억지로 돌려보내느니보다는 하룻밤 묵어 가게 하며 알 것 다 알려 경진 스스로 판단을 내리도록 한다는 선으로 물러서 있는 그에게 그런 어머니의 제안은 때맞춘 깨우침이나 다름없었다.

그런데 결과로는 그 일도 어딘가 돌발적이고 불안정한 데가 있는 두 사람의 사랑을 보다 끈끈하고 지긋한 형태로 진전시키는 데 도움을 보탰다.

"참 신기하지? 4백 년이나 전에, 서울서 천 리나 떨어진 이 깊은 산골짜기에 자신이 필요로 하는 인재가 있는 걸 임금이 어떻게 알아 두 번 세 번 사신을 보낼 수 있었을까. 그것도 없는 길을 닦아 가며. 그리고 또 이 막히고 외진 곳에서 나서 자란 사람이 어떻게 하루아침에 드높은 조정의 이조판서가 되어 견뎌 낼 수 있었을까. 여기 틀어박혀 갈고닦은 지식을 어떻게 그 넓은 세상을 상대로 거리낌 없이 펼 수 있었을까. 이걸 보면 옛날의 통신, 옛날의 교통도 곧 무시할 건 못 되지?"

마을 뒤 둔덕에서 명훈이 은근한 자랑을 대신해 그렇게 문중의 옛일을 아는 대로 들려주자 말없이 고가들을 둘러보던 경진이 알 수 없는 미소를 지으며 받았다.

"저는 더 이상한 게 있어요. 이 마을 어째 처음 보는 것 같지 않아요. 꿈이라도 여러 번 꾸어 본 꿈속의 마을이에요. 내가 일찍이 명훈 씨의 고향으로 상상했던 바로 그 마을이고, 나도 전에 뭔가로 관계를 맺은 적이 있는 것 같기도 하고…… 아무튼 참 신비한 기분이 들어요."

묘한 여운으로 명훈의 기억에 남는 말이었다. 어떤 인연에 이끌려 여기까지 왔는지는 모르지만 어쩌면 이 아이는 마땅히 찾아와야 할 곳을 찾아왔는지도 모른다…….

명훈은 내친김이라 마을에서 조금 떨어진 곳에 있는 정자며 서당까지 보여 주었다. 설명을 하다 보니 전에는 아예 떠올리기조차 싫거나 괴롭던 가문의 옛 영화가 문득 되살아난 상처처럼 가슴을 쑤셔 왔다. 반드시 경진 때문은 아니었지만 그 돌연한 감상도 그녀를 전과 달리 느끼게 하는 데 한몫을 했을 것이다.

돌아오는 길에는 그날따라 인심이 후해진 장터 사람들이 내미는 막걸리 잔에 또 시간이 뺏겨 명훈이 경진과 함께 개간지로 들어섰을 때는 벌써 해가 뉘엿해진 뒤였다. 어머니는 그새 작은 잔치를 마련해 놓고 있었다.

"어짜겠노, 돈은 없고. 생각다 못해 니 시계 또 구면장네한테 잽히고 돈 2천 원 냈다. 쌀말 받고 고깃마리나 사 올라 카는데 마침 화산이네가 돼지를 잡았다 안 카나? 그래서 돼지고기 뒤 근 사고 보이 또 니가 술을 찾을 거 같아서 제비원 소주도 한 병 샀다. 손님 먹을 과자도 한 봉지 사고."

명훈을 뒤란으로 불러낸 어머니가 그렇게 그 작은 잔치의 경위를 밝혔다. 첫해 힘든 개간 끝에 받게 된 '상록수' 상의 부상(副賞)이라 어려운 중에도 그때까지 용케 지켜 오던 시계였다. 지난 해 황 형이 찾아왔을 때 한번 잡혔다가 어렵게 찾아 둔 것을 다시 경진을 접대하기 위해 잡힌 듯했다.

그 무슨 인연에 끌렸는지 경진에 대한 어머니의 알 수 없는 호감은 그 뒤로도 이어졌다. 애써 명훈과의 호젓한 시간을 찾으려 한다거나 연애 감정에 따르게 마련인 어색함이나 쑥스러움을 내비침 없이 경진이 명훈의 가족들과 하룻밤을 지내고 난 다음 날 아침의 일이었다. 옥경과 함께 건넌방에 든 경진이 아직 일어나기 전인데 어머니가 목소리를 죽여 명훈을 깨웠다.

"야야, 암만 캐도 이럴 일이 아인 갑다. 니 오늘은 자(저 애)를 안동까지 바래 조라. 거 가서 거 뭐로, 영화도 한 편 보고. 차도 같이 마시고 ― 그랜 다음에 서울로 올려 보내라."

어머니가 그러면서 어제 일부러 남긴 듯한 5백 원짜리 두 장을 내놓았다. 그렇게까지는 생각하지 않고 있던 명훈은 오히려 그런 어머니의 지나친 배려를 떨떠름해하며 받았다.

"어머니, 너무 그러실 거 없어요. 우리 사이 아직 별것 없다고요. 더구나 쟤는 영희보다도 두 살이나 어리단 말입니다. 보셨다시피 나하고는 무엇 하나 어울리는 게 없고……."

"나도 안다. 글치만 꼭 그거는 아이다. 어제 자가 처음 올 때부터 뭔가 이상트라꼬. 당최 낯설다 싶지 않고 오히려 자가 왜 인제사 여기 왔노, 싶은 기분이 들더라 카이. 몇 시간 안 됐지만 자를 겪어 본 기분도 글찮다. 철때기는(철은) 없어도 밉상시럽지가 않고 욕심을 부리도 귐범스러븐(품위 있게 귀여운) 데가 있다 카이. 간밤 꿈도 심상찮고."

"꿈까지……."

"어젯밤에 태몽을 꿨다라. 틀림없이 태몽이라. 자하고 나물하러가이 범 새끼가 두 마리 안 있나? 그걸 둘이 한 마리씩 치마폭에 싸 왔다꼬."

"하늘을 봐야 별을 따지. 아직 손도 안 잡아 봤는데 태몽이 무슨 태몽이에요? 어머니도 참."

명훈은 그렇게 핀잔처럼 말을 맺었지만 뒷날 돌이켜 보면 그 엉뚱한 태몽 이야기 또한 그의 의식에 끊임없이 어떤 암시를 주었는지도 모를 일이었다.

어머니에게 등을 떼밀리듯 경진과 함께 첫차에 오른 명훈이 통일역에 내린 것은 열 시 조금 넘어서였다. 함께 안동까지 나오기는 했지만 처음부터 명훈에게 경진과 오랜 시간을 보낼 마음이 있었던 것은 아니었다. 역전 앞 다방에서 차나 한잔 마시고 곧바로 경진을 서울행 기차에 태운다는 게 집을 나설 때의 생각이었다.

명훈이 되도록이면 경진을 일찍 안동에서 떠나보내려 한 데는 두 가지 이유가 있었다. 하나는 아직도 온전히 돌아서지 못한 명훈의 마음이었다. 그래, 그렇다면 결말이 어떻게 되든 다시 함께 가 보도록 하자 ―. 겨우 그 정도로 돌아선 마음이라 조금이라도 더 오래 같이 있고 싶다는 절실함 같은 게 있을 리 없었다.

그다음은 모니카였다. 지난번 밥상을 걷어차고 그녀의 방을 나온 뒤 두 달이 가깝도록 명훈은 스스로도 모질다 싶을 만큼 안동에는 얼굴을 내밀지 않았다. 그러나 명훈에 대한 기괴하달 수밖에 없는 집착으로 미루어 모니카는 아직도 안동에 남아 있을 것임에 틀림없었다. 경진과 쓸데없이 오래 안동에서 머뭇거리다가 모니카라도 만나게 되는 날은 어떤 상스럽고 난감한 꼴을 당하게 될지 모르는 일이었다.

그런데 경진이 다시 그런 명훈의 예정을 뒤틀어 놓았다.

"어머, 저게 벌써 여기까지 왔네. 저 영화 보셨어요?"

역전으로 가는 길가 담벼락 한 모퉁이를 가리키며 경진이 신기하다는 듯 말했다. 명훈이 보니 영화 포스터였다. 「유정(有情)」이라고 흘려 쓴 제목 곁에는 새로 보는 여배우의 얼굴 하나가 슬픈 표정을 짓고 있었다. 그러고 보니 들은 적이 있는 영화였다. 이광수원작, 국산 최초의 총천연색…….

"쟤가 말이에요, 남정임이란 앤데 저하고 동갑이래요. 이 영화를 위해 새로 뽑았는데 지금까지로 봐서는 최고의 출연료라나요. 서울서 개봉한 지 얼마 안 되는 걸로 아는데 벌써 여기까지 흘러오다니⋯⋯."

경진이 그 여배우를 가리키며 명훈도 들어 본 것 같은 얘기를 늘어놓았다. 그렇게 되면 예의로라도 그 영화를 보았는가를 물어봐야 했지만 명훈은 짐짓 모르는 체했다.

"지방에 뜻밖으로 빨리 내려오는 수도 있어."

명훈은 무관심한 표정을 지으며 그렇게 말을 받자 경진이 바로 속마음을 드러냈다.

"우리 저거 함 봐요. 영화도 잘 나왔대요. 진작 보고 싶었는데 놓치는가 했더니. 이런 데서 함께 보는 재미도 유별날 거예요."

"서울은 언제 돌아가고?"

"오후 네 시에 급행 있다고 어제 말씀하셨잖아요? 그걸로 가죠, 뭐."

그렇게 나오면 하는 수 없었다. 명훈은 내키지 않는 대로 경진을 데리고 중앙통에 있는 극장으로 갔다.

그런데 극장에서 다시 작은 차질이 있었다. 서울과 달리 안동에서는 조조 상영이 없고 연속도 아니었다. 오후 한 시가 첫 상영 시간이었다. 명훈은 경진이 그쯤에서 단념해 주기를 은근히 바랐으나 경진은 그러지를 않았다.

"그래도 뭐, 세 시 반에는 끝나네. 기차 탈 시간 충분해요. 기차표나 미리 끊어 두고 어디 가서 바람이나 쐬다 와요."

그 바람에 하는 수 없이 그대로 끌려가기는 했지만 명훈은 그때부터 까닭 모를 불길한 예감에 사로잡혔다. 단순한 영화 관람으로 끝나지 않고 뭔가 거기서 심상찮은 일이 벌어질 것 같았는데 그런 예감의 뒤편에 어른거리는 것은 하얀 탈바가지처럼 단순화된 모니카의 얼굴이었다.

기차표를 끊고, 낙동강 강둑에서 바람을 쐬고, 극장 앞 빵집에서 도넛과 찐빵 몇 개로 점심을 때울 때까지 아무 일도 없었다. 극장표를 사고 극장 안에 들어가서도 마찬가지였다. 마침 근처의 고등학생들이 단체 관람을 와서 혼잡한 게 오히려 두 사람을 남의 눈으로부터 감춰 주는 듯했다.

영화도 좋았다. 명훈의 취향과는 달랐지만 신인 여배우의 청순한 이미지가 마음에 들었고, 국산 최초라는 총천연색 화면도 기대 이상이었다. 예전에 춘원의 원작을 턱없이 감동해하며 읽은 적이 있는 명훈이었으나 그 기억이 영화의 감동을 조금도 떨어뜨리지는 못했다.

"거 봐요. 좋았잖아요. 국산 고무신 영화라고 곧 만만히 여길 건 아니죠?"

영화가 끝나고 마침 단체 관람을 온 학생들에게 떠밀리듯 극장을 나오는 동안 명훈의 소매 깃을 가볍게 잡고 있던 경진이 자랑하는 아이처럼 말했다. 갑자기 밝은 곳에 나와 눈이 부신 듯 가늘게 눈을 뜨고 바라보는 얼굴이 그지없이 사랑스러웠다. 그러나 경진을 그렇게 볼 수 있는 여유도 실은 이제 삼십 분만 지나면 모든 게 일없이 지나가게 되리라는 안도에서 비롯된 것이었다.

실제로 기차역에 이를 때까지도 별일이 없었다.

"자, 빨리 역으로 가요. 남은 시간을 대합실에서 보내더라도 여기선 서둘러요."

그제야 바빠진 경진의 재촉에 걸음을 빨리해 역에 이르러 보니 아직 네 시 이십 분 전이었다. 게다가 기차는 벌써 이십 분 연착이 예고되어 있었다. 그 몇 시간 줄곧 억눌려 지낸 불길한 예감에서 온전히 벗어난 명훈이 경진의 손목을 끌었다.

"냄새나는 대합실에서 사십 분씩이나 어떻게 기다려? 요 앞 다방에서 차나 한잔하고 와."

그래서 두 사람은 남은 삼십 분을 제법 아늑한 분위기로 장식할 수 있었다. 근처에 새로 생긴 다방이었는데 이른바 '역전 앞' 다방답지 않게 음악도 그럴듯하고 차 맛도 좋았다. 아직 그 전해 같은 열정은 회복하지 못했지만 적어도 다시 시작해 볼 결의만은 확고해진 명훈은 그때야 경진을 그렇게 보내야 하는 게 새삼 아쉽게 여겨졌다. 경진 또한 지난 하루에 대체로 만족은 하면서도 뭔가를 아쉬워하는 눈치였다.

그런데 마치 어떤 절묘한 스릴러물처럼 명훈이 줄곧 불안해했던 일은 그 마지막 방심의 순간에 일어났다. 기차 출발 시간 십 분을 두고 다방을 나서는데 그 곁 미장원에서 누군가 뛰쳐나와 길을 막았다.

"오머, 명훈 씨. 명훈 씨 아녜요?"

모니카였다. 그 미장원에서 머리 손질을 하다 나온 듯 머리에는 방금도 플라스틱 머리 말이 몇 개가 매달린 채였다. 지난번 명훈이 떠날 때의 상황도, 그리고 그 뒤 두 달 가깝도록 발길을 끊었음도, 그새 깨끗이 잊어버린 듯 반가워 어쩔 줄 몰라 하며 다가드는 게 금세 끌어안기라도 할 듯했다.

명훈이 모니카의 존재를 공포로 바라본 것은 그때가 처음이었을 것이다. 그녀의 환한 웃음은 희고 싸늘한 칼날처럼 느껴졌고, 반갑게 벌린 팔은 거대한 두족류(頭足類)의 흉측한 흡반으로 뒤덮인 다리처럼 징그러웠다. 명훈은 저도 모르게 흠칫 뒤로 물러났다가 겨우 정신을 수습해 차갑게 받았다.

"아직 여기 있었군."

지난번 상을 차고 나올 때 안동을 떠나라고 위협한 걸 상기시키려 함이었으나 아무 소용이 없었다. 명훈이 한 발 물러선 데다 그 곁에는 경진이 있어 더는 다가들지 않았으나 백치 같은 웃음은 그대로였다.

"제가 왜 여길 떠요? 명훈 씨가 있는데…… 지난번에는 제가 잘못했어요. 다신 그런 바보 같은 소리 않을게요."

그렇게 지난번의 일을 대수롭지 않게 돌리고는 말로 매달렸다.

"그동안 왜 그렇게 안 오셨어요? 오늘은 오시는 거죠? 아니, 지금 저와 함께 집에 가요. 오늘 하루 출근 빼먹을 거야……."

경진은 전혀 안중에도 없다는 말투였다. 명훈에게는 그것도 모니카의 단수 높은 계략 같아 더욱 섬뜩했다.

"아직 내 말을 못 알아들었군. 이제 다시는 너를 보지 않겠다고 했을 텐데."

그렇게 허세로 버티고는 있어도 아무도 없다면 그대로 뒤돌아서서 천리만리 달아나고 싶은 심경이었다. 그때 뜻밖의 원병이 있었다. 겨드랑이 사이로 가만히 파고드는 경진의 손이었다. 그때까지는 한껏 다정히 걸을 때조차도 명훈의 소매 깃을 가볍게 잡는 게 고작이었는데, 갑자기 그러는 게 마치 제가 있어요 하고 일깨우는 듯했다.

경진의 그런 동작은 모니카에게서도 주의를 끌어냈다.

"내가 정말 못 살아. 말 한마디 잘못한 걸 가지고 그렇게 삐치셔. 남은 그래도 생각하고 생각해서 해 본 소린데……."

여전히 샐샐 웃으며 명훈의 말을 눙치려다가 문득 경진을 눈짓하며 물었다.

"이 아가씬 누구?"

명훈은 잠깐 숨이 콱 막혀 오는 것처럼이나 난처했다. 그러나 겨드랑이께서 꼼지락거리는 경진의 손에 암시가 되어 단호하게 대답했다.

"내 애인이야."

"피이, 아직 볼에 솜털도 다 안 벗겨졌는데 뭘. 영희 말고 여동생이 있단 소리는 못 들었고오, 친척이야?"

그래도 모니카는 웃음을 잃지 않고 있었으나 눈길에는 알아보게 불안한 그늘이 어렸다. 그런 모니카의 흔들림이 다시 명훈에게 힘이 되었다. 명훈은 이제 처음 그녀와 맞닥뜨렸을 때 느꼈던 그 알지 못할 공포에서 완전히 벗어나 과장스레 말했다.

"나도 결혼할 나이가 됐어. 그래서 이번에 어머니 뵙고 허락 받으러 온 거라고. 그저 애인이라기보다는 약혼자라고 아는 게 더 정확할 거야."

그런 명훈의 말에 맞추기라도 하듯 경진이 살며시 몸을 움직여 명훈과의 팔짱을 온전하게 만들었다. 명훈의 흔들림 없는 말투에 경진의 그 같은 연출이 더해져선지 그제야 모니카의 얼굴에서 웃음기가 가셨다. 이어 하얀 종이가 형편없이 구겨지듯 모니카의 얼굴이 처참하게 일그러지고 눈동자가 풀리며 두 팔이 추욱 늘어졌다. 금세 쓰러지지 않는 게 이상할 지경이었다.

"네 시 이십 분 기차로 보내야 돼. 시간이 다 됐어."

명훈은 쓸데없는 연민으로 난처해지기 싫어 그 한마디를 던지고 도망치듯 그 자리를 떴다.

"명훈 씨……."

모니카의 낮고 힘없는 목소리가 두어 번 뒤를 따라왔으나 그뿐이었다. 그 뒤 두 사람이 대합실에 이를 때까지 모니카 때문에 방해받지는 않았다. 모니카란 여자가 그랬다. 그 뒤 외롭고 고통스럽게 죽어 가는 순간까지도 그녀가 명훈의 의사를 거슬러 가며 그 앞을 막아선 적은 한 번도 없었다.

조용히 이루어진 것이기는 해도 그날 경진이 보여 준 당돌하고 암팡진 대응은 명훈에게 깊은 인상을 주었다. 그런데 그녀의 당돌하고 암팡짐은 모니카를 무력하게 따돌린 것만으로 그치지 않았다.

"이 표 빨리 무르세요."

모니카와 만난 뒤로 줄곧 말없이 걷던 그녀가 대합실에 이르자 갑자기 명령조로 말했다.

"?"

명훈이 어리둥절해 바라보자 그녀는 더욱 오만한 여왕 같은 말투로 짧게 덧붙였다.

"다음 기차로 갈 거예요. 여기서 제가 해야 할 일이 아직 남았단 말이에요."

다행히도 기차가 다시 연착되어 표는 어렵잖게 무를 수 있었다. 명훈이 돌아오자 경진이 핸드백을 어깨에 걸치며 앞장을 섰다. 명훈은 공연히 죄지은 기분이 되어 말없이 따라갔다. 경진이 명훈을 데리고 간 곳은 오전에 잠깐 함께 거닌 낙동강 강둑이었다. 한 군데 이제 막 잔디가 파랗게 돋아나는 강둑을 가리키며 경진이 짧게 말했다.

"여기 앉아요."

까닭 없이 주눅이 든 명훈이 시키는 대로 앉자 경진도 곁에 앉더니 포옥 한숨을 내쉬었다. 모니카를 들키기 전이었다면 경진의 그런 한숨은 아마도 우스꽝스럽거나 귀엽게만 비쳤을 것이다. 그러나 이제는 함부로 건드릴 수 없는 위엄 같은 게 서려 있었다.

"아까 그 여자, 누군지는 묻지 않겠어요. 이것만 대답해 주세요.

그 여자 안 지 오래됐지요?"

"응."

"그 여자하고 잤지요?"

"그래."

명훈은 속인다고 될 일이 아닌 것 같아서 사실대로 대답했다.

"지난가을부터 내게 답장 끊은 거 저 여자와 관계가 있죠?"

"그건 꼭 그렇지는 않아. 실은…… 너를 단념하려고 하니까 허전하더군. 그때 때맞춰 나타났을 뿐이야."

그것도 어느 정도는 진심이었다. 적어도 그때의 명훈에게는 경진이 모니카로부터 피해를 입은 게 아니고 모니카가 묘하게 경진의 덕을 보았을 뿐으로만 생각되었다.

"저 여자 말고 다른 여자는 없어요?"

"맹세코 없어."

머릿속으로 언뜻 경애가 스쳐 갔으나 명훈은 굳이 무시하고 자르듯 말했다. 경진이 묻기를 거기서 그치고 곧 논고로 들어갔다.

"지금 내 기분 어떤지 아세요? 즐거운 꽃놀이를 하다가 갑자기 냄새나는 시궁창에 처박힌 기분이에요. 세상이 다시 보일 지경이라고요. 아까 그대로 떠났으면 그걸로 명훈 씨와는 끝이 났을 거예요. 하지만 난 깊이 상처받았겠죠. 어쩌면 일생 헤어나지 못할 상처를. 여기 그대로 남아 무너지고 썩어 가는 명훈 씨도 어쩌면 내 상처를 더했을지 몰라요. 그래서 떠날 수 없었는데……."

논고의 서두는 그렇게 시작되었으나 판결까지는 꽤 오랜 시간이 걸렸다. 거기서 말을 그친 경진은 그 뒤 한 반 시간이나 까딱 않고 무언가 골똘한 생각에 빠져 있었다. 그사이 해가 기울어 강물에 놀이 비치기 시작했다. 왜 그랬는지 모르지만 명훈은 판관의 위엄에 완전히 굴복한 죄인처럼 말없이 선고를 기다렸다.

이윽고 판결이 떨어졌다. 생각에 잠겨 있던 경진이 결의를 다지며 입술을 오므리는가 싶더니 당돌하고 암팡지게 말했다.

"이제 가서 여관을 구해요. 두 번씩이나 입시에 떨어진 고명딸이 비뚤어질까 봐 전전긍긍하는 부모님들이 준 돈이 내게 좀 있어요. 깨끗하면서도 기품 있는 여관이라야 해요. 신혼여행을 와도 괜찮을."

그래 놓고는 눈썹 하나 까닥 않고 덧붙였다.

"내가 명훈 씨의 여자가 되려는 거예요. '작은 위로'도 '아픈 사랑'도 싫어요. '아스라한 천상에나 피어라'도 싫고요. 피와 살이 있는 명훈 씨의 여자이고 싶단 말이에요."

듣기에 이상하겠지만 그 밤 명훈은 정말로 성실하게 선고를 받아들인 죄인처럼 순순히 경진과 잠자리를 함께했다. 복수심과도 같은 성급함에 휘말리지도 않고 착란 같은 파괴와 분출의 욕망에 부대낌도 없이 경건한 의식처럼 치러진 성합이었다. 명훈의 그런 자연스러움에는 어머니가 경진에게 보인 예사 아닌 호감도 은밀하게 작용했는지 모른다.

경진에게도 그 성합은 성적인 측면보다 의식(儀式)으로서의 측면이 더 컸던 듯했다. 어쩌다 새어 나온 괴로워요, 와 답답해요,

란 두 마디 외에 그런 일이 있을 때 보통 처녀들이 보이는 일련의 전형적인 반응을 별로 답습함이 없이 명훈을 받아 냈다. 그러고는 주름까지 꼼꼼히 펴 가며 옷을 걸치더니 명훈을 똑바로 쳐다보며 말했다.

"이젠 제가 명훈 씨의 여자예요. 앞으로는 아무 여자와 함부로 어울려서는 안 돼요."

그러는 경진은 감정으로 경솔하게 엄청난 일을 저지른 스물두 살의 철부지가 아니라 명훈보다 훨씬 더 많이 세상을 산, 지혜로운 여인네 같았다.

경진은 그날 밤 열두 시 기차로 서울로 돌아갔다.

(8권에 계속)

邊境

변경 7

신판 1쇄 인쇄 2021년 9월 17일
신판 1쇄 발행 2021년 9월 25일

지은이 이문열

발행인 양원석
편집장 최두은 **디자인** 김유진 **영업마케팅** 양정길, 강효경, 정다은, 김보미, 구채원

펴낸 곳 ㈜알에이치코리아
주소 서울시 금천구 가산디지털2로 53, 20층 (가산동, 한라시그마밸리)
편집문의 02-6443-8844 **도서문의** 02-6443-8800
홈페이지 http://rhk.co.kr
등록 2004년 1월 15일 제2-3726호

ISBN 978-89-255-7972-6 04810
      978-89-255-7978-8 (세트)